乾善彦著

# 日本語書記用文体の成立基盤

―表記体から文体へ―

塙書房刊

# 緒　言

日本語書記の史的研究に「表記体」という概念が導入されて久しい。しかしながら、その概念の有効性が検証されているわけでもなく、また、日本語研究者に共有されているわけではない。

古代漢字専用時代の日本語を考えるにあたって、これまで記紀万葉が資料の中心をしめていたのは、膨大な資料の大部分が漢文ないし変体漢文であり、「ことば」の資料としては利用しがたかったからである。それが、近年の木簡の大量出土により、正倉院文書の見直しも含めて、古代語資料の広がりを意識するようになって、記紀万葉が本来あるべき位置にもどされると、どうしても漢文ないし変体漢文の資料を古代語資料の中に位置づける必要が生じてきた。古代官人たちの「日常」が意識されるようになったのである。

漢文ないし変体漢文資料をあつかうにおいて、かめいたかしが「古事記は　よめるか」と問うたことは、五十年以上たった現在でも大きな意味をもっている。「ヨメ」ないとされたことの意味を、われわれはもう一度再認する必要がある。われわれはそこに「ことば」を求めるにしても、「ことば」を求める方法や資料を、いまだ十分にもちえていないのが現状である。つまり、古代漢字専用時代の漢文ないし変体漢文は、そこに「ことば」のかたちを求めえない状況は、五十年前とそれほど大きくかわってはいないのである。とするならば、われわれは書かれたものは書かれたものとして、あつかう必要がある。そこに「表記体」の概念を導入することの意味があるのである。

本書は、まず、古代漢字専用時代の文字と「ことば」との関係を考えることから出発し、古代漢字専用時代の資料を「表記体」としてとらえ、古代日本語書記において、漢文訓読という和漢混淆の装置が、変体漢文というひとつの和漢混淆の「表記体」を生ぜしめ、やがて、仮名の成立によって日本語書記用文体を生成する、その過程に、いかなる営みがあったのかを考えるものである。

第一章では、漢字専用文献における文字と「ことば」との対応関係を考える。正倉院文書や古事記に代表される変体漢文を、漢文訓読を媒介とした音読・訓読の複線構造としてとらえることで、書くべきことばと、書かれたことば、読まれることばが、それぞれに異なる、つまり可変的であることから、そのような文献は、ヨミが確定しないかぎりにおいて、「表記体」としてしかとらえられないことを明らかにし（第一節）、漢字による日本語の書記を、全体としては、漢文と仮名書きとを両端において、すべての資料をその中間に位置づけることを提唱する（第二節）。そして、仮名書きと変体漢文とが、古代の日本語書記を明らかにするための研究課題であることを確認する。

第二章は、「仮名」の論である。近年、その資料性が明らかになってきた木簡のウタ表記に用いられる仮名と万葉集の仮名とを対比することで、それぞれのウタの仮名書きの位置づけを考える。第一節では漢文ないし変体漢文中のウタ表記の展開を取り上げ、漢文の書式である、漢文中の仮名書きからはじめて、漢字の用法としての音訓の対立から、仮名成立以降、文字としての漢字と仮名の対立へと展開するなかで、漢文ないし変体漢文中のウタ表記が多様性を帯びてくることを指摘する。第二節と第三節では、漢字の用法としての仮名から文字としての仮名の成立へと展開する仮名のあり方を、木簡の仮名と記紀万葉の仮名との対比から考察し、漢字の用法としての仮名の成立の条件が日本語の音節構造への対応であったのに対して（第二節）、文字としての仮名の成立の条件が、日本語で表現するための文字として、漢字の形（ケイ）からの離脱であったことを指摘する（第三節）。文字としての仮名の成立をもって、日本語はその書記用文体を獲得したのである。

第四節から第七節は、万葉集「仮名書」歌巻の論である。木簡のウタの仮名が日用のものであり、文字としての仮名につながるものであるとするならば、万葉集の仮名書きはどのようにとらえればよいのかを論じる。万葉集をひとつのまとまった資料ととらえるならば、万葉集には万葉集の、仮名書きの論理があるであろう。そこで、研究史の中で「仮名書」歌巻の問題を整理することで、万葉集中の「仮名書」歌巻を万葉集全二十巻の中におくことによって（第四節）、巻五と巻十九とが「真名書」と「仮名書」とをつなぐ役割をもつこと（第五節）、さらに巻十八の補修説にも書記の史的展開からの再検討が必要なことを述べ（第六節）、万葉集「仮名書」歌巻は他の「真名書」歌巻と一体となって、万葉集という漢字表現の完成態としてとらえるべきことを述べる（第七節）。

第三章では、古事記の表記体と表記法とから、古事記が内在している「ことば」の多様性をさぐる。第一節では、古事記の会話文と仮名書きとの関係から、古事記には日常会話に用いられるような「ことば」重視の時には仮名書きが用いられること、会話引用形式には、漢文的要素と日本語的要素の混淆がみとめられることを指摘する。第二節と第三節とでは、神人名、地名といった固有名表記をとりあげ、そこに資料の重層性をみとめ、当時の仮名使用のあり方から決して離れるものではないことを指摘する。第四節では、古事記の表記体を取り上げ、正倉院文書の変体漢文体文書とともに、われわれはいまだ、変体漢文体資料をヨムことの環境にはないことを確認することで、古事記の表記体がある種、当時としては、表記体としての完成形であることを指摘し、そこには「カタリのことば」と「漢文訓読のことば」とが、モザイクのように入り交じっていると考える。第五節では、その「カタリのことば」と「漢文訓読のことば」の内実について、当時の官人たちの言語使用の状況を想像して、それが「日常生活のことば」と「官人たちの日常業務でのことば」とにほぼ相当するのではないかということを述べる。

第四章は、前著『漢字による日本語書記の史的研究』「第三章　宣命書きの成立と展開」をうけて、変体漢文と宣命書きによる日本語要素の埋め込みとが、日本語書記用文体としての和漢混淆文の成立につながることを指摘し、そこには表記体の変換が関与していることを述べる。第一節では、日用書記体としての変体漢文には、さまざまの形態があり、あくまで書くための方法でしかないこと、つまり表記体としてとらえることはできても、そこに「ことば」を厳密にヨミとることはできないことを確認しながら、そこにもひとつの和漢の混淆があることを指摘する。第二節では御堂関白記を取り上げ、自筆本が書写される過程で和文的な表記が漢文的に改められてゆく過程をみることで、変体漢文体が表記としてはあくまでも漢文的なものをめざしていることを確認する。第三節では平家物語諸本を取り上げ、表記体を変換しながら伝本が生み出されていく過程で、ひとつの和漢混淆文体が完成してゆくことをみる。第四節では、仮名書き、漢字片仮名交じり、真名書きという三種の表記体の伝本をもつ三宝絵を取り上げ、表記体と「ことば」との関わりを考えるための方法を模索する。そして、第五節では、本書全体をまとめるかたちで、表記体の変換可能な状況が、表記体から文体を生み出す装置としてはたらいていると仮定することで、表記体がことばを選ぶところから、文体の成立を考える手立てをえようとする。仮名の成立は、その点でもっとも大きなできごとだった。日本語的なことばを漢文という容器にうつしたのが変体漢文という表記体だったとするならば、仮名書きという表記体の中に漢文訓読的な日本語のことばをうつしたのが、初期仮名文に代表される和漢混淆文体だった。初期仮名文は、やがて女流作家というカタリ手をえることで、平安朝和文の文体を確立させ、漢字片仮名交じりという表記体が、表記体の変換をへることで、今昔物語集や平家物語という典型的な和漢混淆文体を形成してゆくという見取り図を提示する。

以上のような構成で、本書は、変体漢文という表記体から、仮名の成立をはさんで、和漢混淆文という文体が成立する過程での、いくつかの問題点について、ささやかな考察をおこなうものである。本書が、漢字による日本語の書記（表記体）から日本語書記用文体が成立する歴史を記述するための基礎作業であると受け取っていただければ幸いである。

# 目次

目　次

# 日本語書記用文体の成立基盤

――表記体から文体へ――

# 第一章　文字と「ことば」

## 第一節　文字と「ことば」の対応関係

### はじめに

文字と「ことば」との関係については、以前に拙著『漢字による日本語書記の史的研究』（二〇〇三、塙書房）の第一部第一章第一節（初出は「言語における書記の位置付けに関する覚え書き―『国語文字史原論』のために―」（女子大文学国文篇四十八号、一九九七・三））において、考えたことがある。しかしながら、それ以降の思索によって、その稚拙な部分が明らかになってきた。それは、「文体」という概念を考えるに際して、書きしるされる「ことば」自体をどうとらえるかということにある。以下、前書に述べえなかった書記されることばと、読まれることばとの関係、ひいては文字によってあらわされる「ことば」の「文体」と、「表記体」という概念の再検討をおこないたい。なお、ここで「文体」とは、表現された「ことば」の「かたち」（スタイル・文章の様式）をさすのであって、「音韻」に還元できる「言語」（ソシュールのいうラング）に帰するものである。したがって、現代語の漢字仮名交じり文の「文体」を考えるときに、漢字の多寡や表記による違いは、表記体の差ではあっても文体の差とは考えない。

## 一　書記を構成することば

前著において、書き手・読み手・ことばによって構成される言語場が、読み（あるいは書写）の繰り返しによって再構成を繰り返し、空間的・時間的にはなれた不特定多数の読み手によってあらたな言語場が構成され続けるところに、音声言語（音声によって出力されたことば）との差異を確認した。しかしながら、この時におこなわれる「ことば」の質にまでは記述が及ばなかった。そこに単なる「書記される言語（言語の書記）」を想定しただけであった。

書かれたことば（文字列）は、それが「言語」を書いたものであるかぎり、音韻（音象徴）によって構成される「ことば」を書きとめたものとして考えなければならない。しかして、その結果（書かれた文字列）は、かならずしも意図した「言語」（音韻）、あるいは音声によって実現される「ことば」を忠実に還元できるものではない。それは、書くという行為が言語あるいはことばのいかなる部分を書きとめ、いかなる部分を書きとめないか、あるいは、文字によってあらわされない要素と付け加えられる要素があるという、書記のシステムにかかっている。この考えは今もかわらない。ただ、その様に言語場が再構成され続けると考えたとき、書き手の書きしるそうとした「言語」と、読み手が読み取ることのできる「言語」とはかならずしも一致しないことが往々にしておこる。もちろん、音声言語による伝達であってもそれは少なからず生じるものであり、そこに言語の本質（ラングとパロールとの二面性）があるわけだが、書記言語（文字によって出力されたことば）の場合は、書き手と読み手とが空間的・時間的に隔絶しており、場を共有しえないことによってそれが大きな差となってあらわれるのである。特に、日本語の場合、表語文字である漢字で記された「ことば」は、漢字には複数のヨミの可能性があり、その音形式をその文字だけでは直接限定しえないことによって、意図された音韻（話し手のことば）と還元された音韻（読み手のヨミ）との差異が、表音文字（あるいは漢字の表音用法）によるよりもいっそう乖離してしまう可能性を内在しているといえる。それは、音韻（音象徴）への還元を放棄しているかのようにもうつる。

かめいたかしが「古事記は　よめるか」と問うた真意[1]はまさにそこにある。古事記についていえば、近年の研究は、序文に展開された書記への意欲を具現するような、本文における書き手の工夫（一つのヨミに還元できるような、書き手による周到な装置）の読解によって、確実なヨミの再構成（書き手の意図することばへの還元）を求める方向にある。たしかに、そこに示された「書記の工夫」には、単に漢字表現するだけでなく、たしかなヨミに還元するための周到な工夫がある。それは一見、「ヨメなくてもよめる」とするかめいの議論とは齟齬するようにもみえる。ただし、かめいが「ヨメない」とするのは、あくまでも、漢字の表語用法を主とする表記全体の特性を、表音文字によるそれと対比させていっているのであり、近年の多数報告されるようになった文書木簡との類似性によって、また、ウタが書かれた木簡の多数の出現によって、古代の書記全体が俯瞰できるようになった今、古事記の文体が、正倉院文書や文書木簡にみられるものと共通の基盤をもつと考えるかぎり[2]、ひとつ古事記に周到なヨミへの工夫があったとしても、その本質においては、正当な、そして首肯されるべき議論なのである。

古事記や万葉集など、ヨミへの還元がなんらかの方法で保証されるような書記は、比較的、意図されたことばへの還元が容易である。もちろん、ことば以上の情報（表現）を、漢字表現は意図している。それは話されることばにはない、書かれたことばの特徴である。それをどこまで読み取るかということと、伝達される「ことば」

をヨミとるということとは、古代の現実はともかく、書かれたものを読むという言語行為からすると、また別次元の問題である。万葉集の歌うたや古事記は、最低限、「言語」として意図されたことばが、音韻（音象徴）に還元されるその機能をはたしえているといえよう（この場合、漢字の表音用法が表語用法にまさることはいうまでもない）。ただし、それ以上のよみを近年の万葉集なり古事記の研究は求められている。そこに高度な文字使用の実現をみるからである。それは、犬飼隆が「精錬」というような、当時の書記全般からすればきわめて特殊な、ある意味ひとつの「達成」ともいえる文字表現の結果なのである。これに対して、それらの基盤となる、日常の文字表現、つまり正倉院文書や文書木簡などにみられる、変体漢文による書記は、まさに、かめいの議論の真に対象となるものであり、それは書かれるべきことばと意図されることば、そしてよまれることばとの一対一の対応を保証するものではないといえる。

## 二　漢文的措辞と訓読

具体例をあげよう。次にあげるのは、以前取り上げた[3]「他田日奉部直神護」の解文（正倉院文書正集44（大日本古文書3―150））である（〈　〉は宣命書きの部分）。

謹解　申請海上郡大領司仕奉事
中宮舎人左京七條人従八位下海上国造他田日奉
部直神護〈我〉下総国海上郡大領司〈尓〉仕奉
〈止〉申故〈波〉神護〈我〉祖父小乙下忍難波　朝庭

少領司〈尓〉仕奉〈支〉父追広肆宮麻呂飛鳥
朝庭少領司〈尓〉仕奉〈支〉又外正八位上給〈弖〉藤
原朝庭〈尓〉大領司〈尓〉仕奉〈支〉兄外従六位下勲
十二等国足奈良・朝庭大領司〈尓〉仕奉〈支〉神
護〈我〉仕奉状故兵部卿従三位藤原卿位分資
人始養老二年至神亀五年十一年中宮舎人
始天平元年至今廿年　合卅一歳是以祖父
父兄〈良我〉仕奉〈祁留〉次〈尓〉在故〈尓〉海上郡大領
司〈尓〉仕奉〈止〉申

この文書は、文章全体に宣命書きが採用されて、その点では、ヨミが強く意識されているようにみえる。一方で、冒頭の一行は、正倉院文書その他にみえる多くの解文の冒頭形式であり、通常はこれを「謹みて海上郡の大領司に仕へ奉らむ事を申し請ふと解す」とか「謹みて解す　海上郡の大領司に仕へ奉らむ事を請ふと申す」「謹みて解す　申し請ふ　海上郡の大領司に仕へ奉らむ事を」とか訓まれるが、これは中国の文書形式とも一致し、漢文的措辞をとっているのであるから、その訓読は日本語で発想されるものとは基本的に異なる。つまり、日本語での発想は「海上郡の大領司に仕へ奉らむ事」を朝廷に「申し請ふ」ことなのであり、それを漢文的枠組みの「謹解　申請~事」という枠組みにあてはめて書記しただけのことである。したがって「申請」の部分を日本語の語順にしたがって訓むこともちろん考えうるが、あるいは後世の訓み方のように、枠組みにしたがった訓み方をすることも考えられ、どのように訓読するかは指定されていないし、それがどのような「ことば」だったのかは、確定しがたいのである。

また、後半で神護の経歴を述べる部分、「始養老二年至神亀五年十一年中宮舎人始天平元年至今廿年」も、漢文的な部分である。これについて、先の拙稿（注3参照）で次のように述べた。

この部分、小谷博泰『木簡と宣命の国語学的研究』（一九八六、和泉書院、初出は一九八三）のように「〜を始めて〜に至るまで」という続日本紀宣命に用いられたような訓みかたをとることも考えられ、また、奥村悦三「話すことと書くこととの間」『国語と国文学』六八―五（一九九一・五）、「書くものと書かれるものと」『情況一九九六別冊』（一九九六・五）の指摘するように、これを漢文訓読的な語法として、万葉集に見られるような「〜より〜まで」をとることも考えうる。しかして、正倉院文書にはこのような期間をあらわす表現は多く見られ、そこでは、「起・自・始〜至・迄・及〜」などの文字が使用されており、その点では「はじめて、いたる」に限定されるわけではなく、「〜より〜まで」の読み方に妥当性を感じる。ただし、続日本紀宣命などの読み方も、散文としては成立していたとするならば、「(年月)を始めて」の言い方は宣命には確例がなく「(年月および今)に至るまで」は確例があるので、「〜より〜に至るまで」とするのが今のところ適当ではないかと考えている。

いささか中途半端なヨミに帰着した。漢文訓読的にヨムか、和文的にヨムかで統一した方が自然だとは考えたのだけれども、あえて両者をまぜたのには、訓読はどのようにでもありうるということを示したかったからである。究極的には、この訓読は、読み手に帰するヨミであり、やはり発想されたことばは日本語の発想で、それを漢文訓読的なことばで発想しようと和文的なことばで発想しようと、それは示されてはいないのだとすべきであろう。(4) そこにはことばではなくことがらを漢文の措辞にしたがって書きしるすという当時のひとつの書記の方法がある。それは読み手にとっていくつかのヨミ（ことばの音への還元）の可能性を残したままの書記のあり方なのである。

この文書の訓読について、奥村悦三は、拙稿を批判するかたちで、この文書の骨組みと口頭語と文書語、あるいは書かれるものと書かれたものをめぐって次のようにいう（奈良女子大学21世紀COEプログラム「古代日本形成の特質解明の研究教育拠点」シンポジウム報告書、二〇〇七）。

> 「申…申」や「～故は…故に～」という、遠く離れた前後に同じ表現を置いて照応させる枠組みを二重に用いた「他田日奉部直神護解」の文章が、「口頭即ち音声によっ」て作られたことばであり、「文字はたんに音声の代用にすぎ」ないと言ってよいのか？（一一八頁）

そこには口頭のことば（翻訳語）と漢文の訓読によって生じることば（訓読語）とが、どちらも書かれることばであることを示唆する。少なくとも、日常の話しことばのような日本語の音声言語として自然なものとは異なる要素が、そこにはみとめられるのであり、そしてそこにみとめられる書かれたことばをどのように確定するのか、その困難さが示されていよう。

## 三　和語と漢語、あるいは翻訳語と訓読語

構文的な要素と語彙的な要素とは、一応わけて考えなければならないだろう。「ぼくはすっきゃねん、あんたを、めっちゃ」と「アイはユーをベリーマッチにラブしとんねん」とは、どちらも英語か日本語かなどは問題とならない奇妙な日本語表現だけれども、実際、変体漢文とは、程度の差はあれ、このようなものがまじりあった

中間的な文体（たとえば「アイはすっきゃねん、あんたが、ベリーマッチに」や「ぼくはあんたをラブしとんねん、ベリーマッチに」など）だとみて、おおきくはずれることはないだろう。最初から、英語を話すつもりはない点で、日本語としかいいようがないが、われわれはここから、書かれるべき日本語として「ぼくはあんたがめっちゃすっきゃねん」さらには「私はあなたをとても愛しています」を想定することができるのか、できないのか。発想されることばと書かれることば、書かれたことば、そして読まれうることばとの関係、つまりことばと文字との関係はそんなところなのかもしれない。

もう少し具体的に考えてみよう。土左日記の冒頭に「それのとしのしはすのはつかあまりひとひのひのいぬのときにかどです」とある部分、「何月何日」をいう場合に「十二月二十一日」を「しはすのはつかあまりひとひのひ」と和語で表現している。しかしながら、すでに指摘されているように、以後、日付をあらわす場合は漢字表記がつねに用いられ、それははたして和語でよむか字音でよむかはわからない（字音でよむべきことがいわれている）。だとすると、この部分は日付の表現が和語でよまれうることの可能性を示すのであるが、貫之が日常のことばとしてつねにこのようないい方をしていたかどうか、この部分以降の日付の漢字表記はしめしているように思われる。和名抄にのせられる「大臣（オホイマウチキミ）」や「中納言（ナカノモノマウスツカサ）」「参議（オホマツリコトヒト）」などの官職名と和訓との関係は、このような話題によくとりあげられるが、それはそのまま、変体漢文の訓読においてもあてはまる。土左日記の場合、それが仮名で書かれているかぎりにおいて、構文的には日本語文そのものであり、ことばのかたちがそのまま記されていることになるが、それでも漢語としてあらわれるか、漢文訓読語としてあらわれるか、そのいずれが書かれるべきことばだったのか読まれるべきことばだったのか。貫之は日常、「しはすのはつかあまりひとひのひ」といっていたからそう書いたのか、あるいは通常は「十二月二十一日」を音読み語として認識していたけれども、仮名で書く段におよんで訓読的に書いたのか、それらを確定するまでの材料をわれわれはいまだ得てはいない。

これが、漢字専用の変体漢文体文書にあってはなおさらである。桑原祐子『正倉院文書の訓読と注釈』（奈良女子大学21世紀COEプログラム報告集Vol4、二〇〇五）がしめした正倉院文書の請暇解の訓読によって示されるのは、いったいどのようなことばなのだろうか。もちろん、訓読という作業が、書かれたものに対するひとつの解釈にすぎないことは、理解されているのであろうけれど、「訓読作業を積み重ねることによって、いかなる言葉で事柄が記録され、理解されたのかという事実が解明されると考える。」（同書「はじめに」）とされる「言葉」や、別のところで、「「文字を書いて仕事する人」たちの「日常ふだん」の日本語」（二〇〇七年度萬葉学会全国大会要項集）とされる「日本語」という場合、書かれたもの（文字列）から読み取れるのは、いかなる「ことば」（言語もしくは日本語）なのか。発想されることば、書かれることば、書かれたことば、そして読まれるべきことばの、それぞれの次元でのさまざまの異なり、そしてその総合としての当時の「日本語」の「ありさま」の検討は、訓読のどこからどのようなものとして、取り出せばよいのか、すべて今後の検討にゆだねられることになる。たとえば、先掲桑原報告書の28と69とにあらわれる「辛苦」について「音読とする」とだけ注されるが、万葉集巻三、大伴旅人の「在京荒有家尓一宿者益旅而可辛苦（都なる荒れたる家にひとり寝ば旅にまさりて苦しかるべし）」では、たしかに「辛苦」は「くるし」とよまれる。だとすれば、そこにあることばは、音読される「シンク」なのか訓読される「くるし」なのか。はたして、それを読み分ける（書かれた「ことば」として決定できる）根拠をどこに求めうるのか。「苦」ではないからというのだけでは、根拠にはなりえない（本書第三章第四節参照）。

「「文字を書いて仕事する人」たちの「日常ふだん」の日本語」が、どちらのようなことばであり、そのどちらかの「ことば」に対して、「いかなる言葉でことがらが記録され、理解されたのかという事実が解明される」には、どのような手続きが必要であり、それはどのように実現されるのか。まだまだ、わからないことの方が多いのである。

書かれたことばを漢語ととらえるか和語ととらえるかは、後代ならともかく、漢字専用時代の書記にあって、それが漢語（字音語）として認識されたか、訓読語として認識されたか、訓読語の場合、それが正訓に近いものなのか思い切った意訳（義訓）に近いものなのか、さまざまな場合が考えられ、そこにことばのかたちを求めることの困難がともなう。万葉集において「朝参（テウサン／まゐり／あさまゐ）」（巻十八・四一二一）の訓が確定しえないことと、「僧（ホフシ）」（巻十六・三八四六）がともに字音語であることとを並べたときに、書かれたことばと書かれることば、漢語と和語（字音語と訓読語、あるいは翻訳語）との微妙な関係をみてとることができるのである。やはり、かめいが「よめるか」と問いかけたことの重さを、あらためて考えさせられる。いや、もう一度、あらためてしっかりと考えるべきである。

## 四　中国語構文の日本語、日本語構文の漢文

構文的な観点についても、同様のことはいえる（以下、正倉院文書の引用の丸数字は先掲桑原報告書の通し番号）。

大原国持謹解　　請暇日事
合伍箇日
右請穢衣服洗為暇日

如前以解（大原国持解、続修20、⑤）

これを「大原国持謹みて解す。暇日を請ふ事。合わせて伍箇日。右、穢れし衣服を洗はむが為に、暇日を請ふこと前の如し、以て解す。」と訓読することは、妥当な見解であろう。ただこの場合、本文の「請」字は「日」まで七字を読みすすめてから返ることになる。これを上から順に読んでいって「右、請ふ、穢れし衣服を洗はむが為の暇日を」と読んでも、表現として、あるいはことばとしては異なるけれど、おそらくことがらとしてはかわらないだろう。「右請～」は文書の定型である。その型に必要な情報を埋め込むことで書かれる文書が作られるとすると、発想されることばがそのまま書かれるわけでもなく、あえてことばにするならば、「右請」という文型を思い描き、そしてそこに内容を埋め込むという手続きがとられたのではないか。「穢れし衣服を洗はむが為」という理由と、「暇日を請ふ」ということがらを文字にうつすとき、「穢れし衣服を洗はむが為に暇日を請ふ」ということばそのままのかたちが発想される必要はない。「穢れし衣服」なり、「洗はむ」なり、「暇日」なり、「請ふ」といった語が発想され、自然なかたちのことばが組み立てられようとすると同時に、漢語と漢文的発想によって、「穢衣服洗為」（あるいは「為穢衣服洗」）や「請暇日」が発想され、それを文字にうつすのに定型の構文である「右請」をまずおいたうえで、以下の「穢衣服洗為暇日」が続けられる。その様な結果としてここに書かれたことばがあるというようなことが、あったのではないか。次の文書、

美努人長謹解　申請暇日事

合三箇日

右為療親母之胸病

請如件謹以解（美努人長解、続修20、⑧）

については「美努人長謹みて解す。暇日を請ふ事を申す。合はせて三箇日。右、親母の胸の病を療せんが為に、請ふこと件の如し、謹みて以て解す。」と訓読されるが、ここでは「請」が理由のあとにおかれている。この場合、「暇日」はあらわれていないが、当然「請ふ」の対象は「暇日」であり、もしあらわれたとすれば、訓読したときには先の文書と同じく「暇日を請ふこと」となろう。つまり、「請」が前におかれようと後におかれようと、訓読すればおなじ「ことば」となるのである。

「為」にも同じことがいえる。先の文書では「穢衣服洗為」とあり理由のあとに「為」がおかれ、この文書では「為療親母之胸病」と「為」が理由の前におかれる。前者が日本語の語順にしたがったものであり、後者が中国語の語順にしたがったものといえるが、この場合、発想されたことばを日本語的な語順のことばととらえるか、中国語的な語順のことばととらえるか。訓読すれば同じことばになるそのことばが、そのまま発想されたことばといいうるのであろうか。書かれたことばは、たしかに異なるのである。

このようにみてくると、発想されたことばと書かれるべきことばとのあいだには、段階的な差があるといわざるをえない。構文的な観点からみた場合、書記するときの文法として漢文的構文か日本語的構文かの選択は比較的自由であったとおもわれる。漢文的構文を意識した場合、日本語の語順で発想されたことばとはことなる語順となるであろうし、意識しなければそのまま日本語的構文となるのである。あるいは逆かもしれない。書くことが漢文的に書くことを前提としてあったと考えるなら、日本語の構文を意識すれば、そのように書けたかもしれないが、それを意識しないかぎりは漢文的に書くことがおこなわれたのではなかったか。

やはり以前取り上げた、正倉院に残る二通の「小治田人公」文書（正集44、続々修27－4）では、推敲された跡がうかがえるが、それは日本語的な要素を漢文的に改めるものであったし、時代は下るが御堂関白記の自筆本と写本とのあいだにも、日本語的な部分が漢文的に改められた痕跡を多数指摘できる[5]。このことからすれば、日本語的構文が発想段階にあって、いくつかの段階をへて漢文的に書かれるということが考えられるのだけれど、それは裏を返せば、漢文的な書き方がつねに指向されたということである。いずれにせよ、そこにはことがらを表現しようとして発想された日本語的なことばと漢文的に発想される書かれるべきことばとが、語彙的にも構文的にもまじりあいながら、文字にあらわされて、当時の書記としてあったことになる。そしてそのまじり方の度合いは、すぐれて漢文に近いものから日本語の語順にしたがって漢字をならべたものまで、ひろい幅をもってあった。それが変体漢文という、当時の、漢字をつかって日常に書く方法の実態ではなかったか。

さらに付け加えるならば、その書かれたことばは、読まれるべきことばと文字を介して、一対一に対応するものではない。発想されたことばと書かれたことばとのあいだにゆるやかな文法性によって差異が生じたように、また、漢語か和語かの認定において差異が生じたように、文字列から実現されることばは決して一様ではないのである。そこに存する差異を捨象して、読むという行為において実現することばは、書かれたことがらに対する一つの解釈の実現としてのことばにすぎないということも可能であろう。しかしながら、そうだとするとことばは文字によって正確に伝達しうるのかという不安が生じる。はたして、文字によってはことばは伝達しえないのか。あるいは、書かれたことばはことばとして復元できないものなのだろうか。

## 五　読むことばと書かれたことば

文字はことばを書きあらわすことによって文字として機能する。そのかぎりにおいて、文字はことばを書きあらわすものでなければならない。書かれた文字の背後には、書かれたことば（音に還元しうることば）が、たしかに存在するのである。

ここまでの議論で、ことばが音を離れて文字に定着したとき、そこに読まれるべきことばというものの成立する可能性の生じることがあきらかになったかとおもう。そもそも、漢文を訓読するという行為、中国語を日本語で読むという行為は、書かれたことばと読むことばとの決定的な乖離を意味する。

簡単なことである。論語はすぐれて規範的な漢文である。それは、漢文として、つまり、どの地域であっても中国語として読まれるべきことばがそこには記されている。それが中国語を母語としないものによって、たとえば古代の日本列島において、そのことばの理解の方法としての漢文訓読ということがおこなわれるとき、日本語のかたちがそこにあらわれる。訓読されたことばはもはや中国語ではなく日本語である。元来、漢文訓読は中国語を解釈するための方法であったのだろうけれど、そこには書かれたことばがまったく別のことばとして読まれうるというような、ことばと文字との関係が象徴的にあらわれているのである。

今、論語がそのまま白文で書かれているものをとりあげて、それが訓読されるとしても、漢文であることは、誰も疑わない。徳島県観音寺遺跡から出土した木簡に、誤った語順になっている箇所のある論語が書かれていても、あるいは、平安時代の訓点資料の中に、日本語で読むための訓点が記入された論語があったとしても、やはり漢文であることにかわりない。漢字の文字列が全体として中国語の格をたもっているからである。ただし、木簡の論語の背後には日本語による訓読が想定されるし、訓点資料の論語を読むべきことばは、中国語ではなく日本語でなければならない。そしてそれを書き下し文として書いたならば、書かれたものはもはや中国語ではなく日本語であるが、そこでよまれるべきことばは、訓点記入された漢文と等価なのである。また、書き下し文が、漢字仮名交じりであろうと、仮名だけで書かれようと、あるいはローマ字で書かれようと、書かれたものとしては、まったくことなる様相を呈しているが、読まれることばは同じであるということになる。

　これほど極端でないにせよ、変体漢文とそのヨミ（読まれることば）とのあいだには同様の事情がある。奥村悦三によって明らかにされたように、正倉院に残る二通の仮名文書は、その発想に漢文ないし変体漢文で書かれるような日常文書の形式があった[6]。また、同じく仮名書きされた散文に二条大路出土の文書木簡の割り書きされた部分があるが、やはり日常文書を訓読したような文章となっている。このことは日本語でそのような文書が書かれるときには、漢文を訓読するようなことば、さらにその背後にある漢文の発想で文章が作られたということをしめしていよう。ちょうど、近代日本において、ある種の文章は漢文訓読調でしか表現しきれなかったこと、つまり漢文が、発想される日本語の背後にあった（齋藤希史『漢文脈と近代日本―もう一つのことばの世界―』（二〇〇七、日本放送出版協会））こととよく似た状況が考えられるのである。とするならば、変体漢文で書かれたことばと仮名文書に書かれたことばとは、漢文と書き下し文との関係になぞらえることができるのではないか[7]。訓読を介して、漢文ないし変体漢文という表記体（書かれた文字列）と発想される日本語とが、文字とことばとの関係として深く結びついているのである。

　書かれたことばと書かれた文字列、そして読まれるべきことばとのあいだには、このような段差がある。ここに文体ならぬ表記体を考える必要性が生じるのである。

## 六　文体と表記体

平安時代の日本語散文は、女流の仮名文学作品に用いられるようないわゆる和文体と漢文訓読体とにおおきくわかれるが、仮名文学作品の中でも、土左日記や竹取物語など初期の男性によるとおぼしいものには、漢文訓読的な要素が多く指摘される。[8]それは、和文体の確立するまでに漢文ないし変体漢文のことばが、発想の背景にあったことをものがたると考えられよう。それが日常の書きことば（書記するためのことば、書かれたことば）の実体であった。そして仮名は、それを日本語散文として実現し確立させた文字であった。つまり、書くという行為において、書かれるべきことばは、ウタでないかぎり、漢文ないし変体漢文として発想されるようなことばでしか書かなかった（書けなかった）のが、それをウタにならって仮名で書くようになると、もはや発想されたことばをそのままのかたちであらわした、文体として漢文ないし変体漢文とは異なる日本語散文のひとつのスタイルを獲得したのだと、いいかえることができるのである。

以後、本書において個々の問題を検討してゆくが、平仮名が成立し、初期の平仮名散文作品にならって日本語のことばがそのかたちどおりに書かれるようになると、漢文訓読の発想によらない、つまり背後に漢文ないし変体漢文の必要がない発想のことばを文字に記すことも可能になった。つまり女性も含む日常の生活のことば、もともと日本語として発想されるようなことばまでもが、平仮名という文字によってそのままのかたちで書きしるされるようになる。それが和文体のことばではなかったか。そして、和文体の作品が多くの和歌を含むのは、そのようなことばと歌のことばとの親縁性があったからではなかったか。想像はさておき、とにかく、平仮名の成立によって和文体が登場することにより、日本語散文は、二種類の文体をもつことになった。仮名で書くことがひとつの文体を作り上げたのである。

さらに、平仮名で書かれる和文と漢字に片仮名を含めることによって成り立つ漢文訓読文、この二つが混淆していわゆる和漢混淆文が成立し、現代の文体の基礎となる。それには表記体の変換が必要条件としてあった[9]。ここでも表記体は文体の形成に大きな意味をもっていたのである。

ところで、表記体の変換は、仮名の成立をまたずとも、漢字専用時代にあって漢文ないし変体漢文と漢字の用法としての仮名とのあいだでおこなわれている。万葉集に同じ人麻呂歌集歌が訓字主体で書かれたり、仮名で書かれたりする（拙稿「擬似漢文の展相」『国語文字史の研究八』、二〇〇五、和泉書院、本書第四章第三節参照）。この場合、書かれるべきことばは同じであり、書かれたことばは異なるといえるだろうか。そうではなく、書かれるべきことばも書かれたことばも同じ歌であると考えなければならないだろう。つまり、文体は同じで表記体が異なるのである[10]。先にふれた二通の正倉院仮名文書は、オリジナルの資料であるけれども、原理的にみて、変体漢文から仮名に、表記体を変換したものとみることが可能である。つまり、漢文ないし変体漢文も読み下して仮名で書くことが可能となったのである。ここにもひとつの和漢の混淆がある。

あえて、両者に違いを求めるならば、仮名書きは日本語のかたちがそのままあらわされていることによって、文字とことばとの対応が密接であるのに対して、漢文ないし変体漢文は文字とことばとの対応が薄いということである。ただこの違いこそ、漢字による日本語書記のもっとも重要な点であり、仮名で書くことによってはじめて読まれるべきことばとしての日本語は、それとしてあらわされる。そうでないかぎりは、漢文と変体漢文とにおいて表記体としての差はないといえるのである。

## まとめ

文字とことばとの関係を書かれたものを中心において、そこにいたる発想されたことばと書かれることば、そして書かれたものを読むときのことばを考えてきて、そこに段階的な多様性をみとめ、漢字を中心とする書記においては、漢文ないし漢文訓読的なことばが、書かれることばはもちろんのこと、発想されることばの段階にまでおよぶと考えることで、古代の日本語書記、特に散文の書記において「漢文的に書く」ことの意味、「仮名で書く」ことの意味がおぼろげながらみえてきた。歌は「仮名で書く」ことによって歌独自の書記の展開をみる。そして散文は、「仮名で書く」ことによって、また歌とは異なる書くことにおける展開を果たした。そこでは漢字と仮名とが（漢字の表語用法と表音用法も含めて）対立的にとらえられる。日本語散文の表記特徴も、結局は漢字と仮名とを対立軸として把握すべきであるということになる。となると、以前に考えた、漢文と仮名書きという文体概念と表記体概念とを対立的にとらえて、それ以外をすべて変体漢文におさめてしまうという、文体および表記体の把握[11]を結局は打破できないままとなってしまった。訂正するとすると、それらはすべて、文体でなく表記体の把握であったということである。ただし、書かれたことばという意味での文体としては、やはり、漢文体、変体漢文体、ウタ文体の三種類しか今のところ考えが及ばない[12]。文体と表記体、そしてことばとの関係を図示すれば次頁のようになる。

【ことばと文体と表記体の相関図】

| 文体 | 発想されることば | 書記されることば | 表記体（書記されたことば） | 読まれることば |
|---|---|---|---|---|
| ウタ文体 | 生活のことば（漢文ないし漢文訓読語的要素が少ない） | → ウタのことば | → 仮名書き | → ウタのことば（固定的） |
| | | | → 訓字主体（変体漢文） | → ウタのことば（やや不安定） |
| 日用文書文体（変体漢文） | 生活のことば（漢文ないし漢文訓読語的要素が多い）<br>漢文および漢文訓読語 | → 漢文訓読語 | → 仮名書き | → 漢文訓読語（固定的） |
| | | | → 変体漢文 | → 漢文訓読語（訓法によって異なる）<br>→ 漢文訓読語（訓法工夫によって固定化） |
| 漢文（中国語文） | 生活のことば<br>漢文訓読語<br>中国語 | → 漢文訓読語<br>→ 漢文 | → 漢文 | → 漢文訓読語（訓法によって異なる）<br>→ 漢文訓読語（訓法確立によって固定化）<br>→ 中国語 |

＊ウタの表記における漢字仮名交じりや、変体漢文における全体に宣命書きを採用する表記体の位置づけについては保留してある。

注

(1) かめいたかし「古事記はよめるか」『古事記大成3言語文字篇』(一九五七、平凡社) のち『日本語のすがたとこころ(二)』(一九八五、吉川弘文館) 所収

(2) 東野治之「古事記と長屋王家木簡」、犬飼隆「文字言語としてみた古事記と木簡」、いずれも『古事記の世界　上』(古事記研究大系十一、一九九六、髙科書店) 所収

(3) 拙稿「他田日奉部直神護解をめぐって—非分節要素の表記と宣命書き—」『日本語の文字・表記—研究会報告論集』(二〇〇二、国立国語研究所) のち『漢字による日本語書記の史的研究』(二〇〇三、塙書房) に補訂して所収

(4) 正倉院文書には「起・自・始〜至・迄・及〜」が自由に組み合わせられる。これを、「〜起 (をたちて)・自 (より)・始 (よりはじめて) 〜至 (いたるまで)・迄 (まで)・及 (におよぶまで)」という「ことば」で発想しわけていたとするには無理があろう。「〜より〜まで」という和文的発想とそれに対応する漢文の措辞との枠組みで (あいだに漢語表現「起 (キ)・自 (ジ)・始 (シ) 〜至 (シ)・迄 (キツ)・及 (キフ) 〜」が介在したとしても) 書記されたと考えられる。もちろん、そこに結果されたことばが存在しうるのは、そのとおりである。

(5) 拙稿「擬似漢文生成の一方向—『御堂関白記』の書き換えをめぐって—」(文学史研究四十四号、二〇〇四・三)、本書第四章第二節参照。

(6) 奥村悦三「仮名文書の成立以前」『論集日本文学・日本語1上代』(一九七八、角川書店)、同「仮名文書の成立以前　続」(萬葉九十九、一九七八・一二)

(7) さらにいうなら、そのように発想されることばしか、書きしるす必要がなかったということなのだろう。古事記や風土記に記された物語も、もとにあることばは別として、書かれたことばはそのようなもの (漢文ないし変体漢文) であったのである。

(8) 阪倉篤義『日本古典文学大系9竹取物語・伊勢物語・大和物語』解説 (一九五七、岩波書店)、築島裕『平安時代漢文訓読につきての研究』(一九六三、東京大学出版会)、奥村悦三「かなで書くまで—かなとかな文の成立以前—」(萬葉百三十五、一九九〇・三)、同「話すことと書くこととの間」(国語と国文学六十八巻五号、一九九一・五)、同「書くものと書かれるもの

と」（情況一九九六別冊、一九九六・五）など。

（9）拙稿『シリーズ日本語史4日本語のインタフェース』第三章　日本語書記の史的展開（二〇〇八、岩波書店）

（10）もちろん、表記体の異なりは、表現の異なりでもある。そこに文字表現ということが成立する。その違いは当然、歌のことばに影響を与えることになる。訓字主体に書かれる歌として発想されるようなことばが当然、もとより考えられてよい。

（11）拙稿「擬似漢文の展相」『国語文字史の研究八』（二〇〇五、和泉書院）、本書第四章第三節参照。ただし、本書においては「擬似漢文」という用語を破棄し、「変体漢文」を使用する。第二章第三節注1（一一一頁）参照。

（12）宣命と祝詞の文体を、変体漢文から独立させるようなことが考えられるかもしれないが、そこにみとめられる漢文的要素には注意する必要があり、いまだ、その検討には及ばない。今後の課題である。

# 第二節　古代日本語の書記システム

## はじめに

ここ数年、古代語における文字と「ことば」との関係を考えてきて、かめいたかしが「古事記はよめるか」と問うたことの意味が、かすかにではあるがわかりかけてきた。同時にことばを書くことの現実がうっすらみえてきて、はたしてわれわれは本当に、書かれた「ことば」をよむことができるのかという不安にも、かられるようになってきた。そのような不安に対して、書かれたものにまつわる「ことば」に、いくつかの層をもうけることによって、なにか活路をみいだそうとし[1]、また、さまざまの機会に、それに対する批判もいただいた。そこで、本節では、さらに踏み込んで文字とことばとの関係のあやうさを、あやうさとして整理しておきたい。

## 一　書きことばと漢文

東アジアの共通語としての漢文（中国古典文）は、キリスト教世界のラテン語やイスラム教世界のアラビア語といった共通語とは異なる点がある。それは、漢文が漢字という表語文字で記される点である。ラテン語やアラビア語は書かれると同時に、そのように読まれうるのに対して、漢文の場合、もちろんそのまま声に出して読まれることはあるにしても、中国語の「ことば」として読まなくても、書かれたものは理解することができるし、さらには、中国語ができなくても書けるし「よめ」る。それが古代東アジアの共通語としての、漢文という「書きことば」（文言）だったのである。[2]

ところで、「書きことば」という場合、それがことばであるかぎり、当然声に出して読めるものである。現代のことばで考えてみると、小学校の作文指導ではよく、話すように書きましょうといわれることがあるが、実際には、話すことばをそのまま書くわけではない。書きことばには書きことばとしての特徴があり、日常ではそんな話し方をしないようなことば遣いが、書きことばにはみられる。たとえば、「のだ」や「である」で文末を終えることは、日常会話ではまずないし、逆に「わたし・行くわ」「これ・食べる」などといったいわゆる助詞の省略は話しことばの特徴としてある。また、日常使う方言で書くということも、特殊な場合、意図的な場合を除いて、あまりしない。それは、話しことばとしての方言と、書きことばとしての共通語という関係でとらえることができる。もちろん、関西圏以外では、話しことばとしての共通語がおこなわれているが、そこでは、話しことばに二重の状態があり（バイリンガル）、やはり、書きことばは共通語に近いかたちの書きことばとしてある。[3]書きことばが共通語であることは、それが日本という国家の制度だからであり、全国どこででも誰にでも通じることばで書かなくては、書くことの意味がないからである。

実は、われわれは日常生活において、日常生活に使うことばを書く必要は、それほど感じない。書かなくてはならない場面は、日常においてもたくさんあるが、普段の生活のことばを書く必要は、それほどないのである。だからこそ、方言でことばを書く必要はなく、逆に、共通語でことばを書く必要があるということである。いずれにせよ、現代において「書きことば」は、あくまでも「ことば」である以上、それは声に出して読めるものである。

ところが、東アジアの共通語であった漢文の場合、われわれは中国語の発音がわからなくても、漢文の文法や表現類型を知ってさえいれば、読めるし書ける。その背景には、漢文訓読という方法がある。現にわれわれは、漢文はほとんど音読しないで、訓読によって理解するし、漢文を書くときにも、訓読文を思い描いて、それを漢文の文法や表現法にのっとって漢文に書くのである。つまり、中国語で読むことはしないし、中国語で書くこともしない。日本語（漢文訓読語）で日本語を中国語（漢文）として書くだけである。これによって、どのようなことばを母語としようと、そして、そのことばだけしか話せなくとも、共通語としての漢文によって、通じ合うことができる。漢文は、まさに究極の書記の上だけの共通語なのである。それが、本来は中国語という、声に出して話されたり、読まれたりした「ことば」であったとしても、そこに共通の「ことば」は介在しないのである。

古代、東アジア世界の中の日本列島において、書くことを必要としたのは、中国との関係によってであり、だとすると、共通語としての漢文が書きことばとして必要とされて、書くことは漢文だけで事足りる、そんな時代が長く続いたことであろう。それは朝鮮半島でも同じであったに違いない。ところが、それぞれの地域がクニという社会制度を独自に求めるようになり、それぞれの地域で中国に規範を求めながらも、中国とはことなる社会制度を確立してゆく過程で、それぞれに書くことの要請は高まってゆく。そこに、漢文としての正確さ（正格漢文）をかならずしも必要としない、そんな書くことの制度が自然と生まれてきたのではなかったか。漢文に範を求めながらもかならずしもそれに拘泥しない書くことの制度、それが変体漢文と呼ばれてきた、漢文と日本語との融合した、日本列島における書くことの制度だったのである。

## 二　漢文訓読

漢文訓読という装置は、基本的には、漢文をその文字列のまま他言語へと翻訳する装置であるといえよう。文字列のままということは、そこに書かれているのは漢文（中国語）のままということであり、それを声に出して読むならば中国語が期待されるということである。そしてそれを、中国語ならぬ日本語なら日本語、朝鮮語なら朝鮮語で読むというのが、漢文訓読ということである。ここに実は書記された文字とことばとの乖離がある。書かれたことばと読むことばとがまったく異なることばなのである。漢文に詳細な訓点が付けられてあれば、誰しもそれを訓点にしたがって読むだろう。そこにある書記全体は訓点にしたがって読むことを期待しているからである。言い換えれば、中国語で読むことをその書記は求めていないことになる。だとすると、訓点を記した資料には中国語が書いてあるのか日本語が書いてあるのか。おそらくそんなことは問題ではなく、中国語である漢文を日本語で読むという翻訳作業（読解）を、そこにわれわれは読み取れば十分なのである。

滋賀県北大津遺跡出土の音義木簡（あるいは字書木簡とも）には、漢字一字に対して日本語のヨミがあたえられている。その中には、日本語の文節に相当する「アザムカムヤモ」とよめるようなものが含まれる。文脈にしたがって漢文が日本語で読まれていたことがうかがわれるのである。また、徳島県観音寺遺跡出土の論語を書いた木簡には、訓読によって誤ったと思われる箇所が指摘されている。これなどは訓読にしたがって漢文を学習し、それによって漢文を書いたことを示していよう。[4] だとすると、漢文を訓読することは、漢文を書くことともつながっている。そこで、漢文訓読ということが古代においてどのようにあったのかが問われることになる。

訓点記入は、ほぼ平安時代からはじまったとされるが、句読を施すなどのことなら、奈良時代にもあったことが報告されているし、西大寺から出土した木簡にも句読を施したものが発見されている[5]。訓読に関する訓点記入は遅れるのだろうけれども、それも時間の問題だったということなのだろう。もちろん、仮名が仮名として確立しなければ、訓読に関する訓点記入は容易ではないけれど。

ただ、北大津遺跡出土音義木簡のように、辞書のような形態なら、はやくから訓読するような記述がありえた。このような形態は、中国にもあったからである。音義・注釈類のようなものによって、漢文を学習することとともに、訓読することの要請は高まっていたに違いない。日本語で理解することが、外国語学習の目的だからである。奈良県飛鳥池遺跡出土の音義木簡には、和音化した漢字音が記されているが、当然のことながら、まずは音読することから学習されたものとおもわれる。これも、外国語学習には普通にみられる方法である。しかし、外国語の習得よりも外国語の理解力が求められるのは、文化的な差異がある関係においては自然なことで、しかも、中国大陸に渡ることが困難な地勢にあっては、中国語を、話せることばとして習得するよりも、中国の文化を理解する方法を習得することがまず求められたとしても、なんの不思議もない。近代の英語をはじめとする西洋語の習得も同じであった。実際に英語を漢文のようにして読んで学習するような資料も残されている[6]。

もちろん、ごく一部の、東アジアの共通語である漢文を必要としたものにとっては、中国語そのものが必要であったし、それを職業とするものにとっては、話すこと（通訳）も必要であり、書くこと（翻訳）も必要であった。そして、そんな時代が長く続いたのであろう。しかしながら、飛鳥池遺跡や北大津遺跡の音義木簡は、そんな日本列島において、漢文学習が広がりをみせていたことを物語っている。日本列島がクニとしてひろがりをもつにしたがって、漢文を学習することの要請が高まっていたことは想像にかたくない。そんな漢文の学習の場において、あるいは仏典の学習においても（典籍に用いられる古典文と、仏典に用いられる口語文とでは、違いがあっただろうけれど）、同じようにおこなわれたのは、音読するための漢字音の習得と、漢文訓読という翻訳方法の習得の二つの柱で成り立つものであったのだろう。

後代の漢文訓読の隆盛は、おもに仏教世界におけるものが中心であるが、それはある程度、当然のようにみえる。漢籍の訓読を書きのこす必要のある場はかぎられるのに対して、仏典の訓読は、いわば寺の数、僧の数だけ考えうるからである。だが、八世紀代において、多くの律令官人たちにとって、典籍の漢文を学習することは、必須の教養なのであって、かれらは漢文を訓読するかたちで暗誦し学習したのであろう。木簡にみられる習書はそのようなものであり、そこに漢文訓読の形跡がみとめられるのもまた納得されることがらである。そんなかれらが、日常の業務においてさまざまな書記行為をおこなうとき、典籍関係のことばを使用しながら、つまり漢文訓読によって学習したことばを使って、ことばを書きしるすのも、ある程度、予想される。近代日本において、ある種の文章は漢文訓読調でしか表現しきれなかったこと、つまり漢文が、発想される日本語の背後にあったことが指摘されているが、[7]それと同じようなことが、古代においてもあてはまるのではないか。だとすると、漢文訓読という装置は、ひとつ、漢文の翻訳や漢文学習にとどまらず、日本語を書くことの装置としてもあったということになる。つまり、かれらがまず書こうとして書くのは、訓読によって習得されたことばを漢文に書くということなのである。

## 三　日本語を書くシステムの成立

これまでに、何度か述べてきたように[8]、漢字でもって日本語で思考されたことがらを書きあらわそうとするとき、中国語に翻訳するかしないか、仮名でことばのかたちをあらわそうとするかしないか、という二つの対立軸の選択と、漢字の用法として、表語的に書くか表音的に書くかという表記の選択とによって、表記体が決定される。簡単に図示すると、次のようになる。

【漢字による日本語の表記（文単位）】

漢文（中国語文）に翻訳する　漢文という表記体

漢文（中国語文）に翻訳を意図しない

　表語的な書記法　変体漢文という表記体
　（表語的であるかぎりにおいて漢文に連続、漢文的措辞を含む）

　表音的な書記法　仮名書という表記体
　（日本語語形に還元できるかぎりにおいて日本語文）

～漢字仮名交じりと仮名漢字交じりとで両者は連続

（ただし、仮名書でないかぎりにおいて、つまり、日本語の語形表示を優先しないかぎりにおいて、めざされるのは漢字の表語用法によるもの、それはとりもなおさず、漢文に連続する性格のものである。）

ここで、文体ならぬ表記体という用語を使用するのは、少なくとも漢字専用時代にあっては、書かれたものは表記体としてしか、把握しきれないからである[9]。表記体とは、ことばが全体として（文章あるいは作品として）どのようなスタイルで書きしるされているかという、表記面でのいいである。文体があくまでも書こうとする

「ことば」のスタイルであるのに対して、表記体は、ことばをどのようなスタイルで書くかということを問題とする。漢字専用時代にあっては、むしろ、ことばをどのように書くかが大きな問題であったと考える。したがって、同じことばが表記体を異にすることはありうる。同じウタが仮名書きにでも真名書きにでも書かれうるのは、万葉集中の人麻呂歌集歌をみればよい[10]。

漢文を書こうとして書かれたものは結果的に漢文であって、これなら中国語としてもよみうるが、そうでないものは日本語でよむしかない。しかしながら、それがどのような日本語としてヨメるのかは、わからない部分の方が多い。ウタならともかく、散文となるとなおさらである。日本語の文体だといわれる、宣命や祝詞についても、決して例外ではない。どれほどの漢語が書かれたことばとして確認できるかさえわからない状態で、ことばのかたちを定めるには、解決しなければならないことが、まだ多くある。今は、書かれたものとして、そこにある文字列の集合で考えるしかない。そこによみとれるのは、ことばそのものではなく、漢字で書きあらわされたことばの可能性（言語情報）だけなのである。そこでは、漢文という中国語文も、日本語を書きあらわすための、ひとつの書記システムによって記されたものでしかない[11]。

これについて、書記よりも上位の概念としての文体を問題にする意見もあるが[12]、文体と書記とは異なる概念なのであって、上位下位で包含されるような関係の概念ではないと考える。ましてや、表記体は文体の下位概念ではない。だから、表記体の変換がおこりうるのである。そして、書記システムであるかぎり、漢文でも、読まれるべきことばを問題としないので、表記体の変換はありうる。さきに述べたように、漢文は中国語でのよみを必要としない書きことばであるかぎり、漢文と読み下し文との関係は、まさに表記体の変換である。もちろん、読み下し文にすると、すでに中国語では読めなくなってしまうではないかという批判もあるが、それは漢文という文章、つまり日本語か中国語かということばの問題であって、書記システム（表記体）はそれを問題にしていない。日本語を書くことを問題にしているのであって、書かれたことばが、日本語ではどう読めるかが問題なのであり、そこでは何語で書かれているか、書かれた文字列をどのようなことばに還元できるかは問題にしないのである[13]。

さて、日本語での思考という場合、日常の生活にかかわることばで考えられるような内容と律令官人たちが日常の行政活動あるいは事務活動をおこなうような内容とでは、用いられることばがおのずから異なったことが予想される。おそらくは、日常生活のことばなどは、あらためて書くことは、ウタか特殊な場合でないかぎり、必要とされなかっただろう。だとすると、書かれたことばはおのずと漢文訓読調にならざるをえないことになる。一方で、当座の伝達に必要なことがらだけを伝えるのに、正格の漢文は必要とされなかったのではないか。漢文が典籍に範をもつ、きわめて文飾の多いものであることを考えると、そんな手間をかけなくとも、漢文訓読するようなことばで思考されたことがらを、そのまま、漢文のように書くだけで事足りるはずである。そのようにして書かれたのが、変体漢文体文書の数々ではなかったか。

一方で、正倉院文書の中には部分的な宣命書きによる日本語要素の補入がみられる。大字でそのまま日本語要素を記入する方法と小字によるものとの先後関係はわからないが、仮名による日本語要素の補入は、ある種の漢字仮名交じりの方法の獲得でもある。大字によるそれは漢文中に外国語要素を書き入れる漢文の方法の延長としてとらえることができようし、小字によるそれは注釈の方法をとりいれたものと考えられよう。漢文訓読における訓点記入がいつごろ、どのようにしてはじまったかは、まだ、明らかではないようであるが、さきにふれたように、仮名の成立と、仮名による日本語要素の書き入れが前提となる。

近年、多数報告されるようになった、ウタを記した木簡は、七世紀代にウタを表音表記する方法としての仮名（漢字の表音用法）が成立していたことをものがたる。

木簡にウタが仮名で書かれるということと、漢文中にウタが仮名書きされることとは、根本的に異なる。漢文中にウタが仮名書きされるのは、漢文中に固有名詞が表音表記されることの延長上にとらえることができる。あくまで、漢文を書くことの一部分にすぎない。ところが、木簡に日本語文としてウタだけが書かれるということは、日本語文を書くために仮名があった、つまり、日本語を書くための漢字の表音用法としての仮名が成立していることを意味する。したがって、この方法によれば、すべての日本語文は、理論的には仮名で書くことができるようになったということなのである。当然、その延長上には文字としての仮名（カタカナ・ひらがな）の成立がある。木簡に書かれたウタにみられる仮名の用法には、音訓の別が意識されない、清濁を書き分けない、上代特殊仮名遣の書き分けがルーズである、など、平安時代の仮名に通じる側面があるのも、ウタが仮名で書かれた木簡の大きな意義である[14]。仮名の成立は、目前にあった。だとすると、漢文ないし変体漢文に助詞などの日本語要素を仮名で組み込むことはまさに、訓点記入に通じるものとして理解できよう[15]。

## 四　仮名書と真名書

仮名が成立したことはまた、仮名で書くか漢文に書くかが対立的にとらえられることを意味する。音と訓との対立、表音か表語かという対立に対応するかたちで、仮名書きか漢文かが対立するのである。それは、仮名書きかそうでないかの対立でもある。万葉集の内部における、仮名書歌巻と真名書歌巻とがその例としてあげうる。

そこからは、表記体の変換がウタにおいて可能であったことがみて取れる。近年発見された、万葉集と同じ歌句をもつとみられる木簡についても、木簡と万葉集とのあいだで、表記体が異なっており、この対立が、万葉集内部の問題としてだけでなく、当時の書くことの問題にまで敷衍しうるものであると考えられる[16]。

散文においても、つとに奥村悦三が指摘したように、わずか二通ではあるが、正倉院仮名文書が、漢文訓読的な要素を多分に含むことが知られており、これを表記体の変換として位置づけることができよう[17]。しかしながら、膨大な量の変体漢文による正倉院文書の多くは、散文の「文体」（日本語のかたち）さえ明らかではない。単純に訓を連ねて（厳密には漢字の訓による用法（訓字）を連ねて）書いたような文章なのかどうかは、検討の余地がある。桑原祐子らの試み[18]は、単に訓読するだけでなく、そこに多くの漢語の用法をみとめており、検討されるべき大きな課題が示されたことになる[19]。古代の散文にどれほどの漢語が使用されていたのかは知るすべをもたないといってよい。本居宣長以来、われわれは古事記の訓読に馴らされてきていたのであり、その是非がもう一度、問い直されてよい。五十年も前に問い直されたはずの問いに。

太安万侶が古事記を書くにあたって、「然、上古之時、言意並朴、敷レ文構レ句、於レ字即難。已因レ訓述者、詞不レ逮レ心。全以レ音連者、事趣更長。是以、今、或一句之中、交二用音訓一、或一事之内、全以レ訓録。」と、ことばを書きあらわすことの困難と「音訓交用」を採用することを言挙げするのは、音訓の対立についての言及であるが、それはとりもなおさず、仮名書が可能であったこと、それが訓で書くこととの対立としてあったことのあかしでもある。

もちろん、漢文で書くことと訓で書くこととは、中国語である漢文か日本語である変体漢文かという違いであり、そこには大きな違いがあるように思われるかもしれないが、みてきたように、漢文の側に中国語ならぬ漢文訓読のことばを想定するとき、それは連続的にとらえることができ、ことばのかたちを優先させた仮名書か、漢文を指向するかということの方が、対立的にあったと考えられるのである。たとえ、安万侶が「敷レ文構レ句、於レ字即難」というふうに、書くことにおいて、すでに正格の漢文に書くという選択肢を最初から想定しなかったとしても、当時にあって、漢文を訓で読むことは可能なのであって、むしろ、安万侶が漢文とその訓読という方法をとらないことによって、音訓交用という方法、つまり訓字の中に表音用法としての仮名（借音仮名）を積極的に交えることによって、中国語でない「ことばのかたち」を書きしるそうとしたのだと理解できる。

　本居宣長が古事記をヨムに際して、音読み語を排して徹底的に訓にヨムのは、そこに「古言」を求めたからにほかならない。宣長は奈良時代のことばには、たとえば、続日本紀宣命について「宣命ノ詞は、那良（ナラ）の朝廷（ミカド）のなれば、漢文のふりなる処も、往々（ヲリヲリ）はまじれり。【…やがて漢字の音ながらの言さへ、まゝまじりたり。】（『古事記伝』訓法（ヨミザマ）の事）」というように、音読み語をみとめている。(20)

　古事記が、宣長のいうように、すべて古言で書かれてあり（当然それは和語であり、そのかぎりにおいて、訓読みすることが前提となる）、そのようにヨムことが書記に反映されている（つまり、ひとつのヨミに確定できる）とするならば、それはそれで安万侶の方法として理解できるし、それを否定するつもりはない（積極的に肯定するつもりもないが）。しかしながら、正倉院文書はそのようにはよめないのではないかということが、桑原らの力作によって考える必要がでてきたのであり、だとすると、やはり、ことばとしてヨミうるのは、つまり、音読みか訓読みかが確定できるのは、仮名書でしかないということになる。(21)

## まとめ

ここまで考えてきて、古代においては、それが表音か表語かの対立による書記（表記体）であるかぎり、ことばと文字との関係は、きわめて可変的なものであることに行きついてしまった。これは、文字を研究するものにとって、あるいは古代語を対象とするものにとって、みずからの首を絞めかねない、いや、すでに絞めてしまった結論なのかもしれない。しかし、別稿に締めくくったように[22]、やはり、わたしにはまだ古代官人たちのコエは聞こえないのであり、さらに聞くための方法を模索するしかない。あるいは、新たな資料の出現をまつしかないのかもしれない。

注

（1）拙稿「文字をめぐる思弁から―文章と文字との対応関係についての覚書―」（関西大学　国文学九十三、二〇〇九・三）、前節参照。
（2）金文京『漢文と東アジア―訓読の文化圏』（二〇一〇、岩波新書）
（3）中国の少数民族のあいだでは、話しことばとしての民族語と書きことばの北京語との対立が指摘されるが、それはむしろ、日本における方言と共通語との関係と同じである。日本の各地でも、普段は方言（という民族語）で話すが、方言を解さない人とは共通語で話し、そして書くときには、共通語で書くのである。方言で書く必要はないし、民族語を書く必要もないだけの話である。世界中に書くことを必要としない言語は多数あり、もし、書くことが必要なら、書くことの制度にしたがって書くことをするだろう。どのような制度があってもよい。書く習慣をもつ他言語で書いてもいいし、そんな他言語にならって民族語を書く工夫がなされてもよい。中国の少数民族にとっては、制度としての書記は、北京語で書けばことすむだけの話である。なかには、納西族のように女文字を使う民族もあるが。ともかく社会制度が書きことばを要請するのであり、それが書きことばの本質である。

（4）犬飼隆『木簡による日本語書記史』（二〇〇五、笠間書院）

（5）『訓点語辞典』（二〇〇一、東京堂出版）、西大寺出土木簡（二〇〇九・八・三付朝刊各紙）

（6）森岡健二『欧文訓読―欧文脈の形成―』（一九九九、明治書院）

（7）齋藤希史『漢文脈と近代日本―もう一つのことばの世界―』（二〇〇七、日本放送出版協会）

（8）拙稿「擬似漢文の展相」『国語文字史の研究八』（二〇〇五、和泉書院）、本書第四章第三節参照、口頭発表「木簡の歌と万葉歌―ウタの書記と表記体―」（上代文学会秋季大会研究発表会、二〇〇九・十一、於慶応義塾大学三田キャンパス）など

（9）本書同様、文体ならぬ表記体としてとらえて、古代の表記体を分類したものとして、沖森卓也『日本古代の表記と文体』（二〇〇〇、吉川弘文館）があるが、分類については本書と異なる点がある。拙稿書評「沖森卓也著『日本古代の表記と文体』」（国語学五三―二、二〇〇二・四）参照。

（10）注8拙稿

（11）犬飼隆『上代文字言語の研究』（一九九二、笠間書院、二〇〇五に増補版）における「文字言語」は、本書にいう「ことば」を文字という media に表出したものととらえる。そして、そこに書かれているのは「言語情報」であるとする。本書での「言語情報」は、この考え方に基づく。なお、本書の「表記体」は「文字言語」にちかいものであるが、正格の漢文に対する理解や、「ことばへの還元」において、やや、異なる点があるようにもおもわれる。本書の「書きことば」とはまったく異なることはいうまでもない。

（12）毛利正守「上代の作品にみる表記と文体―萬葉集及び古事記・日本書紀を中心に―」（古事記年報五十二、二〇〇九・一）

（13）ちなみにいうと、表記体だけを問題にするかぎり、ウタさえも漢文に表記体を変換することは可能である。その背後にあることばのかたちは漢文訓読文のように変換しなければならないけれど、そしてそれこそが文体の違いだといいうるのだけれど。

つまり、あることがらを漢文訓読のようなことばで表現するか、ウタのようなことばで表現するかの文体の違いが生じる。「あきのたのかりほのいほのとまをあらみ　わがころもではつゆにぬれつつ」とウタの定型にしたがって表現するか「あきのたのかりほのいほのとまあらきがゆえに　わがころもではつゆにぬれてしまいぬ」と散文として表現するかであり、それを漢文で「秋田仮庵苫麁之故〈苫麁之故、此云等麻乎阿羅未〉、吾衣手濡於露了〈濡於露了、此云都由尓奴礼都追〉」のように書けば、その漢文はほとんど変体漢文に近い変な漢文であるが、ちゃんと漢文で書こうとしたものである。さらにそれを手直しして、「麁乎秋田仮庵苫、濡哉於露吾衣袖」と、なんとなく漢詩句風にすることもできる。そのような書記の様式（書記システム）だけを問題にしているのである。それは、かめいが五十年前に言挙げしたことを真摯に受け止めた結果であるが、結局、ことばと文字との関係はわからないとしかいえず、とりもなおさず、思考停止の結論であることにちがいはない。

(14) 拙稿「歌表記と仮名使用―木簡の仮名書歌と万葉集の仮名書歌―」（木簡研究三十一、二〇〇九・十一）、本書第二章第二節参照。

(15) 白藤禮幸「上代宣命体文献管見」（国語研究室六、一九六七・一〇）

(16) おそらく、万葉集は万葉集としての対立を考えるべきであり、それを書記一般の問題に広げることには、慎重でなければならないだろう。人麻呂歌集略体非略体について表記史的観点を取り入れた説に対する論争と同じ轍を踏むことにもなりかねないからである。しかしながら、現在の資料に対する議論は、以前よりも数段進んでいると思量する。

(17) 奥村悦三「仮名文書の成立以前」『論集日本文学・日本語1上代』（一九七八、角川書店）、同「仮名文書の成立以前　続」（萬葉九十九、一九七八・十二）、同「かなで書くまで―かなとかな文の成立以前―」（萬葉百三十五、一九九〇・三）、および、拙稿「表記体の変換と和漢混淆文」『古典語研究の焦点』（二〇一〇、武蔵野書院）、本書第四章第五節参照。

(18) 現在までに、奈良女子大学21世紀COEプログラム報告書として、桑原祐子担当『請暇不参解編（一）（二）』、黒田洋子担当『啓・書状編（一）』、科学研究費報告書として、桑原『造石山寺所解移牒符案（一）（二）』、黒田『啓・書状編』、中川ゆかり『正倉院文書からたどる言葉の世界（一）（二）』が公にされている。

(19) 拙稿「正倉院文書請暇解の訓読語と字音語」『国語語彙史の研究三十』（二〇一一、和泉書院）、本書第三章第四節参照。

（20）また、字音でよむことについては、【おほかた那良のころなどまでは、よろづの名称なども、字音ながら唱ふることは、をさ〳〵なかりき。漢籍をよむにも、よまる、かぎりは、訓によみき。】（『古事記伝』訓法（ヨミザマ）の事）と述べており、訓読がまずあったと考えているようである。

（21）もちろん、仮名書きだけが、語形が確定できる方法であるというのではない。仮名書きに代表されるような、ことばのかたちを確定できる方法ということである。その点でいえば、文字としての仮名成立以後の漢文、変体漢文、仮名文については、音訓の対立はそのまま「ことば」の対立として考えられるので、文体をうんぬんする余地はありうるし、現に散文文体のさまざまな種類も考えうるのである。さらに、仮名文における文体の違いを、古代における、生活のことば、カタリのことばなど、さまざまな場面におけることばの差異に対応させうることが考えられる。万葉集巻十六の漢文で書かれたウタにまつわる物語と平安時代のケリで統括されるような文体の歌物語との関係など、今後の大きな課題である。

（22）注19拙稿

# 第二章　ウタの仮名書と万葉集

# 第一節　漢文中のウタ表記の展開

## はじめに

日本霊異記下巻第三十八縁は、「災与善表相先現而後其災善答被縁第三十八」と題され、世の中に異変がある直前にその前兆のあることを述べる章段であるが、前兆が童謡（ワザウタ）によって示される前半と、編者景戒の体験した前兆と夢の解釈など、景戒の伝記資料ともなる後半とにわかれる。その前半には、童謡（ワザウタ）が六首収められている。そのうちの二首は、次のようなものであり、光仁天皇の即位を予兆した前者は続日本紀、催馬楽に、桓武天皇の即位を予兆した後者は日本後紀に、それぞれ記録されるものである。

歌咏言「朝日刺　豊浦寺　西有耶　押天耶　桜井〈尓〉押天耶　押天耶　桜井〈尓〉　白玉磯著〈耶〉　吉玉磯著〈耶〉　押天耶　々々々　然而者　国曽栄　我家〈曽〉栄〈耶〉　押天耶」（日本霊異記下巻三十八縁）

童謡曰「葛城寺〈乃〉前在〈也〉豊浦寺〈乃〉西在〈也〉於志〈止／度〉刀志〈止／度〉桜井〈尓〉白壁〈之豆／久也〉好壁〈之豆／久也〉於志〈止／度〉刀志〈止／度〉然為〈波〉国〈曽〉昌〈由流／也〉吾家〈良／曽〉昌〈由流／也〉於志〈止／度〉刀志〈止／度〉」（続日本紀光仁天皇即位前紀）

歌咏云「大宮〈ニ〉直向山部之坂痛〈奈〉不践〈曽〉土〈ニ／ハ〉有〈ト／モ〉」（日本霊異記下巻三十八縁）

初有童謡曰「於保美野迩　多太仁武賀倍流　野倍能佐賀　伊太久那布美蘇　都知仁波阿利登毛」（日本後紀大

同元年四月）

（資料の引用については末尾の〈資料〉による。引用中〈　〉は小字割書きを、／は割り書き中の改行をあらわす。以下同じ。）

前者について、続日本紀では小異があるものの、日本霊異記と続日本紀とで書き様は同じく宣命書きになっており（催馬楽「葛城」では、本文は続日本紀に同じだが、その書の性格上、一字一音の仮名書きになっている）、後者は、日本霊異記が他の童謡と同じく宣命書きであるのに対して、日本後紀では一字一音の仮名書きになっている。同じウタが資料によって異なる場合、その資料の編集方針の問題か、あるいは、よった原資料の問題が考えうる。前者の小異や後者の書き様の異なりは、原資料の異なることによるとも考えられるし、後者の場合はさらに、漢文中にウタを記載する場合の編集方針の違いとも考えうる。もちろん、日本霊異記と史書とでは、資料としての質がそもそも異なっており、日本霊異記には、かならずしも（書かれた）原資料を想定する必要はないのかもしれない。また、ワザウタというものがどのように記録されたのかという問題もかかわってこよう。それは、宣命書きや仮名書きがどのような性格をもつのかということにつながる問題である。

本節では、この二者の相違を、漢文中のウタの仮名書きという観点と宣命書きや仮名書きの機能という観点からとらえ、ウタを仮名書きすることの意味について考えてみたい。

## 一　史書のウタ表記

記紀では、ウタは本文に続くかたちで一字一音の借音仮名によって記されるのが基本である。日本書紀には、いくつか童謡（ワザウタ）も記載されるが、それも例外ではない。

有童謡曰、伊波能杯你　古佐屢渠梅野倶　渠梅多你母　多礙底騰衰囉栖　歌麻之々能烏膩〈蘇我臣入鹿深忌上宮王等威／名振於天下独謨僭立〉（皇極天皇二年十月）

有童謡曰、摩比邏矩都能倶例豆例於能幣陀乎邏賦倶能理歌理鵜美和陀騰能理歌美烏能陛陀烏邏賦倶能理歌理鵜甲子騰和与騰美烏能陛陀烏邏賦倶能理歌理鵜（斉明天皇六年是歳）

前者は五七五七七の定型の短歌体、後者は意味不通で解釈に諸説あるが、定型ではないとおぼしい。文字の大きさは本行と同じであり、また、ウタの前後で改行されることはない。この方法では、漢文中に日本語文が「歌曰～（者）」の形式で表音的に組み込まれていることになる。中国文献における外国語固有名詞の表記方法と同じであり、漢文の方法をそのまま利用したものといえる。つまり、当然のことながら、ウタは固有名詞と同じく、文脈を構成する要素としてのあつかいがなされているのである。日本書紀は基本的に正格漢文であり、一字一音の借音仮名による仮名書きは、ウタと訓注と一部固有名詞表記とにかぎられる。また、同じく、正格の漢文とはいえ、続日本紀が、宣命を宣命書きのまま記載するのに対して、日本書紀中に宣命書きがあらわれることはない。古事記では、序文に言挙げされるように「音訓交用」が採用され、ウタや固有名詞、訓注以外にさまざまな仮名書き部分があるが、特に会話部分など口頭表現的な部分に用いられる傾向が強い。これらの仮名書きは、日本語語形の記載を第一に考えた方法であるといえよう。しかしながら、付属語の仮名書きがみられるにもかかわらず、日本書紀と同じく、宣命書きが採用されることはない。仮名の小字割り書きは以音注などの注記にかぎられる。(1)

ウタがすべて仮名書きされているということは、そうでない部分はウタでないという編者の認識を示すものであり、日本語語形の保存を第一としない部分、つまり、仮名書きではない箇所にも、ウタに通じる部分はある。別稿に取り上げた(2)、記清寧条、顕宗天皇即位前紀のオケ・ヲケ二皇子発見譚の室寿と名乗の部分が一例となる。

五十隠山三尾之竹矣訶岐〈此二（真福寺本「三」）字以音〉刈末押縻魚簀如調八絃琴（記）

脚日木此傍山牡鹿之角〈牡鹿、此云左烏子加〉挙而吾儛者（紀）

ここには、あきらかに他の部分と異なる、借訓仮名とおぼしき用法がみえ、表音的用法（仮名書き）がその背後にあったことを思わせる。[3] 日本書紀には、長い真名書き（漢文体）の室寿（為室寿曰）に続いてウタ（歌曰）が一字一音の借音仮名で記され、さらに名乗（誥之曰）が真名書きでおかれており、定型（短歌体）の歌のみが仮名書きされていることになる。日本書紀においては、室寿と名乗のことばはウタとみとめられず、あいだにおかれた定型のウタのみがウタとみとめられていたということになろう。播磨国風土記にも同じ内容の説話がみえ、まったく別の表現ではあるが、やはりウタが仮名交じりの真名書きで載せられており、他の部分とは異なっている。そこからも、分節された表音用法の真名書があったと思われるのである。とするならば、日本書紀の一字一音の借音表記は、日本書紀の論理にしたがってウタと認定された結果であるということになろう。ウタと認定されないかぎりにおいて、室寿と名乗の部分は仮名書きにはされなかったのである。

一字一音の借音仮名表記をウタ表記の基本とすることは、続日本紀以下の史書においても採用される。日本書紀に続く五国史には一字一音の借音仮名表記されるウタが、計九首みとめられる。

続日本紀　二箇所五首

天平十五年五月（三首）

宝亀元年三月（二首）

日本後紀　二箇所二首（一首は定型の童謡）

大同元年四月（一首、桓武天皇即位前の童謡）

大同三年九月（一首）

続日本後紀　一箇所二首

承和十二年正月（二首）

ただし、一字一音の借音仮名表記以外に、次のような例外がある。

続日本紀

真名書　一首

天平十四年正月　新年始迩何久志社供奉良米萬代摩提丹

宣命書　二箇所二首（一首童謡、一首は宣命中）

天平勝宝元年　第十三詔中の「海行〈波〉……」の長歌

光仁天皇即位前紀　光仁天皇即位前の童謡（先掲）

続日本後紀

宣命書　二箇所二首（一首は童謡、一首は長歌）

承和九年八月　淳和天皇即位前の童謡

嘉祥二年三月　仁明天皇四十賀を寿ぐ興福寺僧長歌

日本三代実録　宣命書　一首（童謡）

清和天皇即位前紀　清和天皇即位前の童謡

続日本紀の真名書歌一首を除くと、定型の短歌が仮名書き、非定型歌（長歌を含む）が宣命書きという区別が考えられる。ここでは記紀とは異なる論理が採用されていることになる。記紀歌謡は多くの非定型歌を含み、む[4]

しろそこに定型の成立過程をみることができるのであるが、定型非定型にかかわらずウタは仮名書きされている。定型成立後の史書との差がそこにはあるのであろう。童謡（ワザウタ）に関しては、日本書紀はすべて仮名書きであるが、五国史では宣命書きをもっぱらとし、日本後紀の仮名書は定型の短歌形式ゆえの仮名書きとみることができよう。逆に短歌形式でない続日本後紀の長大な長歌は、その内容ゆえに宣命書きが採用されたものと考えることができる。つまり、定型の短歌形式と仮名書きとの結びつきが、史書中のウタの書記形式にみとめられるのである。

## 二　風土記のウタ表記

記紀と時代的に重なる風土記におけるウタ表記は、次のようになっている。

常陸国
　仮名書　三箇所四首
　漢詩訳　一首
　割書の仮名書　三箇所五首
播磨国
　仮名書　一首
　真名書　一箇所二首
肥前国

仮名書　一首
逸文
仮名書　丹後・志摩・肥前
真名書　播磨

播磨国の真名書き二首は、記紀のところで触れたオケ・ヲケ二皇子発見譚のものであり、特殊な事情が考えられる。ただ、釈日本紀所引の逸文、明石駅家条の「住吉之大倉向而飛者許曽速鳥云目何速鳥」が原表記を保存しているとすると、播磨国では真名書きも採用された結果のこととして考えうるかもしれない。しかし、残る一首が仮名書きされていることは、他の国の方法に合致し、やはりこれが当時の基本的な方法であると考えてよいかと思われる。

常陸国では、香島郡の三箇所四首に記紀と同じく一字一音の借音仮名表記がみられるが、新治郡の一箇所一首、筑波郡の一箇所二首と茨城郡の一箇所二首は、一字一音の借音仮名表記ながら、次のように割り書きとなっている。

俗歌曰〈許智多鶏波　乎婆頭勢夜麻能　伊波帰尓母　為弖許母郎奈牟　奈古非叙和支母〉（新治郡）
其唱曰〈都久波尼尓阿波牟等伊比志古波多賀己等岐気波加弥尼阿須波気牟也／都久波尼尓伊保利弖都麻奈志尓和我尼牟欲呂波々夜母阿気奴賀母也〉（筑波郡）
詠歌云〈多賀波麻尓　支与須留奈弥乃　意支都奈弥　与須止毛与良志　古良尓志与良波　又云　多賀波麻乃志多賀是佐夜久　伊毛乎古比　川麻止伊波波夜　志古止売志川毛〉（茨城郡）

ただし、諸本を勘案すれば、諸本一致して本行と同じ大きさなのは香島郡の一箇所一首「安良佐賀乃　賀味能

弥佐気乎　多々義々止々　伊比祁婆賀母輿　和我恵比尓祁牟」のみであり、香島郡の残りの二箇所三首も、むしろ割り書きであった可能性がある。[5] この形式は、基本的には本行から割注へと続くかたちであり、石塚晴通が指摘するように、[6] 古事記系譜部分に特徴的にみられ、仏典の注釈の部分にもままみられる方法である。石塚は「講義・口述」を反映する方法であったものと考えるが、そう考えても、やはりそこが本行の語に対する注釈的な部分であることにはかわりない。

古事記の場合、

次天津日子根命者、〈凡川内国造・額田部湯坐連・茨木国造・倭田中直・山代国造・馬来田国造・道尻岐閇国造・周芳国造・倭淹知造・高市縣主・蒲生稲寸・三枝部造等之祖也〉（上巻）

のように「―者〈～（也）〉」の形式で氏族の祖を示すものであり、いわば、天津日子根命に対する注記ともいえ、文脈が切れるか続くかは大きな違いではあるが、同じく氏族の祖を示すのに、

建比良鳥命、〈此出雲国造・无耶志国造・上菟上国造・下菟上国造・伊自牟国造・津嶋縣直・遠江国造等之祖也〉（上巻）

のように、中国古典の注形式の方法を用いるのと、機能的にはかわりはない。風土記のウタの場合は、先掲筑波郡の例のように、「―曰〈～也〉」という古事記の場合と構文的に同じ形式もあり、ウタを本行から割り書きへ文脈が続くかたちの注記とみなして記載したものと考えられる。それは、同じ常陸風土記において漢詩訳した一首が割り書きされないのとは対照的であり、中国語文は一連の文として、日本語文のウタは注記の形式で記されたと理解できよう。この方法は、ウタの表記形式としては、常陸国風土記のほか、後の日本霊異記、将門記にも採用されるが、注形式を採用するということは、やはり中国語とは異質なもの、つまり表音用法の日本語要素を、

本文に対する注記と同列にとらえ漢文中に組み入れる、ひとつの形式であったのである。

これは、ちょうど宣命書きに通じる日本語要素を補入する方法でもある。宣命書きは、本行に対する日本語要素の補入形式であり、仮名書きの部分なしでも変体漢文としては通じるものであるが、一方で本行から割り書きへと文章としては連続する形式でもあるからである。

常陸国風土記は正格の漢文で綴られるが、次の部分は、割り書きの部分にいわゆる宣命大書体がみられる。

天則号日香島之宮、地則名豊香島宮〈俗云、豊葦原水穂之国所依将奉止詔留尓、荒振神等又石根木立草乃片葉辞語之昼者狭蝿音声夜者火光明国、此乎事向平定大御神止、天降供奉〉（中略）五色絁一連〈俗曰、美麻貴天皇之世、大坂山乃頂尓白細乃大御服々坐而白桙御杖取坐識賜命者、我前乎治奉者汝聞看食国乎大国小国事依給等識賜岐、于時追集八十之伴緒挙此事而訪問、於是大中臣神聞勝命答曰、大八島国汝所知食国止事向賜之香島国坐天津大御神乃挙教事者、天皇聞諸即恐驚奉納前件幣帛於神宮也〉（香島郡）

ここは、本行から割り書きに文脈が続く形式ではないけれども、先の記述に対する注になっている部分で、口承的な要素が強い。本来なら宣命書き、つまり仮名は小字で記されるような部分であるが、割り書きの中にあって仮名の部分を小書きできないので、表語用法と表音用法とが同じ大きさに書かれたものと思われる。日本書紀神代紀の一書に訓注が同じ大きさになって章段末におかれているのは、一書自体がもともと割り書きだったからであり、古事記において「我那勢之命、爲如此登〈此一字以音〉詔」「布刀御幣登取持而」など、宣命体と同じ部分で宣命書きになっていないのは、小字割り書きが、先に述べたような系譜や以音注等の注記にかぎられ、日本語文中の表音用法は音訓交用するという書記方針のためであるからだと理解される。

播磨国風土記にも、「御佩刀之八咫劒之上結尓八咫勾玉下結尓麻布都鏡繋、賀毛郡山直等始祖息長命〈一名伊

／志治〉爲媒而」（賀古郡）のように、古事記と同じような音訓交用の部分がみとめられるが、注記が小書きされることはあっても、文脈上の仮名書きは、やはり、本行と同じ大きさに書かれている。これは、播磨国風土記の文体基調が、正格の漢文よりもどちらかというと古事記に近いことを物語るものと思われる。

つまり、割り書きの注形式によって仮名書き要素を組み入れる方法は、一つには宣命書きとしての日本語要素の補入としてあり、一つには漢文体の中にウタを表音的に組み入れる方法としてある。いずれも、漢文中に日本語要素を表音的に組み入れるところに共通点があり、それは石塚が「講義・口述」的としたのと通じる面がある。ウタの仮名書きは、日本語語形の表示という、まさに注記として、本行から割り書きへと連続しているのである。

## 三　日本霊異記と将門記のウタ表記

常陸国風土記の割り書きと同じ方法は、日本霊異記と将門記とにみられるが、それぞれは質的に大きく異なる。日本霊異記は三巻からなり、四字句を基調とする和習の強い漢文体ないし変体漢文の文章であり、今までみてきたところでいうならば、古事記や播磨国風土記のように仮名で日本語要素を交えるようなことはないが、日本書紀や常陸国風土記のように正格の漢文をめざしたようなものでもない。ただ、さまざまな面で日本語文というよりは、純粋に漢文を指向しているといえる。つまり、いくつかの和習は指摘できるものの文体の基調はあくまで漢文であり、その点で、割り書きは主に、語句の注記として漢文中に組み込むために使われるが、次の一例とウタ四首とが、本行から割り書きに続く形式になっている。

故誦夫語而来寐。故〈名為支／都祢也〉（上二縁）

ここはやはり「キツネ」という日本語語形を表音的に注記形式で記したものであり、ウタの日本語語形の保持と揆を一にするものと考えられる。ウタの割り書きは上巻と中巻とに二首ずつあらわれ、下巻は先にふれた童謡（ワザウタ）六首が本行に宣命書きで記されるのみである。

恋歌曰〈古比波未奈加(和)我宇弊迩於知奴多万可支流波呂可迩美江天伊尓師古由恵迩〉（上二縁）

歌言〈伊可流可乃三(止)乃乎可波乃太紅(江)波已曽和可於保支見乃三奈々和数良礼女〉（上四縁）

作歌曰〈加良須止伊布於保乎蘇止利能去止乎能米止母尓止伊比天佐岐陀智伊奴留〉（中二縁）

挙国歌詠之謂〈奈礼乎曽与羊(咩)尓保師登多礼阿牟知能古牟智能餘召(呂)豆能古南无々々耶仙佐加文佐加母持酒々利法万宇師夜万能知識阿万志尓々々々〉（中三十三縁）

上巻の二首と中巻の一首は、五七五七七の定型の短歌体であり、中巻三十三縁の一首は非定型であり、「挙国」とあるように下巻三十八縁前半のと同じく童謡（ワザウタ）である。下巻の童謡（ワザウタ）が宣命書きされるのは、続日本紀以下の史書の例に合致する。ただし、下巻三十八縁前半は、有力な伝本である前田家本、来迎院本になく、また、書き出しが、「夫善与悪之表相将現之時、彼善厲之表相先兼作物形、周行於天下国而歌咏示之」とあって、他のすべての章段が時代・人物・場所のいずれかからはじまるのとは大きく異なっている。また、前段と後段のあいだに訓注があるのも異例である。おそらく前段は、後補されたものと思われる。したがって、上中巻のウタの記し方とは異なる論理があるのかもしれない。

五国史では、定型のウタの仮名書きが、童謡（ワザウタ）の宣命書きよりも優先した結果、日本後紀の定型の童謡（ワザウタ）が仮名書きされたと理解したのであるが、ここで非定型の童謡（ワザウタ）が仮名書きされるということは、上中巻においては、定型非定型、童謡（ワザウタ）であるかどうかにかかわらず、ウタの仮名書きが優先した、そして、下巻においては定型非定型にかかわらず童謡（ワザウタ）の宣命書きが優先したということであると理解される。

また、上中巻の仮名書きは、風土記や国史類とは異なる点がある。つまり、上巻の二首には「江・三・見・女」の借訓仮名が使われており、中巻の童謡（ワザウタ）には「仙・持・法・知識」といった表語用法が含まれている。漢文中にウタを仮名書きする場合は、記紀から五国史、風土記においても、借音仮名がもっぱら用いられ音訓は厳密に区別されていたものと思われる。この点で日本霊異記の仮名ウタは木簡のウタ表記に通じる(7)。とするならば、漢文中に外国語表示同様の方法で日本語要素を組み込む記紀のウタや、注記として漢文と区別する常陸国風土記のウタが、音訓を厳密に区別し、借音仮名のみで記されるのとは異なり、漢文とは無関係に独立して仮名書きされているウタが漢文の注記として組み入れられていると考えることができる。仮名書きであることで、漢文中に注として組み入れられているだけで、そこにはもはや、中国語文中に外国語としての日本語部分を借音表記するという、音訓の対立的な意識は感じられない。ウタが漢文中にあるから仮名書きなのではなく、仮名書きのウタが漢文中に組み込まれているのである。

将門記は真福寺本と楊守敬本とで書記様式が異なる。真福寺本は日本霊異記と同じく本行から割り書きへ続く形式であり、楊守敬本は第一首しか残っていないが、ウタの前後で改行されている。ウタの前後で改行する形式は、本行からそのまま続けて書かれる形式よりも遅れると判断されるので、今、真福寺本の形式をより古いかたちとみとめて、これによって考えてゆくことにする。

忽有勅歌曰〈冊尓手毛風之便丹吾（ソ）／問（フ）枝離垂花之宿緒〉

和之曰〈冊尓手毛花之匂散来者我／身和比志止於毛保江奴鍾〉

寄人詠曰〈花散之我身牟不成吹風波／心牟遭杵物尓佐利計留〉

将門記のウタは、本行から割書に続く形式をとりながら、一字一音の仮名書きではなく、真名書きになっている。その用字は、和製漢字「匂」や訓仮名「垂・鈍・江」、あるいは「ぞありける」の縮約形「佐利計留」など、新撰万葉集に通じる点がある。

日本霊異記と将門記とのあいだにある百数十年の時の隔たりのうちに、日本語史的には文字としての仮名（ひらがな・カタカナ）の成立がある。日本語を書きしるすための表音文字としての「かな」成立以降、古今集に代表されるように、ウタを記すのがもっぱら「かな」であり、漢字ならびに漢文と完全に分業されるようになると、漢文中に同化できるのは、表音用法としての仮名（真仮名）あるいは「かな」（平仮名）ではなく、むしろ漢文的な真名書きではなかったか。新撰万葉集が漢詩との関係で真名書きされたことが思い合わされる。

もちろん、将門記の個別の要素も考えうる。つまり、将門記において割り書きは、漢文引用の注記として多用される。その漢文引用との整合性において、ウタの真名書きがあったことも考えられよう。また、次の時代の公家日記には、真仮名や宣命書き（権記など）、平仮名書き（御堂関白記）など多様な方法がみとめられる。とするならば、将門記の真名書きは個別の事情として考えるべきかもしれない。しかしながら、本行から割り書きに文脈が続く形式によるウタの記載方法において、常陸国風土記、日本霊異記との続きの中で考えるならば、まさに、ウタの仮名書きにおける「かな」の独立過程に対応するようにみえるのである。

## 四　漢文中のウタ表記の諸相

以上、八世紀から十世紀にかけての漢文中にウタを記載する方法について、ウタの仮名書きという観点から検討を加えてきた。記紀歌謡の一字一音の借音仮名の方法は、いわば漢文中の他言語の固有名詞表記の方法であり、そこに用いられる仮名は、木簡にみられるウタの仮名書きとは位相を異にする。日本書紀に続く五国史においては、日本書紀とは異なる論理が採用されており、短歌形式の仮名書き（一字一音の借音仮名）と非定型（非短歌形式）の宣命書きという方法が採用されたものとおぼしい。また、記紀と同時代の風土記においては、基本的には記紀同様の仮名書きが採用される中で、常陸国風土記には、古事記の系譜部分に通じる、本行から割り書きへと文脈が続く方法による、小字割り書きによるウタの仮名書きがみとめられた。これは、注記記載の方法であり、ウタの仮名書きが中国語に対する日本語語形の補入という宣命書きに通じる方法であった。宣命書きとウタとは、日本語語形の表示という面でも共通点がある。八世紀には、中国語文の、固有名詞表記の方法の流れと、注形式の流れとの、二つの方法が漢文中に異質な要素である「ウタの表音表記（日本語形の保持）」組み込み方法としてであったことになる。

五国史のウタ記載原理である非定型の宣命書きについては、続日本紀とほぼ同時代の日本霊異記下巻の童謡（ワザウタ）にもみられるが、日本霊異記の方は定型の童謡（ワザウタ）も宣命書きであり、定型の仮名書きよりも童謡（ワザウタ）の宣命書きが優先されたものと思われる。また、日本霊異記の上中巻においては仮名の割り書きが採用されるが、これも史書や風土記のように、漢文に対して仮名は、一字一音の借音仮名であることによって、明確に本行に対立するのと異なり、どちらかといえば木簡のウタの仮名書きに近い、一字一音の借訓仮名や一部表語用法がみとめられ、形式的には常陸国風土記の本行から割り書きへ文脈が続く方法によるウタの仮名書きを採用しながらも、ウタはすでに独立した仮名書きウタとしてあったことを想像させるものであった。このあたりに、漢文との関係から離れて、文字としての仮名の成立する基盤があるように思われる。いずれにせよ、宣命書きによる内容重視と仮名書きによる語形重視の二つの方法が、漢文中に日本語要素を組み込む方法として九世紀にはあったと一応は結論づけられようか。

このように、漢文中のウタの書記方法は仮名の成立にかかわってさまざまの様相でもって展開する。木簡の仮名書きに象徴される基層としてのウタの仮名書き、万葉集「仮名書」歌巻に象徴される歌集としての仮名書きと並行して、漢文中の仮名書きウタもまた、仮名の成立（象徴的には古今集が仮名で書かれること）への、ひとつの流れでもあるのである。

## まとめ

近年大量に出土する木簡によって、七世紀にはウタが仮名書きされていたことが明らかになった。(8) ただし、木簡に単独にウタが仮名書きされる場合以外にも、万葉集のような歌集にウタが仮名書きされる場合や漢文中にウタが仮名書きされる場合など、ウタの仮名書きはそれぞれの場面において、さまざまのありようを示す。八世紀の多様なウタの書き様と、古今集へと収斂するウタの仮名書きとの関係も、単に文学史の問題だけでなく、日本語書記史にとっても大きな問題なのである。

仮名が成立する過程やその時期については、改めて論じる必要がある。というのは、木簡の仮名体系がひとつ基盤層の仮名の成立を前提とするものであるととらえられる一方で、真に日本語を書記する方法としての仮名の成立は、日本語の文字としての仮名（ひらがな・カタカナ）の成立をまたなければならないとする考え方もありうるからである。

しかしながら、いずれにせよウタの仮名書きが仮名成立のひとつの道筋を形成することは、みてきたように漢文中のウタの書き様の展開においても、指摘しうるのではないかとおもう。古今集がおそらくは奏覧当初から仮名書きされたことは、早い時期からウタの仮名書きが木簡に通じる基盤層（日用の仮名書き）においてひとつの重要な地位を占めていたからであると考えられる。そしてそのあいだに、万葉集における仮名書きウタの問題、漢文中における仮名書きウタの問題、また、日本語語形保持のための宣命書きの問題がある。第三節以下に展開する「万葉集「仮名書」歌巻論」[9]は、万葉集論をもくろむのではなく、仮名の成立環境としての歌集編纂方法を考え、ウタの仮名書きをあつかう点において、日本語書記史の一部を構成するものであり、本節、次節もその一部分をになうひとつの展開として、提示する次第である。

注

（1）拙稿「古事記の書き様と部分的宣命書き」『上代語と表記』（二〇〇〇、おうふう）

（2）拙稿「記紀のウタと木簡の仮名」（国文学　五十一巻一号、二〇〇六・一）

（3）ここで、「その背後に」というのは、仮名で書かれていたかどうかは問題ではない。そもそも七五調のリズムというのは、ウタのことばを一つ一つの音に分節した結果にほかならない、詠唱上のリズムである。そこに音の分節化と一字一音仮名の成立とがあるのであり、定型が成立する基盤がある。万葉集人麻呂歌集略体歌は、まさにその意味で、仮名書きを背後にもっている。ここの部分は、ある程度真名書きの説話が資料としてあったとおぼしいが、それでもその背後には仮名書き（一音一音の分節意識）があったと考えるのである。

（4）このウタの初二句を同じくする歌が二首、万葉集に収められている。

新　年始尓　思共　伊牟礼氏乎礼婆　宇礼之久母安流可（巻十九・四二八四）

新　年乃始乃　波都波流能　家布敷流由伎能　伊夜之家餘其騰（巻二十・四五一六）

特に巻二十は「仮名書」歌巻であるにもかかわらず、初二句が真名書きされていることを考えると、ある程度このようなかたちが定着しており、このかたちで大歌所などに記録されていたものと思われる。その点で、その時々に記録された他の歌と異なるものと考えられる。

（5）群書類従本や伴直方本、西野宣明版本では、三首とも割り書き、松下見林本では童子松原の二首のうちの第一首が大書、第二首と白鳥里の一首とが割り書きになっている。

（6）石塚晴通「本行から割注へ文脈が続く表記形式―古事記を中心とする上代文献及び中国中古の文献に於て―」（国語学七〇、一九六七・九）

（7）注2拙稿

（8）犬飼隆『木簡による日本語書記史』（二〇〇五、笠間書院）、同「「歌の文字化」論争について」（美夫君志七十、二〇〇五・三）

（9）本章においては、第四節にかかげる顕昭の用語にしたがって、万葉集の巻の表記方針については、括弧付きで「仮名書」と表記する（第四節補注参照）。

〈資料〉

日本霊異記（上巻は興福寺本、中下巻は真福寺本をもととして校訂を加える）、日本書紀（基本的に日本古典文学大系により、影印本を確認して、校訂を加える）、古事記（真福寺本をもととして校訂を加える）、風土記（基本的に新編日本古典文学全集により、播磨国風土記は天理図書館本、常陸国風土記は四本対照常陸国風土記（風土記研究十〜十二号）、出雲国風土記は出雲国諸本集成によって校訂を加える）、五国史（基本的に国史大系により、続日本紀は蓬左文庫本、国立歴史民俗博物館本、日本後紀は天理図書館本により校訂を加える）、将門記（真福寺本による）

# 第二節　歌木簡の仮名使用

## はじめに

二〇〇八年に万葉集に収載される歌と同じ歌句を書いたと思われる木簡が、三枚、あいついで報告された。それまで、万葉集にもみられる「たたなづく」という枕詞とおぼしき語が記されたものが早くから知られていたが、集中のこの歌と特定できるものは知られておらず、それが一挙に三例報告されたことは、万葉集の歌と木簡の歌との関係を考えるうえでも、貴重な発見であるといえよう。ただし、まだ慎重でなければならないことはある。ひとつには、完全なかたちでみつかっているものはなく、それがはたして万葉集にのせられている歌と完全に一致するかどうかはわからないということ。その点では、厳密には「万葉集にのる歌と同じ歌句をもつ歌」というべきである。また、木簡の歌が一字一音節の仮名（漢字の表音用法）で書かれるのに対して、万葉集にみられるそれらの歌句は、「真名書」の書き様である。この違いをどうとらえるか、同じ歌ということのとらえかたが問題となる。しかしながら、仮名使用の面では、いくつか注目されることもあり、やはり貴重な発見であることにかわりなく、今後、これらの資料的な位置づけが期待される。

そこで本節では、この三枚の木簡を手がかりにして、木簡の歌表記における仮名使用と万葉集をはじめとする歌資料の仮名使用とのあいだに、どのような差があり、どのような共通点があるのかを考察することで、木簡の歌表記に用いられた仮名の特性について考えてみたい。

## 一　三枚の木簡

二〇〇八年に報告された、万葉集と同じ歌句をもつ木簡は、次の三点である。

a石神遺跡出土木簡（十月十八日報道）

留之良奈弥麻久

阿佐奈伎尓伎也

朝奈芸尓　来依白浪　欲見　吾雖為　風許増不令依（巻七・一三九一）

（あさなぎに　きよるしらなみ　みまくほり　われはすれども　かぜこそよせね）

＊「弥」は当初「你」と報告されていたが、『飛鳥・藤原宮発掘調査出土木簡概報（二十二）』（二〇〇八・一二）に「弥」と訂正され、合わせて右下に踊り字が確認されている。これを万葉集の歌の歌句だとすると、左行末の「也」を当時の通用にしたがって「ヤ」とするか、それとも古韓音を想定して「ヨ乙」とするかが問題となる。また、「伎」は清濁が区別されていない。

これは、以前、『飛鳥・藤原宮発掘調査出土木簡概報（十八）』（二〇〇四・一二）に報告されていたが、解読できなかったものを、二〇〇八年四月に森岡隆によって、左行から右行に読むことで、万葉集巻七の歌と同じ歌句だということが発見されたものである。[1]羽子板状の木製品に線刻されており、左右の余白の状況からみて歌全部を書こうとしたものではなく、最初から七字を二行に書いたものとおもわれる。あるいは、七言二句の漢詩風に書くために、わざと左行から書いたものではないか。すくなくとも、歌の歌句としてよまれることを意図していなかったと思われる。やはり、左行から書くにはなんらかの意図がなければならないであろう。(2)

b宮町遺跡出土木簡（五月二十三日報道）

・奈迩波ツ尓……□〔久カ〕夜己能波□□由己□〔母カ〕

・阿佐可夜　……□□□□□流夜真

安積香山　影副所見　山井之　浅心乎　吾念莫国（巻十六・三八〇七）

（あさかやま　かげさへみゆる　やまのゐの　あさきこころを　わがおもはなくに）

これについても、以前から、なにはづ面が報告されていた（『宮町遺跡出土木簡概報2』（二〇〇三・三））が、二〇〇七年末の栄原永遠男による再調査で、裏面に、「あさかやま」の歌が発見された。これによって、報告の上下片の面の組み合わせの間違いも訂正された。

この木簡については、万葉集にのる歌ということだけでなく、古今集仮名序に歌の父母とされる二首の組み合わせが八世紀中頃までさかのぼる可能性がでてきたことが注目されるが、仮名字母の使用についても、「迩」「能」など注意すべき点がある。(3)

c馬場南遺跡出土木簡（十月二十三日報道）

・阿支波支乃之多波毛美□〔知カ〕

秋芽子乃　下葉赤　荒玉乃　月之歴去者　風疾鴨（巻十・二二〇五）

（あきはぎの　したばもみちぬ　あらたまの　つきのへぬれば　かぜをいたみかも）

十月二十三日付の新聞報道等によると、□は「智」と報告されているが、字のバランスと、仮名の使用の面から考えて「知」かと思われる。初句が「秋萩」だとすると、二字目の「支」は上代特殊仮名遣の異例となる。また、清濁も区別していないことになる。

それぞれ、年代も出土地も異なるが、今、ここに使用される仮名字母を列挙すると次のようになる（字母の下に用例数を、（　）内に木簡の記号を示す。?は存疑例）。

**ア**阿3（abc）　**カ**可1（b）　**キ甲**伎1（a）支1（c）　**ギ甲**伎1（b）　**ギ乙**支1（c）〔仮名違い〕　**ク**久2（ab）　**コ乙**己2（b）　**サ**佐2（ab）　**シ**之2（ac）　**タ**多1（c）　**チ**知（智?）1（c）　**ツ**ツ1（b）　**ナ**奈3（ab）　**ニ**尓2（ab）迩1（b）　**ノ乙**能1（b）乃1（c）　**ハ**波3（bc）　**バ**波1（c）　**マ**麻1（a）真1（b）　**ミ甲**弥1（a）美1（c）　**モ**母1（b）毛1（c）　**ヤ**夜3（b）也?1（a）　**ユ**由1（b）　**ヨ乙**也?1（a）　**ラ**良1（a）　**ル**留1（a）流1（b）

複数の木簡に同じ音節があらわれるのをみると、ア・ク・コ乙・サ・シ・ナ・ハの七音節が一音一字母であり、また、キ（ギ）乙「伎」とニ「尓」とがaとbとで共通する。これに対して、字母が異なるのが、キ甲・ニ・ノ乙・マ・ミ甲・モ・ヤ・ルの八音節ということになる。ただし、一つの木簡に同音節が複数あらわれる場合には、奈（a）・支（c）・波（c）・夜（b）は同じ字母を使用しており、bのニ（尓・迩）の一例だけ、一音節に二種類の字母を使用している。

## 二　仮名字母の検討

まずこれらの仮名字母を、万葉集「仮名書」歌巻（巻五・十四・十五・十七・十八・二十（以下、「仮名書」と「真名書」については、本章第四節補注参照））に巻十九を加えた仮名使用とくらべてみる。

存疑例も含めて、全二十五音節（濁音節三音節を含む）二十九字母（清濁両用が三字母ある）のうち、カ「可」、キ甲「伎」、ク「久」、サ「佐」、シ「之」、タ「多」、チ「知」、ナ「奈」、ニ「尓」、ノ乙「能」、ハ「波」、マ「麻」、ミ甲「美」、モ「母」、ヤ「夜」、ユ「由」、ラ「良」の十七字母は、万葉集「仮名書」歌巻においても、もっとも優勢の字母である。

次の三字母は、全巻を通じて使用例がみとめられ、ある巻では優勢に用いられるが、全体としてはそうでないものである。

ア「阿」は、巻五で優勢だが、その他の巻では「安」が優勢。

ギ甲「伎」は、巻五で優勢だが、その他の巻では「芸」が優勢。

ル「留」は、巻十四で優勢だが、その他の巻では「流」が優勢。

次に全巻を通じて使用例があるものの、すべての巻において、他の字母の方が優勢なのは次の六字母である。

コ乙「己」は「許」が、ノ乙「乃」は「能」が、バ「波」は「婆」が、ミ甲「弥」は「美」が、モ「毛」は「母」が、ヤ「也」は「夜」が、それぞれ万葉集「仮名書」歌巻では優勢。

ただしこのうち、「己」と「乃」は万葉集「真名書」歌巻では、「許」「能」より優勢である。

チ「智」は、巻五、十九にみえるが、「知」が圧倒的に用いられ、ニ「迩」も、巻五、十七、十九にみえるが、「尓」が圧倒的に多く用いられる。

マ「真」は訓字としては、巻十四、十五、十九に用いられるが、借訓仮名としては用いられない。万葉集「仮名書」歌巻では、原則として借訓仮名は用いない。

「支」(キ・ギ)、「ツ(川)」は、巻十八の補修部にのみみえる。この補修部は、上代特殊仮名遣の異例が多くみとめられること、稀字母が多く、それが平安時代の平仮名と共通することで、平安時代に大々的に補修されたとされているが、補修にあたって家持の歌稿かそれに近いものが利用された可能性も考えられ、資料としては、平安時代に限定する必要はないことを指摘したことがある。(4)

ヨ乙の「也」は、使用がみられない。

結局、存疑例であるヨ乙「也」を除くと、ここに用いられる字母は、万葉集「仮名書」歌巻においても、主用の字母とはかぎらないけれど、使用のみとめられる、あるいは使用が可能であった字母であることがいえる。

次に、同時代の仮名書きの資料として、仏足石歌の使用字母とくらべてみる。仏足石歌では万葉集同様、比較的清濁を区別しており、木簡の歌とは異なるところである。今、三点の木簡にあらわれる音節についてみてみると(○は三首に一致するもの、×は一致しないもの)、

**ア**阿○　**カ**可○加×賀×　**キ甲**伎○岐×　**ギ甲**ナシ　**ギ乙**義?　**ク**久○　**コ乙**己○　**サ**佐○　**シ**志×師×
**タ**多○　**チ**知○　**ツ**都×　**ナ**奈○　**ニ**尓○　**ノ乙**乃○　**ハ**波○　**バ**婆×　**マ**麻○　**ミ甲**美○弥○　**モ**母○毛
○　**ヤ**夜○　**ユ**由○　**ヨ乙**与×　**ラ**良○　**ル**留○

となり、濁音節と存疑のヨ乙を除くと、わずかにシとツの音節に一致する字母をみないということになる。シについては、「之」が古代の他資料においても多く用いられ、「志・師」は、万葉集においても「之」に次ぐ用例数となっている。ツについては、「都」は万葉集でも主用仮名であり、「ツ」は万葉集では、巻十八の補修部以外にはみとめられない。

また、日用の仮名の代表として二通の正倉院仮名文書の使用字母とくらべると、次のようになる。

**ア**阿○　**カ**可○加×　**キ**甲支○伎○　**ク**久○　**コ**乙己○　**サ**佐○　**シ**之○　**タ**多○太×　**チ**知○　**ツ**ツ○都×　**ナ**奈○　**ニ**尓○　**ノ**乙乃○　**ハ**波○　**マ**麻○　**ミ**甲美○　**モ**毛○　**ヤ**夜○　**ユ**由○　**ヨ**乙与×　**ラ**良○　**ル**流○

存疑のヨ乙をのぞくと、すべての音節に一致する字母がみられ、一音節に二字あらわれるカ・タ・ツに違いがみられるだけである。カ・タは甲文書と乙文書とで使用の異なるものであり、ツも甲文書では「都」のみ二例、乙文書では「都」三例、「ツ」一例となっている。万葉集においては、カには「可」が優勢で、「加」がそれに次ぎ、タは「多」が優勢であり、「太」は濁音仮名としての用法が優勢である。

つまり、万葉集「仮名書」歌巻、仏足石歌、正倉院仮名文書の三種類の資料をくらべてみても、きわめて高い一致度をみるのであり、一致しない部分は、それぞれの資料において特徴的なもの、個性としての差異にすぎないとみなしうるのである。

## 三　宮町遺跡出土木簡と「なにはづ」のウタ

宮町遺跡出土木簡の片面には、「なにはづ」の歌があった。この歌は万葉集にはのせられていないけれど、木簡をはじめ、土器や瓦、さらには法隆寺五重塔落書など、一次資料の例数は多く、まとまった資料群として注意される。「なにはづ」の歌は、古今集仮名序に、「あさかやまのことば」とあわせて、「歌の父母のやうにてぞ、手習ふ人の、はじめにもしける」としるされるものであり、同じく仮名序に「そへ歌」としてしるされている。仮名序には次のようにある。

なにはづのうたは、みかどのおほむはじめなり。

〈おほさゝぎのみかど、なにはづにて、みことききこえける時、東宮をたがひにゆづりて、くらゐにつきたまはで、三とせになりにければ、王仁といふ人のいぶかり思ひて、よみてたてまつりける哥也。この花はむめの花をいふなるべし。〉

あさか山のことばは、うねめのたはぶれよりよみて、

〈かづらきのおほきみを、みちのおくへ、つかはしたりけるに、くにのつかさ、事おろそかなりとて、まうけなどしたりけれど、すさまじかりければ、うねめなりける女の、かはらけとりて、よめるなり。これにぞ、おほきみのこゝろとけにける。〉

このふたうたは、うたのちゝはゝのやうにてぞ、てならふ人の、はじめにもしける。

そもそも、うたのさま、むつなり。からのうたにも、かくぞあるべき。そのむくさのひとつには、そへうた、おほさゝぎのみかどを、そへたてまつれるうた、

　なにはづにさくやこのはな冬ごもりいまははるべとさくやこの花

といへるなるべし。

（古今集仮名序・〈　〉内は、小字に書かれるテキストによって、古注によるものと考える。本文は旧版の日本古典文学大系（岩波書店）により、古注部分など、体裁を私に整えた。）

本木簡のもう片面には、「あさかやま」の歌が書かれており、このつがいが仮名序から約百五十年さかのぼる八世紀中頃に、すでに存していたことが明らかになった。もちろん、この木簡のつがいが、意図的なものなのかどうか、仮名序と直接結びつくものかどうかには、慎重でなければならないけれど、やはり、紀貫之の創意だけ

にとどまらない解釈が必要となろう。ちなみに、真名序では「難波津之什」と「富緒川之篇」がつがえられており、「富緒川之篇」は聖徳太子の「いかるがや　とみのをがはの　たえばこそ　わがおほきみの　みななわすれめ（結句には異文がある）」と考えられ、仮名序とはまったく趣のことなるつがいとなる。

この二首の歌が、なぜ「手習い」の歌とされたのかは、さだかではない。文字を覚えるだけならば、同じ句を繰り返す「なにはづ」の歌は、異なる音の数が少なく、非効率的だともいえるが、見方をかえれば、同じ句を繰り返し書くことで、かえって文字を書くことの習得（あるいは歌を書くことの習得）には効果があるともいえる。その点からすれば、「あさかやま」の歌にも「あさ」の繰り返しがある。ただし、「あさかやま」の歌は、いわゆる相聞の歌で、掛詞・序詞の技法を含んでおり、単に文字を習得するだけでなく、歌の詠み方の習得の意味もあったとおもわれる。(5)

「なにはづ」の歌も、ある意味、読み方の手本ともなる歌である。仮名序では、「ちちはは」の記述に続いて、「そへ歌」であるとされる。「そへ歌」は、真名序に和歌の六義としてあげられる「風・賦・比・興・雅・頌」の「風」にあたる。これは詩経大序によるもので、「上以風化下、下以風刺上」とされる。うたわれたことがらの背後に真意があり、上はこれによって下を教化し、下は上を風刺するという。「風」はまた「諷」であり、日本書紀神武紀に「初天皇草創天基之日也、大伴氏之遠祖道臣命、帥大来目部、奉承密策、能以諷歌・倒語、掃蕩妖気。倒語之用、始起乎茲。」とある「諷歌」に「ソヘウタ」の訓が付される。

仮名序では、古注によると皇位を譲り合って即位しない「おほさゝぎのみかど」（仁徳帝）を「そへたてまつ」（風刺）ったものとされる。現在からすれば、譬喩歌にあたるような含意をそなえたものであり、「みかどをそへたてまつる」という特殊な事情を考慮すべきであろう。和歌のさまが六つあるその最初である「そへ歌」によって、古事記中巻のはじまりである「仁徳帝」を「そへ」た歌であることによって、伝承される和歌としてはひとつ特異な位置をしめることとなり、それが、歌作の手本ともなりえたものと思われる。

ただし、それが「歌の父母」であるだけでなく、「手習ふ人のはじめ」にもされていたことで、やはり、文字の習得にこの歌がどうあつかわれていたかも考えておく必要がある。そこで注意しておきたいのは、これが王仁博士の歌だということである。

王仁博士は古事記応神天皇条に、

又、科賜百済国、若有賢人者貢上、故、受命以貢上人、名和迩吉師、即論語十巻・千字文一巻、併十一巻、付是人即貢進。（古事記中巻）

とあり、百済から論語・千字文を伝えた人物として描かれている。この伝承は、千字文の成立年代と伝承の年代とがあわないことから、信憑性を疑われているが、問題は「論語・千字文」が、七〜八世紀の官人たちの基礎教養であり、これを習書した木簡も各地から出土していることから、官人たちの「手習い」にこれらが必要不可欠のものであったと考えられることである。それを王仁博士がもたらしたという「伝承」は、仮名習得の手習いとして、王仁博士の作と「伝承」される「なにはづ」の歌が利用されたことと、奇妙に符合するのである。

「手習い」つまり文字を書くということと、王仁博士がわが国にはじめて典籍をもたらしたことが、密接に関係して、七〜八世紀の官人たちにとって、これらを習書することが、文字や文章の、ひいては歌の上達につながると考えられたのではなかろうか。「なにはづ」の歌が、木簡だけでなく、土器や建造物にも確認できるのに対して、その他の木簡の歌らしきものには、複数の例が見当たらないことは、「なにはづ」の歌が特殊であることを示しており、その特殊性は、このあたりに求められるのではないかとおもうのである。

## 四　「なにはづ」のウタの仮名使用

現在までに、確認されている「なにはづ」の歌は、「奈尓」「奈尓波」などの断片まで含めると相当数のものがあり、それは、木簡だけにとどまらず、もとより知られていた、有名な法隆寺五重塔初層天井組木落書や、土器に墨書されたもの、あるいは瓦にへら書きされたものもある。それらは、以前は落書や習書として一括されることが多かったが、法隆寺五重塔の場合、単なる落書ではなく、呪術的な要素をみとめる考えが示されているし、土器についても、中には落書というだけでは済まされないものも考えられている(6)。木簡についても、先にふれたように「歌木簡」という観点から、ある種の典礼の場において用いられたことが考えられており、やはり、それぞれの資料が、どのようなものに、なにによって、どのように書かれているかを、個別に考える必要があろう。単に習書でないものは、それぞれの目的が解明されなければならないからである。いま、その全体について言及する用意はないが、木簡については、その形状までふくめて、栄原永遠男の詳細な報告と犬飼隆による考察があり(注6参照)、それらを参考にしながら、「なにはづ」の歌が一字一音の「仮名（漢字の表音用法）」で木簡に書かれていることの意味を考えてみたい。

「なにはづ」木簡の全体像については、森岡隆のまとめ（木簡研究三十一、二〇〇九・十一）があるが、そのうち、字母が網羅できるかたちで主要なものを次に示す（出典の略号は以下の通り。飛＝飛鳥藤原宮発掘調査出土木簡概報、城＝平城宮発掘調査出土木簡概報、木研＝木簡研究）。

a・奈尓波ツ尓佐児矢己乃波奈□□〔布由カ〕（石神遺跡、飛十七）

b・奈尓皮　・移久佐□〔卩カ〕（石神遺跡、飛十七）
c・乃皮奈己（石神遺跡、飛十七）
d・奈尓波ツ尓作久矢己乃波奈（観音寺遺跡、木研二十一）
　＊文字の右にも「奈尓□□」の文字が確認できることが報告されている。
e・□尓□〔波カ〕尓／奈尓波□〔都カ〕尓佐久□□〔夜己カ〕乃波□〔奈カ〕／奈尓波（観音寺遺跡、十二号木簡）
f・奈尓皮ツ尓佐久矢己乃皮奈布由己母利伊真皮々留マ止／佐久□□（藤原京、飛十六）
　＊「布」の字、以前は「泊」とよまれていたが、「布」であることが、確認され訂正されている。
g・奈尓波都尓佐（西河原宮ノ内遺跡、木研十九）
h・□〔合カ〕請請解謹解謹解申事解解奈尓波都尓
・佐久夜己乃波奈布由己□（平城宮、城十九）
i・□〔見カ〕矢己乃者奈夫由己□利伊真者々留部止
・□〔夫カ〕伊己冊利伊真役春卩止作古矢己乃者奈（平城京、城三十六）
　＊「役（ヤ？）」はおそらく「波（ハ）」の異形、あるいは間違い。「冊」は「母（モ）」の誤った回帰による覚え間違い、あるいは異形。「卩」は部の略体。
j・仁■波ツ仁佐　・仁波ツ仁佐久□〔夜カ〕（平城京、木研十六）
　＊「波」は「彼」のかたち。今、「波」と解しておく。■は「波（彼）」を消す。
k・奈迩波ツ尓□久夜己能波□□由己母（宮町遺跡）
l・□□□〔波ツカ〕尓佐久□□〔弥己カ〕乃　［　］　夫□〔由カ〕己母利□〔伊カ〕（姫路辻井遺跡、木研二十八）

m・奈仁波都□佐久夜（平安京、木研二十四）

n・はルマ止左くや古乃は□（高岡東木津遺跡、木研二十三）

＊「ル」は「流（ル）」の略体。「マ」は「部（へ）」の草体。

これらに、使用された仮名をまとめると、次のようになる（（　）は、音節の通用、もしくは、疑問のあるもの、＊は借訓仮名）。

**イ**伊　**ク**久く（古児＊）　**コ乙**己（古）　**サ**作佐左　**ツ**ツ都　**ト乙**止　**ナ**奈　**ニ**尓迩仁　**ノ乙**乃能　**ハ**皮波者

＊は（役彼）　**フ**夫布　**ヘ乙**部阝マ　**マ**真＊　**モ**母（冊）　**ヤ**夜移矢＊や（役弥？）　**ユ**由　**リ**利　**ル**留ル

**【訓字】**春〈はる〉

これによると、使用字母が一音節一字母のもの八音節（イ・ト乙・ナ・マ・モ・ユ・リ・ヘ乙（「部阝マ」は書体の異なり））、一音節二字母のもの五音節（ツ・ノ乙・フ・コ乙（「古」は特殊仮名遣の仮名違い）・ル（「ル」は「流」の略体））、一音節三字母以上のもの五音節（ク・サ・ニ・ハ・ヤ）となる。ただし、一音節二字母以上でも、ひとつの木簡だけにしかみられないものが多い（左・迩・能・者・移・（く・古・や・ル））。結局、複数例をみる一音節二字以上のものは、**サ**・作佐、**ツ**・ツ都、**ニ**・尓仁、**ハ**・皮波、**フ**・夫布、**ヤ**・矢夜の六音節各二字母ということになる。これらには、詳述は省くが、個別の事情が考えられ、全体としてみると、一音節一字母が指向されるとともに、時代的、地域的な差はそれほどないということになる。gやhのように万葉集の主用字母のみで書かれたものが八世紀にはみられる。

また、ひとつの木簡では、一音節にほぼ一字母であり、例外は、k（**ニ**・尓迩）とi（**ハ**・役（波）者、**ク**（コ甲）・児古）の二点のみである。この点において、いわゆる変字法をとる宮町遺跡出土木簡の「なにはづ」の歌は注目されるのである。ただし、本木簡では他にコ乙「己」、ハ「波」、ヤ「夜」も複数あらわれるが、これらは変字されない。

変字法だけでなく、「迩」と「能」とは、木簡のウタ表記には比較的めずらしい字母であることも注意される。「迩」は、地名表記（「和迩」など）や物の名（「宇迩」など）としては木簡にもよくみられるが、現在までのところ、ウタには使用がみられない。万葉集「仮名書」歌巻では、巻五、十七、十九にみられ、その他、記紀歌謡にも使用されるが、平安時代の平仮名でも使用はまれである。「能」は、万葉集では主用字母であるが、木簡の仮名書きでは、次にあげるいわゆる「ものさし」木簡に一例、報告されているにすぎない。

目毛美須流安レ保連紀我許等乎志宜見賀毛美夜能宇知可礼弖□（平城宮東院地区、城十二）

ただし、この木簡は、書風も端正であり、歌が書かれた他の木簡とくらべて、異なる点が多い。たとえば、転倒符がみられるのもこの木簡の特徴である。六字目「安」の右の「レ」の符号は転倒符であり、「メモミスルア」ではなく「メモミスアル（目も見ずある）」とよむ。転倒符を使用しなければならなかった理由として、この箇所が字余り句であることが影響していることも考えうる。

この木簡では、「能」のほかにも、「安」「許」「賀」「毛」の使用が注意される。

「ア」に対して「阿」は古くから用例が多いが、「安」はきわめて少ない。「阿」の方が古くは一般的であった。「安」は「n」韻尾字であり、本来、「阿」にくらべると、日本語の音節表記には適さないが、万葉集の「仮名書」歌巻（巻五・十四・十五・十七〜二十）では、巻五をのぞいて「安」が優勢である。固有名詞では「安麻呂」のように訓仮名「やす」に多用されることも関係しよう。コ乙類については、木簡の仮名書きでは「己」がもっぱら用いられ「許」は例が少なく、「なにはづ」木簡では確認されていない。万葉集「仮名書」歌巻では「許」が優勢である。「カ」は木簡では「可」「加」がみられるが、「賀」はめずらしく、仏足石歌にみとめられるものの、木簡の仮名書きには確認されていない。周知のとおり、大伴池主は「賀」を濁音に使い、大伴家持は「賀」を清音に使用する。[7] モ乙類の「毛」については、宮町遺跡出土木簡をはじめ「なにはづ」木簡では「母」が主に使われる。万葉集においては、「仮名書」歌巻には「母」が、「真名書」歌巻には「毛」が優勢に用いられている。

また「我」「宜」は、万葉集においては濁音仮名として用いられており、この木簡においても濁音仮名のようにみえる。とすると、概して、木簡では清濁を区別しないのにくらべると、この書き様は、清濁を比較的区別する、万葉集の「仮名書」にきわめて近いものといえよう。さらに、カには「賀」と「可」、ミ甲類には「美」（二例）と訓仮名「見」、「レ」には「連」と「礼」というように、一音節に二字母が用いられており、いわゆる変え字が採用されている（ただし、モには「毛」が二例のみで、変え字されない）。万葉集「仮名書」歌巻では、同字法を採用するものも含まれるが、全体からすると変え字の意識が強い。ちなみに、木簡における歌の仮名書きには、一音一字母のものも、二字母以上のものもみられるが、「なにはづ」木簡では一音一字母の傾向が強い。

以上のように、この平城宮出土木簡は、他の木簡の歌の仮名書きにくらべて、万葉集の「仮名書」に非常に近い性格のものとみとめられるのである（ただし、訓仮名「見」が含まれるのは、万葉集「仮名書」歌巻と、決定的にことなる点である）。

宮町遺跡出土木簡に話をもどすと、「夜」は、木簡の仮名、万葉集「仮名書」歌巻ともに多用されるが、「なにはづ」木簡では「矢」を用いるものも比較的古いものには多い。「あさかやま」面では、「ア」の「阿」や、「カ」の「可」など、他の木簡の仮名使用に一致する面も多い。「ル」の「流」は、木簡の歌表記に使用例はみとめられるものの、「留」の方がよく用いられる。「マ」に「真」（訓仮名）を用いるのは、「なにはづ」木簡によくみられる。

このようにみてくると、宮町遺跡出土歌木簡は、「ツ」の使用など従来からの文字使いを残す反面、「迩・能」の使用は、今取り上げた特殊な性格の平城宮木簡との近さを示しており、その中間的な存在であるといえる。そこに、日常の場での仮名使用と記紀万葉の仮名使用との連続性を考えることができる。他の木簡にみられるような日常的な面と、どちらかというと高度で特殊な文字使いに近い面、あるいは、比較的古い面と新しい面というふうに言い換えることができるかもしれないが、そのような二面性が同居していると評価できるのである。つまり、個々の木簡には、個々の特徴があることになる。

## 五　木簡に書かれたウタの仮名使用の特徴

これまでに取り上げたもの以外の、今までに知られている、木簡にウタがしるされていると思われるものに検討を加えて、木簡のウタ表記に使用される仮名の特徴をまとめておきたい。

・皮留久佐乃皮斯米之刀斯（難波宮、木研三十一）

＊「春草のはじめの年」と解すると、「斯」は清濁を区別しない。「之」は助辞の表語用法。「刀」は上代特殊仮名遣の異例となる。

・止求止佐田目手和□(加カ)／羅久於母閇皮（飛鳥池遺跡、飛十五）

＊「求」は万葉集では濁音に用いられており、濁音だとすると「磨ぐ・遂ぐ」が考えられるが、「磨ぐ」だと、「ト」は甲類であり「止」は上代特殊仮名遣の異例となる。「磨ぐ」は甲乙不明。清音の「解く、迅く」

も考えられ、「解く」だと上代特殊仮名遣が一致し、「迅く」だと異例となる。ただし、この字を「求」とよむことには検討の余地がある。「奈」もしくは「流」の可能性もある。また、「皮」は濁音節「バ」をあらわしている。

・阿之乃皮尓之母□（石神遺跡、飛十八）

・多々那都久（藤原宮、概報）

　＊「都」は濁音節「ヅ」。

・玉尓有波手尓麻伎母知而／□□波□加□□□（平城宮、城三十八）

　＊訓字「玉・有・手・而」を含む。「波」は濁音節「バ」。

・津玖余々美宇我礼□□（平城宮、城二）

　＊「津」は借訓仮名。「月夜良み浮かれ」と解すると、月夜の「ヨ」は上代特殊仮名遣の異例となる。「我」は万葉集では濁音仮名。「玖」は古事記にみえるが木簡ではめずらしい。

・阿万留止毛宇乎弥可々多（平城宮、木研一）

　＊おどり字「可々」は「清・濁」となっている。

・□〔人カ〕斗己止乃於母不斗（平城京二条大路、城二十九）

　＊「斗」は古事記等にみえるト甲の仮名であるが、「ヒト」と格助詞「ト」に用いられているとすると、上代特殊仮名遣の異例となる。ただし、「止」も用いられており「事（言）」だとすると正用となり、甲乙が区別されている可能性もある。

・□牟可比為弖□□（平城京二条大路、城三十二）

・　延佐太之可奈岐□可己之［　］可良古自呂□（平城京二条大路、城二十九）

＊「自」の清濁は不明。「唐釧」だとすると、清音。「古」が「く」に通用するのは、「なにはづ」木簡にみられる。

・波流奈礼波伊万志□□□

・由米余伊母波夜久伊□□〔和万カ〕奴□止利阿〔河?〕波志□（秋田城、木研二十九）

＊「波」は清濁に両用されている。

以上の検討から、次のようにまとめられよう。

木簡の歌に用いられる仮名が、万葉集「仮名書」歌巻の仮名と大きく異なる点は、借訓仮名を交える点である。特に、飛鳥池遺跡出土木簡では「田目手」と連続で使用しており特異である。万葉集「仮名書」歌巻では、基本的に仮名使用にあたって、音訓を区別する（ただし、巻十八補修部には「田、目、手、津」のような借訓仮名がみられる）。

また、「斯、ツ、止、皮、羅」は比較的古くから使用がみとめられるが、万葉集では用いられないか、比較的使用の少ないものである。「皮」は万葉集にみえず、「ツ、止」は巻十八の補修部にのみみられ、「斯」は巻五、「羅」は巻五・十四にのみ用いられる。これらの仮名字母の使用は、木簡の仮名と万葉集「仮名書」歌巻の仮名との距離をものがたるものとおもわれるが、むしろ、これらの特殊なものをのぞくと、重なる部分の方が圧倒的に多いことに注意すべきである。

訓字の交用「玉、有、目、之、而」についても、万葉集「仮名書」歌巻では巻五後半や巻十九で訓字との交用が目立つのに対して、巻十四では一字一音の訓字にかぎって使用するなど、巻によって事情が異なるものの、万

葉集「仮名書」歌巻では通常の方法である[8]

万葉集「仮名書」歌巻において、清濁は比較的区別され、「芸」「具」「婆」などのいわゆる濁音仮名が使用される。また、仏足石歌でも清濁の書き分けがみとめられる。それに対して、木簡の歌では、「ものさし」木簡のように清濁を区別するものもみとめられるが、多くは清濁を区別しない。正倉院仮名文書においても、基本的に清濁は区別されていない。

最後に、上代特殊仮名遣についてみてみると、いわゆる「はるくさ」木簡の「刀」が「年」の「ト」だと上代特殊仮名遣の異例となり、きわめて早い時期の異例といわれている。しかしながら、飛鳥池遺跡の「止求」も解釈次第では異例となり、「ト」の甲乙については、比較的早くから混同が生じていたと考えられる。二条大路木簡の「斗」も上代特殊仮名遣の異例となる可能性が高い。

記紀万葉においても、

とく（解）　記紀歌謡乙類、万葉集には甲類の例もみえる

とふ（問）　記紀歌謡甲類、万葉集には甲乙両例が拮抗してみえる

とる（取）　記紀歌謡から甲乙両例がみえる（元来は乙類か）

のような混同がみとめられるし、巻十八補修部には、見礼度（四〇四九）、安米比度（四〇八二）、美可等（四一一三）の上代特殊仮名遣の異例がみとめられる。

しかしながら、ことは「ト」だけにおさまらず、従来指摘されていた平城京木簡の「津玖余」の「ヨ」に、今回出土した馬場南遺跡木簡の「阿支波支」の「ギ」が加わることになる。正倉院仮名文書や続日本紀宣命にも上代特殊仮名遣の異例のあることが指摘されている。

このように、八世紀代、日用の書記においてある広がりをもって上代特殊仮名遣の異例がみとめられ、同時に清濁を区別せず、また、借音借訓の仮名を交用するという仮名の体系があったとすると、それはまさに平安時代の仮名と性格を一にするものであるということになる。

上代特殊仮名遣の異例について、東野治之は従来考えられていたよりも、乱れは早くから進行しており、資料の質によってそのあらわれ方が異なるという考え方を示す(9)が、さらに一歩進めて、犬飼隆が示唆したような、清濁や音訓、上代特殊仮名遣を区別する記紀万葉のような体系とそれを区別しない日用の仮名の体系という別個の体系（あるいは仮名の流れ）があったということも(10)、視野に入れなければならないのかもしれない。

## ま と め

以上、ウタが書かれた木簡にみる仮名の特徴を、記紀万葉とくらべると、次のようにまとめることができよう。

①一字一音が基本である。中には、比較的やさしい訓字がまじる。＝記紀とは異なり、万葉と共通。
②借音仮名の中に借訓仮名がまじる。＝記紀万葉と異なる。記紀は音仮名のみ。
③一部を除いて清濁を区別しないようにみえる。＝記紀万葉は比較的区別する。
④一部を除いて変字法を用いない。＝記紀万葉と異なる。
⑤上代特殊仮名遣の区別は比較的ルーズである。＝記紀万葉にも、若干の異例はみとめられる。
⑥平安時代の仮名と共通するが、記紀万葉にあらわれないものがある。

冒頭に示した三枚の木簡がもたらした知見は、決して小さなものではなく、まだまだ検討すべき課題も多い。

現在、新たに報告される木簡によって、古代語の景観は、日々かわりつつあることを確認して、現状の課題の報告とする。

注

(1) 森岡隆「万葉歌を記した七世紀後半の木簡の出現」(月刊　書の美七十三、二〇〇八・四)

(2) これについては、遠藤邦基「あさなぎ木簡—左書きの意味すること—」(萬葉語文研究六、二〇一一・三)にさまざまの可能性が示されている。また、「也」を「ヨ乙」によむことについては、鈴木喬「「あさなぎ木簡」における「也」字」(美夫君志八十二、二〇一一・三)が、その可能性について言及する。

(3) この木簡については、二〇〇八年六月二十九日に奈良女子大学において開催されたシンポジウムと、同年八月三日に中京大学においておこなわれた美夫君志会特別例会において、私見を述べた。拙稿「仮名の位相差—宮町遺跡出土木簡をめぐって—」『万葉集の今を考える』(二〇〇九、新典社)参照。

(4) 拙稿「万葉集巻十八補修説の行方」(高岡市万葉歴史館紀要十四、二〇〇四・三)、本章第六節参照。

(5) 犬飼隆『木簡から探る和歌の起源』(二〇〇八、笠間書院)や、注3シンポジウムにおける内田賢徳の発表に、『源氏物語』若紫巻における、このつがいの利用についての言及があり、本書の記述もこれによるところが大きい。

(6) これらの研究については、栄原永遠男「木簡としてみた歌木簡」(美夫君志七十五、二〇〇七・一一)、犬飼隆『木簡から探る和歌の起源』(二〇〇八、笠間書院)に多くの研究文献が示されており、本書もそれに多くをおっている。

(7) 木下正俊「二つの「賀」から」(萬葉四十六、一九六三・一)のち『萬葉集論考』(二〇〇〇、臨川書店)所収

(8) 拙稿「仮名書き歌巻成立のある場合—万葉集巻十九の書き様をめぐって—」『論集上代文学二十六冊』(二〇〇四、笠間書院)、本章第五節参照。

(9) 東野治之「飛鳥時代木簡と上代語」(橿原考古学研究所論集十五、二〇〇八・九)

（10）犬飼隆『上代文字言語の研究』（一九九二、笠間書院）。さらに近年、犬飼隆は、上代特殊仮名遣は、渡来人たち、非日本語話者が聞いた日本語音声の反映であった可能性を考えている（「白村江敗戦前後の日本の文字文化」『いくさの歴史と文字文化』（二〇一〇、三弥井書店））。

## 第三節　仮名の成立と万葉集「仮名書」歌巻

### はじめに

文字の二面性に着目すると、仮名というとき、漢字の用法としての「仮名」（漢字の表音用法）と、文字としての「かな」（ひらがな・カタカナ）とに、まずは、二分できる。漢字の用法としての「仮名」から文字としての「かな」が成立するまでの過程には、複雑なものがあるが、漢字の用法としての「仮名」の諸相は、近年の木簡の大量出土と関係して、もう一度、整理しておく必要がある。木簡に用いられる「仮名」は当然のこと、これによって、今まで知られていた資料についても、再検討が必要となっているからである。

たとえば、記紀歌謡が一字一音節の借音の用法によって仮名書きされているという場合、それは当時の木簡などにあらわれる「仮名」とも、性格の異なることが予想されるし、また、後代の「かな」とのあいだには、時間の差でない大きな溝がある。はたして、それを日本語を書く歴史において、ことばの表音的表記の連続としてとらえてよいものか、その継続性と断絶性とについて考えてみたい。

## 一　仮借と仮名

記紀歌謡の仮名書きについて、毛利正守の次のような発言がある。

歌謡の書式の意味ですが、両書のうち、日本書紀のほうでは所謂漢語という中国語の中における倭歌であり、あるいは訓注語もそうですが、外国語である日本語を記すということにおいて倭歌が仮名書きになっているといえます。それに対して古事記のほうは全体が倭文体であって、つまりそもそも本文も歌謡も倭文であり、その倭文体の中での歌謡の仮名書きの意味が問われるべきであって、それは本文の仮名書きと共に、歌謡の仮名書きは倭文の中でも特に語形の明示というところにあると考えられます。

（萬葉語文研究二「座談会　萬葉学の現状と課題―『セミナー　万葉の歌人と作品』完結を記念して―」（二〇〇六、和泉書院）二二頁）

記紀歌謡と、ひとつに称されることの多い歌謡の仮名書きについて、「漢語」を文体の基礎とする日本書紀における仮名書きと、「倭文体」を文体の基礎とする古事記における仮名書きとは、「外国語である日本語」としての仮名書きと、「語形の明示」のための仮名書きという機能の違いを指摘する。近年、多数発見されるウタの仮名書き木簡と記紀万葉におけるウタの仮名書き、さらに後代の「かな」への展開を考えるとき、仮名書きのさまざまなあり方を、多角的にとらえる必要を改めて考えさせられる。

これより以前、犬飼隆は、記紀万葉の仮名書きについて、「八世紀には、文献の性格によって日本語を書きあらわす様態の相違が明瞭になっていく」として、次のようにいっている。

『日本書紀』は中国史書の伝統的な文体にならって本文を漢文体で書き、訓注と歌謡を仮借で書く。『古事記』は日本語の文であることをめざして本文を独特の変体漢文体で書き、訓注と歌謡を万葉仮名で書く。

（犬飼隆『木簡による日本語書記史』（二〇〇五、笠間書院、二〇一一増訂版）一三六頁、傍線乾、以下同じ）

つまり、いままでひとしなみにあつかわれていた記紀歌謡の仮名書きについて、中国語中の外国語表示のためのいわゆる仮借と日本語表示のための万葉仮名とを対立的にとらえ、中国語文体か日本語文体かという基本文体の差異の中に漢字の用法の違いを求めているのである。

日本書紀は正格の漢文で書かれている。もちろん和習の交じることもあるが、森博達『古代の音韻と日本書紀の成立』（一九九一、大修館書店）は、日本書紀α群が中国語のネイティブの筆になることを提唱し、和習も日本人が書いたβ群にかたよることを指摘する。また、α群の歌謡に用いられた仮名は、ネイティブによる当時の中国語音に基づくものとした。これによると、少なくとも日本書紀α群に収められた歌謡は、そのかたちが漢字の仮借の用法であらわされたにすぎないということになる。つまり、漢訳文典における陀羅尼の部分やサンスクリットの音訳語と同じく、すべてが漢文で書きあらわされているということになる。「仮名」で書かれたわけではないのである。

しかし、古事記の表記体に対して、漢文と変体漢文とのあいだに連続性をみとめる観点[1]からは「漢文ないし変体漢文中の日本語要素の表音表記」という点において、基本的に差はない。むしろ、それよりも当時にあってすでに「仮名書き」の方法がある程度の広がりをもっていたことに注意しておくべきであろう。特に、ウタが仮名書きされているとおぼしい木簡の出土は、毎年、その例数を増やしており、ことウタを書きしるす場合の、漢字の仮名としての用法が、律令官人のあいだでは日常の方法となっていたとするならば、記紀の方法も、基調となる文体が漢文か非漢文かという違いだけが、仮借と仮名とを分けるのであって、むしろ、記紀のあいだで共通する字母が用いられ、それが同時代の他の資料とも共通することは、仮名として日本語の音を書きしるすのに共通の基盤があったことを物語る。当然、記紀の材料となった資料においても、歌謡が仮名書きされていたことは考えられてよい。

## 二　基層の仮名

今、試みに日本書紀の歌謡をα群とβ群に分け、そこにあらわれる字母を古事記歌謡のそれと対照させてみると、次のようになる。[2]

①記α群β群の三者共通（＊は濁音仮名）

阿・伊・宇・於・岐・紀・疑＊・古故・佐・斯志・須・蘇・曽・多・陁＊・知・都・豆＊・弖・斗・登等・那・尓・奴・泥・能・波婆・比・弊・倍・麻摩・弥・微・牟・母・夜・用・余・羅・理・流留・礼・呂・和（四十四音節五十字母）

②記α共通

世・豆・婆＊・美・与・盧（六音節六字母）

③記β共通

加・芸＊・久・具＊・祁・気・許・士＊・受＊・勢・叙＊・刀・迩・怒・布・夫＊・幣・閇・倍＊・煩＊・売・毛・由・延・漏・韋・恵（二十七音節二十七字母）

①から③をあわせると、合計で六十七音節八十三字母（うち清音五十五音節七十一字母、濁音節十二音節十二字母）となる。八十七音節（清音六十一音節濁音二十六音節）のうち、実に七十七パーセントの音節、清音だけにかぎると九十パーセントの音節に共通の仮名字母がみえるのである。これらの字母を万葉集「仮名書」歌巻に巻十九を含めた七巻（以下、本節ではこれを「「仮名書」歌巻」と呼ぶ）のと対照させると、わずかに「泥・幣・韋・盧」の四字母が「仮名書」歌巻にみられないのみである。古事記と万葉集巻五との類似性は指摘されているところであり、巻五とのみ一致するものを考慮しても、「陁＊・斗・微」の三字母を追加するにすぎない。つまり、これらの共通字母は、万葉集の「仮名書」歌巻とも共通性が高いのである。

つぎに、これらを正倉院仮名文書二通にみえる字母と対照してみよう。正倉院仮名文書二通にみえる字母は、次のとおりであり、先にあげた記紀歌謡の三者共通字母とくらべると、①から④のように整理できる。

阿・伊※・宇・於・可加・支伎・久※・気・古※・己※・佐※・之・須・蘇・序＊・多太・知・都※川※・天弖・止※・奈※・尓※・奴・祢・乃※・波※・比・非・布不・部※・保・末万・美・牟・米・毛・夜※・由※・与・良・利※・流・礼・呂・和・恵・乎（訓字と思われる「田・日」はのぞく。※は「なにはづ」木簡にみえるもの）

①共通するもの

阿・伊・宇・於・加・久・気・古・佐・須・蘇・多・知・都・弖・尓・奴・波・比・布・美・牟・毛・夜・由・与・流・礼・呂・和・恵（三十一音節三十一字母）

②同じ音節があらわれるが、共通しないもの

支伎―岐・己―許・之―斯志・止―登・奈―那・祢―泥・乃―能・部―倍閇・末万―麻摩・良―羅・利

―理（十一音節十三字母）

③同じ音節で他に共通する字母があるもの

可・太・川・天（四音節四字母）

④対照すべき音節がないもの

序・非・米・乎（四音節四字母）

②のうち、「之・奈・祢・末・利」は紀にみえて記にみえないもの、「伎・良」は記にみえて紀にみえないもので、すべて万葉集「仮名書」歌巻七巻に共通してみえる。また、「己・乃」は記紀歌謡にはみえないけれど、万葉集「仮名書」歌巻七巻に共通してみえる。

③の「可」、④の「米・乎」も記紀どちらかにみえないものであり、やはり万葉集「仮名書」歌巻七巻に共通してみえる。「序」は音節自体が記紀歌謡にあらわれないものである。「非」は万葉集「仮名書」歌巻七巻に共通してみえる。残る②の「支・止・部・万」、③の「太・川・天」は、後に述べる「実用の仮名」の特徴とみとめられるものである。

以上のように、記紀歌謡三部分に共通してあらわれる仮名字母は、万葉集「仮名書」歌巻、正倉院仮名文書とも共通性が高く、それらは当時の常用の仮名字母として、さまざまな位相において共通して用いられていた可能性が高い。中国語文として書き、漢字の借音の表音用法においてもできるだけ当時の漢字音に基づこうとした日本書紀歌謡の筆記者も、それらが当時の漢字音に齟齬しない範囲で、使えるものは使ったものと思われるのである。とするならば、やはり、日本書紀の歌謡も、全体が漢文（中国語文）であるかぎりにおいて、形式としては仮借ではあるけれど、実態としては日本語を日本語として書きしるす点において、仮名書きされていることにかわりない。いずれにしても、この時代にあって、日本語要素を表音表記する手段としての仮名は、位相による差こそあれ、ことばを書きしるす一つの方法、漢字の用法の一つとして、共通の基盤の上に成り立っていたと考えられるのである。(3)

ただし、仮名の成立と展開の中で、この現象をどうとらえるかということが、次の問題として生じることになる。

## 三　仮名成立の条件

漢字の表音用法が、仮名であるための条件として、内田賢徳『上代日本語表現と訓詁』(二〇〇五、塙書房、初出「漢字から仮名へ」『朝倉漢字講座1』(二〇〇五、朝倉書店))の次のような発言がある。

「漢文の規則的な翻訳方法が成立する以前にあって、並んだ表意の文字列をたどりながら文の意味が理解されることを通して、逆に「宮＝みや、児＝こ」といった個々的な対応が成立する。訓字がそこに成立し、そしてそれを媒介として、あらためて「斯鬼」は地名シキの表記としてあることになる。単に表音文字であることから仮名への過渡がそこにある。」(一九頁)

「倭語としての語(固有名でも)が中国語から表音的に写されるのではなく、まさしく倭語として、意識的に内部から表音的に表記される時、その文字は現象としては漢字であっても、倭語の音節を一義的に表しているということにおいて、狭義に漢字なのではない。訓字と並んで倭語を表す文字、それこそ萬葉仮名と呼ばれる仮名文字である。」(二四頁)

内田が、訓字との対比において仮名をとらえるのは、音訓の分化（あるいは音訓の差異の発見といってよい）が仮名の成立の条件であることによる。これが、仮借から仮名への階梯であるといえよう。「仮名」の成立に字訓が大きく関与していることに、注意しておく必要がある。

漢字の表音用法が、仮名となるためには、①漢字音を日本語音としてとらえ、漢字一字に対して一ないし二つの音と対応させること（日本漢字音の成立、日本語の音節の開音節性の自覚、連合仮名の捨象）、②漢字の語義が日本語のどのようなかたちと対応するかということの発見（字訓の成立、借訓仮名の成立）のほかに、③日本語自体の「語（形態素）」を分節することが、必要となる。形態素の分節は、単に漢字と物の名との対応のみからは生じえないであろう。漢文訓読により、中国語と日本語との差異を自覚することが必要となる。そこに、仮名でもって日本語のどのような要素を書きあらわさねばならないかという自覚が生まれる。つまり、日本語の語形表示の必要性が生じるのである。訓字で表意的に書きあらわすことと、仮名で表音的に書きあらわすこととの対比において、内田がいうように、「訓字と並んで倭語を表す」ところの仮名の資格がある。

これより以前、川端善明「万葉仮名の成立と展相」『日本古代文化の探求　文字』（一九七五、社会思想社）では、仮名の展開を、

（一）文字に表記する　（二）文字を表現する　（三）文字に表現する

の三段階に分けて考え、記紀万葉における仮名を「文字を表現する」段階としてとらえる。そして、最終的に平仮名成立に結びつくような「仮名」の段階を、「文字に表現する」段階ととらえて、次のようにのべる。

「文字を表現するとは、漢字の表意性にかかわることである。従って、正訓字を殆ど交じえず、訓仮名も殆ど使用せぬ真仮名主体の諸巻では、文字表現へのきっかけが弱いのである。ということは逆に、『日本書紀』

歌謡がそうであったように、外面的な文字の装飾である変字法や、音仮名といえども漢字自体としての表語性を時に蘇らせることもあると先述した、その程度の意匠ならば認められるということである。」（一五九頁）「表現文字としての平仮名は、何よりもその抽象性において考えられねばならない。表語性の払拭、つまり表音文字（音節文字）としての（平）仮名の成立は、文字自体が先走って余剰の意味やイメージを結ぶことを抑える。（中略）意味や形に対するある抽象性格こそが、平仮名を、表記文字ならぬ表現文字にまで到達させているのである。もはや文字に表記するのでも、また対照的に、文字を表現するのでもなく、文字において表現がある、すなわち文字に表現することが、そこに成立するのである。」（一八一頁）

内田が、訓字との対比において仮名をとらえたのは、（一）文字に表記する段階から（二）文字を表現する段階への階梯であり、それが訓字との対比において仮名であることにおいて、川端のいう「意味や形に対するある抽象性格」はいまだしい。その点で、内田のいう仮名の条件、仮名の原理は、まさに記紀万葉に代表される「万葉仮名」のそれなのである。

川端は、実用における仮名に、「ある抽象性」をもつ平仮名との連続を考える。それはすぐれて表音機能のみが求められる世界である[4]。川端の「実用の仮名」を、築島裕は具体的に「文書・記録の世界」での仮名使用とするが、近年の木簡にその姿をみる犬飼は「日常ふつうの仮名」と表現する。その主な特徴として、川端は、①「日本語音節との、そしてそれだけとの固定的な対応」、②「音仮名、訓仮名の仮名としての均質化が進んだのであろう」、③「字体の比較的単純なものが選ばれている」、④「清濁の区別が緩いことや、上代音韻に存した母音二類の表記に混乱の存すること」をあげるが、さらに⑤一音に対して対応する文字数がかぎられる、を加えることができよう。これは、平仮名の性格にもあてはまり、「実用の仮名」は、まさに平仮名へと連続しているのである。

築島裕『日本語の世界　5　仮名』（一九八一、中央公論社）が、平仮名資料について、

十世紀以降の平仮名文献について、漢字と平仮名との併用についての問題が注意される。平仮名文には、当初から二種類のものがあった。一つは、殆ど平仮名専用の文で、漢字は極く少数であるものであり、他の一つは、漢文又は変体漢文と交用されているもので、当然のことながら、漢字を多く含む。近時、この方面の研究も現れたが、前者について注目したものが多く、全体として、この両種を立てることや、漢字との交用については、あまり言及がない。（一五七頁）

と二種類を立て、「漢文又は変体漢文と交用されているもの」に研究の遅れを指摘する。漢文ないし変体漢文という、漢字の表語用法中心の文章中に表音用法としての仮名がまじるなら、そこでは、音訓が強く意識されたはずである。とすると、一つの問題意識として、こんなことも考えられよう。実用の仮名が音訓を意識しなかったから、漢文中の平仮名も音訓を交用するのか、それとも、平仮名という漢字から独立した表音文字の体系が成立し、漢字の音訓を意識する必要がなくなったから、漢文中の平仮名も字母の音訓を区別する必要がなくなって、音訓を交用するのかと。

この点に関して、本章第一節において、日本霊異記の歌が割り書きで仮名表記され、その仮名に借訓仮名が含まれることについて、

漢文中に外国語表示同様の方法で日本語要素を組み込む記紀のウタや、注記として漢文と区別する常陸国風土記のウタが、音訓を厳密に区別し、借音仮名のみで記されるのとは異なり、漢文とは無関係に独立して仮名書きされているウタが漢文の注記として組み入れられていると考えることができる。仮名書きであることで、漢文中に注として組み入れられているだけで、そこにはもはや、中国語文中に外国語としての日本語部

分を借音表記するという、音訓の対立的な意識は感じられない。ウタが漢文中にあるから仮名書きなのではなく、仮名書きのウタが漢文中に組み込まれているのである。（五六頁）

と述べたように、音訓の自覚は漢文との対比（表語用法の中の表音用法）においてあらわれ、記紀万葉の仮名の用法に連続する。記紀歌謡の仮名が借音にかぎられ、万葉集において借音と借訓とが意識されるのは、記紀万葉の仮名が、つねに音訓を意識しなければならない環境にあったからである。「実用の仮名」が音訓を意識しないのは、それの使用される場面が、ウタの記録であったり、文章を意識しない付札木簡などにみられる物の名であったり、すぐれて日本語音の表音機能に傾斜していたからにほかならない。したがって、木簡においても、訓字と交用されるような場面では、借音仮名が選ばれる。平安時代に入って、漢文ないし変体漢文中に用いられる仮名に訓仮名を交えたり、平仮名字体がまま含まれるのは、仮名が漢字の一用法から独立して日本語を書きあらわすための表音文字「仮名」が成立する方向性として理解されよう。漢文あるいは訓字が意識されない環境、純粋に表音のみを指向する場面において、音訓交用の仮名の体系が存在しえた。そして、その場面において、独立した表音文字体系への展開、つまり次の段階としての漢字の「形（ケイ）」からの独立が進んだであろうことは、想像にかたくない。

## 四　有韻尾字と仮名

そもそも漢字の一用法でなく、日本語の音節をあらわす表音文字としての「仮名」であることの条件には、どういったものが考えられるであろうか。

ひとつには、日本語の音節構造の把握、つまり日本語音節の分節化が必要であろう。中国漢字音は、基本的に開音節と閉音節とがあるのに対して、日本語の音節は基本的に開音節であるとされる。そして、その一音節に漢字一字をあてることによって、「仮名」が成立する。日本語が基本的に開音節であることと「仮名」が一字一音節であることとは、あるいは、卵と鶏の関係かもしれない。つまり、一字一音節の仮名の成立が（これは歌の定型の成立ともかかわるわけだが）、日本語の開音節構造の把握（分節化）に影響した可能性がないではない。いずれにしても、漢字の有韻尾字の処理は、一字一音節という枠組みの、漢字から「仮名」への過程の中で注意しておかなければならない。

陽声韻尾や入声韻尾、つまり閉音節の漢字を日本語の開音節表示に用いる場合、子音韻尾の処理のしかたには、三つの方法があった。

・韻尾を省略する＝略音仮名＝一字一音節に対応
・韻尾に母音を付加する＝二合仮名＝一字二音節に対応
・韻尾と次の頭音とを関係づける＝連合仮名＝二字二音節もしくは三音節に対応

「仮名」が一字一音に向かうとすると、二合仮名・連合仮名は、仮名の展開の中で捨象される運命にある。逆にいえば、二合仮名・連合仮名の動向が、「仮名」成立の重要な要件をもたらすことになる。連合仮名・二合仮名から略音仮名への流れが、「仮名」の成立へとつながるのである。一字一音ということは、韻尾を捨て去ること、つまり、ひとつの開音節化（日本語音化）にほかならない。

連合仮名の方法について春日政治『仮名発達史序説』（一九三三、岩波書店）では、一字一音の対応とするが、子音韻尾が次字の頭子韻と関係づけられている点で、厳密にいうと二字での対応ということになろう。その点で、

「仮名」という観点からは、文字の機能の問題ではなく用法の問題である。「仮名」の成立過程にあっては、一字一音の独立した表音文字体系ということから、もっとも離れたところにある（あるいは、のちの仮名遣いの問題との関係で考えることができるかもしれないが、今は一応、こう位置づけておく）。この用法は、本来、中国における外国語表記に一般的に用いられる仮借に学んだものであり、日本においては、稲荷山古墳出土鉄剣銘の「獲居」など、古くからそれらしき例を指摘できる。[5] 日本書紀α群においても、この方法が意識されていることが森博達によって指摘されているが、疑問がないではない。[6] 古事記にもそのように理解できる例がなくもないが（當藝麻など）、古事記には、たとえば入声字を用いないなど、日本書紀とは異なる点がある。入声字は「なにはづ」木簡にも「作・泊」の例がみえ、とするとのちに述べるように、犬飼が「日常ふつう」とする仮名の使用範囲に入声字はあったことになり、古事記が入声字を意図的に排除しているとみなすことができよう。犬飼のいう「精錬」の一環としてとらえられるのである。万葉集にも、入声字が用いられるが、そこに連合仮名の意図的用法はみとめられないことが、尾山慎によって明らかにされている。[7]

これに対し、二合仮名は、韻尾の後に母音を付加することによって開音節化するものであるが、一字二音の対応という点で、一字一音の表音文字体系という体系的な面からは、やはり「仮名」との距離がある。しかし、これもその歴史は古く、また、その使用範囲は広い。稲荷山古墳出土鉄剣銘に「足尼（スクネ）」がみえ、藤原宮木簡においても、地名・人名には特に二合仮名の使用が顕著である。これは、漢文ないし変体漢文の中にあって、固有名詞表記は、漢語としての性格を求められたことによると思われる。地名に対する好字二字という字数の規定は、まさに漢文の修辞に求められるものなのであり、岡田山一号墳出土太刀銘の「各（額）田部（ぬかたべ）」の固有名詞表記に借訓ではあるが一字二音節の対応がみられるのも、それが漢文漢語的な要素をもっていると考えられる。

したがって、文章全体を仮名書きする歌や散文において、一字二音節は地名人名を除いてまれである。特に万葉集巻十四は、地名にかぎり一字二音節が許容され、それ以外は、一音節の訓字を含めてすぐれて一字一音節を指向する。[8]そこでは、巻五後半にみられる助動詞「なむ」にあてられた二合仮名「南」が、「奈伎和多里南牟」(三三九〇)」のように「ナ」の仮名に利用される。これに対して、二合仮名の助辞への使用が、巻五後半にかたよるのも、二合仮名の特殊性をものがたる。[9]二合仮名は平安時代の平仮名文献の中でも「らむ、なむ、けむ」に「覧、南、兼」がままみられ、これについては、たとえば行末での使用や促音便との関係など、別の観点からの考察が必要になるが、すくなくともあとで述べる「実用の仮名」の世界では一字一音が指向され、これが平仮名へとつながるのである。

以上、連合仮名の用法が採用されず、二合仮名が捨象される環境において、仮名は一字一音の体系を指向し、平仮名へと連続すると考えられる。その意味で、一字一音への指向が仮名の条件の一つとして考えられよう。少なくとも、基層の仮名は、さまざまな文献における仮名の最大公約数的なものであるが、そこでは、平仮名への連続性においても一字一音をめざすのである。韻尾の処理において、二合仮名は「仮名」らしくない仮名なのであり、一字一音の略音仮名への指向こそが、「仮名」成立の条件としてあることになる。

## 五　「仮名」成立の背景

一字一音の対応の背景には、当然、漢字の語義が日本語のどのような単位で対応するかということの発見がある。つまり、漢字と訓との対応である。一字一音の借音表記が、仮借の用法によって、固有名詞からはじまったとして、ものの名と漢字との対応は、単に異言語の接触という観点からは、漢字が伝来したそのときからはじまったであろうことは、想像にかたくない。しかし、漢字で書くという要請を考えれば、それで日本語を書きあらわすには、それを必要とする場面が考えられなければならない。なぜなら、日常一般において、ことばを書きあらわす必要は、ほぼなかったと考えられるからである。とするならば、むしろ、漢文を学習する世界、あるいは中国語を習得する世界で、漢文と日本語との対応を考えるべきかもしれない。つまり、漢文訓読の発生が、訓を生じせしめたという場合である。北大津遺跡出土のいわゆる音義木簡は、そのあたりの事情を物語るとみてよい。

賛〈田須久〉／誈〈阿佐ム加ム移母〉／檟〈久皮之〉

ここでは「田（タ）」の借訓仮名が使われているところから、ものの名と訓との対応の古さがうかがわれるが、注意されるのは、「誈〈阿佐ム加ム移母〉」の場合であり、一字が文節単位で対応している。おそらく、漢文を訓読するときには、このような、一字に対して日本語側の対応の単位が一語にとどまらない場合も、多かったに違いない。そこから、中国語と日本語との形態の差異を自覚することが生じる。そしてそれは、日本語の語（形態素）の分節へとつながるのである。

藤原宮出土のいわゆる宣命木簡、

□御命受止食国々内憂白

□止詔大□□乎諸聞食止詔

の「止、乎」のような助詞の表記の要請がそこに生じる。もちろん、このような書き方は、漢文を書くというところからは、非常に遠いところにあり、「仮名」の成立よりも、原理的にはずっと遅れるわけだが、一字一音の表音表記の方法が（借音か借訓かにかかわらず）、日本語の語形表示の必要性に応じるかたちで「仮名」を漢文中に含みうる、そこに「仮名」の成立が深く関与しているのはいうまでもない。助詞の分節は、日本語の形態素の分節であるとともに、日本語の音の分節でもある。

ただし、藤原宮木簡のように、借音部分が漢文部分と同じ大きさに書かれてしまうと、仮借の用法となんら区別がつかないことになる。むしろ、北大津遺跡の音義木簡や飛鳥池遺跡出土木簡の、

□本〈止〉飛鳥寺

の「止」のように、本文中に日本語部分が注記のかたちで割り書きされる、そのような場面において、「仮名」が日本語部分の表音表記として機能しているといえるのである。

## 六　「仮名」の用途

このように、漢文（中国語）と日本語との対応による日本語要素の分節が、日本語要素を表音的に書きあらわすことを要請したわけだが、先にも述べたように、そこには、もうひとつ、ことばを書きとめることの要請がなくてはならない。なぜならば、日常生活において書くことの要請はそれほどないからである。おそらく、漢字と出会った日本語も長いあいだ、書くことの要請は乏しかったに違いない。むしろ、書くことは漢文とともにあった。書くことの必要はつねに、漢文で書くことでまかなわれたはずである。それは、日本語を書くことの歴史が物語っている。そこで、しばらく日本語要素を表音表記することの歴史を考えてみよう。

先に述べたように、日本語要素が漢字の借音によって表音表記されるのは、固有名詞にはじまるとみてよい。それは、中国語の文章を書く場合の通常の方法だからである。五世紀末から六世紀にかけての金石文、埼玉県稲荷山古墳出土鉄剣銘、熊本県江田船山古墳出土大刀銘、和歌山県隅田八幡宮蔵銅鏡銘にその実例をみる。これらは漢文に含まれるものであり、表音表記部分まで含めてすぐれて漢文なのであり、まさに中国語表記の仮借の部分であるといえる。

六世紀末から七世紀にかけてのいわゆる推古遺文については、近年、その年代や資料性に疑問が投げかけられているが、その時期になんらかの史書の編纂が企図されたことは、記紀の記述から考えられる。そこでは固有名詞は、一字一音の借音表記よりも訓字が利用された形跡がある。古事記序文に、「日下」や「帯」の文字をそのまま残すという記述があるのは、その来歴が古いことを物語る。六世紀後半とされる島根県岡田山一号墳出土大刀銘の「各（額）田部」のような借訓（あるいは訓字）による固有名詞表記が成立していた。これは、「仮名」というより、むしろ漢語のようなものとして、漢文の中に、より自然なかたちでなじんでいたことであろう。

七世紀末の藤原京木簡には、ものの名が一字一音の「仮名」で書かれたものがいくつも報告されている。

阿遅　阿由（鮎、年魚）　伊委之（鰯）　加麻須　佐米　須々支　多比、田比（鯛）　知奴　尓閇　布奈（鮒）
伊貝　河鬼（蠣）　富也　伊加（烏賊）　宇尓　伊支須　奈乃利毛　乃利　弥留（海松）　米（軍布）　尓支米
毛豆久

（小谷博泰『木簡と宣命の国語学的研究』（一九八六、和泉書院）による）

平城宮木簡になると、仮名書きのものの名が少なくなるというのは、ちょうど、固有名詞の一字一音の表音表記が訓字表記に置き換えられてゆくその流れと同じ方向にあるといえよう。日用の書記としての変体漢文の出現は、日本語要素を、仮名書きよりむしろ漢文的に書くことの要請としてある。それは、日本語要素を「仮名」で書くことの対極としてあるのである。固有名詞やものの名の一字一音の表音表記が減少するのは、その「仮借」の用途が狭められた結果にほかならない。そしてそこに「仮名」の方法が入り込むことになる。

ひとつには、会話部分の仮名書きがあげられる。七世紀の飛鳥池遺跡や藤原宮から出土した木簡の中に、

・世牟止言而□（飛鳥池木簡）

・□　詔大命乎伊奈止申者（藤原宮木簡）

のような、会話部分をその前後の助詞まで含めて、借音の一字一音の表音表記がなされている。これは、ことがらを書きしるすよりも、仮名書き部分が、会話部分に多いこともこれと同趣のものと考えられる。また、古事記の「ことば」をうつすことを優先したものと理解できよう。

もうひとつは、音義木簡などにみられる、漢文学習における日本語との対応の部分での表音表記である。これはさきに述べたように、漢文と日本語との相違の自覚から、宣命書きへとつながり（拙著『漢字による日本語書記の史的研究』（二〇〇三、塙書房、第三章））、さらにそのさきに、日本語散文成立への道程をみることになる（拙稿「擬似漢文の展相」『国語文字史の研究八』（二〇〇五、和泉書院）、本書第四章第三節参照）。

以上は、漢文あるいは変体漢文が文体の基調としてあり、そこに部分的に日本語要素が含まれるかたちでの表音表記であったが、一方、これらの部分的な要素ではなく、日本語文全体が表音表記される場合はというと、これは早い段階ではおそらくウタにかぎられたであろう。ことばの「ことがら」でなく、ことばの「かたち」を書きとどめる必要はウタにおいてこそありえただろうからである。

古今集仮名序に「てならふひとのはじめにもしける」とされた歌のうちの一首、「なにはづ」のウタは、法隆寺五重塔の落書によって、その存在が知られていたが、徳島県観音寺遺跡からまとまったかたちの「なにはづ」

のウタが出土したのをきっかけに、その後、「なにはづ」木簡があいついで出土し、その広がりが確認された。これについては、八木京子「難波津の落書―仮名書きの文字資料のなかで―」（国文目白四十四、二〇〇五・二）、同「上代文字資料における音訓仮名の交用表記―難波津の歌などの木簡資料を中心に―」（高岡市万葉歴史館紀要十五、二〇〇五・三）にまとめられており、また、犬飼隆『木簡による日本語書記史』（二〇〇五、笠間書院）に的確な考察がある（第八章）。なお、「なにはづ」木簡をはじめとして、ウタが書かれた木簡の仮名については、前節に詳しく論じたとおりである。

ウタが「仮名」で書かれてあるということは、まさに日本語文全体が、一字一音の「仮名」で表音表記されているわけだが、その中には「矢・児・真・者・田・手・目・見・津」といった借訓仮名がみえたり、「ツ・止・皮」といった万葉集にはみられない文字が使われていたりしており、万葉集や記紀歌謡の仮名書きとは、位相を異にすることがうかがわれる。また、「春・目・玉・手」といった訓字もみられ、「而・之」などの中国語助辞を日本語助詞に適用したものかと思われるような例もみられる。その書き様は、万葉集の「仮名書」歌巻の書き様に通じる点がある（ただし、ここでは、清濁を書き分けない点で、万葉集とは大きな隔たりがある）。

漢文中に含まれる日本語要素（固有名詞を含む）の表音表記には、借音仮名が専用され、ものの名が孤立的に表音表記される場合には、借訓仮名の使用がまじるのを考えると、漢文という漢字の表語用法に囲まれる環境では、表音表記はもっぱら借音により、表音表記が主たる環境においては、借訓を交えることもあったということになろう。こうして、日本語要素が独立して書きしるされるようなことが可能な背景に「仮名」の成立をみるのである。「仮借」から「仮名」へ、その道筋は一本道ではなく、築島前掲書が指摘するように、大きく分けて日本語要素を漢文中に含むかたちで発達したものと、日本語要素全体を表音表記することを指向したものとが考えうる。そしてそこに、日本語要素を表音表記することを要請した、さまざまな場が考えられることになる。

## 七　「仮名」使用の階層

「仮名」が使用される場面によって、用いられる字母の異なることは、早くから指摘され、特に犬飼隆『上代文字言語の研究』（一九九二、笠間書院、のち増補版二〇〇五、笠間書院）には、「仮名」から「かな」へ（犬飼は「万葉仮名から〝仮名〟へ」と表記する）の展開が、古代の資料を駆使してあざやかに展望されているし、沖森卓也『日本古代の表記と文体』（二〇〇〇、吉川弘文館）にも、「仮名」の成立と位相とが詳細に記述されている。いま、その驥尾に付して「仮名」の使用にさまざまな層のあることをみてみよう。

「仮名」が中国語の「仮借」の用法から展開したとして、さきに述べたように、まず、漢文中に日本語要素を組み入れるための仮名が考えられる。ひとつには、金石文にみられる固有名詞表記であり、ひとつには日本書紀α群の歌謡にみられる歌表記である。これらは、すべて借音仮名であり、字母も比較的画数の多い、また、漢文では表語的に頻用されないものが選ばれる。これも中国語での用法に一致する。古事記歌謡や万葉集巻五の仮名書きもこの中に位置づけられる。そこでは、漢文との対比において借音であることが強く意識され、借音か借訓かの区別は厳密であり、借訓が交じることはない。借訓と借音との区別は、漢文と日本語要素との対立としてとらえられる。つまり、漢文が表語であることで、日本語要素に対しては、音を利用した「仮借」に近い用法であることにより、漢文部分と対比して受け止められるのである。

万葉集の他の「仮名書」歌巻も、借音と借訓とを区別する点において、この延長に考えることができる。すでに巻五の後半には訓字が多く交じることになるが、それも含めて、漢文との直接の対比がないところが、記紀歌謡等の仮名書きとの差異である。巻五後半は、巻十七以降のありかたに呼応しており、その点については、万葉集における仮名書きの問題として、個別に検討が必要である。その見通しについては、次節以降にゆずることになる。

一方で、木簡の歌表記やものの名表記にみられるような表音表記のあり方もある。そこでは、借音仮名にまじって借訓仮名も用いられ、その表記の方法は、清濁を区別しない点で、のちの「かな」に通じるところがある。これらは、漢文との対比という面がうすく、それで借音、借訓を区別する必要がなかったものと考えられ、一部訓字を交えることも生じることになる。訓字を交える点では、万葉集巻五後半やそれ以降の「仮名書」歌巻の仮名書きに通じる点がある。そこでも、日用の側面とウタを書く場面におけるさまざまな条件が重なって、字母にはさきにみたのとは異なる多様性がみとめられるが（たとえば比較的画数の少ないものが選ばれるとか）、それらは、平安時代の草仮名の多様性と、大きく異なるものではない。すでに、犬飼、沖森によって指摘されているように、ここには、「かな」に直接通じる要素がある。

これとは別に、固有名詞表記の多音節仮名にも注意しておかなければならない。先にあげた岡田山一号墳出土大刀銘の「額田部」のように固有名詞を借訓あるいは訓字で記すのは、ひとつには漢文との同化のためである。このあたりの親縁性については、橋本四郎「訓仮名をめぐつて」（萬葉三十三、一九五九・一〇）、同「多音節仮名」『澤瀉博士喜寿記念萬葉学論叢』（一九六六、いずれものち『橋本四郎論文集　国語学編』（一九八六、角川書店）所収）に指摘があるが、たとえば、地名表記には多様な多音節仮名が、借音、借訓を問わずあらわれる。これには風土記の地名起源説話に象徴されるように、語源が強く意識されており、意味を前面に押し出すことにおいて、川端のいう（二）文字を表現する段階の、まさに、表語文字としての漢字の用法がそのままあらわれる、そのような表音表記であるといえる（拙稿「音読みの地名・訓読みの地名」『日本地名学を学ぶ人のために』（二〇〇四、世界思想社））。

万葉集「真名書」歌巻（本章第四節補注参照）にあらわれる多音節仮名や借訓仮名もこれに連続してとらえうる。橋本が指摘するように、これらは一回的な用法や意味を連想させる用法が多く、まさに漢文に同化しており、それは一字一音の仮名についてもいえることである。たとえば「鶏鵡鴨（けむかも）」のような「仮名」において、「鶏（ケ）、鵡（ム）」はたしかに一字一音の借音仮名であるけれども、これに意味を感じないよみがあやまりであることは言をまたない。したがって、万葉集「真名書」歌巻にみえる「仮名」は、全体として漢文の延長としてとらえるべきものである。しかし、問題は、その中にも、木簡や仮名書諸巻と共通する一字一音の借音仮名があらわれることとである。

拙稿「記紀のウタと木簡の仮名」（国文学　五十一巻一号、二〇〇六・一）にみたごとく、時代を通じて、場面を通じて、資料を通じて共通する「仮名」がある。そしてその多くは、のちの「かな」につながっている。さすれば、そこに、先にみたように、基層の仮名というものを設定しうるのではないだろうか。これを設定して、さまざまな「仮名」の用法を、基層からの乖離の総体としてとらえることによって、万葉集の仮名書きの位置づけ、つまり、木簡の「仮名」や後代の「かな」との連続性と断絶とを説明する道が開けるように思われるのである。

## 八　「かな」への展望

「かな」は日本語をかきあらわすための表音文字である。そこには、漢字のように意味を喚起する部分はふくまれない。いいかえれば、漢字の一用法である「仮名」が文字としての「かな」へと展開するためには、意味からの離別が必要となる。そして、その方法は、すぐれて、デフォルメされた字体の獲得である。形・音・義という漢字の三要素、その音を日本語化することによってまず、音の捨象がおこなわれた。それは音（オン）でいうと、韻尾を捨象した略音仮名であり、韻尾に母音を付加して開音節化した二合仮名とよばれるものである。それらは表音用法であるかぎりにおいて、義を捨象している。しかしながら、それが漢字の形であるかぎり、そして漢字が文字として表語文字であるかぎり、実際には義からのがれることはできない。それは、表語用法の環境の中におかれたとき、顕著にあらわれる。

万葉集の「仮名書」歌巻と「真名書」歌巻には、共通する一字一音節の借音仮名の用法がみられる。その中で、特になんら意味を喚起しない用法のものは、多く木簡の「仮名」に一致するものである（詳細はあらためて論じなければならないが）。それらは、表音文字としての用法であるかぎりにおいて、なんら意味をあらわすものではないけれども、それが、変体漢文という表語的な環境にあるかぎり、そして、漢字そのものが表語文字として基本的に意味を含むものであるかぎりにおいて、意味から逃れることはできない。むしろこれを利用して、たとえば基層の仮名に属する「万」であっても「万代（まで）」という文字列においては、確実に意味を喚起しうるのである。そこに、意味からの解放を要請する力が働くことになる。つまり、形・音・義の形を捨象するかたちで「漢字ばなれ」をおこなわないかぎり、意味からの解放はありえないのである。そこに「かな」の成立の本質をみることになる。

逆にいえば、木簡などにもちいられる日用の「仮名」の世界では、たとえ漢字の一用法にすぎないにしても、つまり意味を内在するものであっても、そこに意味への指向はうすい。そのかぎりにおいて、すぐれて表音文字的なのであり、そこに、「かな」への「漢字ばなれ」を指向する契機は見出しがたい。表語用法との対比がないかぎり、そのままで、表音文字としての機能は、十全に発揮しうるとともに、そこに意味への指向はほぼないといってよい。

研究史は平仮名の淵源を日常ふだんの実用世界において用いられた仮名世界に求める。それ自体は首肯できる。しかしながら、川端が「実用の仮名」とし、犬飼が「日常ふつう」とする仮名が、具体的には築島のいうように「文書・記録の世界」のものであり、あるいは「口頭語的性格」をもつものだとしても、それをひとつの位相というには、その範囲が広いように思われる。

犬飼は木簡の資料性について、「日常ふだん」の書記様態を示すものとする。そして、古事記の書記様態を「木簡に用いられた書記の技術を「精錬」したもの」ととらえるのだが、だとすると、その基底にも「日常ふだん」の書記様態があることになる。とすると、それぞれの資料における「日常ふだん」とは、この時代に想定される日本語書記様態一般の基底にある「日常ふだん」からの、さまざまな場面による変異として理解される。あるいはその総体が「日常ふだん」であるといってよい。地方木簡には地方木簡なりの「日常ふだん」があり、戸籍帳には戸籍帳の、写経所文書には写経所文書の、そして、万葉歌人や史書編纂にかかわった人々にも、それぞれの「日常ふだん」があることになる（拙稿「書評　犬飼隆『木簡による日本語書記史』」（日本語の研究三―三、二〇〇七・七））。作業仮説としての「基層の仮名」を提起するのは、それら個別のあらわれの背景にある、共通の基盤を想定したいからである。

こういった考え方に立てば、すべての資料の仮名は、なにかしらの選択をへているとみなされる。それを「精錬」と呼べるかどうかは別として、ある種の選択意識がそこに働いていることになる。その環境が音訓を意識するようなところでは、当然、借音仮名が専用されたり、あるいは意識されたりする。奈良時代の宣命書きには借訓仮名が用いられず、平安時代に入ると借訓仮名もみとめられるようになるのは、平安時代の仮名が、音訓の環境を考えることなく純粋に表音文字としてあったからにほかならない。それこそが、川端のいう「文字に表現する」ための文字である「仮名」である。

とするならば、「かな」への内的要因は、漢字そのもののもつ表語性にあるといわざるをえない。そしてそれを指向するのは、漢字の表語用法と対比されるような場面でなくてはならない。つまり、仮名だけで日本語を書くような場面では、「かな」への指向は弱いのである。もちろん、早く書くため、狭い場所に書くため、美しく書くため、簡単に書くため、などといった外的な要因はいくつか考えられるし、それを否定するわけではない。しかしながら、漢字の用法としての「仮名」が、日本語を書きあらわすための表音文字としての「かな」へと展開する背景には、漢字の表語性が強く意識される必要がある。漢字が漢字であること、それが「かな」を生み出す要因だったのである。その点で、漢文中の仮借の用法が、日本語の語形表記に利用されたそのときに、すでに「仮名」への展開がはじまっており、それは「かな」への第一歩でもあったのである。

仮名が仮名であるための条件が、川端のいうように「抽象性」の獲得と、「表記文字ならぬ表現文字」への昇華にあるとするならば（実は川端のこのあたりの記述は、平仮名についてか、実用の仮名についてか、読み取りにくいところがあるのであるが）、基層の仮名に近いところに具現する実用の仮名は、それが漢字字体を有するがゆえに、音と訓との対立を内在的に含み、そのひとつの選択として先に述べた特徴をもつにすぎないことになる。実用の仮名は、漢字の形（ケイ）からの解放をまって、真の表音文字としての、「表記文字ならぬ表現文字」としての仮名となるのである。とするならば、「かな」の成立をまってはじめて「仮名」が成立したということも、あながち、荒唐無稽ないい方ではないのかもしれない。

## まとめ

犬飼は、木簡にみられる書記様態の考察から、万葉集の書記様態が「日常ふだん」からかけ離れたものであり、これをもって古代の書記史を語ることの危険性を指摘する。しかしながら、古事記が「日常ふだん」の方法を「精錬」したものであるとすると、万葉集もまた、同列に「日常ふだん」からの「精錬」のひとつとして位置づけられよう。万葉集の仮名書きも、そのような基層の仮名から、「精錬」（それを「精錬」と呼ぶかどうかは別として、そのような選択意識が働いて）によって具現したひとつの姿にすぎないのであり、当然、書記史の中に正当に位置づけられ、その連続と非連続とが吟味されなければならない。

巻五についていえば、前半部の仮名書きに対して、旅人や憶良の私的な性格によるととるか、漢文表現との関係でとらえるか、あるいは九州方言との関係でとらえるか、さまざまな仮名書きへの契機が考えられているが、古事記との関係、後半部との差異からは、やはり、漢文中における音訓の対立を考えなければならないだろう。[10]後半部との関係は、変体漢文脈における、音訓の融合の過程ととらえられ、それは巻十九の様態と並行してとらえることができる（拙稿「仮名書き歌巻成立のある場合―万葉集巻十九の書き様をめぐって―」『論集上代文学二十六冊』（二〇〇四、笠間書院）、本章第五節参照）。巻十四は訓字も含め一字一音化への指向がみられ、それは、先に述べたような平仮名へのひとつの段階の姿を示しているととらえることができる。[11]とするならば、万葉集の仮名書きもまた、「万葉〝仮名〟から仮名へ」の史的展開を、うちに含むものと考えられるのではないか。なによりも、基層の仮名を考えることによって、「日常ふだん」の仮名と共通の基盤を考えることができるのであり、共通する部分がおおいのである。むしろ、これらのありかたを除外することは、仮名から「仮名」への展開過程の重要な部分を見落とすことにもなりかねないと思量するのである。

注

(1) 拙稿「擬似漢文生成の一方向―『御堂関白記』の書き換えをめぐって―」(文学史研究四十四号、二〇〇四・三)、同「擬似漢文の展相」『国語文字史の研究八』(二〇〇五、和泉書院)において示した「擬似漢文」という考え方は、漢文と変体漢文とのあいだに連続性をみとめる観点からの呼称である。たしかに、その外延がはっきりしない点、表記体と文体とのあいだでの差別がつきにくい点、つまり対概念がレベルの異なる「仮名書」である点で、問題の多い概念である。古事記や宣命等の、従来「和文」とよばれていた、日本語文体に対して、毛利正守「和文体以前の「倭文体」をめぐって」(萬葉百八十五、二〇〇三・九)は、「倭文体」という用語(ターム)を提唱する。たしかに、古事記はすぐれて日本語文として書記されているし、そこに発想されているのは、いわゆる日本語である。しかし、つねに、発想された日本語がそのまま文章として書記されるとはかぎらない。その間に、文章化の過程が介在する。中国語訳も文章化の一つの過程である。両稿で論じたのは、仮名によって日本語の音形表示が一義的におこなわれるのでないかぎり、形態としては、漢文を指向する。「倒置方式」は漢文のそれにほかならない。その意味で、少なくとも表記体としては「漢文」の名を残すのが妥当と考える。「漢文」という名の日本語文があってかまわない。むしろ、日本語文を日本語文として言立てることに、古代の文章の、そして日本語散文成立の重要な側面を見失う恐れを感じるのである。ただし、本書では新たな用語(ターム)を提唱することによる混乱をさけるため、従来多くの研究書に用いられ続けてきた「変体漢文」を統一的に用いることにした(本書第四章第一節参照)。

(2) 調査にあたり、古事記は、西宮一民『古事記』(一九七三、桜楓社)、日本書紀は、森博達『古代の音韻と日本書紀の成立』(一九九一、大修館書店)、万葉集は、木下正俊『萬葉集 CD—ROM 版』(二〇〇一、塙書房、ただし、誤りと思われるところを私に改めたところがある）、正倉院仮名文書は『南京遺文・南京遺芳』（一九八七、八木書店）による。

（3）拙稿「記紀のウタと木簡の仮名」（国文学　五十一巻一号、二〇〇六・一）に示した。基層の仮名という考え方である。ただし、これは具体的な仮名の用法の世界を考えるのではなく、基層というひとつの目にみえない作業仮説のようなものであると、現在のところ考えている。

（4）実は、すぐれて表音機能をもつのはのちの片仮名である。片仮名は「仮名」成立後、訓点世界という特殊な位相で独自の展開をとげる。日本語を書きあらわす表現文字としての平仮名と、日本語形を書きしるす表記文字としての片仮名という機能分化が、「仮名」成立の次の時代の仮名の展開として記述されなければならない。これについては、築島裕『日本語の世界　5　仮名』（一九八一、中央公論社）にふれるところがある。

（5）春日政治『仮名発達史序説』（岩波講座日本文学、一九三三、岩波書店、のち『春日政治著作集　1　仮名発達史の研究』（一九八二、勉誠社））では、推古遺文の例として、「吉多斯比弥」「凡牟都和希」をあげる。沖森卓也『日本語の誕生―古代の文字と表記―』（二〇〇三、吉川弘文館）では金石文の例として「獲居」「半弖比」をあげる。

（6）森博達『古代の音韻と日本書紀の成立』（一九九一、大修館書店）は、日本書紀α群の有韻尾字の使用状況について、「書紀では-m韻尾字は皆無であるが、-n韻尾字は用いられている。」として、今、例を略すが八字種十二例をあげ、そのうちα群には「幡」が二例みとめられるが、北野本に「播」とあるにしたがうべき旨をのべ、「結局α群には-m・-n両韻尾字は一切用いられていないことになる。」と結論づける。入声韻尾字については、α群五字種七例、β群六字種十三例あるとしたうえで、α群においては、「楽（ラ）×」は地名「乃楽（ナラ）」に用いられたもので、「純粋に音に拠った表記ではない。」とし、「必（ヒ）×」は諸本により「比」の誤写、「捏（デ）二例×」は「泥」の字形の類似による誤写としたうえで、それ以外の「作基泥（サキデ）」「賊據（そこ）」「捏羅賦（ネラフ）」を連合仮名とみとめている。しかし、β群においても、「憶、乙、作、末（二例）」の四字五例が連合仮名の法則に合致し、「吉、末、捏（六例）」の三字八例が合致しないことと、-n韻尾字がα群にくらべて多く用いられることを合わせ考えると、はたして、連合仮名が意識されていたかどうかは、なお保留しておきたい気分にさせる。

（7）尾山慎「萬葉集における入声字音仮名―連合と略音―」（国語と国文学八十二巻八号、二〇〇五・八）、同「萬葉集における

撥音韻尾字音仮名について―連合と略音―」（萬葉百九十五、二〇〇六・八）

(8) 巻十四において、二音節によむべきものは、「駿河・相模・武蔵・筑波・信濃」の地名のほかは、よみが定まらない「中（チグ?）麻奈」（三四〇一）、「中次下」（三四一九）と、訓と思われる「芝付」（三五〇八）があるのみである。

(9) 万葉集「仮名書」歌巻の中で巻五後半部に「敢（カム）」「南（ナム）」の二合仮名が、例外的に助辞表記に用いられる。これについては、尾山慎「萬葉集における二合仮名について」（萬葉語文研究二、二〇〇六・三）を参照。

(10) 巻五と古事記とでは、「意・迦・棄・斯・那・迩・富・摩・微・用・漏」など、特徴的な字母使用に共通性がみとめられるが、巻五前半部には、古事記には用いられない「吉・則・得・必・末・物・勿・越～以上、入声／安・君・散・丹・天・伴・半・賓・返・辺・満・萬・民・面・聞・怨～以上、-n韻尾／通・方・忘・楊～以上、-ng韻尾」といった、有韻尾字が多数みとめられ、むしろ、これは古事記が意図的に有韻尾字を排除していることを示しているようにみえる。その点で、巻五前半部は、「日常ふつう」の仮名からの「精錬」の一つの方法として有韻尾字処理の展開過程の中にあると位置づけられる。

(11) よく問題にされる「久草」（三五三〇）、「水都」（三五五四）、「宇馬」（三四三九）、「楊奈疑」（三四九一）などの表語的な一音節表記も、一字一音節への指向の一環としてとらえられる。実用の仮名に近い様相や平安時代的な様相を指摘されることがあるが、むしろ、そのように指向した点で、その特殊性・独自性を物語っているのであって、やはり、万葉集「仮名書」歌巻のひとつとしての位置づけを考える必要がある。ただし、今はまだ、それには記述が及ばない。

# 第四節　万葉集「仮名書」歌巻論

## はじめに

万葉集の巻々の書き様に大きく二類があることにはじめて注意したのは、顕昭『万葉集時代難事』であろう。そこには「二者、和歌書様不同。或巻、仮名書也。（例略、巻十七・三九八三）或巻、真名書也。（例略、巻十・一八四三）其中又有挙義教訓、隠易顕難。」とあるように、本来、歌の書き様である「仮名書」と「真名書」とが、巻によって異なっているのだと、顕昭は指摘していると理解される。文字の用法としての「仮名」の理解は契沖によって明確に意識としてのぼったとみられること、したがってそれ以前の「仮名書」と「真名書」とは歌全体の書き様をさすことを以前に述べたが、[1]一首全体の書き様としてだけではなく、「或巻」と明確に規定するように、顕昭は巻の書き様として「仮名書」と「真名書」とを規定しているのである。[補注]

稲岡耕二による人麻呂歌集の二様の書き様を日本語の書記史の過程に対応させる考え方において、従来、批判の対象になっていたひとつに、仮名書きが最終段階におかれることへの疑問がある。[2]近年、七世紀後半の仮名書きのウタが記された木簡の出土によって、稲岡説は大幅な変更を余儀なくされた。これに対して、稲岡の修正の方向は「声の歌から文字の歌へ」という作歌方法にシフトされた感がある。[3]万葉集という作品世界の中の人麻呂作歌（あるいは歌集歌）にのみ収斂するかぎり、日本語書記史の側からその是非を云々することはできない。しかしながら、出発点として書記史との対応を考えたその上に立つかぎりにおいて、仮名書きの位置づけへの批判に答えられているわけではない。作歌方法と書記方法とは区別されるべきである。

仮名書きが可能になった背景には、日本語の音に対する分節意識がある。ウタの仮名書きがなされた木簡によって、日本語文全体を仮名で書くことの可能性がたしかめられたわけだが、この分節意識の成立していたことがみとめられることにおいて、ウタの制作の背景に仮名書きへの指向（音の「かたち」すなわち日本語の「かたち」をそのままあらわし、とどめよう、記そうという方向）があることはいなめない。そのことと万葉集にみえるさまざまな文字表現とは区別して考える必要がある。文字表現の問題としての人麻呂歌集の二類の方法と仮名書きの方法とは、元来、異なる次元の問題なのである。むしろ、「仮名書きの可能性」を前提にする方が、人麻呂歌集の二類の方法の展開あるいは相違を説明しやすいように思われる。

すでに仮名書きが可能であったことと、万葉集に収められた歌うたが仮名書きされていることとが別問題である以上、ウタが詠まれ、あるいはウタが作られ、それが文字化され、さらにそれが集められて歌集として成立する、そのそれぞれの段階において、どのような「文字化」あるいは「文字表現」が可能であり、どのように書きしるされたか、さまざまな段階におけることばと文字との相関を考える必要がある。さすれば、顕昭のように巻の編纂の問題としての仮名書きを考えることが、まず求められる。なぜならば、万葉集においては、歌の表記は巻によって左右される面があるからであり、その点で、巻がひとつの独立した作品の単位としてあるとみとめられるからである。われわれは、現にある万葉集というテキストから出発するしかない。

## 一　「真名書」歌巻と「仮名書」歌巻

万葉集において、同じ歌とおぼしきものが、巻によって異なって表記される場合がある。

珠藻苅　敏馬乎過　夏草之　野嶋之埼尓　舟近著奴
　一本云　処女乎過而　夏草乃　野嶋我埼尓　伊保里為吾等者（巻三・二五〇）

多麻藻可流　乎等女乎須疑弖　奈都久佐能　野嶋我左吉尓　伊保里須和礼波
　柿本朝臣人麻呂歌曰　敏馬乎須疑弖　又曰　布祢知可豆伎奴（巻十五・三六〇六）

荒栲　藤江之浦尓　鈴寸釣　白水郎跡香将見　旅去吾乎
　一本云　白栲乃　藤江能浦尓　伊射利為流（巻三・二五二）

之路多倍能　藤江能宇良尓　伊射里須流　安麻等也見良武　多妣由久和礼乎
　柿本朝臣人麻呂歌曰　安良多倍乃　又曰　須受吉都流　安麻登香見良武（巻十五・三六〇七）

天離　夷之長道従　恋来者　自明門　倭嶋所見〈一本云　家門当見由〉（巻三・二五五）

安麻射可流　比奈乃奈我道乎　孤悲久礼婆　安可思能門欲里　伊敝乃安多里見由
　柿本朝臣人麻呂歌曰　夜麻等思麻見由（巻十五・三六〇八）

飼飯海乃　庭好有之　苅薦乃　乱出所見　海人釣船
　一本云　武庫乃海　舶尓波有之　伊射里為流　海部乃釣船　浪上従所見（巻三・二五六）

武庫能宇美能　尓波余久安良之　伊射里須流　安麻能都里船　奈美能宇倍由見由

柿本朝臣人麻呂歌曰　気比乃宇美能　又曰　可里許毛能　美太礼弖出見由　安麻能都里船（巻十五・三六〇九）

ここにあげた、巻三に収められた羈旅歌八首（二四九〜二五六）とそれに対応する巻十五の異伝（三六〇六〜三六一〇）の場合、編纂資料の違いということが考えられないわけではないが、むしろ巻によって主たる表記方法が定まっており、巻の編纂時による表記の統一を考える方が自然であろう。巻三の「真名書」歌巻の異伝注記には仮名書き自立語「伊保里、伊射利（里）」が交じり、「仮名書」歌巻の異伝注記には訓字「見、船」も交じるが、これらは集中の「真名書」歌巻、「仮名書」歌巻の書き様と揆を一にするものであり、それぞれの巻の方法で統一されているとみてよい。次の、巻十四の東歌に含まれる人麻呂歌集の異伝も同断である。

麻等保久能　久毛為尓見由流　伊毛我敝尓　伊都可伊多良武　安由売安我古麻

柿本朝臣人麻呂歌集曰　等保久之弖　又曰　安由売久路古麻（巻十四・三四四一）

遠有而　雲居尓所見　妹家尓　早将至　歩黒駒

右一首柿本朝臣人麻呂之歌集出（巻七・一二七一）

安比見弖波　千等世夜伊奴流　伊奈乎加母　安礼也思加毛布　伎美末知我弖尓〈柿本朝臣人麻呂歌集出也〉（巻十四・三四七〇）

相見者　千歳八去流　否乎鴨　我哉然念　待公難尓（巻十一・二五三九）

人麻呂歌集に何種類かをみとめるとしても、「仮名書」の人麻呂歌集を考えるよりは、「真名書」の歌集と仮名書きへの書き換えを考えるのが自然であろう。ここでは、巻十四・十五が巻の主たる方法として「仮名書」を選択し、それにあわせて「真名書」であった人麻呂歌集歌を仮名に書き改めたものと思われる。

また、巻三の三三一〜三五〇には、山上憶良と大伴旅人の大宰府時代の歌が収められているが、同じく大宰府時代の巻五の歌うたが「仮名書」であるのとは大きく異なっている。巻三には「真名書」の歌のみを収め、「仮名書」の歌を巻五に収めたとは考えにくい。やはり、巻の編集段階で、いずれか一方あるいは両方ともが書き改められて、巻全体としての統一がはかられたものと思われる。集末四巻における巻十七・十八・二十と巻十九との差異、あるいは巻十六以前の家持歌と集末四巻の家持歌の書き様の違いも、家持の年代的な推移やそれぞれの場面での書記法の選択を考える方向もありうるが、それでも、個別の巻々の書き様は、巻の統一的な表記の方針を前提に考えるべきであろう。

巻の主たる書き様として、「仮名書」と「真名書」とが対立的にとらえられ、巻による編纂方針のひとつに、その二者択一の選択があったものと思われる。人麻呂歌集の略体非略体の二様の書き様が同じ巻に混在するのは、「真名書」つまり訓字主体の内部のわずかな差にすぎないからであり、「仮名書」か「真名書」かが巻の編纂方針にかかわる問題であるのとは、質的に大きな差異がある。人麻呂歌集歌にかぎらず、万葉集全体において、巻による書き様の選択があり、そのかぎりにおいて巻の編纂にあずかった原資料の書き様、文字使いが、かならずしももとのままとどめられるものでなかったということになる。

現存の万葉集全二十巻は、各巻ごとに編集されたものの〈あつまり〉つまり集合体であり、統一体ではないと、一応は考えられる。

**【**〈(巻一・二)(巻三・四)〉〈**巻五**／巻六〉〈(巻七・八・九・十)(巻十一・十二)〉〈巻十三／(**巻十四／巻十五**)／巻十六〉**】【**〈(**巻十七・十八**／巻十九)／**巻二十**〉**】**

右に示したのは、主として伊藤博の説にしたがって[4]、私案をまじえ、それぞれの巻ごとの関係の強さを区分したものであるが、（　）や〈　〉【　】で示したようにいくつかの〈まとまり〉を指摘することはできるが、一つ一つの巻の独立性、あるいは一つ一つの〈まとまり〉同士の独立性は高い。その巻ごとに、主となる表記方法が定まっており、太字に示した巻五・十四・十五・十七・十八・二十の六巻が「仮名書」の巻となっている。稲岡が仮名書きを最終段階においたのは、これらの巻が旅人・憶良の活躍した万葉後期（一般的な四期区分でいえば第三期以降）にあらわれることによるものと思われる。さすれば、歌の仮名書きが後出するのではなく、「仮名書」の歌巻が後出するとされるべきだったのである。

　万葉集の巻々が、独立性が高く、それ自体がひとつの作品として理解され、その方法が、万葉集の内部において「真名書」から「仮名書」へと展開すると考えるならば、その先に、古今集のように集全体を仮名書きすることが考えられてよい。集としての新撰万葉集と古今集との関係が、万葉集の巻による二様の書き様と並行してとらえられよう。しかしそこへの道程は、そう単純ではない。重要なのは、「仮名書」を巻の編纂の主要な方法と定めることの意識と、書記史における、書き様の選択の環境である。日本語書記史の立場からは、仮名書きする位相の定位ということになろうか。漢字の用法としての仮名が、日本語を書記するための文字としての仮名へと展開するその過程の中で、歌集が仮名で編まれることの意義を考える必要がある。そのためにまず、万葉集の中での「仮名書」歌巻の位置を明確にしておかなければならない。万葉集には万葉集としての論理があるからである。一応は集合としてとらえた巻々を、統一された全体として考える。これが「万葉集「仮名書」歌巻論」の目的である。

## 二　表記の選択と伝流

実際にウタが作られて書きとめられ、それが歌集として編纂され、巻が成立するにはどのような過程があったかを、まず考えてみよう。

ウタが詠まれてそれを書きしるす場合、作者自身が書きとめる場合と、他者が書きとめる場合とが考えられる。主要な歌人の場合、作者自身によって書きとめられることが考えられるし、宴席の場合には、あるいは書記のようなものがまとめることも考えられる。書記とまでいわなくとも、宴席に参加したある人物によってメモのようなものが残される場合や、宴の後で歌を思い出して書きしるされるというようなことも考えうる。しかしながら、それらが編集されて巻に収められるとなると、たとえば、宴に参加した個々人の書きしるしたものが集められて、そのまま収められるとは思えない。多かれ少なかれ、ある人物の筆録を考えざるをえない。多様な書き様がみとめられる巻五の梅花宴歌においても、そこには統一的な要素がみとめられる。また、伝誦されたウタがある時点で書きとめられた場合もある。この場合には、伝誦されたウタを聞いて書きとめた人物か、あるいは巻の編纂時点での書記を考えることになろう。贈答の場合には、それぞれのウタは作者自身によって書きとめられるであろうが、そこには贈歌の書き様が影響することもあろう。この場合、ある人物のもとには送られてきたものだけが残り、送った方は残らないことが考えられる。もしも、手控えのようなものが残されたとしても、それが送ったものと同一である保証はない。とすると、巻の中に連続した贈答のかたちで歌が収められる場合には、送られてきた歌に手控えとしての自分の返歌を書き加えて貼り継ぐか、新たに、相手の歌と自分の歌とを並べて書いたものを資料とするかであって、最終的には巻の編者の手が加わらざるをえない。ましてや、巻十五の中臣宅守と狭野弟上郎子の贈答などは、実際の場面でのやりとりのままに、そのままのかたちで収められているとは考えがたい。やはり、巻の編集段階で書き改めて統一がはかられたものと思われる。

さらに、一巻の歌集として編纂される場合、よくいわれる貼り継ぎという方法も考えられるが、詞書や左注を考えた場合、これも純粋に貼り継ぎだけで巻が構成されるとは考えがたい。ある程度、貼り継ぎによる原資料の面影は残るものと思われるが、基本的には編者による統一がはかられるであろう。ひとつの巻が成立してからの切り出しや貼り継ぎについても同じことがいえる。現在みるそれぞれの巻内部での個人の用字ともみえる多様性は、その面影を残すものではあっても、そこに編者による書き換えが否定されるものではない。とりわけ、一巻の歌集として成立した段階では、貼り継いだそのままのかたちではありえないであろう。いくら紙が貴重であったとしても、かならずや浄書がおこなわれてひとつの巻として披瀝されるにたえるかたちとなるはずである。少なくとも、そのようなかたちで伝来するはずである。現存諸本の中に、貼り継いだかたちの伝本を聞かない。そうするとその段階でも、書き手の書き癖のようなものが交じる可能性がある。

現存の万葉集は、これに加えて、書写段階における書き換えが考えられなければならない。小島憲之、佐竹昭広、井手至らによって示された本文批判の方法は(5)、そのまま現状の万葉集の書き様が、さまざまな改変の結果であることを物語る。「仮名書」歌巻の場合は、使用字母の個性ということも含めて、それがそのまま巻の成立の考察にまで影響を及ぼすことが少なくない。たとえば、巻五や巻十四の編纂資料の問題や巻十八の平安朝補修説などに顕著にあらわれている。その点では、巻々の伝流と享受の問題も、歌の仮名書きや「仮名書」歌巻の展開の考察においては、ひとつ重要な要素となりうるのである。

先にみたように、編纂段階で巻による表記の選択があったとすると、「真名書」歌巻では「仮名書」歌は「真名書」に改められ、「真名書」はほぼそのままのかたちで収められ、「仮名書」歌巻では逆に「真名書」は「仮名書」に改められ、「仮名書」はほぼそのままという現象が生じることになる。もちろん、それが編集されたものであるかぎり、「真名書」歌巻における「真名書」歌や、「仮名書」歌巻における「仮名書」歌も、編者あるいは書き手による改変はまぬかれない。巻十四や巻十九には、書き換えの問題が存するが、それらは単純に、「真名書」から「仮名書」へ、「仮名書」から「真名書」へといった場合だけでなく、「仮名書」から「仮名書」へ、「真名書」から「真名書」への改変も視野に入れなければならないだろう。特に、木簡等にみられる歌の仮名書きと万葉集の仮名書きとの差異は、「仮名書」から「仮名書」への書き換えの可能性を示唆するものである。書き換えの視点は、巻の成立を考えるうえでも大きな問題なのである。「仮名書」歌巻の文字使いから、それぞれの巻の編纂と成立を考える場合に、その伝流まで含めた、以上の問題は十分に考慮されなければならない。

## 三　「仮名書」歌巻論の課題

万葉集の「仮名書」歌巻を使用字母の面から全体的に考察したものに、増田正「萬葉集假名書の巻々の使用假名字母に就いて」（国語国文十巻八号、一九四〇・八）がある。すべての「仮名書」歌巻の仮名使用の全体的な考察から、「仮名書」歌巻の問題点が整理されている。ただし、本人が触れるように時代的な制約からテキストの問題があるし、また、近年の一次資料の増加は想像すべくもなく、現代的な観点からの新たな検討が求められるものである。先にみたように、「仮名書」歌巻の問題は、その編集と成立とにかかわり、また、筆者あるいは編者の問題へとつながっている。増田は慎重に明言を避けるが、使用字母の特徴によって、編者の傾向をはかり、構造論、編纂論を指向するのが「仮名書」歌巻の用字分析であったといえよう。万葉集の構造との関係でいえば、つとに本居宣長が巻五・十五・十七～二十を「後の撰」として他の巻と区別することにおいて、その「書き様」を相違点のひとつとしてあげている。「仮名書」歌巻の仮名字母の研究は、巻の成立、ひいては万葉集の構造の問題と密接にかかわって論じられてきたのである。近時、「仮名書」歌巻全体を問題としたものとして、古屋彰『万葉集の表記と文字』（一九九八、和泉書院）は、「仮名書」歌巻の字母の詳細な分析をとおして、家持の用字圏をさぐり、「仮名書」歌巻の筆録をさまざまな角度から論じるが、やはり、その背景には万葉集編纂・構造論への指向がみて取れる。

古屋は、万葉集全体の仮名使用から家持の用字圏を設定し、それと対比するかたちで、「仮名書」歌巻の書き様に対して、次のような問題点を設定している。

（ア）巻五の本体部（八八三以前）と巻末部（八八四以降）との表記のゆれをどのようにみるか。

（イ）集末四巻中の巻十七・十八・二十と巻十九との表記体系のちがいをどのようにみるか。

（ウ）巻十九中に混在する少数の純仮名表記歌をどのようにみるか（以上、第一章）。

また、書き換えの問題として、集末四巻のうち、巻十九の方が原表記の面影を残しており、他の巻が書き換えられたとし、また、巻十四・十五の用字傾向の類似性から同一人物による編集の可能性を指摘する。ここにおいても、個人の文字使用の傾向が問題となる。増田同様、慎重な態度をとりつつも、ねらいはそのあたりに向かっているのである。

個々の巻々を取り上げた研究も、それぞれに多くの研究があるが、おおむねその編纂や構造を問題とする。たとえば巻五に対する稲岡耕二『萬葉表記論』（一九七六、塙書房）は、一首一首の歌の文字使いを検討したうえで、巻五の構造を明らかにする。また逆に、構造論を展開するうえで、用字の問題に言及するものも多い。たとえば、巻十四に対する水島義治『萬葉集東歌の国語学的研究』（一九八四、笠間書院）の文字使用の分析は、「国語学的研究」と銘打つが、実際には万葉集巻十四研究の一環として文字使用をあつかうものである（今、詳しい研究史は機会を改めることとし、著書となったものを例示するにとどめる）。文字使用の問題は巻の構造と成立を考えるうえで、決め手とはならないものの、また、避けてとおれない面がある。万葉集「仮名書」歌巻の文字使用の研究は、まさに万葉集の編纂論の一方法としてあったのである。

「仮名書」歌巻の展開を考える本書の立場においても、方法としては文字使用の分析であり、今までに積み重ねられてきた個人の用字の特徴や編纂の問題を避けてとおることはできない。その積み重ねをまとめることによって、万葉集における「仮名書」歌巻の成立を日本語書記史の中に位置づけ、さらには古今集への展開を考えることができまいか。そういった目論見で、もう一度、「仮名書」歌巻を見直してみたいとおもうのである。

そこでの問題設定は以下のようなものとなろう。

①それぞれの巻の文字使いの共通点と相違点を整理する。
②それぞれの巻の成立過程を明らかにする。
③それぞれの巻が仮名書きであることの理由を考える。
④それぞれの巻間の関係を考える。
⑤それぞれの巻を万葉集二十巻の中に位置づける。

①から③は今までの研究史の上にたって、テキストをもう一度見直すことから出発する。個別の問題としては、

巻五・十五の前半と後半の相違、巻十四の原資料ときわめて強い一字一音への指向、集末四巻の相違点、巻十八の補修説や巻十九の書き換え説の再検討[6]、東歌、防人歌の筆録の問題などがあり、これらについて、さまざまな角度から検討することになる。その上で③の問題は、近年明らかになってきた古代の文字環境の成果をふまえて考え直すことになる。近年大量に発掘される木簡の仮名の用法は、今まで考えられてきた古代の文字環境にさまざまな修正を要求している。それらをふまえて、歌が「仮名書」されることの意味と、歌集が「仮名書」されることの意味を考えてみたい。

④⑤は、万葉集の構造と成立についての研究史を踏まえながら、万葉集をひとつの作品として統一的にとらえることになる。たとえば、巻五については集末四巻との関係を考える方向がある[7]。また、巻十四と巻十五とは統一的にとらえる必要がある[8]。巻五と巻十四・十五とのあいだにも文字使用の面でつながりを考える必要が出てくる。さすれば、当然、巻十四・十五と集末四巻との関係も考えることになる。巻の集合体としてだけでなく、統一されたひとつのテキストとしてとらえる視点である。そこから、万葉集の「仮名書」歌巻が万葉集内で完結することを確認する。そのことによって、古今集への道程を考えようとするものである。

## まとめ

万葉集の「仮名書」を考えるうえで、古事記が歌謡を仮名書きすることとの関連も考える必要があろう。その方法が、巻五の成立にどの程度関与するかについては、やはり機会を改めることになるが、先に古事記の書き様が日用の変体漢文を基盤としながらも、古事記としての独自性の上にたつ個別の書き様であることを述べ、その点で一つの孤立したものであると述べたことがある。[9] 古代の日本語書記のすべての事例を、基盤とする日用の書き様からの個別の乖離として、変体漢文の諸相をとらえたものである。仮名による表記も同様に、仮名書きが成立する基盤となった日用の仮名書きからの、それぞれ独自の乖離としてとらえることができるのではなかろうか。だとするならば、すべての「仮名書」歌巻は、「仮名書」歌集としての古今集への道程として、基盤となる日用の仮名書きとそこからの乖離として、一つ独自のものとしてとらえることができる。万葉から古今への連続と断絶とを、そこに求めることができるものと考える。そこに、万葉集をひとつのテキストとしてとらえ、その中に「仮名書」歌巻の展開を考える意味がある。

以上、これから展開する万葉集「仮名書」歌巻論の意義を確認してその序論とする。

注

（1）拙稿「万葉用字法体系研究史の残したもの―「仮名」の定位と国語文字史研究の方向―」（文学史研究三十九号、一九九八・十二）、拙著『漢字による日本語書記の史的研究』（二〇〇三、塙書房）第二章第三節参照。

（2）拙稿「日本語書記史と人麻呂歌集略体歌の「書き様」」（萬葉百七十五、二〇〇〇・十一）、注1拙著第二章第六節参照。

（3）稲岡耕二「声と文字序説」『声と文字　上代文学へのアプローチ』（一九九九、塙書房）

（4）伊藤博『萬葉集の構造と成立　上下』（一九七四、塙書房）、『萬葉集釋注　十一　別巻』（一九九九、集英社）

（5）小島憲之「萬葉集古寫本に於ける校合書入考」（国語国文十一巻五号、一九四一・五）、同「萬葉集原典批評一私考」（国語国文十三巻三号、一九四三・三）、佐竹昭広「万葉集本批判の一方法」（萬葉四、一九五二・七）のち『万葉集抜書』（一九八〇、岩波書店）所収、井手至「類聚古集の換字をめぐって」『澤瀉博士喜寿記念萬葉学論叢』（一九六六）、同「古写本の換字」『萬葉集研究第六集』（一九七七、塙書房）、ともに『遊文録　国語史篇二』（一九九九、和泉書院）所収。

（6）本章第二節、第三節参照。
（7）山田浩貴「万葉集の付録的巻々―巻五と末四巻―」（北海道大学大学院文学研究科研究論集創刊号、二〇〇一・十二）、拙稿「仮名書き歌巻成立のある場合―万葉集巻十九の書き様をめぐって―」『論集上代文学第二十六冊』（二〇〇四、笠間書院）、本章第五節参照。
（8）古屋彰『万葉集の表記と文字』（一九九八、和泉書院）
（9）拙稿「古事記の書き様と部分的宣命書き」『上代語と表記』（二〇〇〇、おうふう）、注1拙著第三章第四節参照。
（補注）万葉集の巻ごとの表記体について、従来、変体漢文体（歌巻）、訓字主体（歌巻）、正訓字主体（歌巻）、仮名書主体（歌巻）などの呼称を使用してきたが、本章においては、顕昭の指摘にしたがって、「真名書」「仮名書」を括弧付きの語として統一的に使用することにした。

# 第五節　巻十九のウタ表記と仮名書

## はじめに

漢字仮名交じりの書記法は、変体漢文の中に日本語要素を交じえ含める形式として発生、展開をみた。ただし、それはあくまでも大きな流れの中での図式であり、実際にわれわれの目の前にある資料のいちいちについては、それぞれの個別の事情も加味しなければならない。万葉集にみられるような歌表記についても、歌表記における独自の展開があったものと思われる。

稲岡耕二が、人麻呂歌集歌・人麻呂作歌の書き様に日本語書記の史的展開を重ね合わせて、歌の書記の史的展開をみたのは、その独自の展開のひとつと理解するなら、ある意味自然な解釈であり、さまざまな違いをみせる万葉集内部の歌表記自体に史的な展開をみる足がかりを築いたものと評価される(1)。現時点においては、さまざまの限定や修正を必要とするけれども、略体歌的書記法と非略体歌的書記法との差異が、日本語書記の展開の段階に対応しているという考え方は、実際の時間的な順序は別として、妥当性をもった考え方である。その点では、仮名書きの位置づけも、「どのような日本語をどのように書きしるすか」という対象と目的とまでに踏み込んで考えるとき、平仮名によって書かれたとおぼしき古今集の成立の時代までを視野に入れるなら、ある程度想定される結論であった。古屋彰が、万葉集の訓字主体表記について、人麻呂歌集略体歌を一方の極におき、そしてもう一方の極に巻十九のそれをおいたのもまた、万葉集内部に史的展開をみる試みとして、特に仮名書き歌との関係を考えるうえで、ひとつ重要な視点であった。(2) 古屋は、訓字主体表記歌巻の仮名の用法の調査から、集末四巻の仮名書き歌と家持の仮名使用とを論じたが、それは訓字主体表記歌巻の先に仮名表記歌巻を位置づけることをみすえたものであったと思われる。

集末四巻のいわゆる家持歌巻の中で巻十九の書き様は、他の巻々が「仮名書」であるのとは異なり、「真名書」であるとみなされる。ただし、「真名書」といっても、一字一音の借音仮名が多用され、他の「真名書」の巻々が借訓仮名を多用するのとは、みた目にも様相が異なる。また、純仮名書きの歌群が含まれるし、歌によっては仮名の方が優勢であったり、まさに、「仮名書」に大きく傾いた「真名書」という感じを与える。それは一方で、一首一首の書き様が、訓字主体から仮名書きへと展開するのを跡付けるものともみえる。そのことから出発して、巻十九全体の中に、歌の書き様としての「真名書」と「仮名書」との接点を探り、訓字を含む仮名主体の書き様（漢字仮名交じり）を、歌集としての「真名書」の中に位置づけてみたい。

これについては、書き換えの問題や家持の文芸意識との関係など、さまざまな視点からの解釈が必要であろうが、日本語書記の歴史と対応させて考えると、どのような理解が可能なのか、そこからさらに新撰万葉集や古今集といった次世代の歌集の書き様とどう関連付けられるのか、そのあいだに横たわる連続と断絶とをみすえながら、巻十九の書き様の意義を考えてゆくことにする。

## 一　巻十九書き換え論

巻十九の書き様を考えるとき、書き換えの問題を避けてとおることはできない。集末四巻を家持の私的な歌巻としてまとめて考え、そこに巻十九の「真名書」が、他の「仮名書」の三巻とのあいだに大きな相違をみせることから、書き換え問題が論議されることになる。つまり、集末四巻を一体としてとらえるかぎり、この不揃いは、「仮名書」から「真名書」へ書き換えられたか、逆に、「真名書」から「仮名書」へ書き換えられたかの、どちらかであろうとするものである。

伊藤博『萬葉集の構造と成立　下』（一九七四、塙書房、初出は一九六九）は、家持の価値意識によって意図的に「真名書」が選択されたとして、巻十九の書き換えを提唱した。橋本四郎は、古代の文字生活のありようからこれを支持する。[3]家持の文芸意識と「真名書」の位相とを勘案したものである。

この巻十九書き換え説に対しては、巻頭と巻末とで、書記法が異なること、純仮名書き歌も含めて、全体としては不統一であることが問題として残る。そこで、古屋彰『万葉集の表記と文字』（一九九八、和泉書院、初出は一九七三）は、巻末の左注を巻としての整理を放棄したものと解釈し、全体的な不統一はもとのままの姿がそのまま残っているあらわれだとして、巻十七、十八の方が「仮名書」に書き換えられたのだとした。また、北島徹も集末四巻の成立とからめて、巻十九書き換え説に対して否定的な見方をしている。[4]ただ、巻末の左注をどう解釈するかは、議論が分かれるところであり、井手至「花鳥歌の展開」『萬葉集研究第十二集』（一九八四、塙書房、のち『遊文録　萬葉篇二』（一九九三、和泉書院）所収）が指摘するような統一的な編纂意識を巻十九に読み取るならば、中途での放棄はありえたのかという疑問も生じる。両説にはそれぞれに、長短があるわけだが、毛利正守「巻十九の表記と家持の文芸意識」『万葉集を学ぶ　第八集』（一九七八、有斐閣）は、それらを包括的に考えて、伊藤のいう家持の文芸意識に着目し、巻ごとの統一的な方針による差があって、両様の表記は仮名主体として巻を統一するか訓字主体として巻を統一するかの意識の違いであるとして、それぞれ歌によっては書き換えられたものとそうでないものとがあるという見方を提示した。その上で、次のようにまとめる。

以上、巻十七・十八・二十の三巻は、当時の流行およびその流行の方に与せられるべくして、仮名表記となった巻々であり、それに対して、訓字主体表記が多くを占める巻十九は、その中心が、家持の旺盛なる創作意欲と表記意識とがその作歌時点でむすびつき、文芸的意欲を満足させる訓字主体表記となって、あらわれた巻であった、と言ってよい。

さらに、伊藤はそれらの批判を受けて、前半の三十二首が、大伴坂上郎女への進上を意図したもので、家持が意識的に訓字主体を選び、後半は巻十七や巻二十に通じるような仮名の多い書き様になっているとする[5]。

家持の意識と巻十九の編纂とを考えることで、巻十九の書き様の説明がなされたところで、新たな方向も加わり巻ごとの書き換えといった二者択一の考え方から抜け出し、集中における書き様の問題は、一時保留された格好になったが、書記史の観点からは、もう少し残された問題について考える必要があるように思われる。それは、その特殊性を家持の意識に収斂するよりも（当然そこに収斂すべきなのであるが）、それ以前の議論が、ウタの仮名書きの成立に関係付けられてなされてきたことの問題意識についてもある程度の答えを出しておく必要があるのではないかということである。

たとえば、巻十九の書き様を全体としてみた場合、「真名書」とも「仮名書」とも異なる第三の融合表記と称すべき書き様であるといった観点も示されている[6]。巻十九が以前の巻々とは異なる書記法を採用したとすると、それが家持の文芸意識とどうかかわるのか、なぜ、家持が自身の文芸意識の高揚を新しい方法で達成したのかも問われなければならないだろうし、その史的な位置づけも必要になる。たしかに、以前の巻々を基準に「真名書」か「仮名書」かという議論をすれば、どちらでもないひとつの方法ということになろうが、それだけでひとつの書記法が特立されるかというと疑問であり、万葉集全体あるいは当時の書記法全体の中での位置（なにが特殊であり、なにが特殊でないか）を考える必要があろう。つまり、家持の意識と並行して、巻十九の書き様の特殊性を書記史の中に位置づける必要があるのである。以下、この点を主眼としながら、巻十九の書き様の実態を眺めてみよう。

## 二　漢字仮名交じりの様相①訓字主体中の仮名書き語彙

まず、冒頭歌群、天平勝宝二年三月一日から三日までの歌の検討からはじめよう。いま、冒頭の七首をa群、続く八首をb群とする。

a　天平勝宝二年三月一日之暮眺矚春苑桃李花作二首

春苑　紅尓保布　桃花　下照道尓　出立𡢳嬬（四一三九）

吾園之・　李花可　庭尓落　波太礼能未　遺在可母（四一四〇）

見飜翔鴫作歌一首

春儲而・　物悲尓　三更而・　羽振鳴志芸　誰田尓加須牟（四一四一）

二日攀柳黛思京師歌一首

春日尓　張流柳乎　取持而・　見者京之・　大路所念（四一四二）

攀折堅香子草花歌一首

物部乃　八十嬬等之　挹乱　寺井之於乃　堅香子之花（四一四三）

見帰雁歌二首

燕来　時尓成奴等　雁之鳴者　本郷思都追　雲隠喧（四一四四）

春設而　如此帰等母　秋風尓　黄葉山乎　不超来有米也〈一云「春去者　帰此雁」〉（四一四五）

b　夜裏聞千鳥喧歌二首

夜具多知尓　寐覚而居者　河瀬尋　情毛之努尓　鳴知等理賀毛（四一四六）

夜降而　鳴河波知登里　宇倍之許曽　昔人母　之努比来尓家礼（四一四七）

聞暁鳴雉歌二首

椙野尓　左乎騰流雉　灼然　啼尓之毛将哭　己母利豆麻可母（四一四八）

足引之　八峯之雉　鳴響　朝開之霞　見者可奈之母（四一四九）

遥聞泝江船人之唱歌一首

朝床尓　聞者遥之　射水河　朝己芸思都追　唱船人（四一五〇）

三日守大伴宿祢家持之舘宴歌三首

今日之為等　思標之　足引乃　峯上之桜　如此開尓家里（四一五一）

奥山之　八峯乃海石榴　都婆良可尓　今日者久良佐祢　大夫之徒（四一五二）

漢人毛　筏浮而　遊云　今日曽和我勢故　花縵世余（四一五三）

巻十九の書き様が訓字主体であるとされるのは、みてのとおりであるが、いま少し分析を加えてみる。a群冒頭三月一日の三首では、自立語で「にほふ・はだれ・しぎ・すむ」の四語が仮名書きされる。このうち、「にほふ・はだれ」は集中、仮名書きが一般であり、訓字が定着していない。ただし、表意的な要素も含む「丹穂フ・薄ダレ」でないところは注意される。後に述べるような仮名書き主体の要素が強く感じられる文字使いではある。「しぎ」は題詞に「鴫」の字が使われており、これを用いることも可能であった。しかし、「鴫」は和製の文字とおぼしく、文字と訓との定着は薄かったと思われる。和名抄には、

鷸、玉篇云鷸〈音籠、漢語抄云之岐、一云田鳥〉野鳥也（巻七、羽族部）

とあり、訓字としては「鷸」や「鷸」などが考えられる。むしろ、歌は仮名書きすることによって、「鴫」との対応を示しえたと考える方が、妥当であろう。新編全集に「あるいは「田」と「鳥」との合字「鴫」の文字から思いついた遊戯的な内容か。」とするが、逆にこの歌に合わせて「田鳥」なる「鴫」の字が連想された可能性もあろう。「すむ」には「住」が可能であり、他とは異なる。三月二日の前半四首（四一四二〜四一四五）では、仮名書きされるのは付属語のみであり、付属語でも漢文化しやすい助詞「之（ノ・ガ）」「者（ハ・バ）」「而（テ）」、あるいは「不〜有（ザリ）」「所念（おもほゆ）」といった助辞の援用は、他の「真名書」の一般に通じる。その中で、四一四三で「之」と仮名の「乃」が均等にあらわれるのは、一種の変字法と思われる。変字法は冒頭の二首の「その（苑・園）」、四一四六・四一四七の「夜具多知・夜降」にもみられ、この巻の常套の方法である。

以上のa群七首にくらべると、続くb群八首にみえる仮名書き自立語には、正訓あるいは訓字に書くことが可能なものがいくつか指摘できる。たとえば、夜裏聞千鳥喧歌二首で、四一四六の「くたつ」は次歌に「降」が使われており、「降」は巻七・八・十にもみえる。「ちどり」も題詞に「千鳥」とあり、集中多用されている。四一四七の「しのふ」も前の四一四四に「思」が用いられており、たしかに定着しにくい対応であるけれども、訓字にできなかったわけではない。[7]「うべ」も同様で、「諾」などが考えられる。以下、「こもりづま（隠妻・隠嬬）」

「かなし（悲・哀・憐）」「こぐ（榜）」「す（為）」「つばら（委曲）」「くらす（暮）」「わがせこ（我背子・吾背

子）」などが、他の「真名書」歌巻に訓字がみとめられる語である。

このように、訓字表記が可能な自立語が仮名書きされる一方で、助詞「の・が（之）」「て（而）」「は・ば（者）」は、傍点に示したように訓字が用いられ、二重傍線の「乃（ノ）」が、わずか二例仮名書きされているにすぎない。しかし、このように、自立語を仮名書きすることによって、中には句全体が仮名書きになるところが生じる。「宇倍之許曽」（四一四七）、「都婆良可尓」（四一五二）がそうであり、一字あるいは二字だけ訓字が交じり仮名書きの方が大勢をしめる句となると、「夜具多知尓」「情毛之努尓」「鳴知等理賀毛」（四一四六）、「鳴河波知登里」「之努比来尓家礼」（四一四七）、「左乎騰流鴙」（四一四八）、「見者可奈之母」（四一四九）、「朝己芸思都追」（四一五〇）、「今日曽和我勢故」（四一五三）となり、夜裏聞千鳥喧歌二首のように、十句中六句がいわば仮名書き句によって占められるような歌もあらわれることになる。このように、a群とb群とでは、歌中に含まれる仮名書きに差があり、b群の書き様は、自立語の仮名書きが訓字表記の可能なものにまで広げられた結果、全体的に仮名書き句が増えた印象を与えているのである。しかし、この両群においては、助詞「の・が（之）」「て（而）」「は・ば（者）」が、変字法の「の（之・乃）」を除いて仮名書きされておらず、その点では、「真名書」の書き様から離れるものではなく、以下の仮名書きに大きく傾いた書き様とは、一線を画すことができよう。

## 三　漢字仮名交じりの様相②訓字主体から仮名主体へ

次に巻末歌群に目を転じてみよう。これも指摘されていることだが、巻末歌群の四二八五以降は、巻頭歌群

（四一三九～四一五〇）と対応する構成になっており、家持独詠歌の傑作とされるものである。ここに、その直前の宴席歌を加えるのは、先にあげたb群の末に含めた宴歌三首に対応させるためである。

c　五年正月四日於治部少輔石上朝臣宅嗣家宴歌三首

辞繁　不相問尓　梅花　雪尓之乎礼氏　宇都呂波牟可母（四二八二）

右一首主人石上朝臣宅嗣

梅花　開有之中尓　布敷売流波　恋哉許母礼留　雪乎待等可（四二八三）

右一首中務大輔茨田王

新　年始尓　思共　伊牟礼氏乎礼婆　宇礼之久母安流可（四二八四）

右一首大膳大夫道祖王

十一日大雪落積尺有二寸　因述拙懐歌三首

大宮能　内尓毛外尓母　米都良之久　布礼留大雪　莫踏祢乎之（四二八五）

御苑布能　竹林尓　鴬波　之伎奈吉尓之乎　雪波布利都々（四二八六）

鴬能　鳴之可伎都尓　尓保敝理之　梅此雪尓　宇都呂布良牟可（四二八七）

十二日侍於内裏聞千鳥喧作歌一首

河渚尓母　雪波布礼々之　宮裏　智杼利鳴良之　為牟等己呂奈美（四二八八）

二月十九日於左大臣橘家宴見攀折柳条歌一首

青柳乃　保都枝与治等理　可豆良久波　君之屋戸尓之　千年保久等曽（四二八九）

廿三日依興作歌二首

春野尓　霞多奈毗伎　宇良悲　許能暮影尓　鶯奈久母（四二九〇）
和我屋度能　伊佐左村竹　布久風能　於等能可蘇気伎　許能由布敝可母（四二九一）
　廿五日作歌一首
宇良宇良尓　照流春日尓　比婆理安我里　情悲毛　比登里志於母倍婆（四二九二）

一見して、冒頭歌群より仮名が多いことが、みて取れるが、宴歌三首においては、助辞使用が訓字に続いてあらわれ（「開有之中」「恋哉」）、仮名の連続の中では「て・は・ば」が仮名書きであらわれる。これに対して、独詠歌群に入ると、「大宮能・鶯波・鶯能・雪波・青柳乃」のように訓字に続いて仮名書きの「の・は」があらわれる。助辞の使用は「君之屋戸」の一箇所にとどまる。

「真名書」を変体漢文に通じる書記法と置き換えるならば、「真名書」か「仮名書」かは、まさに一方の極に漢文をおき、一方の極に仮名書きをおく、日本語書記の基本的な二項対立（本書第四章第二・三節）に対応するものである。それは、文字の用法として語による分節と音による分節との対立（つまり表語文字か表音文字かの対立）にも対応する。万葉集中の多くの歌はその中間的な書記法をとるわけだが、その中で、訓字に続く助詞を漢文助辞ないし訓仮名で書きあらわすのは、その前の自立語と一体化した漢文的表語的な意識のあらわれであり、助詞を借音仮名で仮名書きにするのは、そこに異質なものの分節をみとめるもの、つまり、表音的方法への指向のあらわれといえよう。和と漢との明確な機能分担の意識がそこにはみとめられる。後世の漢字仮名交じりに通じる分節意識のあらわれでもある。もちろん、句頭の自立語と続く助詞を分節する意識は、すでに宣命書きに顕著にみとめられるわけだが、家持が歌作においてそれを意識していたことは、本文の問題は残るが四二六四・四二六五（後掲）に宣命書きを採用することや、

詠霍公鳥二首

霍公鳥　今来喧曽无　菖蒲　可都良久麻泥尓　加流々日安良米也　毛能波三箇辞闕之（四一七五）

我門従　喧過度　霍公鳥　伊夜奈都可之久　雖聞飽不足　毛能波氐尓乎六箇辞闕之（四一七六）

のように、「も・の・は」「も・の・は・て・に・を」などの助詞の使用不使用が言明されていることによって明らかである。当然、これらを書きあらわすことも意識されたであろうし、読み誤られないような表現も意識されたであろう。

そんな中で、訓字の自立語に続く助詞が訓字か仮名かは、ひとつ歌全体が「真名書」を指向するか、漢字仮名交じりを指向するかを判断する目安になるかと思われる。たとえば、助詞「は」についてみてみると、仮名書きにはさまれて単独で「者」が用いられる例はなく、逆に訓字にはさまれて仮名書き「波」がみられるものは、一句中の例として「船波‖早家无」（四二四三）が一例のみであり、句をまたぐものを含めても、「俗中波‖常無毛能等」（四一六〇*）、「遠御代三世波‖射布折」（四二〇五）、「吾大主波‖七世申祢」（四二五六）の三例があるにすぎない（歌番号の後に*のあるのは長歌、以下同じ）。したがって、訓字中には訓字、仮名書きの中では仮名書きがほぼ守られている。その中で、訓字の中に助詞を仮名書きするものがみられるのは、宣命書きの方法に通じるもので、現に例からは除いたが、先にふれた宣命書きの採用されている次の歌群には、

勅　従四位上高麗朝臣福信遣於難波賜酒肴入唐使藤原朝臣清河等御歌一首〈并短歌〉

虚見〈都〉　山跡乃国〈波〉‖　水上〈波〉‖　地往如〈久〉　船上〈波〉‖　床座如　大神〈乃〉‖　鎮在国〈曽〉　四

船　船能倍奈良倍　平安　早渡来而・　還事　奏日〈尓〉　相飲酒〈曽〉　斯豊御酒者・（四二六四*）

反歌一首

四舶　早還来〈等〉　白香著　朕裳裙尓　鎮而将待（四二六五）

右発遣　勅使并賜酒楽宴之日月未得詳審也

のように、訓字にはさまれた仮名書き助詞が多くみとめられる（〈　〉は宣命書き）。

次に、訓字に下接して、仮名書き自立語に続く場合は、

〈者〉

一句中「今日者久良佐祢」（四一五二）ほか三例（四一六六＊、四二六八、四二八〇）

句をまたぐ「見為今日者　毛能乃布能」（四二六六＊）一例

〈波〉

一句中「昼波之売良尓」（四一六六＊）ほか六例（四一八七＊、四一八九＊、四一九四、四二八六、四二八八）

句をまたぐ「来向夏波　麻豆将喧乎」（四一八三）ほか二例（四二六八、四二八六）

となっている。次の例は、一首中に両様の方法がみられる。

此里者　継而霜哉置　夏野尓　吾見之草波　毛美知多里家利（四二六八）

昼波之売良尓…夜者須我良尓（四一六六＊）

四二六八では訓字に続く場合に「者」が用いられ、「波」は仮名に続く位置に用いられる。四一六六は、対句に変字法が用いられる場合である。ばらつきはあるものの、後半になると、仮名書きに続く「は」は、仮名書きが多くなるように見受けられる。

また、接続助詞「ば」については、やはり、仮名書きにはさまれる「者」はなく、訓字にはさまれる仮名書き「婆」には、次のようなものがある。

一句中「聞婆‖不怜毛」（四一七七＊・四一七八）、「染婆‖染等母」（四一九二＊）三例

句をまたぐ「秋附婆‖　芽子開尓保布」（四一五四＊）ほか五例（四一六〇＊・四一六〇＊・四一七三・四二三八）

訓字に下接して仮名書きに続く例は、

一句中「聞婆‖之努波久」（四一六八）ほか三例（四一八〇・四二七二）

句をまたぐ「鮎之走婆‖　左伎多河」（四一五八）一例

ほかに、文末で訓字に続く仮名書き例「念之念婆‖」（四一九一）が一例ある。

この他の多数は、訓字中には訓字を、仮名書き中には仮名を使用しているわけだが、全体的にみると、句中に仮名書き自立語が増加するにともなって、訓字に続く助詞が訓字から仮名書きへと傾いてゆく傾向がみて取れる。つまり、訓字主体表記と漢字仮名交じり表記との違いが、そこにはあり、それがさらには、仮名主体表記を指向することにつながると考える。

接続助詞「て」は、訓字には「而」が下接し、仮名書きには仮名が下接するという傾向が強い。「而」が仮名に続く例は、「獲而奈都気奈」（四一八二句中）、「八塩尓染而　於己勢多流」（四一五六＊句をまたぐ）など、六十例中九例（句中三例、句をまたぐ六例）であり、訓字に続く仮名書きは、句をまたぐ「手尓取持氏‖　勿令離等」（四二三六＊）と、句中で仮名書きに下接して訓字に続く「伊泥氏‖来之」（四二五三）の例があるだけで、仮名書き例二十二例中二例にすぎない。しかしながら、これらにも「者・波」と同様に、全体として「真名書」と「仮名書」とが交ざる傾向は、少数ながらもみて取れよう。

そのような傾きの延長として、c群のとりわけ後半の独詠歌のような、仮名書きに、より傾斜した書き様が考えられる。つまり、助詞の分節と自立語の仮名書きの増加とが、相互にその傾向を増長させることにより、「仮

名書」への指向がすすむことになる。さらに、

　d　閏三月於衛門督大伴古慈悲宿祢家餞之入唐副使同胡麻呂宿祢等歌二首

韓国尓　由伎多良波之氏　可敝里許牟　麻須良多家乎尓　美伎多弖麻都流（四二六二）

　右一首多治比真人鷹主寿副使大伴胡麻呂宿祢也

梳毛見自　屋中毛波可自　久左麻久良　多婢由久伎美乎　伊波布等毛比氏（四二六三）

　右件歌伝誦大伴宿祢村上同清継等是也

のようになると、一首全体として、訓字を含む句が一句二句のみであり、まさに仮名書きに準じる（「準仮名書き」という語が用いられてきたように）「仮名書」として理解できるのである。さらに、次のe群の前二首の「仮名書」は、純仮名書きの長歌群（四二二〇〜四二二一）に続く宴席歌であるが、d群の延長としてこれをおくならば、純仮名書きと準仮名書きとのあいだには、質的な差を見出しがたくなる。

　e　九月三日宴歌二首

許能之具礼　伊多久奈布里曽　和芸毛故尓　美勢牟我多米尓　母美知等里氏牟（四二二二）

　右一首掾久米朝臣広縄作之

安乎尓与之　奈良比等美牟登　和我世故我　之米家牟毛美知　都知尓於知米也毛（四二二三）

　右一首守大伴宿祢家持作之

朝霧之　多奈引田為尓　鳴雁乎　留得哉　吾屋戸能波義（四二二四）

　右一首歌者幸於芳野宮之時藤原皇后御作　但年月未審詳

以上みてきたような流れを考えるならば、巻十九の短歌に用いられた仮名書きへの傾斜は、訓字に仮名を交え

る方法からの延長とみて取ることができよう。それらは、意図して仮名のみで書かれたとおぼしい、純仮名書き歌群の「仮名書」とは、後述するように長歌の書き様からみた場合、一線を画すべきものと思われるものの、一方で、短歌の書き様の全体的な流れからは、「真名書」から仮名書きを多く含めたその延長上に純仮名書きを位置づけることも可能な、そんな「仮名書」への展開をよみとることが可能なのではあるまいか。

## 四　漢字仮名交じりの様相③長歌の書き様

長歌の書き様は、短歌群とはわけて考える必要があろう。ただ、以下の「仮名書」歌への展開を考える都合上、a・b群に続く八日の詠白大鷹歌と潜鸕歌の長短歌群をみておこう。

f　八日詠白大鷹歌一首〈并短歌〉

安志比奇乃　山坂超而・去更　年緒奈我久　科坂在　故志尓之須米婆　大王之・敷座国者・京師乎母　此間毛於夜自等　心尓波　念毛能可良　語左気　見左久流人眼　乏等　於毛比志繁　曽己由恵尓　情奈具也等秋附婆　芽子開尓保布　石瀬野尓　馬太伎由吉氏　乎知許知尓　鳥布美立　白塗之・小鈴毛由良尓　安波勢也理　布里左気見都追　伊伎騰保流　許己呂能宇知乎　思延　宇礼之備奈我良　枕附　都麻屋之内尓・鳥座由比　須恵弖曽我飼　真白部乃多可（四一五四）

矢形尾乃　麻之路能鷹乎　屋戸尓須恵　可伎奈泥見都追　飼久之余志毛（四一五五）

潜鸕歌一首〈并短歌〉

荒玉能　年往更　春去者・花耳尓保布　安之比奇能　山下響　堕多芸知　流辟田乃　河瀬尓　年魚児狭走

嶋津鳥　鸕養等母奈倍　可我理左之　奈頭佐比由気婆　吾妹子我　可多見我氏良等　紅之　八塩尓染而　於己勢多流　服之襴毛　等宝利氏濃礼奴（四一五六）

紅乃　衣尓保波之　辟田河　絶己等奈久　吾等眷牟（四一五七）

毎年尓　鮎之走婆　左伎多河　鸕八頭可頭気氏　河瀬多頭祢牟（四一五八）

この長歌においては、自立語の仮名書きは、b群に近い。仮名書き自立語（傍線部）を含む句はほぼ全般にみられるが、全仮名書き句は、四一五四で三十七句中八句、四一五六で二十一句中六句で、これは全訓字句数と同数、ただし、一字あるいは二字だけ訓字が交じり仮名書きの方が大勢をしめる句を含めても半数にはならず、「真名書」に傾いた漢字仮名交じりがその基底にあるといえようか。

助詞「の・が（之）」「て（而）」「は・ば（者）」は、訓字には訓字が、仮名には仮名が下接するのを原則とすると、「秋附婆」「真白部乃多可」（四一五四）、「荒玉能」「流辟田乃」「吾妹子我」（四一五六）が例外となる。それぞれ十三例（訓字五例、仮名八例）中二例、十例（訓字四例、仮名六例）中三例（短歌を加えると十四例中三例、十三例中五例）の例外である。前者と後者とでは、個々に若干の違いがみとめられ、特に前者は短歌も含め、「乃」が仮名に下接する点も考慮すると、「秋附婆」だけが例外となり、仮名書き句が比較的多いものの、仮名と訓字とが比較的区別されており、それにくらべると後者は、訓字と仮名書きとが、やや渾然としている感じがある。

仮名は、枕詞や地名に借訓仮名が交じるものの、付属語には「嶋津鳥」がみとめられるくらいで、後はすべて借音仮名である。したがって、借音仮名を交える漢字仮名交じりが原則ということになり、すでに指摘されているが、借訓仮名を多く交える巻十六以前の「真名書」歌巻と大きく異なる点である。

巻十九においては、訓仮名の使用はかぎられたものとなっており、その点は他の「真名書」歌巻との大きな違いである。そんな中で、「四月三日贈越前判官大伴宿祢池主霍公鳥歌不勝感旧之意述懐一首并短歌」と題される長短歌と、続く「不飽感霍公鳥之情述懐作歌一首并短歌」の長短歌とからなる一群の、短歌五首のうち三首に、借訓仮名が付属語表記に使用されるのは、特異である。

霍公鳥　夜喧乎為管　和我世児乎　安宿勿令寐　由米情在（四一七九）

左夜深而　暁月尓　影所見而　鳴霍公鳥　聞者夏借（四一八一）

霍公鳥　雖聞不足　網取尓　獲而奈都気奈　可礼受鳴金（四一八二）

これらは、巻十六以前の「真名書」に近いと評価できようが、また、この歌群の長歌二首は、fの長歌群にくらべると「真名書」により傾く。

和我勢故等　手携而　暁来者　出立向　暮去者　振放見都追　念暢　見奈疑之山尓　八峯尓波　霞多奈婢伎　谿敝尓波　海石榴花咲　宇良悲　春之過者　霍公鳥　伊也之伎喧奴　独耳　聞婆不怜毛　君与吾　隔而恋流　利波山　飛超去而　明立者　松之狭枝尓　暮去者　向月而　菖蒲　玉貫麻泥尓　鳴等余米　安寐不令宿　君乎奈夜麻勢（四一七七）

春過而　夏来向者　足桧木乃　山呼等余米　左夜中尓　鳴霍公鳥　始音乎　聞婆奈都可之　菖蒲　花橘乎　貫交　可頭良久麻泥尓　里響　喧渡礼騰母　尚之努波由（四一八〇）

仮名書き句はそれぞれ一句ずつ（「和我勢故等」（四一七七）、「可頭良久麻泥尓」（四一八〇））にすぎず、仮名書き自立語もそれほど目立たない。助詞「の・が（之）」「て（而）」「は・ば（者）」は、四一七七で訓字十例、仮名四例、そのうち訓字に続く仮名は「聞婆不怜毛」の一例のみ、四一八〇で訓字二例、仮名二例、そのうち仮名は「足桧木乃」と「聞婆奈都可之」とである。「と」に助辞の「与」を用いるのも、訓字への傾斜をものがたる。

また、枕詞「あしひきの」を借訓仮名で表記するのは、五例ほどみとめられるが、長歌ではここを含めて二例、逆に一字一音に借音仮名で表記するのは、やはり五例あるが、長歌に四例とかたよっており、やはりこの二首の長歌が訓字主体に傾くことをあらわしている。それにくらべると、f群の二首はやや仮名書きに傾いているといえる。

逆に、仮名書きの傾向が強いものとして、次の二例をあげることができる。

霍公鳥　来喧五月尓　咲尓保布　花橘乃　香吉　於夜能御言　朝暮尓　不聞日麻祢久　安麻射可流　夷尓之居者　安之比奇乃　山乃多乎里尓　立雲乎　余曽能未見都追　嘆蘇良　夜須家奈久尓　念蘇良　苦伎毛能乎奈呉乃海部之　潜取云　真珠乃　見我保之御面　多太向　将見時麻泥波　松栢乃　佐賀延伊麻佐祢　尊安我吉美〈御面謂之美於毛和〉（四一六九）

念度知　大夫乃　許能久礼　繁思乎　見明良米　情也良牟等　布勢乃海尓　小船都良奈米　真可伊可気　伊許芸米具礼婆　乎布能浦尓　霞多奈妣伎　垂姫尓　藤浪咲而　浜浄久　白波左和伎　及々尓　恋波末左礼杼今日耳　飽足米夜母　如是己曽　弥年乃波尓　春花之　繁盛尓　秋葉乃　黄色時尓　安里我欲比　見都追思努波米　此布勢能海乎（四一八七）

傍線および傍点で一見して明らかなように、仮名が優勢であり、cの短歌群に近い様相を呈している。ただそれでも、巻十七・十八・二十の長歌や、あるいは巻五後半の長歌にくらべると、仮名の含有率は少なく、また、そのことは短歌においても、巻十七・十八・二十とくらべたとき、仮名交じりへの傾斜は程度に差があるといえよう。

このように、長歌の書き様においても、短歌同様、「真名書」から「仮名書」へと幅をもって、連続的にとらえることができる。しかしながら、長歌における仮名書きへの指向は、短歌におけるc群やd群ほども、仮名書きの度合いの強いものではなく、一首全体を「仮名書」する方向にはない。その点で、巻十九における長歌の書き様は、全体として、古屋の注意したように、純仮名書きの三つの歌群（四二〇九～四二一〇「詠霍公鳥歌一首并短歌、右廿三日掾久米朝臣広縄和」、四二二〇～四二二一「従京師来贈歌一首并短歌、右二首大伴氏坂上郎女賜女子大嬢也」、四二二二～四二二三「九月三日宴歌二首、掾久米朝臣広縄、守大伴宿祢家持」）、とりわけ、前二群の長歌群と際立った対立をもつのである。

## 五　漢字仮名交じりと「仮名書」

巻十九の長歌の書き様は、短歌にくらべると、より「真名書」に傾いた様相を呈しており、それは、巻五後半の「貧窮問答歌」や「好去好来歌」と共通性をもつ[8]。これに対して、巻十七・十八・二十の長歌は、訓字の含み具合において、巻五前半の長歌とともに、先にみた短歌c・d群と共通性をもつ。それは、巻全体としてみた場合、やはり巻十九の書き様が、巻十七・十八・二十の仮名書き主体とは一線を画すべきものであることを意味しよう。巻十九は全体として、基本的に「真名書」を基調とするとしなければならない。

さりながら、短歌の書き様に訓字主体から仮名交じりへの展開がみとめられることと、純仮名書きの歌群が含まれることとにおいて、巻十九には、「仮名書」と「真名書」との、ひとつの混淆の姿をみることができる。それは、末四巻全体を考えたとき、「仮名書」と、仮名書きを指向する「真名書」とがそれぞれに重みをもって共存する、ちょうど巻五全体のありようと対応するのである。巻十九の特異性は、巻五との関係でとらえる必要があろう。そこに家持の意図を強く感じるが、そのあたりは、本書の興味の外にある。それよりは、巻十九の短歌において、「真名書」から仮名交じりへと展開した書き様が、究極的には「仮名書」となっていることの意味に注意しておきたい。ここに、「真名書」から「仮名書」への展開の方向が見出されるのである。

歌の仮名書きが、七世紀段階から可能であり、現に「なにはづ」木簡などの出現により実用世界における歌の仮名書きが、歌の漢文的表記（「真名書」）と並行しておこなわれていたことは動かない。これにより、人麻呂歌集略体歌から人麻呂歌集非略体歌への推移を日本語書記の方法の展開に則してとらえた稲岡説は修正されなくてはならなかった。稲岡説においては、仮名書きが最後に位置するのであるが、それを並行しておこなわれたところへ引き上げる必要が出てきたのである。しかし、歌集に「仮名書」を採用することは、歌の書記の史的展開とは無縁であり、歌集として「仮名書」することの意味との関係で考える必要があろう。位相の違いを加味する必要がある。

記紀歌謡や万葉集巻五の仮名書きが、なぜおこなわれたのか、それに答える準備は、今はないけれど、そこに「真名書」の巻々に対して、「仮名書」の巻々が成立する契機を求めることは、あながち無理な話ではない。かくして巻五が、「仮名書」歌巻として成立する。集末四巻の「仮名書」も、時代的な変遷はともかく、その成立を受けての選択であった。

これらの「仮名書」が、基本的に、日常に用いられた「なにはづ」の歌の仮名書きと一線を画すべきものであること、すでにいくつかの指摘がある。(9) 使用字母に差がみられること、その中には一音節の借訓仮名が含まれることは、位相の問題として大きい。もちろん、巻五の仮名と集末四巻の仮名とのあいだにも違いはみられるし、集末四巻も巻ごとに差異をみることができるが、[10]「真名書」を基本とした歌の書き様からの展開として特に借音仮名と借訓仮名とが意識的に区別されていることは、日用の仮名書きとの大きな差であると考えられる。たしかに、日用の仮名書きの中に訓字を含めるかたちで漢字仮名交じりの書き様が成立することもあろう。巻五前半の「仮名書」の中に訓字が交じるものは、あるいはそのような結果かとも考えうるし、巻十四の徹底した一字一音化は、日常の仮名書きを強く意識したものとおもわれる。しかしながら、万葉集に収められた、仮名書き主体の漢字仮名交じりの書き様の多くは、巻十九内部に展開をみたような、「真名書」からの展開としての漢字仮名交じりではなかったか。そしてその日常への拡がり・普及が、歌集としての「仮名書」採用につながると思量する。その範囲での「仮名書」と、「真名書」とが対立するかぎりにおいての、集末四巻にみる巻十九と他の巻との対立なのであり、それは、巻十九内部においても、「真名書」の歌を一方の極、純仮名書きの歌を一方の極とした対立として、具現していると理解できるのである。それは、仮名によって歌集が編まれたひとつの姿・方法であったといえよう。

## まとめ

古今集が仮名で書かれたことは、後の勅撰集の姿を決定し、仮名書きの地位を確立したと評価できよう。その点で、ほぼ同時代に新撰万葉集が、「真名書」の方法をとったのと対照的であった。万葉集の集末四巻のうち三巻が「仮名書」であることは、そこへの道筋としてとらえることもできよう。たしかに、いわれてきたように、歌の仮名書きは、歌集の書き様としても、その地位を高めていたことが、集末四巻から古今集への道程としてはうかがうことができよう。そんな中で、巻十九が、「真名書」であることは、ある意味、新撰万葉集の意識に通じるところがあると思われる。新撰万葉集と古今集とのあり方が、集末四巻における巻十九と他巻との差として重ねあわされる。さすれば、巻十九における「真名書」が「仮名書」を指向するものであることは、後の古今集の位置づけを予測するものであったということも、裏を返せばいえるのではなかろうか。

撰上された当時の仮名書きがどのようなものであったかはわからないが、比較的古い高野切のようなこなれた平仮名よりは、もう少し草仮名に近い、秋萩帖や自家集切のようなものであったかとも思われる。そこには、訓字はほとんど含まれない。その点で、巻十七・十八・二十の「仮名書」歌巻とは異質である。むしろ、巻十九に純仮名書きと「仮名書」を指向する「真名書」とが混在することが、新撰万葉集と古今集へと通じるようにみえるのである。その意味で、巻十九の書き様は、次世代の歌集のあり方を示すものだったといえよう。

注

（1）稲岡説については、拙著『漢字による日本語書記の史的研究』（二〇〇三、塙書房）参照。

（2）古屋彰『万葉集の表記と文字』（一九九八、和泉書院）

（3）橋本四郎「古代の言語生活」『講座国語史6』（一九七二、大修館書店、のち『橋本四郎論文集　万葉集編』（一九八四、角川書店）所収）

（4）北島徹「万葉集巻十九は書き改められたか」（古典と民俗3、一九七六）

（5）伊藤博「家持越中歌群三十二首」『萬葉集研究第二十四集』（二〇〇〇、塙書房、のち『萬葉歌林』（二〇〇三、塙書房）所収）。その他、巻十九の表記・編纂にかかわって、朝比奈英夫、市瀬雅之らの論もあり、参照される。

（6）中村昭「万葉集巻十九表記の位相」（美夫君志二十九、一九八四・六）、同「万葉集巻十九表記の特質」（九州東海大学一般

教育紀要一、一九八九・三）など

（7）家持は、「しのふ」に対しては仮名書きにする傾向がある。拙稿「国訓成立のある場合―偏旁添加字をめぐって―」（国語学一五九、一九八九・十二）、拙著『漢字による日本語書記の史的研究』（二〇〇三、塙書房）第五章第三節参照。

（8）古屋彰注2前掲書

（9）犬飼隆「観音寺遺跡出土和歌木簡の史的位置」（国語と国文学七十六巻五号、一九九九・五）、沖森卓也『日本古代の表記と文体』（二〇〇〇、吉川弘文館）など

（10）池上禎造「巻十七・十八・十九・二十論」『萬葉集講座六』（一九三三、春陽堂）

# 第六節　巻十八の補修説と仮名使用

## はじめに

万葉集巻十八は、大伴家持歌日誌といわれる集末四巻の二巻目にあたり、家持越中時代の天平二十（七四八）年三月二十三日から天平勝宝二（七五〇）年二月十八日までの二年間の歌、一〇七首を収める。直前の巻十七の巻末歌が天平二十年二月ごろの歌で、「仮名書」になっているのに対して、この直後の巻十九の冒頭歌が、天平勝宝二年三月一日の歌で、その間、わずか十数日にもかかわらず「仮名書」から「真名書」にかわっていることによって、集末四巻といっても、巻十八と巻十七との結びつきは、巻十九よりも強いものと察せられる。

集末四巻の中で巻十九だけが、「真名書」をとり異例であることについては、さまざまな説が提出されており、とりわけ家持の文芸意識に関係させて説くことがおこなわれている。その是非を判断することはできないけれど、巻十九だけが特別な意識でもって編まれていることは首肯される。歌の書き様が「真名書」か「仮名書」かは、集中における歌の書記意識として対立的なのであり、それに対応して巻十九と巻十七・十八とがあることになる。[1]はやく、池上禎造によって指摘されたように、[2]集末四巻には仮名の使用において個別の特徴があり、巻十七と巻十八とのあいだにも、均一でない部分がある。これによれば、集末四巻の編纂、あるいは伝来に、複数の人の手が加わっていることが考えられ、当然、巻十七と巻十八との関係も問題となる。しかしながら、なによりも、これが編纂の問題なのか、伝来の問題なのかは、考えてみる必要がある。従来、文字使用の問題が、筆録や編纂にかかわって議論されることがおこなわれてきたが、その間、小島憲之、井手至によって、古写本独自の問題として、書写者による書き換えが指摘されていた。(3)もちろん、それをふまえたうえで、筆録や編纂の問題が議論されてきたわけであるが、もう一度、書写の問題に立ち返ることは、書記の歴史の中に万葉集を位置づける試みにとって、重要な課題であると考える。加えて、巻十八には平安時代に大幅に補修されたとする大野晋の説が通説となっている。まさに、伝来を問題としたものであるが、近年、伊藤博によって、これと巻十八の成立とのあいだに関連性を考える立場が示されている。(4)その検討を手がかりとして、巻十八の書き様をもう一度検討してみたい。



## 一　巻十八補修説

巻十八には、他巻にみられない、あるいはあっても用例の少ない仮名字母が目立つこと、清濁の混用、上代特殊仮名遣の異例が多いことなどから、伝来の過程で大きな破損が生じ、平安時代中期、十世紀中ごろまでに補修されたとされ、通説となっている。

早く、池上禎造によって、「止・支・介・川」など平安時代に草仮名として多く用いられた仮名や、「野・津・見・女・目・根」といった借訓仮名がかなり交じること、アヤ行のエを含めて上代特殊仮名遣の異例が多いことなどから「巻十八のみが特に伝来の間に損なはれたとみるべきでなからうか。」と指摘されており、(5)有坂秀世もまた、仮名字母、清濁の使い分けの疎漏、特殊仮名遣の乱れの多さから、「平安朝臭い特色」を指摘し、それが巻の二三の箇所（流布本八丁裏―九丁表、二十五丁裏―二十六丁表、二十九丁表―三十一丁表）に集団をなして存在することから、「平安朝時代に於ける転写の疎漏から起つたものではないかと思はれる。」とした。これは、橋本進吉が昭和二年度の講義の中で、ケの甲乙の異例とアヤ行のエの混用から、「万葉集巻十八は後世変化を蒙つたものではないかという疑も起る。」としたのを受けたものとのことである。[6]

　これをうけて、大野晋は具体的かつ詳細に検討した結果として、四〇四四～四〇四九、四〇五五、四〇八一～四〇八二、四一〇六、四一一一～四一一八の五群が、おそらくは天暦の梨壺における万葉集加点時に補修されたとし[7]、以後、それは多くに支持されている。ただし、この五箇所以外にも、疑問の箇所はいくつか指摘され[8]、また、一時の補修にはにわかにはしたがえないとする意見も出されている（新編日本古典文学全集など）。

　近時、伊藤博は、『萬葉集全注巻十八』および『萬葉集釋注九』において、巻十八の損傷・補修部を、冒頭四〇三二～四〇五五、四〇七〇～四〇八四、四一〇五～四一一九の三群とし、「おそらく歌稿保管の様態とかかわりがあるのではないかと見る」（『釋注』五六五頁）とした。それは、前半部には、文字使用だけでなく左注の歌数と実際の歌数が合わないことや、家持の名に姓が書かれていないことなどもその理由に含められており、

> 巻第十八の大きな破損の一つは、筆者が、天平勝宝元年（七四九）七月における家持大帳使の折の、家づと歌群と見る部分（四〇八五～一二七）に、おおむねわたることになる。これは、その浄書歌群は都に運ばれ、家持手控えの歌群がそのまま巻十八の編纂資料に供せられたことに起因するもののように思われる。（『釋注』五三八頁）

といった、全体的な構造、編纂からの視点が、その発想の基底にある点で大野説とは異なる。しかし、ここに述べられたことは、編纂と伝来との関係が今ひとつ明瞭でなく、理解しにくい部分がある。おそらくは、歌稿の伝

来と平安時代にまで及ぶ万葉集の成立をみすえて、補修の実態を考えたと思われるが、そこまでの言及は公にされることはなかった。

そもそも万葉集の中で巻十八だけが大きく損傷し、それが補修されるといった場合、どのような状況が考えられるだろうか。まず、破損の状態はどうか。はなはだしい虫食いなどでほとんど読めなくなっていたのか、それとも、火難や水難によってある部分が失われたのか。その時、巻十八だけが単独で被害を蒙ったのか。また、修復の方法として、破損した部分を、その破損した部分だけを頼りに修復したのか、それともなんらかの資料を参照しながら修復されたのか。ただ、同系統の伝本によって補修されるならば、破損前の姿と大きな違いは生じないはずである。大きな破損があったとすると、なんらかのもとのかたちがわかるような資料が必要だったと思われるが、同時にそれは、破損した巻十八とは異なる、平安時代的な特徴を有するものでなければならない。そうでなければ、やはり、同じようにもとのかたちへの復元が可能だからである。この場合、目録だけを手がかりにしたことも、目録の歌数が現在の歌数に合わされている箇所のあること（目録の四〇三六～に対する「八首」、四〇四六～に対する「六首」など）で否定される。

そうなると、脱落している部分もあると想定されることから、修復に際しては破損したもの以外には、頼る手立てがなかったことが、一応想定されるのである。しかしながら、残された部分を手がかりに修復されたとすると、たとえば虫食いなどでほとんど字がみえないところは万葉集の語法を勘案しながら補われたことになるが、その時に、やはり万葉集の文字使いも勘案されるのではなかろうか。根拠の一つとして、「末支太末不」（四一一三）、「末支能末尓々々」（四一一六）の「末支」が「麻気」の誤読によるとされるが、「気（ケ）」を「支（キ）」と読んだとしても、なぜ、補修の際に万葉集にある「気」を「キ」として使用しなかったのかが不審である。平安朝らしい仮名字母が、補修に際して選ばれたことを、当時の常用に求めることは、補修という作業からは躊躇されるのである。伊藤が大野説に対して「五つの部分にだけ集中するかどうかはともかくとして、この説は全面的に信頼してよい。」としたことには、一抹の不安が残る。この際、使用仮名字母と修復の問題とを、一応切り離して考えることは、平安朝に修復されたとして、その実態を考えるうえでも有効なのではあるまいか。そこで、伊藤の説く巻十八の構成と、修復説とを勘案しながら、巻十八の書き様についてみてゆくことにする。

## 二　巻十八の稀字母

池上・有坂両氏が特に注目した字母は、由来が古く、しかも後代にまで使用された「止支介川」と借訓仮名の「野津見女（目裳）」であり、大野はさらに「移沙事不部（へ）末萬遠・根」を追加している。しかし、集中での使用という面に注意すれば、まだまだ、巻十八に特徴的な字母は指摘できる。そこで、指摘されてきたものも含めて、巻十八に特徴的な字母を考えてみることにする。[9]

①　集中一例しかみえないもの
　　応（オ）・司（ジ）・授（ズ）・川（ツ）

②　集中巻十八にしかみえないもの
　　支（キギ甲）・介（ケ甲ゲ乙）・事（シ）・止（トド乙）

③　他にもみえるが用例が比較的少ないもの
　　移（イ）・綺（キ乙）・雅（ゲ甲）

④　仮名書き歌巻では比較的少ないもの

沙（サ）・類（ル）・部（へ甲）

根（ネ）・見（ミ甲乙）・野（ノ甲）・女（メ甲）・目（メ乙）・裳（モ）

今問題となるのは、補修部とされる部分に集中する②と④とではあるが、万葉集全体を見渡したときには、範囲を広げて、以上のようなものが、巻十八に特徴的な文字使用となる。

ところで、巻十七と巻十八には、巻頭・巻末には短歌群が位置し、長歌群がその真中にまとまってみられるという、共通性がある。集末四巻は基本的に家持の作歌順に並べられており、家持の作歌意識の高揚と長歌の制作が関係づけられて説明される場合が多いが、この両巻の構成としてみるならば、そのような巻の構成方法としてとらえることもできよう。

| | 巻十七 | 巻十八 |
|---|---|---|
| Ⅰ、巻頭短歌群 | 三八九〇～三九五六 | 四〇三二～四〇八八 |
| Ⅱ、長歌群 | 三九五七～四〇一五 | 四〇八九～四一二七 |
| Ⅲ、巻末短歌群 | 四〇一六～四〇三一 | 四一二八～四一三八 |

もちろん、長歌群は長反歌だけでなく、単独の短歌や贈答歌が若干含まれるし、巻十七の冒頭歌群には「讃三香原新都歌一首并短歌」の一群が含まれ、それぞれ短歌や長歌だけで構成されているわけではないが、巻十八においては、この三群で文字使用にそれぞれ若干ではあるが、特徴的な差異がみとめられるのである。今、他の群にも音節はあるが、一つの群にしか用いられない字母をあげると次のようになる。[10]このうち、ヤ行のエは、Ⅰ群では「要」が、Ⅱ群では「延」が使用されるが、Ⅲ群では音節自体がない。

Ⅰ群　意（オ）、綺（キ乙）、介（ケ甲）、孤（コ甲）、事（シ）、津（ヅ）、必（ヒ甲）、悲（ヒ乙）、不（ブ）、萬（マ）、万（マ）、民（ミ甲）、武（ム）、要（エ）、遠（ヲ）

Ⅱ群　阿（ア）、河（カ）、口（ク）、既（ケ乙）、介（ゲ乙）、沙（サ）、師（シ）、司（ジ）、洲（ス）、大（ダ）、通（ツ）、頭（ツ・ヅ）、川（ツ）、杼（ト乙）、得（ト乙）、止（ド乙）、那（ナ）、仁（ニ）、年（ネ）、怒（ノ甲）、部（ベ乙）、無（ム）、无（ム）、目（メ乙）、聞（モ）、裳（モ）、油（ユ）、延（エ）、餘（ヨ乙）、類（ル）

Ⅲ群　烏（ウ）、応（オ）、宜（ゲ乙）、授（ズ）、迩（ニ）、芳（ホ）、婢（ビ甲）、辺（ヘ甲）

Ⅱ群に多く特徴的な字母がみられることは、言語量からして当然ではあるが、Ⅲ群においても他との違いはみとめられ、池主と家持の文字使用だけではすまされないものも含まれる（たとえば「宜（ゲ乙）」は両者とも使用しているが、他群では「気」が用いられる）。

また、セは、Ⅰ群では「勢」十三例に対して「世」が五例なのに対して、Ⅱ群では「世」が十一例に対して「勢」が四例と逆転していたり（Ⅲ群は「勢」二例、「世」一例）、Ⅲ群では「テ」に「天」、「ヨ乙」に「与」だけが使用され、ⅠⅡ群でもっともよく使われる「弖」「余」がみられないといった違いもみとめられる。

このように、巻十八を三群にわかつとき、特殊仮名遣の異例も、「介」はⅠ群では「ケ甲」に、Ⅱ群では「ゲ乙」で使用されており、いずれかが正用となり、「度（トド乙）」の異例はⅠ群のみで、ⅡⅢ群での「度（ド甲）」は正用、「部」はⅠ群で「へ甲」で正用、Ⅱ群で「へべ乙」に用いられて仮名遣いの異例となるといった差異が出てくる。

三群に分けて考えたとき、先の①から④に加えて、以上のようなものが、特徴的な文字使いとして注意されることになる。そしてそれは、かならずしも補修部にかぎられるわけではないのである。

Ⅰ群は、伊藤によると大きく四〇三二〜四〇五五、四〇七〇〜四〇八四とが、補修部とされ大野よりも範囲が広がっている。ここまで範囲を広げると、孤立した文字使いは、ほぼその範囲に収まることになる。しかしその中には、「孤悲（コヒ・恋）」の二例（四〇三三、四〇八三）が含まれるが、これは集中に多く用例をみるものの、巻十八ではこの二例だけがあらわれており、後世的とはいえない。むしろ、「楊奈疑（ヤナギ）」（四〇七一）や「物能（モノ）」（四〇六二）、「河波（カハ）」（四一〇〇）などと同類の書き様であり、万葉集全般に渡る特徴である。このようないわゆる義字[11]は、先にあげた「孤悲（コヒ）」「楊奈疑（ヤナギ）」「物能（モノ）」「河波（カハ）」のほか、「乎登女（ヲトメ）」（四一一一など）、「香具（カグ）ハシ」（四一一一など）があり、また、「安夜女具佐（アヤメグサ）」（四〇八九など）、「目都良之（メヅラシ）」（四一一七）、「根毛己呂尓（ネモコロニ）」（四一一六）なども、民間語源解に基づく義字的用法である。

四〇五六〜四〇六二の「太上皇御在於難波宮之時歌七首」には、この前後と大きく異なる点がある。四〇五七「多麻之伎美弖々」は、この周辺は変字法をとるところに、同字法を採用する。ただし、巻全体では、同字法も何箇所か指摘できる。四〇五九には「等能多弖天」と変字法をとるが、「天」はⅠⅡ群では補修部にかたより、Ⅲ群では「テ」に専用されるといったふうに、ややかわった振る舞いをする。あるいは、踊り字と「天」とは崩したときにはよく似たかたちとなり、どちらかの誤写の可能性も捨てきれない。本巻には諸注の説をもってしなければ文意の通じないところが多々あり、四〇九八の「於能我名負弖」は諸本「々々」を『略解』によって「弖」に改め、同じく「麻気能麻尓々々」は諸本「久」に作る。また、四一〇一では、「夜床加多左里」が「古」、「心奈具佐尓」が「余」になっている。いずれも、もとの本が非常に崩した書体になっていた可能性をうかがわせる。

また、次の二首では義を考慮した仮名の使用が、孤例としてあらわれる。

保里江欲里　水乎妣吉之都追　美布祢左須　之津乎能登母波　加波能瀬麻宇勢（四〇六一）

奈都乃欲波　美知多豆多都之　布祢尓能里　可波乃瀬其等尓　佐乎左指能保礼（四〇六二）

このようないわゆる縁字は、他にⅡ群の、

安麻能我波　波志和多世良波　曽能倍由母　伊和多良佐牟乎　安吉尓安良受得物（四一二六）

夜須能河波　伊牟可比太知弖　等之乃古非　気奈我伎古良河　都麻度比能欲曽（四一二七）

にもみられる。あるいは「思努波牟（シノハム・偲）」（四〇九〇）、「意毛波受（オモハズ・不思）」（四〇七五）なども、これに含めてよいかと思われる。

これらが、補修部であるとないとにかかわらずあらわれるのは、もとのかたちが継承されているものといえよう。

Ⅱ群は、いわゆる補修部をはさんで、やはり三群にわけることができる。

1、四〇八九～四一〇五　2、四一〇六～四一一九　3、四一二〇～四一二七[12]

特殊仮名遣の異例や、特徴的な字母は、ほぼこの2の部分に収まるが、「阿・無」など1と2とにまたがるものもあり、また、3でも「河・洲・杼・得」の孤例がみえる。大野が追加した「沙」は四一〇六にだけあらわれるものであり、あるいは「佐」の誤写かともみえる。

Ⅱ群にのみあらわれる仮名のうち、「阿（ア）」は「阿頭麻奈流」（四〇九七）、「阿之比奇能」（四一一一）、「阿波之多流」（四一一六）と、補修部であるなしにかかわらず、すべて句頭にあらわれる。当然、ア行音は語頭にしかあらわれないので、句頭に来る確率は高く、用例数からいえば偶然の域をでないかもしれないが、同じく「移(イ)」もⅠ群の一例を含めて、「奈介可須移母我」(四一〇六)を除いて句頭にあらわれ、逆に、「天(テ)」は「可久之天母」(四一一八)をのぞいてすべて句末にあらわれる(「テ」にすべて「天」を使用するⅢ群を除く)のも、後の仮名文字使いに通じるものとして(この類の仮名文字使いは「家類」(四〇九八)、「可聞」(四〇九三)などのように、万葉集全般に渡ってかぎられた文字列で使用されるものに通じる)理解できるかもしれない。「止(トド乙)」も、「保止々支須」(四一一六)をのぞいて、助詞の「と、ど」に使用されるのも、この類に入れられるかもしれない。これらは、仮名の発達以降、文字の区切りを示すのに有効に働くが、特に字体を崩したときにその視覚的効力があらわれる。そこからは、やはりもとの本が崩れた書体であった可能性を示唆するものとおもわれる。それが、1と2とに共通するとなると、字母自体特殊であっても、その文字使いの原理は、補修部であるなしにかかわらないことになる。

Ⅲ群では、四一二八～四一三一の池主の四首に特殊な字母が目立つが、かならずしもそれだけでなく、「天・宜」など後の家持作まで渡っているものもある。Ⅲ群での「天」の専用に関連して、池上が指摘するように、「底」が西本願寺本では筆くせとして多用されるが、ほぼ他の諸本によって訂正される。ただ、それがⅠ群にかたよる傾向にあることは、あるいは、逆に転写の過程で統一されるようなことがあったことも想定されてよい。

以上みたように、巻十八の使用字母には、それぞれに個別の事情が考えられる。それは、当初からの方法もあったし、転写の中でかわってきたものもいくつか指摘できるのである。

## 三　補修説根拠の階層

以上の議論を総合すると、平安朝補修説の根拠には、いくつかの階層のあることが明らかである。

④の中に借訓仮名が目立つのは、「仮名書」歌巻では、「真名書」歌巻にくらべて借訓仮名の使用が少ないからであり、その点で巻十八は特殊である。ただし、巻十四では極端な一字一音化をめざして、先に指摘したような義字や縁字が多用され、改めて論じる必要はあるが、平安朝にまでそれを下らせる必要はない。借訓仮名自体は時代を通じて用いられていたのであり、たしかに平安時代に多く用いられはするものの、池上・有坂両氏がいうように由来は古いものである。たとえば、七世紀の「なにはづ」木簡にも「矢」や「真」の借訓仮名がみえ、また、飛鳥池遺跡出土木簡のウタを記したとおぼしきものには、「田」「目」「手」の借訓仮名が「止」の使用とともにみとめられる。実用の世界では、借訓仮名を交えることが、一般であったとおぼしい。

②のように、巻十八に複数みえて、他の巻にはみえないものの一群が、補修部に集中するが、これらもやはり、由来は古いものである。有坂は「支介川止」が、平安時代に盛行する理由について、

用字法の上に兎角新奇を衒ひ、趣向を凝らす傾向の大きい奈良朝の文人等からは陳腐平凡の字体として殆ど見捨てられてしまひ、当時これらの字体は主として実用的の文書類に使用されてゐるのみであつた。これらの字体が他の同音の仮名を圧倒する位に極めて広く用ゐられるやうになつたのは、主として平安朝に入つてからのことである。それは、平安朝初期の頃、国文学の衰退に伴つて、社交又は儀礼の方面に於ける万葉仮名の用途が甚だしく狭まつたため、万葉仮名の用途は主として実用向きの方面にのみ限られるやうになり、

従つて稀に必要があつて和歌などを献上する際にも、それを記す万葉仮名の中には実用向きな素朴な系統に属する字体が多く流用されるやうになつた（これは国史に採録された和歌の用字法を見れば分ることである）結果と思はれるのである。而して、支・介・川・止等の字体が非常に広く用ゐられるやうになつた理由としては、字画が少くて書き易いといふ事情が大いに関係してゐたことと思はれる。寛平・延喜以降の新興国文学は、主として平仮名を採用したから、万葉仮名はいよいよその用途を狭められ、再び往時の絢爛を恢復することなくして終つたのである。

との見解を示している（有坂秀世注6前掲書）。細部にはなお検討を要するが、実用的な用字法として早くからあり、平安時代の用法につながることの説明としては、首肯される面が大きい。だとすると、これらの仮名は、たしかに平安朝の雰囲気をもつが、それは、たとえば天暦の時期に一時にみとめられるものではなく、奈良朝から平安朝にかけて、時間の幅が考えうるものなのである。

大野が、大規模な補修を天暦の時期に求めたのは、源順らによる古点の付訓作業がちょうど、アヤ行のエの混同時期と重なることによる。まさにその一例、一点による。特殊仮名遣の異例は、大野のいうように万葉集にすでにみられる要素であり、稀字母の使用はさらに奈良朝から平安朝にかけて幅をもったものなのである。そして、みてきたように、巻十八のさまざまな特異な文字使用は、作歌時の用字、編纂時の意図、転写の過程など、万葉時代から平安朝にかけて、さまざまな時期の可能性を秘めて多様にあるのであり、一時の補修は、冒頭で確認したように、よほどの場合を考えなければ、それとして想像しにくいものなのである。むしろ、もとになる書体が崩れたものである可能性が考えられることからは、転写の過程による文字の改変が多々あったことをうかがわせるし、特に長歌の場合にはそれが顕著であったことも、平安時代には、長歌はほとんど訓まれなかったことを勘案すれば、想像にかたくない。

先に分けた、Ⅱ群の長歌群のなかで、前半の非補修部分にあたる「賀陸奥国出金詔書歌一首并短歌」（四〇九四～四〇九七）には、他の非補修部分とされる長歌とは一線を画する特徴がある。つまり、助辞使用と訓字の多用とにおいて、むしろ、補修部分との共通性を有する。

助辞使用としては、「海行者　美都久屍　山行者　草牟須屍」「人子者」「聞者貴美」（四〇九四）、「聞者多布刀美」（四〇九五）があり、他の1・3群の長歌五首には助辞の使用がみとめられないが、2群のいわゆる補修部分の長歌には、「雪消益而」（四一〇六）、「成流其実者」（四一一一）、「雪消溢而」（四一一六）などがある。また、仮名書き自立語としては、全百七句中訓字を含む句が六十句と半数以上になる。補修部の四首は半数にはならないものの、三十五～四十五パーセントの訓字を含む句をもち、この数字は、四〇八九の長歌に近い数字ではあるけれども、他の非補修部の長歌にくらべると、訓字を含む割合が大きい。特に、後半の二首は一字一音の訓字をのぞくと「万調」（四一二二）、「代人」「往更」「年」（四一二五）だけとなり、かなり「仮名書」に傾いた長歌となっている。つまり、3群を「仮名書」の方向におくと、次には1群の四〇九八、四一〇一が並び、逆に「賀陸奥国出金詔書歌一首并短歌」（四〇九四～四〇九七）を「真名書」の方向において、中間の2群はその次に位置することになる。ここにも、補修部分と非補修部分との連続性がみて取れる。

前段でみたように、Ⅱ群の長歌群では、仮名の使用において補修部と非補修部とのあいだに連続性がみられたが、ここでも長歌には長歌特有の問題があることになる。詳しくは、集末四巻の長歌の書き様として、改めて考える必要があるが、ここでは、多様な書き様は、訓むためにはさまざまな問題を生じせしめていたであろうことを指摘するにとどめる。ただ当然のことながら、補修部のあり方にも、多くは訓まれなかったというような背景も加味する必要があろう。勢い書写態度に影響するものと思われるのである。

## まとめ

以上、巻十八平安時代補修説について、その根拠とされた理由には、いくつかの異なる層があり、それぞれにおいては、個別の理由を考えなければならないことをみてきた。大野が天暦の加点期に大々的な補修を考えたのは、アヤ行のエの異例が大きな要因であるが、たしかにそれは天暦以降を考えなければならないけれど、書写や伝来のあり方からは、むしろ、いくつかの時期に渡って改変が加えられていった結果が今の姿のようにみえる。補修を目的として、本文批判しながら補修されたにしては、あまりにも杜撰であるとしかいいようがない。

元暦本の巻十七・十八の書写態度についての神堀忍の研究[13]は、ひとつの伝本の転写のありかたを考えたもので、こういった観点に立てば、書写の態度というものが本文の改変に大きな影響を与えていたことがうかがわれる。伝来のあり方や転写の態度といった、いくつかの要因が積み重なった結果が、現万葉集巻十八なのではあるまいか。むしろ、そのような、伝来の面での考察が、今後の集末四巻の研究課題のように思われる。

注

（1）拙稿「仮名書き歌巻成立のある場合」『論集上代文学二十六冊』（二〇〇四、笠間書院）、本章第五節参照。
（2）池上禎造「巻十七・十八・十九・二十論」『萬葉集講座六編纂研究篇』（一九三三、春陽堂）
（3）小島憲之「萬葉集古寫本に於ける校合書入考」（国語国文十一巻五号、一九四一・五）、同「萬葉集原典批評一私考」（国語

国文十三巻三号、一九四三・三)、井手至「類聚古集の換字をめぐって」『澤瀉博士喜寿記念萬葉学論叢』(一九六六)、同「古写本の換字」『萬葉集研究第六集』(一九七七、塙書房)、いずれものち『遊文録国語史篇二』(一九九九、和泉書院)所収

(4) 伊藤博『萬葉集釋注九』(一九九八、集英社)

(5) 池上禎造注2前掲書

(6) 有坂秀世『上代音韻攷』(一九五五、三省堂)

(7) 大野晋「萬葉集巻第十八の本文に就いて」(国語と国文学二十二巻二・三号、一九四五・三)、日本古典文学大系『萬葉集四』校注の覚え書十三(一九六二、岩波書店)

(8) 校注の覚書には、このほかにも、四〇七四や四一〇五から四一〇六にかけての部分などが指摘されており、また、森淳司「万葉集巻第十八の筆録―その用字を中心として―」(上代文学十九、一九六六・十二)にも、四〇三六と四〇七四その他が指摘されている。

(9) 「目賞」は池上のみ

(10) Ⅱ群にみえる「雅(ゲ甲)」も集中では他に巻十六・三八七五にのみみえる特殊なものであるが、巻十八では、音節自体が他にあらわれない。また、「序(ゾ乙)」も巻十八には一例のみで、「仮名書」歌巻には、用例が少ないが、「真名書」歌巻には比較的よく用いられる。

(11) 大野透『萬葉假名の研究』(一九六二、明治書院)

(12) 大野・伊藤は四一〇五の異伝が訓めないのを、あるいは破損があったとする。また、2の末は大野は四一一八とする一方で、「之怒比尓家礼婆」に不審を示しており、それにしたがって伊藤は四一一九までとする。

(13) 神堀忍「元暦校本萬葉集巻第十七、巻第十八の書寫上の異同をめぐって」(萬葉十九、一九五六・四)

# 第七節　万葉集「仮名書」歌巻の位置

## はじめに

近年、七・八世紀木簡が数多く紹介されることによって、「古代語の景観」が大きくかわりつつある。それまで、古代語の中心資料であった記紀万葉が、その地位を、日常の片すみに追いやられつつある。特に、ウタを書いた木簡の仮名は、ひらがなカタカナという日本語表記のための表音文字である仮名の成立に、重要な知見を与えている。すなわち、両者の類似性は、記紀万葉の仮名とくらべて、より高いことから、史的な展開を考えるとき、連続性の面で、より緊密な関係が指摘されているのである。そのため、記紀万葉の仮名は、ウタを書いた木簡の仮名が日用のものであるのに対して、ある種特殊な位相のものと考えられるようになった。

しかしながら、量的にも質的にも、やはり万葉集は、重要な古代語資料であることにかわりない。しかも、日用の仮名との異なる面が強調される一方で、共通する面もまたきわめて多い。以前、それが古代語の世界全体であった記紀万葉の世界が、古代語の、とある一面をあらわしているにすぎないと考えられるようになったとするならば、要は、古代語の中で万葉集の占める資料としての位置、あるいはその質を、厳密に考えなくてはならなくなったというだけのことなのである。

ウタを書くということに限定していうなら、古今集以降の勅撰集が「仮名書」で書かれる点において、万葉集における「真名書」歌巻のような書き様は後世にはつながらない。しかし、では「仮名書」歌巻のような書き様がそれらに連続するのかというと、七・八世紀木簡のウタの書き様は、それをかならずしも保証しない。そこにはさまざまな違いがみとめられるからである。とするならば、万葉集「仮名書」歌巻におけるウタの仮名書きは、日本語表記あるいは日本におけるウタの表記の歴史の中にどのように位置づけられるのか。万葉集という資料が、ウタを書く歴史を考えるうえで不可欠であることは疑いないかぎり、その位置づけは、日本語を書く歴史の記述には、やはり重要な一章となるはずである。

一方で、万葉集研究において、万葉集を二十巻で構成されるひとつの作品として読むべきだという議論がある（たとえば神野志隆光『万葉集をどう読むか―歌の「発見」と漢字世界』（二〇一三、東京大学出版会）など）。この提言は、ある意味重要である。万葉集の資料性を考えるとき、数多くの古代語資料の一つとして万葉集をとらえるということは、まず、考えられてよい。とするならば、万葉集中における仮名書き歌や「仮名書」歌巻の位置づけを考える必要がある。「万葉集「仮名書」歌巻の位置」という多義の表題をかかげるゆえんである。

万葉集「仮名書」歌巻を、万葉集研究の中でどうとらえるかということについては、本章第四節においてその枠組みを考えた。そこでは、「仮名書」歌巻研究の課題を、つぎのようにまとめた。

①それぞれの巻の文字使いの共通点と相違点を整理する。
②それぞれの巻の成立過程を明らかにする。
③それぞれの巻が仮名書きであることの理由を考える。
④それぞれの巻間の関係を考える。
⑤それぞれの巻を万葉集二十巻の中に位置づける。

以上の課題について、部分的ながらも、前節までに検討してきた。[1]ただし、その中心的な興味は、万葉集の「仮名書」が、表記史あるいは仮名成立史においてどのような位置を占めるかという点にあった。近時、万葉集の「仮名書」に用いられる文字は、はたして仮名なのか漢字なのかということが、問題にされている（山田健三「書記用語「万葉仮名」をめぐって」〈信州大学人文学部人文学論集〈文化コミュニケーション学科編〉四七、二〇一三・三〉）。本書の立場は、少なくとも万葉集では、漢字表現の一環としての、あくまで漢字の用法にすぎないと考えるものであるが、漢字の用法としての仮名か日本語の音節表記のための文字としての仮名かを判断する、あるいは区別することはむずかしい。それは単にタームの定義の問題ではなく、実質的な差異をどこに求めるかという点にある。日本書紀歌謡に用いられる仮名は、全体が漢文であるという点からは、単に漢字の表音用法にすぎないと考えられるであろう。古事記歌謡やあるいは古事記本文中の仮名書き部分にしても、日本書紀とは異なることが指摘されているものの、[2]基本的にはかわらない。安万侶が「字において難し」といい、音訓の対立、つまり用法の問題としてとらえているからである。一方で、木簡にウタが書かれている場合の仮名については、たしかに、日本語の音節表示のために用意されたであろう文字の一群と考えることは可能である。ただ、ここにおいても若干訓字を交えることはあり（平安時代のひらがなもその点ではかわらないのであるが）、とすると、古事記の音訓交用との間に連続性がみとめられ、やはり、漢字の用法にすぎないことになる。その点で、仮名の資格については、「形（ケイ）」からの脱却を問題にした（本章第三節）。

仮名を仮名としてのみみるのではなく、漢字と仮名との対立、漢字の表語用法と表音用法の対立、あるいは音と訓との対立といった、その時代の一位相（あるいは「場」）として、文字の用法の中でとらえるならば、万葉集における「真名書」表記にも少なからず仮名は含まれるわけで、「真名書」歌巻と「仮名書」歌巻との対立も、実は表記史の中の対立項として設定しうるのである。

以上のような前提で、「仮名書」歌巻のふたつの位置、表記史上の位置と万葉集中における位置とについて考えてみることにする（本節では、上代特殊仮名遣の二類を、甲乙ではなく１２であらわす）。

## 一　木簡の仮名使用

はじめにウタを書いた木簡の特徴についてみておく。はなしを単純にするために、「なにはづ」のウタを書いた木簡に使用された仮名をあげる。[3]

**イ** 伊　**ク** 久（児古）く　**コ2** 己（古）　**サ** 作佐左　**ツ** ッ都　**ト2** 止　**ナ** 奈那

**ニ** 尓迩仁　**ノ2** 乃能　**ハ** 皮波者（役）は　**フ** 夫布　**ヘ2** 部へ　**マ** 麻真　**モ** 母

（冊）　**ヤ** 矢夜移（弥）や　**ユ** 由　**リ** 利　**ル** 留ル

ここでは、草体の仮名の「く、は、や、ル」をふくめて、「作→佐」「ツ→都」「皮→波」「矢→夜」といった時代的な推移を考えさせるもの（単に時代差ではないが）や古い音との対応をみせるもの「皮（は）」「移（や）」などさまざまな要素がまじるものの、七～九世紀という長いスパンがあるにもかかわらず、一音節に多いものでも三字種までに収まることが注意される。以前に指摘したように、[4]一枚の木簡だけを取り上げれば、ほぼ一音節に一字種の使用であり、同音節に変字法を用いるのはわずか二点にすぎない。

これらをふくめて、ウタを書いた木簡に用いられる仮名全般については、次のような特徴を指摘できる（本章第二節）。

①一字一音が基本である。中には、比較的やさしい訓字がまじる。＝記紀とは異なり、万葉と共通。
②借音仮名の中に借訓仮名がまじる。＝記紀万葉と異なる。記紀は音仮名のみ。
③一部を除いて清濁を区別しないようにみえる。＝記紀万葉は比較的区別する。
④一部を除いて変字法を用いない。＝記紀万葉と異なる。
⑤上代特殊仮名遣に対して比較的ルーズである。＝記紀万葉にも、若干の異例はみとめられる。
⑥平安時代の仮名と共通するが、記紀万葉にあらわれないものがある。

これらはあくまで、全般的な傾向であり、個々の例を取り上げるならば、いわゆる「ものさし」木簡の、

・目毛美須流安保連紀我許等乎志宜見賀毛美夜能宇知可礼弖□（平城宮、城一二）

のように、変字法を用いる、清濁を区別する、といった例もある。これなどは、比較的万葉集の仮名書きに近いものとして位置づけられよう。

木簡にみえる仮名ということでは、ウタ以外に目を向ければ、決して一様ではない。木簡の地名表記は、古事記に通じる面があることが指摘されているが、[5] こころみに『評制下荷札木簡集成』（二〇〇六、奈良文化財研究所）から注意される例をあげると、次のようなものがある。[6]

汙沙之（ウサシ・人名・飛鳥苑池遺跡）
高志（コシ・国名・飛鳥苑池遺跡）
ム下（ムギ・地名・石神遺跡）
塞課部・巷宜部（ソガベ・氏名・飛鳥池遺跡）
賀陽（カヤ・地名・飛鳥池遺跡）

所布（ソフ・地名・藤原京）
上球（カミフサ・国名・藤原京）
伊看我（イカルガ・地名・藤原京）
安八麻（アハチマ・地名・飛鳥苑池遺跡）

「汙・沙・高」などは古事記に通じる例、「巷宜」は上宮聖徳法王帝説に一致する。「所」は紀・万葉にもみえるが、平安時代の仮名にはよくつかわれる。「塞課」や「球」は他にみえない。「看・八」は一字一音節の仮名にはさまれた二合仮名（一字二音節）の例である。これらの例は、後で触れるが万葉集「真名書」歌巻における仮名に通じる点があり、ウタにもちいられる仮名とは対照的な多様性をみせている。このことは、逆にいえば、ウタに用いられる仮名は、ひとつの仮名の体系としての性格を備えていたといえる。つまり、日本語音節を書きあらわすための表音文字としての、ひらがなへの道はそれほど遠くはなかったのである。しかしながら、それが万葉集「仮名書」歌巻における仮名と等質であるかどうかについては、議論の余地がある。

## 二　万葉集「仮名書」歌巻の仮名使用

### 二・一　共通仮名字母

以上をみたうえで、万葉集「仮名書」歌巻に用いられる仮名についてみることにする。

万葉集「仮名書」歌巻六巻（巻五・十四・十五・十七・十八・二十）に巻十九を加えて、七巻に共通する仮名をあげれば、次のようになる（後代の仮名との連続を考える立場から、清濁をあわせて表示した。本来ならば上代特殊仮名遣も捨象されるべきであるが、ひとまずこれについては区別しておく)。

**ア** 安阿　**イ** 伊　**ウ** 宇　**オ** 於　**カ** 可加河賀我　**キ1** 伎吉芸　**キ2** 疑　**ク** 久具
**ケ1** 家　**ケ2** 気　**コ1** 古故　**コ2** 許己其　**サ** 佐左射　**シ** 之志思自　**ス** 須受
**セ** 世勢　**ソ1** 蘇　**ソ2** 曽　**タ** 多太　**チ** 知治　**ツ** 都豆　**テ** 弖　**ト1** 刀度
**ト2** 等登杼　**ナ** 奈　**ニ** 尓仁　**ヌ** 奴　**ネ** 祢　**ノ1** 努　**ノ2** 能乃　**ハ** 波婆
**ヒ1** 比　**ヒ2** 非備　**フ** 布夫　**ヘ1** 敝　**ヘ2** 倍　**ホ** 保　**マ** 麻末万［萬］　**ミ1**
美弥　**ミ2** 未　**ム** 牟無［无］　**メ1** 売　**メ2** 米　**モ** 毛母聞　**ヤ** 夜也　**ユ** 由
**エ** 延　**ヨ1** 欲　**ヨ2** 与［與］余　**ラ** 良　**リ** 里利理　**ル** 流　**レ** 礼　**ロ1** 路
**ロ2** 呂　**ワ** 和　**ヰ** 為　**ヱ** 恵　**ヲ** 乎

すべてで、五十九音節九十八字種にのぼり、ア行エを除くすべての音節に共通字母があることになる（厳密にいうとキ2は濁音仮名の「疑」が共通しているのみなので、清音としては、キ2にも共通の仮名字母はないことになる）。その内訳は次のとおりである。

一音節一字種　三十三音節
一音節二字種　十八音節
清音二字　十音節　清濁二字　七音節
一音節三字種　六音節
濁音一字を含む　四音節　清音のみ　二音節（モ・リ）
一音節四字種　一音節　シ

一音節五字種　一音節　カ（濁音一字を含む）

また、一巻だけは用いない仮名、つまり六巻に共通する仮名には、次の十二音節十三字種がある。ここで、キ2に「奇」があらわれるので、六巻に共通の仮名で、ア行エを除いて清音の共通字母がそろうことになる（ア行エは、巻十七・十九に音節自体があらわれず、「衣」が巻十四・十五・十八の三巻に共通するのみ）。

**オ** 意（14）　**カ** 香（5）　**キ2** 奇（5）　**コ1** 胡（19）　**テ** 天（19）　**ト2** 騰（15）

**ナ** 那（19）　**ヒ1** 妣（5）婢（17）　**ム** 武（19）　**エ** 要（5）　**ヨ2** 餘（15）　**ル** 留（17）

このほか、

五巻共通　十三音節　十六字種

四巻共通　十音節　十一字種

三巻共通　二十三音節　三十一字種

二巻共通　三十音節　四十四字種

となり、四巻共通字種あたりくらいまでの仮名は、きわめて使用頻度の高いものであることが考えられる。大野透『萬葉假名の研究』（一九六二、明治書院）が常用仮名、準常用仮名とよぶものにほぼ相当する。

そこで、六巻まで共通する仮名字母で清音仮名だけを取り出してみると、次のようになる。これを万葉集「仮名書」歌巻における共通字母とすることができよう。

一音節一字種（三十五音節）

**イ** 伊　**ウ** 宇

キ2　奇　ク　久　ケ1　家　ケ2　気
ス　須　ソ1　蘇　ソ2　曽
チ　知　ツ　都　ト1　刀
ヌ　奴　ネ　祢　ノ1　努
ハ　波　ヒ1　比　ヒ2　非　フ　布　ヘ1　敝　ヘ2　倍　ホ　保
ミ2　未　メ1　売　メ2　米
ユ　由　ヨ1　欲
ラ　良　レ　礼　ロ1　路　ロ2　呂
ワ　和　ヰ　為　ヱ　恵　ヲ　乎

一音節二字種（十六音節）
ア　安阿　オ　於意
キ1　伎吉　コ2　許己
サ　佐左　セ　世勢
タ　多太　テ　弖天　ト2　等登
ナ　奈那　ニ　尓仁　ノ2　能乃
ミ1　美弥
ヤ　夜也　エ　延要
ル　流留

一音節三字種以上（八音節）

**カ**　可加河賀香　**コ1**　古故胡

**シ**　之志思

**マ**　麻末万［萬］　**ム**　牟無［无］武　**モ**　毛母聞

**ヨ2**　与［與］余　餘

**リ**　里利理

「カ」をのぞいてほぼ三字種までにおさまり、多くは一字種あるいは二字種ということになる。

これを先にあげた「なにはづ」木簡の仮名とくらべてみると、次のようになる。ここには、疑問のあるものをのぞいて掲出してある。

共通するもの（十六音節二十字種）

**イ**　伊　**ク**　久　**コ2**　已　**サ**　佐左　**ツ**　都　**ナ**　奈那　**ニ**　尓仁　**ノ2**　乃能　**ハ**

波　**フ**　布　**マ**　麻　**モ**　母　**ヤ**　夜　**ユ**　由　**リ**　利　**ル**　留

共通しないもの（九音節十一字種）

**サ**　作　**ツ**　ッ　**ト2**　止　**ニ**　迩　**ハ**　皮者　**フ**　夫　**ヘ2**　部（へ）　**マ**　真　**ヤ**

矢移

さらに共通しないものをみると、

万葉集「仮名書」歌巻にも用例がみえるもの　**サ**　作　**ニ**　迩

～「作」は巻二十防人歌に、「迩」は巻五、巻十七～十九の四巻に共通。

濁音仮名　**フ**　夫（濁音仮名としては「仮名書」歌巻全巻に共通して用いられる）

～木簡のウタ表記は清濁を区別しない傾向にある。平安時代の平仮名にも、「具（く）」など、濁音仮名に起源をもつものがある。

訓仮名　**ハ**　者　**マ**　真　**ヤ**　矢（「真名書」歌巻では用いられる）

～万葉集「仮名書」歌巻では、原則、音仮名と訓仮名は混用しない。ただし、「真名書」歌巻の仮名書には、音訓交用する例がみとめられる。

万葉集にはほぼ用いられない　**ツ**　ッ　**ト2**　止　**ハ**　皮　**ヘ2**　部（ヘ）　**ヤ**　移

～ただし、「止・部」は巻十八のいわゆる補修部にみえる。また、「移」はイの仮名として、巻十八にみえる。このうち、「止・ッ・部」は現行の平仮名の字母であり、平安時代の平仮名でも主字母となっている。

のようになる。大部分で重なり、重ならない部分についても、両者に共通する面がある。そしてそのあらわれ方の違いこそが、資料の個性ともいえよう。

### 二・二　各巻の個性

これに対して、一巻だけに用いられる字種は五十音節、百十六字種ある（?はあらわす音節に疑問のあるもの）。

**イ**　異（17）以（20）　**ウ**　汙（5）　**エ**　愛（5）依（20）　**オ**　憶（17）応（18）　**キ1**　企（5）棄（5）支（18）　**ク**　九（14）隅（5）遇（5）求（14）　**ケ1**　鶏（14）介（18）價（20）夏（5）牙（14）雅（18）　**ケ2**　导（15）介（18）　**コ1**　吾（14）　**コ2**　去（20）　**サ**　作（20）

社(5)　**シ**　子(5)紫(5)此(17)偲(17)事(18)士(5)尽(14)緇(15)司(18)　**ジ**　慈(5)　**ス**　殊(5)　**セ**　斉(14)　**ソ1**　宗(20)祖(20)俗(5)　**ソ2**　増(17)僧(5)叙(5)序(18)　**タ**　丹(5)陁(5)　**チ**　恥(14)　**ツ**　川(18)　**テ**　帝(5)代(14)涅(20)田(20)　**ト1**　斗(5)藤(5)　**ト2**　止(18)常(19)跡(19)　**ナ**　南(14)　**ニ**　耳(19)　**ヌ**　農(5)濃(15)　**ネ**　根(18)　**ノ1**　農(5)奴?(5)　**ノ2**　野(18)　**ハ**　叵(5)者(15)倍(20)伐(15)　**ヒ1**　卑(5)賓(5)嬪(5)日(20)　**ヒ2**　飛(5)肥(5)　**フ**　扶(17)　**ヘ1**　覇(5)陛(5)返(5)反(15)別(5)　**ヘ2**　部(18)　**ホ**　方(5)抱(14)倍(17)太(19)　**マ**　馬(20)　**ミ1**　三(20)　**ミ2**　尾(5)微(5)　**ム**　儛1?(5)　**メ1**　咩(5)馬(14)女(18)　**メ2**　昧(5)迷(5)晩(20)　**モ**　茂(5)勿(5)忘(5)裳(18)　**ヤ**　野(5)移(5)耶(5)　**ユ**　油(18)喩(5)　**エ**　曳(20)江(20)　**ヨ1**　容(5)　**レ**　列(5)連(17)　**ロ**　侶(20)　**ヲ**　越(5)怨(5)呼(17)

巻ごとにその内訳をみると、巻五　五十二字種、巻十八・巻二十　各十六字種、巻十四　十二字種、巻十七　九字種、巻十五　六字種、巻十九　四字種となる。

また、二巻だけに共通する仮名は、以下の通りである。

巻五・十四　提（デ）羅（ラ）　二字種

巻五・十五　于（ウ）計（ケ1）柔（ニ）努（ヌ）面（メ）漏（ロ1）　六字種

巻五・十七　則（ソ2）周（ス）　二字種

巻五・十八　部（ヘ1）　一字種

巻五・十九　斯（シ）大（タ）智（チ）地（チ）便（べ1）　五字種
巻五・二十　有（ウ）迦（カ）何（カ）他（タ）半（ハ）用（ヨ1）　六字種
巻十四・十五　草（サ）詞（シ）文（モ）　三字種
巻十四・十七　酒（ス）　一字種
巻十四・十八　沙（サ）　一字種
巻十四・十九　四（シ）　一字種
巻十四・二十　已（イ）尼（ネ）叡（エ）　三字種
巻十五・十七　難（ナ）問（モ）　二字種
巻十五・十八　類（ル）　一字種
巻十五・十九　ナシ
巻十五・二十　祁（ケ1）　一字種
巻十七・十八　綺（キ2）呉（ゴ1）芳（ハ）　三字種
巻十七・十九　味（ミ2）　一字種
巻十七・二十　浪（ラ）　一字種
巻十八・十九　目（メ2）　一字種
巻十八・二十　見（ミ1）　一字種
巻十九・二十　濃（ノ1）宝（ホ）　二字種

一応これらは、巻ごとの個性としてとらえることができよう。巻五に圧倒的に多いことについては、古事記との共通性や憶良的な用字、旅人的な用字が指摘されている。その他の巻に、家持が深く関与していることが考えられる点を考慮すれば、編集方針、もしくは編集資料の違いがもたらした差異であると考えることもできよう。巻十四東歌や巻二十防人歌には、国ごとに特徴のあることが指摘されている。巻十八では平安時代の大幅な補修を思わせる特徴があるし、巻十九には当然、「真名書」歌巻と共通する用字がみとめられるなど、巻ごとにさまざまな特性や、もろもろの事情が考えられる。

しかし、二巻に共通する字種をみると、こちらにも従来、巻の特徴とされてきた字種がみられる。たとえば、巻五における「迦（カ）祁（ケ1）斯（シ）用（ヨ1）羅（ラ）漏（ロ1）」は古事記との共通字母であり、巻十四の「酒（ス）已（イ）」、巻二十の「有（ウ）他（タ）濃（ノ1）宝（ホ）」などは、東歌・防人歌において国ごとの個性が指摘されているものである。また、巻十八の「部（へ1）見（ミ1）目（メ2）」は補修部の特徴とされていたもの、巻十九の「四（シ）宝（ホ）目（メ2）」は「真名書」歌巻に字義を意識して用いられるものと共通している。つまり、巻に特徴的な字母も、他巻とのあいだでなんらかの共通性を有しているとみることができる。万葉集「仮名書」歌巻の仮名使用は、万葉集というテキストの中で、ある種共通の基盤の上にたっていると考えうるのである。

また、万葉集「真名書」歌巻の借音仮名にも、「仮名書」歌巻にない字母がみられ、そこに「真名書」歌巻の個性がみとめられる。「真名書」歌巻のみにみえる一字一音の借音仮名（地名をのぞく）には次のようなものがある。

**ウ** 羽　**カ** 箇　**ギ1** 祇　**ク** 群丘鳩　**ケ1** 奚谿結　**コ1** 姑枯　**コ2** 居虚忌　**ゴ2** 凝　**サ** 柴　**シ** 芝新詩旨寺次死　**ジ** 寺仕　**ス** 数　**ズ** 聚　**ソ2** 所　**ゾ2** 賊　**ド**

1 土 ニ 日二而尼 ハ 破方八薄 ヒ1 臂 ビ1 鼻 フ 否負 ブ 府 へ1 遍
へ2 拝 ホ 朋 ム 謀鵡 モ 畝門木 エ 遥 レ 烈 ロ 里 ヰ 位謂 ヱ 廻
個 ヲ 烏

「真名書」歌巻においても、「仮名書」歌巻共通の字母は、ほぼ共通しており、これらもやはり、巻ごとの個性としてとらえることができる（もちろん、「ノ2」に「真名書」歌巻では「乃」、「仮名書」歌巻では「能」が優勢になるなど、それぞれに、程度の差はあるが、共通字母という点では、大きな差はない）。これも詳細にはふれえないが、「真名書」歌巻の場合、訓字との関係で、字義がかかわったり、語表記との結びつきが強かったりして、単に日本語の音節を表音的にあらわすのではない用法が目立つ。「真名書」表記を変体漢文との連続でとらえるならば、その表語性との関わりで考えるべきであるが、これについては別に稿を改めて論じることにする。

　結論だけいうならば、万葉集の「仮名書」歌巻の仮名と「真名書」歌巻の仮名とは、共通字母を共有する点で同一の基盤に立っている。また、「仮名書」歌巻の仮名と木簡のウタ表記に用いられる仮名とも、同じく共通字母を共有しており共通の基盤に立っている。つまり、共通の仮名字母群において三者はそれぞれ共通性を有している。しかし、一方では三者三様の個性がみとめられる。もしも、「真名書」歌巻においてみとめられるような、字義を利用した仮名に変体漢文との連続性をみとめるとするならば、それは「真名書」歌巻の個性ということになり、そこに「仮名書」歌巻との差異がみとめられるのであるが、本章第五節で巻十九について論じたように、「真名書」歌巻と「仮名書」歌巻とは連続的にとらえることができる。「仮名書」歌巻の仮名と木簡のウタ表記に用いられる仮名との差異が、「止」や「ツ」にみとめられるような木簡のウタ表記の日用性に起因するとするならば、そしてそれこそが両者の差異であるとするならば、万葉集「仮名書」歌巻の仮名使用は、「真名書」歌巻に連続する非日常性に基づくものと考えられるのである。ではその非日常性とはどのようなものであったのだろうか。

## 二・三　秋萩帖の仮名使用

そこで、平安時代の草仮名の代表とされる秋萩帖の仮名字母についてみてみる。合わせて綾地切の使用字母を提示する（日本名跡叢刊『秋萩帖』『絹地切綾地切』（二玄社）による）。

秋萩帖の使用字母（（　）内は綾地切）

ア 安阿　イ 以意移　ウ 有雲宇　オ 於　カ 可閑 我駕（賀）　キ 幾起（貴）　ク 久（具求）　ケ 気計（遣）　コ 許己（期）　サ 散斜左（佐）　シ 之志事新　ス 数春　セ 勢世　ソ 処所（蔵）　タ 多当堂　チ 知地　ツ 都川　テ 転天（伝亭）　ト 東登度徒
ナ 奈難那　ニ 仁耳尓（児）　ヌ 奴　ネ 祢年　ノ 乃能（農）　ハ 破者波（盤頗半）
ヒ 悲飛比非　フ 布不　ヘ 部弊　ホ 保（奉本）　マ 末萬　ミ 美見（三身）　ム 武牟無　メ 女面　モ 毛母裳　ヤ 也耶（夜）　ユ 由遊　エ 要　ヨ 餘（与）　ラ 羅等良（落）　リ 理里利　ル 留流（類）　レ 礼禮　ロ 呂（路婁）　ワ 和王　ヱ 恵（慧）
ヲ 遠（乎越）

この四十六音節百三十字種のうち、「仮名書」歌巻共通字母と一致するのは、次の四十音節六十二字種六十三字体である。

ア 安阿　ウ 宇　オ 於　カ 可我賀　ク 久　ケ 氣　コ 許己　サ 左佐　シ 之

志　**セ** 勢世　**タ** 多　**チ** 知　**ツ** 都　**テ** 天　**ト** 登度　**ナ** 奈那　**ニ** 仁尓　**ヌ**
奴　**ネ** 祢　**ノ** 乃能　**ハ** 波　**ヒ** 比非　**フ** 布　**ホ** 保　**マ** 末萬　**ミ** 美　**ム**
武牟無　**モ** 毛母　**ヤ** 也夜　**ユ** 由　**エ** 要　**ヨ** 餘与　**ラ** 良　**リ** 理里利　**ル** 留
流　**レ** 礼（禮）　**ロ** 呂路　**ワ** 和　**ヱ** 恵　**ヲ** 乎

共通の字種をもたない音節は、イ・キ・ス・ソ・ヘ・メの六音節であり、万葉集「仮名書」歌巻の共通仮名字母は、ソ（曽）を除いて平安時代には、あまり用いられないものである。つまり、ほぼ全音節に渡って少なくとも共通仮名字母は用いられ、それ以外の仮名がこの資料の個性ということになる。それ以外の仮名の中には、記紀万葉にみられる仮名も多く含まれるが、また、平安時代以降に特有のもの、あるいはこの資料に特有のものなどがあり、その多様性は、万葉集「仮名書」歌巻や「真名書」歌巻とは異なる、この資料の特性といえよう。つまり、平安時代以降も仮名の多様性は基盤となる仮名字母に付け加えるかたちであらわれる。そこに連続性と個性とがみとめられるのである。

ここにみる個性、多様性は、たとえば平安時代仮名書状の仮名が、比較的画数の少ない一音節に一ないし二字母を使用し、木簡のウタ表記や他の日用の仮名と共通する字母であるのに対して、一音節二～三字母以上で比較的画数も多い字母を使用して技巧的要素が強いという点にある。それは、実用からは離れた技巧的、審美的な要素を多分に含む。つまり、文字としての仮名の成立後も、実用の仮名と表現としての仮名とがあったということになる。秋萩帖ほかの仮名使用は、まさに平安時代の「表現としての仮名」であったと考えられる。

## 三　万葉集中における「仮名書」歌巻の位置

万葉集二十巻の中に、「仮名書」歌巻を位置づけるために、われわれは先に、本章第四節において、以下のことを確認した。

万葉集二十巻が、巻によって書き様を異にすることは、顕昭『万葉集時代難事』がつとに指摘するところである。顕昭は巻によって、「仮名書」の巻と「真名書」の巻のあることを指摘している。万葉集では、巻によって歌の表記の方針が定まっており、それが原資料の表記よりも優先されている。したがって、同じ歌とおぼしい歌が、巻によって表記を異にするのである。

しかしながら、独立した巻々も、相互に関係しながら、二十巻全体が一つの構造体としてとらえることができる。そこで、先行研究を参照しながら、それぞれの親疎関係によって、全体を、次のように図示した。

**【**〈（巻一・二）（巻三・四）〉〈**巻五**／巻六〉〈（巻七・八・九・十）（巻十一・十二）〉〈巻十三／（**巻十四**／**巻十五**）／巻十六〉**】****【**〈（**巻十七・十八**／巻十九）／**巻二十**〉**】**

＊「・」は強いつながりを示し、「／」はそれよりはゆるやかなつながりを示す。また、（　）と〈　〉は、それぞれにひとつのまとまりであることを示す。さらに、**【　】**で、それよりも大きなまとまりであることを示す。太字は、「仮名書」歌巻。

巻一・二は二巻で雑歌・相聞・挽歌の三大部立を構成しているので、その緊密性はきわめて高く、同様に緊密性の高い巻三・四とあわせて、ひとつのまとまりを構成している。

巻七から巻十は二巻ずつが関係をもつまとまりである。つまり、巻七・巻十は作者を記さない類聚歌巻、これに対して巻八・巻九は作者を明記する歌巻、また、巻八・巻十は四季分類をほどこすという共通点がある。さらに、巻十一・十二は古今相聞往来歌の上下巻としてひとつの緊密なまとまりをもっており、巻七・巻十と巻十一・十二は、歌群のはじめに人麻呂歌集歌を配置するという共通性をもっている。

「仮名書」歌巻の最初の巻五は、この二つの大きなまとまりにはさまれてあり、雑歌だけの巻である点で巻六との関係が考えられる。

巻十七から巻二十の集末四巻は、家持の歌日記あるいは歌日誌とよばれるまとまりであり、巻十九をのぞいて「仮名書」歌巻となっている。これまでの仮名字母の考察では巻十九を加えてきたが、それは、他の「真名書」歌巻とくらべると、全仮名書きの長歌が含まれたり、技巧的な仮名の用法がほとんど目立たなかったりするなど、「仮名書」的な要素が強く、また、仮名の使用についても、比較的「仮名書」歌巻との共通性が高いからである(本章第六節)。したがって、集末四巻を全体としてとらえるならば、巻十九を含めて「仮名書」歌巻としてみることも可能であるが、実際の巻ごとの関係、内部構造を考えるとき、図示したような親疎関係を考えるべきであろう。

そして、巻七から巻十二のまとまりと、集末四巻のまとまりとにはさまれて、巻十四・十五の「仮名書」歌巻は、その前後の巻十三、巻十六と関係をたもっているようにみえる。

以上を確認したうえで、本節では、巻ごとの表記からみた万葉集「仮名書」歌巻の、それぞれの集中における位置づけについて考える。

## 三・一　巻五の位置

巻五は、前半分と後半部（八八三以前と八八四以後）とで表記が異なる。前半がきわめて一字一音の借音仮名による仮名書きに傾くのに対して、後半は訓字が増える。象徴的なのは、後半には一字二音節の借音仮名（二合仮名）「南（ナム）」を用いることである。二合仮名は主に「真名書」歌巻にみられる多音節仮名であり、一字一音に傾く前半に対して、後半が多音節の訓字を交えるのに呼応している。

巻五が、それまでの巻一～四と異なり「仮名書」であることについては、古事記歌謡にならって漢文の中の和歌であることや、特に前半分において、それが書簡のやりとりといった私的な歌うたのかたちであること[8]などが理由としてあげられている。後半部には漢文を含むことが少なく、そこに訓字を多く交えるようになることを考えると、漢文との関係は考えられてよい。前半部は従来から憶良の用字と古事記の仮名との共通性が指摘されているが、そこが他の巻の仮名と大きな差になっていることと、前半部が訓仮名を用いず一字一音に傾くことは、古事記歌謡のあり方と共通する。むしろ私的なやりとりの側面は、木簡の仮名との違いを考慮すれば、弱いといわざるをえない。つまり、後半の訓字を多く交える仮名書きの方が、私的なやりとりの方法に近いことは、木簡のウタにも訓字や訓仮名が用いられること、それが巻十九の私的な歌々と通じることとあわせて考えられるところである。だとすると、前半部の「仮名書」は、きわめて意図的な文字の選択をおこなっており、そこに日用の仮名との相違をみとめることになる。

これを万葉集全体の中でとらえると、どうなるか。巻一～四が大きなひとまとまりとしてあり、巻七～十が同じくひとまとまりとしてとらえられることを考えると、巻五と巻六とは、両者とも、奈良時代前期（神亀から天平にかけて）の雑歌歌群としての関係が考えられ、巻六が公的な性格の強い歌うたであるのと対照的に、巻五は大伴旅人と山上憶良との私的な性格の強い歌が中心となっているととらえられる。巻五全体としては、やはり私的な性格が強いといわざるをえない。巻五前半に漢文を多く含むこと、また、その大部分が手紙のやりとりの形式になっていること、後半は特に私的な歌であることが、「仮名書」である理由と考えうるのであるが、それが巻六と対照的に組み合わされているとみとめられる。つまり、公―「真名書」、私―「仮名書」といった対立をみせているようにとれるのである。ということは、巻五が「仮名書」なのは、みた目には、そのような私的な性格を「表現」しているととらえられるのではないか。前半部の仮名の用法は古事記に近い漢文中の仮名に傾き、意図的な表現性をもつが、訓字主体との対比によって、そこに私的な面を読み取ることは、同じく私的な歌巻である集末四巻のあり方を考えるとき、全体としては考えうるのではないかと思われるのである。

### 三・二　巻十四と巻十五

巻十四と巻十五とは、「真名書」の巻十三と巻十六という特殊な巻のあいだにはさまって、四巻でひとまとまりをもっているようにみえる。

巻十四は東歌単独の歌巻であるが、表記面では一字一音にきわめて傾斜している。一字で二音節をあらわすのは、訓の定まらない「奈可中次下」（三四一九）と「中麻奈」（三四〇一）を除くと、地名の「信濃（しなの）」の「信（しな）」や「筑波（つくば）」の「筑（つく）」といった二合仮名であり、これは好字二字による地名という慣用にしたがっているからである。それ以外では、

河泊（カハ・川）、古馬（コマ・駒）、乎登女（ヲトメ・乙女）、物能（モノ・物）、楊奈疑（ヤナギ・柳）、水都（ミヅ・水）、思鹿（シカ・鹿）、久草（クサ・草）、宇馬（ウマ・馬）

のように、字義にかかわる字を使用する場合にも、一字一音を指向するのである。一字一音節に傾斜するのは、これ以外、先にみた巻五の前半部と、巻二十の防人歌とがある。使用字母の共通性からいって、防人歌との関連が考えられ、釘貫亨「古代人のこゑ（声）を聞く」（美夫君志六十三、二〇〇一）が指摘するような東国方言のかたちを保持しようとする一つの方法だったと、ひとまずは考えられよう。ただ、このように字義にかかわる字と表音の字を組み合わせることは、千葉県竜眼寺跡出土土器の「赤加（あか）」のような例があり、やや日常的な方法としてこのような方法があったと考えるなら、巻十四には国ごとに使用字母に特徴のあることが指摘されているが、[9] そのような特殊な字母選択同様、これも地域的な特徴の面で考えなければならないのかもしれない。

巻十五は、遣新羅使の歌群と中臣宅守、狭野弟上娘子の贈答歌群とからなる。「仮名書」歌巻の中にあって、巻に固有の仮名のもっとも少ない巻である。同時に両歌群のあいだで目立った違いはみとめられない。とすると、この二つのテーマでひとつの巻が編まれたということになろう。両者で一巻を形成する統一的なテーマが考えられなければならない。前半の遣新羅使歌群には、復路の歌が含まれないという特徴がある。つまり、新羅使たちと残されたものたちとの離別が各所にちりばめられている。後半の中臣宅守狭野弟上娘子贈答歌群も越前に流された中臣宅守と都でまつ狭野弟上娘子の贈答であり、両者に共通のテーマをあえて設定するならば、「離別」ということになろう。両者とも、ある種の流れでもって、歌で離別のさまざまが、物語のように歌われている。そこに共通する「距離」を埋めるのは消息などの手段である。平安時代の仮名の主要な用途が歌と消息であることを考えると、そのことが仮名書を採用した要因であると、一応考えておく。

また、「離別」をテーマとした歌物語的な要素をみとめるならば、カタリが「仮名書」を採用させた要因であると考えることもできよう。ただ、その場合、巻十六が問題となる。巻十六にも同じ歌物語的な要素を含む歌々が前半に配されており、しかも、漢文の詞書あるいは左注でもって散文部分が示されている。平安時代の歌物語や巻五・記紀のありようを考えたとき、歌は「仮名書」が期待されるのだが、巻十六はそうはなっていない。これについては、「仮名書」歌巻の位置づけを目的とする本節の範囲外となるので、歌物語の展開というテーマで、いずれ機会を改めることにする。

### 三・三　集末四巻の構造と全体の構造との対応

集末四巻のうち、巻十七、十八、二十が「仮名書」でありながら、巻十九のみが「真名書」であることについては、書き換え説をめぐって議論のあったところである。この四巻が家持歌日誌（歌日記）としての性格をもつことは、二十巻全体の構成からみて動かないであろうが、やはり、表記面からは、巻十七・十八、巻十九、巻二十の三部分に分けて考える必要があろう。私的な歌巻が仮名書きされるということを考えると、巻十九の特異性が集末四巻の中でどのような意味をもつのか、そのあたりの事情が考えられなければならない。その点で、この巻の前半部が、坂上郎女に贈るために書きかえられたとする伊藤博説は魅力的だが、公私の別でいうと、「真名書」である必然性には乏しいように思われる。むしろ、「真名書」の歌々と「仮名書」の歌々とを交えたかたちで、一巻として編集されている印象を受ける。だとすると、巻十九は、すぐれて「仮名書」である巻十七・十八と対立的にとらえることができ、巻五の前半部が「仮名書」に傾き、後半部が「真名書」に傾いていることと、よく似た構造になっているとみなすことができる（本章第二節参照）。

さらにいうならば、これに「仮名書」の巻二十を加えてひとまとまりとすることで、集末四巻全体が「仮名書」に傾き、前半の巻一〜十六が「仮名書」歌巻を含みながらも「真名書」の巻十六を末尾におくことで、前半が「真名書」に傾くとみなされる。

以上のように、「仮名書」歌巻がそれなりの位置をもって万葉集二十巻の中にあることは、集内において「真名書」と「仮名書」とが、対立的にとらえられていたことを示しているようにみえる。

巻五では、前半のすぐれて「仮名書」の部分と、後半の訓字を交える部分とが仮名と訓字との対立としてとらえられるが、全体として「仮名書」であることと、巻六が「真名書」であることと対立的にとらえられる。そして、「真名書」の巻六をうしろにおくことで、巻一〜六の「真名書」のまとまりの中に巻五が位置することになる。

巻十四・十五は前半部（巻一〜十六）の末にあって、「真名書」歌巻にはさまれるかたちで「真名書」歌巻の中に位置する。巻十六が「真名書」歌巻であることで、巻一〜十六の大きな塊も「真名書」歌巻として、集末四巻の全体として「仮名書」歌巻と対立的な構造となっている。

集末四巻では、巻十七・十八の「仮名書」歌巻が巻十九の「真名書」歌巻と対立的にとらえられる。巻十九は前半が「真名書」、後半が「仮名書」に傾くが、これは巻五とちょうど反対であり、「真名書」歌巻の中の「仮名書」と「仮名書」歌巻の中の「真名書」とで、対立的にとらえることができる。「真名書」の傾向が強い前半が巻十七・十八と対立することになるが、後半が「仮名書」の傾向の強い点で、これによって「仮名書」歌巻に包摂されているといえよう。さらに、巻二十が「仮名書」歌巻であることで、集末四巻が全体として「仮名書」歌巻ということになり、「真名書」の前半部（巻一〜十六）と対立的にとらえられる。

歌の内容、巻の内実はともかく、表記面で万葉集二十巻を構造的に全体としてとらえるならば、如上のようにとらえることが可能なのではないかと、一案を提示する次第である。

# まとめ

以上述べてきたったことをまとめる。

万葉集「仮名書」歌巻に用いられる仮名について、たしかに、従来指摘されてきたように、木簡のウタ表記の仮名が平安時代の平仮名との共通性が高く、そこに万葉集の仮名との差異がみとめられるのであるが、一方で、重なる部分の方が大きいのも事実である。つまり、ここまでみてきたように、万葉集「仮名書」歌巻も、上代文献全体に共通する要素が大部分を占める。さすれば、それぞれの異なりは、それぞれの成立事情によるものであり、全体として基盤となるような仮名字母は存在する。万葉集の個別の事情は、「仮名書」歌巻の成立事情として考えられなければならない。そこに、万葉集二十巻をひとまとまりの資料としてみる必要が生じる。つまり、万葉集の「仮名書」歌巻の仮名は、「真名書」歌巻の仮名との乖離が少なく、むしろ共通性の方が高い。万葉集「仮名書」歌巻は、「真名書」歌巻の仮名使用とも連続的にとらえることができるのである。

木簡のウタ表記に用いられる仮名が、日常性に傾くとするならば、逆に、万葉集「仮名書」歌巻の仮名は、非日常に傾くのであり、平安時代の平仮名においても、日常的な要素と非日常的な要素とが指摘でき、それが、それぞれの資料の個性として考えられなければならない。万葉集における非日常性とは、漢文のように書くということにほかならない。

万葉集が、日本語としてよまれることを第一の目的として書かれたものでないことは、自明である。戯書や義訓、あるいは意図的な文字選択など、漢字の知識を駆使して、どのようにでも書けるということが示されている。

つまり、すぐれて高度な漢字表現を意図したものなのである。「仮名書」歌巻においてもそれは例外ではない。上代特殊仮名遣や清濁をできるだけ区別することなどは、訓みの正確さを求めているようにみえるが、通常は木簡のウタ表記でことたりるのであり、むしろその方が、日本語の書きかたとしては合理的なのであって、かえって過剰な区別であると考えられる。これも、漢字表現のひとつに数えて差し支えない特徴であるが、そこに、「仮名書」歌巻の特徴がある。

万葉集全体の中で「仮名書」歌巻をみた場合、すべての歌巻について、仮名書によって何かを装う、そのような意図がみとめられる。それが日常性からは、離れているところに、万葉集「仮名書」歌巻の特徴がある。つまり、漢文中の「仮名書」歌であったり、私的なやりとりにおける「仮名書」歌であったり、日常場面で仮名書きが用いられるものとしての「仮名書」歌なのであるが、それが万葉集の中では、意図的な方法として採用されているということである。その結果、万葉集全二十巻は、訓字と仮名との対立によって構成されるとみなされる。

以上のように考えることによって、「仮名書」歌巻が万葉集中にあって、「真名書」歌巻と独立したものとしてあったのではなく、万葉集の文字表現のひとつの結果としてあったととらえることができる。そのことによって、やはり、日常の文字生活からはやや離れたところに位置するものとして、とらえることができるのである。木簡のウタ表記との差異は、その結果としてとらえられる。

万葉集の長い研究史の中で、つねに万葉集の中に歴史をみることがおこなわれてきた。七世紀から八世紀という長い時間の中でものされた歌うたは、まさに古代のウタの歴史でもあって、律令国家の成立期における歌の歴史そのものである。万葉集の成立論や編纂論の多くは、そのような視点に立つものである。しかしそれでは、真淵のように時代順にならべても万葉集はよめることになりはしないか。やはり、万葉集二十巻がひとつの作品、ひとつのテキストとして「そこにある」という視点が必要であろう。

それは表記についてもいえる。代表的な稲岡耕二の「人麻呂歌集古体歌→人麻呂歌集新体歌→仮名書」という説についても、表記史のあり方をそのまま万葉集二十巻のなかにあてはめようとしたところに問題があった。しかし、「仮名書」歌巻の仮名書きされた理由を考えるにあたって、当時の仮名使用の場面を考えることも、実はそれに近いところがある。巻々を分断して、その成立を資料の段階でとらえるならば、それはまさに同じ轍を踏むことになる。少なくとも万葉集を表記史資料として考えるとき、他の資料との差異を問題にすることはあっても、万葉集の中に歴史や現実を読み取ることには慎重でなければならないだろう。万葉集が、すぐれて高度の漢字表現の結果であることを勘案するならば、それもひとつの「装い」として考える必要があろう。つまり、かのように装うことで「仮名書」歌巻も万葉集二十巻の中に定位していると考えたのが、本節の趣旨である。

注

（1）拙稿「仮名の位相と万葉集仮名書歌巻」『萬葉集研究第二十九集』（二〇〇七、塙書房）、本章第二節参照。
（2）犬飼隆『木簡による日本語書記史』（二〇〇五、笠間書院）、毛利正守「日本書紀の漢語と訓注のあり方をめぐって」（萬葉語文研究一、二〇〇五・三）
（3）拙稿「難波津木簡再検討」（国文学四月臨時増刊号、二〇〇九・四）により、二〇〇八年末までに発見されたものを掲げる。
（4）注3拙稿
（5）舘野和己「木簡の表記と記紀」（国語と国文学七十八巻十一号、二〇〇一・一一）
（6）拙稿「古代の仮名使用と万葉歌木簡」（口訣研究第二十九輯、二〇一二・八）
（7）春日政治『仮名発達史序説』（岩波講座日本文学、一九三三、岩波書店）のち『春日政治著作集　1　仮名発達史の研究』

（一九八二、勉誠社）所収、稲岡耕二『萬葉表記論』（一九七六、塙書房）
（8）村田右富実「『万葉集』巻五の前半部の性質について」『萬葉集研究第三十四集』（二〇一三、塙書房）
（9）井手至「東歌のかたち」『遊文録萬葉篇一』（一九九三、和泉書院、初出は一九六八）

# 第三章　古事記の表記体と「ことば」

## 第一節　古事記の音訓交用と会話引用形式

### はじめに

古事記には日本語が書かれている。これは今やだれも疑うことのない共通理解であろう。しかし、ではどのような日本語が書かれているかというと、決して共通理解が得られているわけではない。まして、古事記の文体ということになると、もはや、百家争鳴、さまざまの見解があり、共通理解どころか、共通のことば（ターム）さえ得られないのが現状である。

近年、七・八世紀の木簡が大量に出土することによって、それまで記紀万葉にたよっていた上代の言語生活に対する見方が大きく変化してきた。記紀万葉の書記世界が、古代においてはある特定の位相におけるものであることは、当然、誰もが認識していたことではあったけれど、それ以外にどのような位相が、実際に考究可能なのかについては、現実的な議論が、戸籍帳などを利用した仮名の問題をのぞいては、それほどなされてこなかった。従来知られていた正倉院文書に対して、仮名を含むものや特殊な文書のみが集められてきた（『南京遺文』『南京遺芳』『南京遺文拾遺』）のも、そのひとつのあらわれとみてよいであろう。すくなくとも、その多くを占める写経所文書について、日本語という観点からあつかうには、そのすべをもたなかったといってよい。それは、音（語形）を重視する近代言語学の方法論と無関係ではない。仮名を含む文書が集められたのは、まさにそれを象徴しているのである。

古事記に書かれた「ことば」は、仮名書の部分を保留するとして、本居宣長『古事記伝』がもとめたような古語（フルコト）にすべて還元できるわけではない。また、小林芳規（日本思想大系『古事記』（一九八二、岩波書店））が提唱した訓漢字のような体系によって統一的に書かれているわけでもない。そこには漢文訓読的なことばと生活語的なことばとがモザイクのように入りまじっているように思われる。漢文訓読のことばと日常的な「生活のことば」とが、どのような関係にあるかについては意見のわかれるところであるが、古事記に書かれたことばの中に当時の漢文訓読においておこなわれたことばが含まれることは、（漢文訓読のことばの内実はともかく）共通の認識となっているように思われる。

しかしながら、どこまで「ことば」の実体に迫りうるかは、かめいたかしが「古事記はよめるか」（「古事記はよめるか」『古事記大成三言語文字篇』（一九五七、平凡社）、のち『日本語のすがたとこころ（二）』（一九八五、吉川弘文館）所収）と問うた時代と現代とで、それほど大きくかわらない。したがって、「ことば」のスタイルである文体は、古事記の場合、今もまだ議論しえないと思われる。古事記の表記体を考えることが、われわれの目の前にある現実なのである。もちろん、仮名書きの部分から、「ことば」に迫ることはできる。そこでこれを足がかりとして、古事記の表現（文章法と表記）について考えることで、「和漢の混淆」のひとつの到達点をみきわめたい。

## 一　古事記序文と音訓交用

よく引用される古事記序文の次の一節から、はじめたい。

然、上古之時、言意並朴、敷レ文構レ句、於レ字即難。已因レ訓述者、詞不レ逮レ心。全以レ音連者、事趣更長。
是以、今、或一句之中、交二用音訓一、或一事之内、全以レ訓録。

序文の文章は、対句を駆使した四六駢儷文の規範にのっとったものである。安万侶のいう「敷文構句」とはまさにこのような文章をいうはずである。しかし「ことば」と「こころ」の「朴」なるを「字」によってあらわすのは困難である。「字」とは、まさにそのような文章をあらわすためのものだから。そこで、二つの方法が考えられる。ひとつは、「因訓述」という方法で、これは当時の日用文書に常用されていたような方法であるが、これでは「詞不逮心」ということになる。日用文書は、用件をあらわすことを主眼とし、こまかな「ことば」の「かたち」まではあらわさない。したがって、そのような「ことば」では「こころ」まで、正確に伝ええない。これの対極にあるのが「全以音連」という方法である。これだと「ことば」の「かたち」をあらわすことができる。しかしこれには、「事趣更長」という難点がある。そこで、「或一句之中、交用音訓、或一事之内、全以訓録」というような文章が採用されることとなった。

これを、現在みとめられる資料に引き合わせると、次のようになろうか。

敷文構句―正格漢文
因訓述―変体漢文
全以音連―仮名書き
交用音訓―漢字仮名交じり

ここで問題となるのは、「因訓述―変体漢文」の内実と「交用音訓」との関係である。なぜならば、安万侶のとった方法は、「交用音訓」ではなく、「或一句之中、交用音訓、或一事之内、全以訓録」のような方法だからである。

東野治之「古事記と長屋王家木簡」『古事記の世界　上』（古事記研究大系十一、一九九六、髙科書店）が、長屋王家木簡を資料として古事記の文章を論じ、それが律令官人の日用文書にみられる変体漢文の形式を基本とする点を強調して、「古事記の文体や用語が特殊なものではなかった」と論じたのは、その「或一事之内、全以訓録」の部分にかぎっていえば、たしかにそのとおりだということになるが、肝心の「交用音訓」の部分は、そのことばどおりであるとするには、いささか問題が残る。

東野が長屋王家木簡を資料としてそこに古事記の文章との類似点を見出すのは、変体漢文との類似性からである。その中には、仮名を交えるものも見受けられるが、量的にはそれほど多くないし、資料性も一様ではない。なによりも、その仮名書きの部分は、古事記ほども多様ではない。その点の見極めをまずしておきたい。

## 二　古事記の仮名書き部分

古事記の仮名書き部分は、実に多様である。

「那迩妹」「天之波士弓・天之加久矢」「堕迦豆伎而滌」などは複合語の構成要素、「多迩具久白言」（体言）、「各宇気比而生子」（動詞）は一語全体が仮名書きされる場合であり、木簡や正倉院文書に物の名が仮名書きされるのと通じる面がある。しかし、古事記においてはそれにとどまらず、「山佐知母」「久美度迩興而」のような体言＋助詞、「如先期美刀阿多波志都」「宇気比弖貢進」のような用言＋助動詞・助詞、さらには、「宇士多加礼許呂々岐弖」や「阿那迩夜志　愛袁登古袁」のように、文節や文全体を仮名書きすることもある。もちろん、木簡の中にも、「世牟止言而」（飛鳥池木簡）や「□詔大命乎伊奈止申者」（藤原宮木簡）のような会話引用部分の仮名書きが、若干例見出され、古事記のそれは、これと通じるところがある。

また、次のような付属語要素の仮名書き、いわゆる宣命大書体の形式も音訓交用の例である。

在祁理〈此二字以音〉／我子者不死有祁理〈此二字以音。下效此〉／伊多久佐夜芸弖〈此七字以音〉有那理〈此二字以音、下效此〉／是者天皇坐那理〈此二字以音〉／不平坐良志〈此二字以音〉／狭蝿那須〈此二字以音〉満／白都良久〈三字以音〉／為如此登〈此一字以音〉詔／布刀御幣登取持而

挙例はすべてではないが、およそ、助動詞では「ケリ」四例、「ナリ」二例、「ラシ」一例、「シム」一例、「キ」一例、「ツ」一例（ク語法）、補助動詞「ナス」一例、助詞では「ト」三例、「コソ」一例、「モ」一例、「マデ」一例、「ヲ」六例（すべて「矣」）を数えることができる。これらの多くが、会話文とその周辺に多くみられることは、正倉院文書の部分的宣命書き資料や平安時代文書の宣命書き資料に共通する。変体漢文の中でも、日本語的要素の強い部分といえよう。ただし、それらでは大字に小字を交える宣命書きが採用されるが、古事記においては小字になっていない。古事記では、小字は分注にのみ採用され、仮名書きであることの表示も以音注によってなされる。正倉院文書や木簡にみられる宣命書きが古事記に採用されないのは、この以音注との関係で考えられるべきであり[1]、それは全体としての書記様式の問題であって、いわゆる宣命大書体の古さ（資料の古さ）に求めるべきではあるまい。

正倉院文書や木簡にみられる、古代の日用文書には、定型と個性とがあり、一方で類型的にとらえられるものの、ひとつひとつの資料は、それぞれに異なった面を有している。たとえば、正倉院文書には、写経所における休暇願い（請暇不参解）が多数残されている。それらは、基本的には同種の文章であり、類型としてとらえられ

るが、それぞれに個性があり、中には宣命書きを含む文書もみられる。したがって、それぞれの個性を含めて日用文書を考えるならば、古事記の文章もその個性の一つとして、類型的には、変体漢文の日用文書の形式であり、基本的な部分でこれと通じるとする見方は、一面で首肯できる。その反面、一応細部にわたる統一意識は、微視的にみればいくつかの問題を含みながらもみとめることができ、意図的な整理をへた結果の特殊性も無視できない。犬飼隆が「精錬」というのも、一つの見方である。[2]日用文書の多くからみるとき、古事記の文章の特殊性は、やはり、みとめなければならない。「音訓交用」の部分は、そのような個性のあらわれということができよう。

　このような文章の性格は、文章を考察するなんらかの指標を設け、類似するいくつかの文章との差異と共通性とで語る必要がある。後代の文章との比較も、必要であろう。今試みに、会話引用表現のあり方を、一つの指標として設定してみよう。音訓交用が特徴的に多用される会話文およびその周辺に注目したいからである。

## 三　古事記の会話引用表現

　古事記の会話引用の方法は、基本的には漢文のそれと一致する。発話動詞が前にきて、後に会話文が続く形式である。

　於是、問其妹伊耶那美命曰「汝身者如何成」、答曰「吾身者、成成不成合処一処在」。爾、伊耶那岐命詔、「我身者、成成而成餘処一処在。故、以此吾身成餘処、刺塞汝身不成合処而、以為生成国土。生奈何」〈訓生云宇牟。下效此〉。伊耶那美命答曰、「然善」。爾、伊耶那岐命詔、「然者、吾与汝行廻逢是天之御柱而、為美斗能麻具波比」〈此七字以音〉、如此云期、乃詔「汝者自右廻逢。我者自左廻逢」、約竟以廻時、伊耶那美命、

先言「阿那迩夜志、愛上袁登古袁」〈此十字以音。下效此〉、後伊耶那岐命、言「阿那迩夜志、愛上袁登売袁」、各言竟之後、告其妹曰「女人先言不良」。(27―11 以下、例文の所在は、西宮一民編『古事記』(一九七三、桜楓社)の頁数と行数で示す。ただし、引用に際しては、同書の旧字体は新字体に改め、適宜、本文を校訂したところがある)

伊耶那岐・伊耶那美のやりとりのこの部分、会話文を統括する動詞は、「曰・詔・言」とさまざまであるが、ほぼ漢文の語法にのっとり、発話動詞が会話文に前置される。古事記の会話引用は、多くこの形式をとる。しかし、「ことよす、ことよさす」の場合は、これと異なり、発話動詞が会話文の後に置かれる。

　於是、天神諸命以、詔伊耶那岐命・伊耶那美命二柱神、「修理固成是多陀用弊流之国」、賜天沼矛而、言依賜也。(27―4)

　即其御頸珠之玉緒母由良迩〈此四字以音。下效此〉取由良迦志而、賜天照大御神而詔之、「汝命者、所知高天原矣」、事依而賜也。(39―10)

　次詔月読命、「汝命者、所知夜之食国矣」、事依也〈訓食云袁須〉。次詔建速須佐之男命、「汝命者、所知海原矣」、事依也。(39―13)

　天照大御神之命以、「豊葦原之千秋長五百秋之水穂国者、我御子正勝吾勝勝速日天忍穂耳命之所知国」、言因賜而、天降也。(65―4)

最後の例のように、前に「みことのりす」などの動詞を含まないものも存する。このような特殊な場合でなくとも、会話文を受けて次に物語が続く場合、前の会話を「如此」で受けてもう一度、同じ発話動詞が用いられる、

　爾、伊耶那美命答白、「悔哉、不速来。吾者為黄泉戸喫。然、愛我那勢命〈那勢二字以音。下效此〉、入来坐之事恐。故、欲還、且与黄泉神相論。莫視我」。如此白而、還入其殿内之間、甚久難待。(34―12)

のような形式もみられるが、これらは、次の「いはく、～といひて、」という形式に連続する。ただし、この形式になると、一文中に二度、発話動詞が出てきて、会話文をはさみ込むかたちとなる。これを、今、双括形式と名付けることにする。

爾、伊耶那岐命、告桃子、「汝、如助吾、於葦原中国所有宇都志伎上〈此四字以音〉青人草之、落苦瀬而患惚時、可助」告、賜名号意富加牟豆美命〈自意至美以音〉。（36―3）

爾、速須佐之男命白于天照大御神、「我心清明。故、我所生之子、得手弱女。因此言者、自我勝」云而、…（中略）…天照大御神者登賀米受而告、「如屎、酔而吐散登許曽〈此三字以音〉我那勢之命、為如此。又、離田之阿、埋溝者、地矣阿多良斯登許曾〈自阿以下七字以音〉、我那勢之命、為如此」登〈此一字以音〉、詔雖直、猶其悪態不止而転。（44―3）

次の例は、のちの和文（仮名文）にみられる「いはく～といふ。」のような双括形式であるが、古事記の中では特殊な例である。

爾、天皇、問賜之「汝者誰子也」、答白、「僕者大物主大神、娶陶津耳命之女、活玉依毗売、生子、名櫛御方命之子、飯肩巣見命之子、建甕槌命之子、僕意富多多泥古」白。（110―12）

また、会話文の後にのみ動詞がくる、つまり、本来の自然な日本語の表現は、次の特殊な例にかぎられる。

於是、送猿田毗古神而還到、乃悉追聚鰭広物・鰭狭物以問言、「汝者天神御子仕奉耶」之時、諸魚皆「仕奉」白之中、海鼠不白。爾、天宇受売命謂海鼠云、「此口乎、不答之口」而、以紐小刀折其口。（77―5）

## 四　会話引用形式の諸相

以上を、他の資料とくらべてみる。正倉院文書をはじめとする同時代の古文書類（『大日本古文書』により、通行の字体に改め、巻数と頁数とを示す）は、「申云――（者）。」の形式にほぼかぎられる。

以前、得部下香取郡司解状、件婢等、以今年五月六日逃来、即捉正身申送者、国勘問、申云「以今年四月一日、従法華寺逃放来」者、仍禁正身、付国傅貢上如件、具状謹辞（3―502）

ただし、部分的に宣命書きを含む文書には、

已訖仍推問宣被命問〈志加婆〉頗新田買頗未進申〈支〉（4―415）

此令見於人虫瘡〈止云〉（6―289）

のように、日本語の格にのっとって、発話動詞を後置するものもみられる。また、伽藍縁起并流記資材帳の文章（寧楽遺文による）は、いわゆる宣命体で記されるが、ここには双括形式が多用される。

事立〈尓〉白〈左久〉「七重宝〈毛〉非常也…布施奉」〈止〉白〈岐〉（法隆寺、寧348）

再拝白曰「唯命受賜而…皇祚無窮」白（大安寺、寧366）

つまり、漢文ないし変体漢文においては、日本語への傾斜が強ければ強いほど、双括形式あるいは後置の形式が採用されるといえる。したがって、日本語の語順にほぼのっとった続日本紀宣命においては、後置形式か双括形式が用いられ、漢文的な前置形式は用いられない。

風土記（逸文を除く五国の風土記、小学館新編全集により、原文と頁数とで示す。ただし、諸本によって改めた部分がある）で

は、出雲国を除く、播磨、豊後、肥前、常陸の四風土記は、古事記同様「曰「——」。」の前置形式が主であるが、注意されるのは、次のように会話文に四字を基調とする文章が多くみられることであり、全体的に漢文への傾斜が古事記より強いということができる。ただし、これも程度の差があり、播磨国は他国にくらべて、四字に固定する度合いは低く、当風土記の変体漢文的要素が強いという通説を支持する。

勅云「朝日夕日、不隠之地、造墓蔵其骨、以玉餝墓」。（播磨、112）

即勅菟名手云「天之瑞物、地之豊草、汝之治国、可謂豊国」。（豊後、284）

詔神代直曰「朕、歴巡諸国、既至平治、未被朕治、有異徒乎」。（肥前、344）

此時、福慈神答曰「新粟初甞、家内諱忌、今日之間、冀許不堪」。（常陸、358）

さらに、常陸国には、割り書きの中に、次のような引用形式がみとめられる。

俗曰、美麻貴天皇之世、大坂山乃頂尓、白細乃大御服々坐而、白桙御杖取坐、識賜命者、「我前乎治奉者、汝聞看食国乎、大国小国、事依給」等識賜岐。（390）

常陸国風土記は、「古老曰」でくくられる聞書の漢文体を基調とし、割り書きに「俗云（曰）」として「くにことば（和語）」が含まれる。[3] いわゆる宣命体がここに採用されることも、そのひとつのあらわれと理解される。

これに対し、出雲国だけは、他の風土記と異なり、双括形式や後置形式を基本とする。

所以号意宇者、国引坐八束水臣津野命詔「八雲立出雲国者、狭布之稚国在哉、初国小所作、故将作縫」詔而、「栲衾志羅紀乃三埼矣、国之餘有耶見者、国之餘有」詔而、…（中略）…「今者国者引訖」詔而意宇杜尓、御杖衝立而、「意恵」登詔。故云意宇。（134〜）

国引きのこの部分では、古事記同様音訓交用であることが注意される。ただし、次のような漢文的な前置形式も含まれる。

即擅訴云「天神千五百萬、地祇千五百萬、并当国静坐三百九十九社、及海若等、大神之和魂者静而、荒魂者皆悉依給猪麻呂之所乞、良有神霊坐者、吾所傷給、以此知神霊之所神」者。(142)

ここでも、日本語への傾斜の大きいところに双括形式、後置形式があらわれるといえる。

平安遺文に収められた文書類も、基本的には奈良時代文書とかわらず、漢文的な要素の強い文書では、「申云、――。」の形式が一般であるが、宣命書きを含む文書には、双括形式や後置形式がみとめられる。

右貞成、自彼国参上新司御許之間、件近正従者〈とし／天〉京上□間、清安豊延等随身数多之人、西七条之末〈爾〉出来〈天〉申云「件馬〈ハ〉中臣松犬丸〈か〉以去年六月十三日被盗取之馬〈なり／〉」〈と〉申〈天〉、（五二四、播磨大掾播万貞成解）

因之庄遣使者令制止云「本寺御下文并祭主御外題已了、経沙汰之後、依一定可播殖」者、其時〈ニ〉延能神主従類云「何〈乃〉本寺使〈者〉可在〈と〉申〈天〉、放奇雖、本寺使頭打破」〈と〉申〈天〉、（一二三八、東寺領伊勢国大国荘政所日記）

また、次の文書は、公文所の問注日記であるが、問いと答えとで引用形式が異なる。問いは、比較的正格の漢文に近く、答えは宣命書きを交じえ和文に近い。これが問注文書のひとつの形式となっている。答えは特に、語られたままの姿を残す形式が選ばれたものと思量される。(4)

問増賀云、所進解状并坪坪注文問祐清処、申状如此、件子細弁申如何、

増賀申云、祐清〈加〉六町内二町一反半〈遠〉令領知之由申条、僻（事脱カ）也、数百歳之間、東大寺白米逸田（止脱カ）〈志弖〉敢無他妨、而以去年十月之比俄御榊〈遠〉立〈弖〉、作稲〈遠〉被苅取畢、件田地

〈波〉十一町内也〈止〉申、（二四一三、勧学院政所問注記）

これが、仮名文学作品である土左日記や竹取物語となると、

ここに人々のいはく、「――」。／かぢとりのいふやう、「――」とぞいふ。／かぢとり、またいはく、「――」といふ。／かぢとりら「――」といひて、（土左日記）

翁、かぐやひめにいふやう、「――」といへば、かぐや姫「――」といふ。翁「――」といふ。「――」。かぐやひめのいはく、「――」といへば、（翁）「――」といへば、かぐやひめのいはく、「――」といふ。翁いはく「――」。かぐやひめのいはく、「――」といふ。（翁）「――」とうけつ。（竹取物語）

のように、一つの文章中にさまざまの形式が含まれることになる。これは、実用の文書と物語という文章の質の違いによると思われる。その点でいえば、古事記の会話引用形式の多様性も語られるべき質の問題でもある。

## ま と め

以上、古事記の会話引用形式は、漢文に傾斜する部分から日本語文に傾斜する部分まで比較的広い幅をもっており、他の資料との差異によって、古事記独自の特徴を示しているといえる。複数みられるそれぞれの形式は、それぞれ個別には類似の方法も指摘できるが、全体としては古事記という文章の性格によるところが大きい。いったい、古代日本の文章は、中国古典文の規範にのっとった正格の漢文と、仮名書きの日本語文とを両極として、その中間に日本語を背景にした漢字表現（変体漢文）のさまざまの変位（バリアント）として記述することが可能であると考える。その基底にあるのが日用文書の世界であり、そのひとつひとつはそれぞれの個性とし

て語ることができるし、また、古事記をはじめ個々のテキストの書記様式（表記体）もそこからの変位（バイアント）として位置づけることができる。

日本語に傾斜する方法として、訓字を日本語の語順にしたがって並べる方法もあれば、仮名を交える方法もあろう。古事記においては、部分部分においてさまざまの方法がみとめられるのである。しかして、その傾斜の度合いは文章の質ともかかわる。語られるべき文章の質が、表記様式の特徴を選択するといえようか。

古事記の会話引用形式の多様性は、古文書類や後の仮名文学作品と通じる面と異なる面とを有しながら、ひとつのテキストとしての地位を主張している。逆にいえば、会話引用形式も、表記体を考察するひとつの指標として考えることができると思われるのである。

注

（1）拙稿「古事記の書き様と部分的宣命書き」『上代語と表記』（二〇〇〇、おうふう）、のち『漢字による日本語書記の史的研究』（二〇〇三、塙書房、第三章第四節）

（2）犬飼隆「文字言語としてみた古事記と木簡」『古事記の世界　上』（古事記研究大系十一、一九九六、高科書店）参照。

（3）沖森卓也『日本古代の表記と文体』（二〇〇〇、吉川弘文館）第三章第三節参照。

（4）詳しくは、拙稿「『平安遺文』の宣命書き資料」（女子大文学国文篇五十三号、二〇〇二・三）参照。また、『平安遺文』の宣命書・仮名書を含む文書を集成したものとして、科学研究費報告書『日本語表記の史的展開における宣命書きの機能とその位置付けの研究』（二〇〇三・三、研究代表者　乾善彦）がある。

# 第二節　古事記の固有名表記（1）神名・人名

## はじめに

古事記の文字法はきわめて緻密であって、その文字法にしたがうなら、ある程度、安万侶が意図したことばの復元は可能であるとの見解も根強いものがある。一方で、ここで取り上げるような固有名の表記には、意図的かどうかは意見がわかれるところであろうが、同一地名、同一神名、同一人名が複数に書かれるものがある。そもそも古代において固有名詞は、現代のように固定して書かれるものではなく、表記の違いはあまり問題とされない。いいかえれば、ことばのかたちが復元できれば、文字使いは、それぞれの状況によってさまざまなのである。

そういった当時の文字使用における状況と、古事記の統一的ともみえる文字法とのかねあいは、さまざまな「ヨミ」の問題を生じさせる。そこで、古事記における多様な固有名表記を仮名使用という面から考えてみたい。

日本列島において日本語が書きはじめられた当初、地名や人名という固有名詞は一字一音節の借音表記が原則であったとされる。現存の資料をながめれば、たしかにそのようにみえる。五世紀末から六世紀初めとされる、稲荷山古墳出土鉄剣銘、江田船山古墳出土太刀銘、隅田八幡宮蔵銅鏡銘の人名、地名がそうであり、訓字で人名（氏名）が書かれた例は、岡田山一号墳出土太刀銘の「各（額）田ア（部）臣」が、六世紀末までくだる。しかしながら、稲荷山古墳出土鉄剣銘の「臣」や隅田八幡宮蔵銅鏡銘「費直」は、疑問も提出されているが[1]、「ヲミ」

「アタヒ」である可能性が高い。とすれば、姓（カバネ）に関しては、はやい時期から訓字で書かれることもありえたわけである。中国の史書における外国の人名、地名を書きあらわす手段としてのいわゆる仮借は、日本列島においても、人名、地名という固有名詞の表記に適用されたということであり、それは、裏をかえせば、可能性としては、「各（額）田阝（部）臣」のような方法も、すでに選択肢としてありえたことを意味しよう。日本書紀が、日本固有の伝承をなんとかして漢文に翻訳したことを考えればよい。今、姓（カバネ）や日本に固有のものの名を含めて固有名として、その表記と音訓との関係から古事記の文字法を考えてみたいのである。

## 一　古事記に記されたことば

古事記冒頭に近い次の部分から検討をはじめる。(2)

　次国稚如浮脂而、久羅下那州多陀用弊流之時〈流字以上十字以音〉、如葦牙因萌騰之物而成神名、宇摩志阿斯訶備比古遅神〈此神名以音〉。次天之常立神〈訓常云登許、訓立云多知〉。此二柱神亦、並独神成坐而、隠身也。（古事記、天地初発条）

ここでは、「流字以上十字以音」「此神名以音」といった「以音注」や「訓常云登許、訓立云多知」といった「訓注」がみられ、ことばに還元しうるかたちで「クラゲナスタダヨヘル」「ウマシアシカビヒコヂ」が記され、神名の「常立」は「トコタチ」と訓むことが記される。

　この部分、似たような内容をもつ日本書紀の一書(3)では、

　一書曰、古国稚地稚之時、譬猶浮膏而漂蕩。于時、国中生物。状如葦牙之抽出也。因此有化生之神。号可

美葦牙彦舅尊。次国常立尊。次国狭槌尊。〈葉木国、此云播挙矩尓。可美、此云于麻時〉。〈神代紀、初段、一書第二〉

のように、漢語訳されている。古事記と対比すると、「漂蕩」は古事記の「クラゲナスタダヨヘル」に対応すると考えられ、兼方本には「タダヨフ」訓に加えて、「クラゲナスタダヨフ江」と大江家の訓を併記する。神名「ウマシアシカビヒコヂ」は「可美葦牙彦舅」と表記され訓注「可美、此云于麻時」が付されるが、同じく神名「常立」は古事記と同様の文字使いであるが、訓注は示されない。「クラゲナスタダヨヘル」の訓は古事記によるものであろう。しかしそこには、そうよむだけの伝承があったのではないか。本章第五節で「なす」と「ごとし」について検討することになるが、古事記の部分は、漢文訓読のことばとは異なる要素を「なす」にもとめるならば、日本書紀の訓には、単に古事記だけにようない、カタリ伝えられたことばを想定することはできまいか。逆に、神名「可美葦牙彦舅」は伝承された神名を漢語訳したかたちとなっており、漢語表現「可美」にはことばとしての訓注が必要であったということになる。それは表記が固定された「常立」とは異なる、まさに漢語訳だったのである。

## 二　古事記における神名人名の異表記

先掲の記紀の冒頭部分では、「ウマシアシカビヒコヂ」神の表記が記紀で音訓が異なっていた。つまり、一方は漢語訳、一方は仮名書きという関係である。記紀のあいだでこのような違いは普通にある。しかし、古事記において神名人名が訓字表記されるのは通常のことであり、それは単に仮名書ではないが、漢語訳でもない。日本語としてよめるように訓字表記されたものであり、古事記選録にあたって表記されたものもあろうが、多くは原資料のものをそのまま使ったことが考えられる。そこに、古事記内部において神名人名の表記に異なりが生じるのであるが、統一的な部分と不統一の部分との性格を見極めることは困難である。しばらくは、その実態をみてみよう。

まずは、①神名の構成要素の多寡、②表記の異なり、③音の出入り、表記の有無といった違いが考えられる。

①神名の構成要素の多寡

天津日高日子番能迩迩芸能命・天津日子番能迩迩芸命・天迩岐志国迩岐志〈自迩至志以音〉天津日高日子番能迩迩芸命・日子番能迩迩芸命

（紀）天津彦彦火瓊瓊杵尊・天津彦火瓊瓊杵尊・天津彦国光彦火瓊瓊杵尊・天津彦根火瓊瓊杵根尊・火瓊瓊杵尊・天国饒石彦火瓊瓊杵尊・天饒石国饒石天津彦火瓊瓊杵尊

建速須佐之男命〈須佐二字以音〉・速須佐之男命・須佐之男命・須佐能男命

（紀）素戔嗚尊・武素戔嗚尊・速素戔嗚尊・神素戔嗚尊

ニニギノミコトとスサノヲノミコトとは、記紀神話の中でも重要な地位を占めており、その分、神名にも多様性がみとめられる。ニニギノミコトの場合、「アマツヒコ・ヒコ・ホノ・アメニギシ・クニニギシ」という構成要素が場面によってさまざまに付加されており、また、スサノヲノミコトも「タケ・ハヤ」の要素の違いがみとめられる。これらの構成要素は書紀においても共通してみられる。とするならば、近年、「天津日高」を古事記の用字法にしたがって「アマツヒダカ」と訓む意見が強い[4]が、書紀との対比から「アマツヒコ」と訓むことはもう一度考え直されてよい（本節三に詳述）。

②表記の異なり（「の（之・能）」の異同や有無は省略）

〈音・音〉

天菩比神・天之菩卑能命〈自菩下三字以音〉／伊耶那岐命・伊耶那伎命／淤迦美神・淤加美神／大気都比売・大宜津比売／須勢理毗売・須世理毗売／火遠理命・火袁理命

伊耶能真若命〈自伊至能以音〉・伊奢之真若命〈伊奢二字以音〉・伊奢能麻和迦王／伊耶本和気王・伊牂本別王／蘇賀・宗賀・蘇我／曽婆訶理・曽婆加理／多芸志美美・当芸志美美／品陀天皇・品太天皇／品牟都和気命・本牟智和気御子／美知能宇斯王・美知能宇志王

ここで注意されるのは、「訶（カ）」「我（ガ）」「気（ゲ）」「牂（ザ）」「宗（ソ甲）」「太（ダ）」「卑（ヒ甲）」「品（ホ）」など、歌謡と訓注にはもちいられない仮名が使用されていることである。このうち「訶（カ）」「我（ガ）」「牂（ザ）」「卑（ヒ甲）」は日本書紀歌謡のβ群に使用をみる。また、「ソガ」における「宗」は金石文に例がある。とすると、一方では、歌謡や訓注にみえる安万侶の仮名の用法があり、一方では、古事記以外の資料と共通する仮名の用法があることになる。

〈訓・訓〉

足名椎・足名鉄神／下光比売命・下照比売／八河江比売・矢河枝比売（別人）

大枝王・大江王／苅幡戸弁〈此一字以音〉・苅羽田刀弁〈此二字以音〉／杙俣長日子王・咋俣長日子王／高材比売・高木比売／財王・宝王／真砥野比売命・円野比売命／若沼毛二俣王・若野毛二俣王・（和訶奴気王）

訓仮名の使用については、次節で論ずるが、一字一音の訓仮名はほぼ万葉集に共通して、ある程度、常用されたものが使われている。しかし、中に万葉集にみられない「材（き）」などは、まれな対応として注意されるし、

「鉄（つち）」「杙（くひ）」などの多音節訓仮名も同様である。

〈音・訓〉

阿遅志貴高日子根神〈自阿下四字以音〉・阿遅〈二字以音〉鉏高日子根神／大気都比売・大宜津比売／多岐都比売命〈此神名以音〉・田寸津比売命／豊宇気毗売神〈自宇以下四字以音〉・登由宇気神

伊耶能真若命〈自伊至能以音〉・伊奢之真若命〈伊奢二字以音〉・伊奢能麻和迦王／伊耶本和気王・伊弉本別王／伊登志別王〈伊登志三字以音〉・伊登志和気王／苅幡戸弁〈此一字以音〉・苅羽田刀弁〈此二字以音〉／建波迩夜須毗古命・建波迩安王／豊御気炊屋比売命・豊御食炊屋比売命／波多毗能若郎女・幡日之若郎女／比婆須比売命・氷羽州比売命／麻呂古王・丸高王／若沼毛二俣王・若野毛二俣王・（和訶奴気王）／八坂之入日子命・八尺入日子命

このように音訓の異なりがある固有名の多くは「多岐都比売命・田寸津比売命」「伊奢之真若命・伊奢能麻和迦王」のように構成要素の単位で音訓が交用されているのであって、その意味では木簡のように混用はされていないといえる。しかしながら、若干、「苅幡戸弁・苅羽田刀弁」「阿遅志貴高日子根神・阿遅鉏高日子根神」のように形態素がまたがっているようにみえるものもある。

③音の出入り、表記の有無

意祁王・意富祁／都夫良意富美・都夫良意美（本文異同あり）／忍坂大中比売・忍坂之大中津比売命／墨江之中津王・墨江中王／帯中日子天皇・帯中津日子天皇

ここでの音の出入りは、語形が異なる場合と助詞などの表記・無表記の場合とがあるが、語形の異なりは、同一神人名の異形とも解釈できることになる。

このほか、神人名の構成要素としての「ヒメ」には「比売、毗売（音・音）／日売（訓・音）」、「ヒコ」には「比古・毗古（音・音）／日子（訓・訓）／日高（訓・音）」の表記の違いがある。以上のような表記の違いは、意図的な書きわけというよりも、やはり、原資料のものが保存されており、ことばのかたちが再現できるかぎりにおいて、文字使用には拘泥しなかった表記態度であったということがいえよう。

## 三　音仮名「高（コ甲）」使用

さて、以上のような、神人名の表記の揺れについてみたうえで、「高」の問題について考えることにする。

先に①であげた「日高」について、『古事記伝』は、「天ノ字より子ノ字までは皆訓なるに高ノ字のみ一ッのみ音に訓べき理りなし」（十五之巻「天津日高」）として「ひだか」と訓んだものを、通行の注釈は、日本書紀の同神名に「天津彦」とあるのを根拠に「アマツヒコ」と訓んできた。これを矢嶋泉「「天津日高」をめぐって」（青山学院大学文学部紀要三十一、一九九〇・二、のち『古事記の文字世界』（二〇一一、吉川弘文館）所収）は、古事記の記述様式全般から、以音注をともなわない音訓交用の例は「意況易レ解、更非レ注」に該当するとして、ここはそれに相当しないこと、また、他文献の情報を古事記に用いることには慎重でなければならないことなどから、「天津日高」の文字列では宣長のいうように「一つのみ音に訓むべき理り」はなく、訓字で「アマツヒタカ」あるいは「アマツヒダカ」と訓むべきであるとする。新編日本古典文学全集『古事記』（一九九七、小学館）がこれにしたがって「アマツヒタカ」とする（「虚空日高」も「ソラツヒタカ」とする）。たしかに古事記の文字法には細心の注意がはらわれており、特に読音注（以音注や訓注）を詳細に付す方針は、他の日本語文にはほとんどみられない表記方法であって、統一的なヨミがある程度復元可能なようにみえる。それを一応はみとめたうえで、ここではあえて、そうでない可能性を考えてみたい。

①固有名の音訓交用例

先にみたように、神名人名の表記のゆれの中に音訓が交用されるものがある。その多くは、神名人名を分析的にとらえたときに分節される形態素の単位での交用がほとんどである。例外は、「苅幡戸弁」「阿遅鉏高日子根神」と「丸高王」くらいである。このうち、「丸高王」については、矢嶋は訓みを保留するが新編全集は「マロタカ」と訓む。また、ゆれのない（一度しか出てこない）ものでは、「風木津別之忍男神」があり、音注にしたがって「カザモツ」と訓むしかない。さらに、「ヒメ」の表記例を見てみると、「比売、毗売（音・音）」に対して「日売（訓・音）」の例をみる。

石之日売命／五百木之入日売命／高木之入日売命／十市之入日売命／中日売命／沼名木之入日売命／八坂之入日売命／山下影日売

息長帯日売命・息長帯比売命／弟日売命・弟比売命／口日売・口比売／黒日売・黒比売／豊鉏入日売命・豊鉏比売命／沼河日売・沼河比売／沼羽田之入日売命・沼羽田之入毗売命

このほかに、

日名照額田毗道男伊許知迩神〈田下毗又自伊下至迩皆以音〉／八尺入日子命／豊御気炊屋比売命／熊曽／物部荒甲／糠代比売王

などが、交用の例としてあげうる。したがって、形態素内での交用も例はあるといえよう。

②書紀との対応

矢嶋は他文献の情報を古事記にもち込むには慎重であるべきであるとの態度をしめすが、あえて、他文献との対応を考えてみたい。たしかに、記紀では同一であるべきところに神名人名の異なることがままある。したがって、それぞれは独自の伝承によるものと考えるべきであるのは当然であろう。しかしながら、先の①でみたように、記紀における対応は、表記の差であり、ことばとしては同じかたちに還元できるものがあるのは事実である。そこに伝承の（カタリの）ことばを考えるとき、次のようなものはどう考えるべきだろうか。

・須加志呂古郎女（記）―酢香手姫（紀）

「酢香手」とあったものが「手」を「代」とするもの（たとえば糠代比売王―糠手姫のような）を介して「代」を「シロ」と訓んだものとする。

・多遅摩比多訶（記）

「但馬彦」の「彦」を「日高」と書いたものがあり、それを「ヒダカ」と訓み誤ったかとする。

この二例の場合、伝承による固有名というよりは、書承による変異というべきであろう。もしもこれがいわれるような書承によるものであったとすると、カタリ伝えられるべきことばは、ひとつのかたちであったことになる。もちろん、この場合、真逆の場合が考えられるのであり、もとのことばが古事記のように「スカシロ」「ヒタカ」であった可能性がないでもない。「日高（ヒタカ）」であったものを「ヒコ」とよんで「彦」をあてたと考えることもできる。しかし、どちらにせよ伝えられるべきことばのかたちはひとつであったはずであり、それをどのように表記されてあったかということと、どのような方針で表記しようとしたかということとの関係で考えなければならないことがらであることにかわりはない。

③借音仮名としての「高」

　そもそも借音仮名としての「高（コ甲）」は、それほど用例が多くない。しかしながら、飛鳥池遺跡出土木簡に「高志（コシ・越）」の地名がみられるのをはじめ、越の国の表記としての固定度は古く、かつ高いものがある。古事記においても地名「コシ」には一貫して「高志」が用いられ、そのほかには人名として「丸高王」と「高目郎女」とがある。「丸高王」については、先にふれたが、日本書紀に「椀子皇子（マロコノミコ）」（継体元年三月）があり、古事記に別人ととれるが（同じという解釈も成り立つ）「麻呂古王」（欽明条）がある。「高目郎女」は日本書紀に「漭来田皇女（コムクタノヒメミコ）」（応神二年三月）とある。「天津日高」の場合とは異なり、「マロタカ」を「マロコ」と、「タカメ」を「コムク」と、読み誤る可能性は少ないと思われる。これらは、語形の揺れとは考えにくいのである。

　先に神名人名のゆれについて、一方が古事記の歌謡や訓注にみられない仮名を含むことを指摘した。これには、さまざまな要因があろうが、ひとつには原資料の文字使いの可能性がある。「高志」の古さがみとめられるからである。もちろん、「高（コ甲）」が地名「コシ（高志）」と結びつくことでのみ可能な文字使用だったということも考えられようが、だとしても、この表記を知っている人物が「高（コ甲）」を使用することは考えられないということでもない。むしろ、そこに意味的な解釈を可能にしたことが考えられてよい。新編全集が「「日高」は、天空の日を高く仰ぎ見る如く貴い、という意の称辞」（二二六頁注3）とするような解釈は、「ヒコ（日子）」↓日高（ヒコ）」という用字にこめられた俗解として、当時の人々にあったのかもしれない。

「日高」について、義字的用法であるとか、変字法であるとかいわれるのは、そんな意味的な用法として、つまり、常用ではない仮名として考えられるところからくる。そこにさまざまの解釈が可能になるのである。そこでは純粋に字義を捨象した借音仮名とは区別されるような用法があった。うらをかえせば「高（コ甲）」が借音仮名であるという意識がうすかったということである。古事記だけでなく万葉集にも、そのような仮名はある。たとえば、「師（シ）」は、

兄師木／弟師木／師木津日子／師木県主／倭者師木登美豊朝倉曙立王／師木嶋大宮／師木玉垣宮・師木水垣宮（訓環境）

阿知吉師／和迩吉師／難波吉師部／壹師君・倭之市師池（音環境）

味師内宿祢／時量師神／土師部／百師木伊呂弁／万幡豊秋津師比売命（表語環境）

のように、さまざまの環境にあらわれ、「香」は、

天香山／大香山戸臣神／香山戸臣神「カグ」

香坂王（麛坂王）／香余理比売命（麛依姫皇女）「カゴ」（新編全集は「カグ」）

香用比売〈此神名以音〉「カヨヒメ・カガヨヒメ・カグヨヒメ」

のように「カグ」とも「カゴ」ともよまれるが、やはり音訓両方の環境で用いられている。どちらも、よくあらわれる仮名であるので音訓両用ともいえるが、そこにはもともとの漢語「師（シ）」なり「香（カ・カグ）」が和語化していたことが考えられる。そこでは音か訓かはあまり意識されないのである。「高（コ甲）」の場合は、和語化した漢語が想定できない点で、これとは異なるが、古い用字としての「高（コ甲）」がかえって意味を連想しやすく、訓仮名のような理解があったのではなかろうか。そう考えると「高」字に以音注が付されなかったことが説明できよう。

「アマツヒコ」「ソラツヒコ」を仮名であらわそうとして、「日子」でなく「日高」が選ばれた（筆者は安万侶の

意図ではなく原資料にすでにあったものを安万侶が表語的に理解したと考えるが）のには、そのような古くからの使用例と表語的（つまり訓字的）な解釈を可能にするという利点があったものと理解する。そこに音訓両用の仮名「高（コ甲）」があったとおもわれるのである。

## まとめ

古事記の固有名表記を仮名の側面から考えるとき、一字二音節以上の訓字表記は、仮名ともとれるし訓字ともとれる性格のものである。それを一字一音節の借訓仮名（あるいは訓字）を介して仮名との連続性を考えるとき、日本書紀とはことなる固有名表記は、古事記＝仮名的、日本書紀＝漢語的という図式が考えられる。そこの整理はまた、稿をあらためなければならないが、その一環として固有名に用いられる「高」の用法について考え、諸注と同様「高（コ甲）」によむのがよいと考えた。固有名は、かたりつたえられたことばの最たるものであり、古事記の仮名の用法にそれをみようとしたからである。

以上の考察においても、やはり、「タカ」の可能性はなしとしない点に、古事記の整然とした文字法があるし、本書はそれを否定するものでもない。「高（コ甲）」が借音仮名であって、訓の環境において以音注が付されない理由をひとつの可能性として提示しただけである。仮名の成立と、一字一音の訓仮名との関係が、今後の課題となる。

注

（1）沖森卓也『日本語の誕生』（二〇〇三、吉川弘文館）、同『日本古代の文字と表記』（二〇〇九、吉川弘文館）

（2）古事記の引用は、西宮一民『古事記　新訂版』（一九八六、桜楓社）により、真福寺本の影印（一九七八、桜楓社）によって確認し、訂正を加えたところがある。また、本文の引用に際しては、常用漢字表にあるものは、常用漢字体に改め、訓点やルビを省略し、割り書きは〈　〉で示した。

（3）日本書紀の引用は基本的に日本古典文学大系『日本書紀（上下）』（一九六五〜一九六七、岩波書店）によるが、新編日本古典文学全集『日本書紀（一〜三）』（一九九四〜一九九八、小学館）を参照して訂正した部分もある。

（4）本居宣長『古事記伝』の説を、近年、矢嶋泉『古事記の文字世界』（二〇一一、吉川弘文館、初出は一九九〇）が詳細に論じ、新編日本古典文学全集『古事記』（一九九七、小学館）などが採用する。

# 第三節　古事記の固有名表記（2）地名

## はじめに

本節においては、前節に引き続いて古事記の固有名表記の考察として地名をとりあげる。

地名については、奈良時代以降、地名の二字好字化が進む[1]が、それでもなお地名の異表記は平安時代に入ってもたえることはない。古事記の地名表記については、地名表記固定以前の古い表記が採用されており、それは木簡の地名表記に通じることが指摘されているが[2]、古事記に固有の表記もままみとめられる。

一般に、人名や地名は固有名詞としてあつかわれるが、そのほかにも、姓（カバネ）や日本に固有のものの中には、漢語に翻訳のむずかしい語（なまえ）がある。そのようなものをまとめて、ここではひとまず、固有名としておく。それらは、漢語をあてるのがむずかしい以上、仮借の用法が適用される。しかし一方で語源的な意味は、固有名にもはっきり意識されるのであり、それは漢語、あるいはいわゆる訓字で書きあらわすことも、比較的容易であったと思われる。仮名の用法として固有名の表記をみるとき、語義との関係で、訓字か借訓仮名かの判断がつきにくく、仮名の考察から除外されることが多いのは、そこに表語性を読み取るからである。しかし、記紀を対照させると、固有名表記の異なることが多々あり、語源解釈の違いではすまされない表音性が、そこにはある。

そんな固有名表記のゆれを取り上げて、古事記の文字法の一端を、特に「仮名とことば」という側面から考えてみたい。

## 一　カタリのことばと表記

本題に入るまえに、一つ考えておきたいことがある。それは、古事記にはどのようなコトバが書きしるされているかということ、そしてそれが表記とどのようにかかわっているかということである。

ウタ（歌謡）と訓注は借音仮名で書かれ、その他の地の文が訓字主体で借音仮名を交用するが、その中でどちらにも属さない部分が二箇所ある。

鑽出火云、

是我所燧火者、於高天原者、神産巣日御祖命之、登陀流天之新巣之凝烟〈訓凝姻云州須〉之、八拳垂麻弖焼挙〈麻弖二字以音〉、地下者、於底津石根焼凝而、栲縄之、千尋縄打延、為釣海人之、口大之、尾翼鱸〈訓鱸云須受岐〉、佐和佐和迩〈此五字以音〉、控依騰而、打竹之、登遠遠登遠遠迩〈此七字以音〉、献天之真魚咋也。（国譲条）

尓、遂兄儛訖、次弟将儛時、為詠曰、

物部之、我夫子之、取佩、於大刀之手上、丹画著、其緒者、載赤幡、立赤幡、見者、五十隠、山三尾之、竹矣訶岐〈此二字以音〉苅、末押縻魚簀、如調八絃琴、所治賜天下、伊耶本和気、天皇之御子、市辺之、押歯王之、奴末。（清寧条）

前者は、国譲条の火切のことば、後者は清寧条の袁祁王の詠であるが、単なる散文ではなく、おそらくは節回しをともなったカタリのことばではなかったか。それが口吻が伝わるような書かれ方がなされているものとみなされ、前者の枕詞や後者の借訓仮名は、それぞれに他の箇所の書き方とは異なるわけで、歌謡でもなく地の文でもない。日本書紀にも、よく似た箇所が、やはり顕宗天皇即位前紀の億計王の室寿にある。

　天皇次起、自整衣帯、為室寿曰、

築立稚室葛根、築立柱者、此家長御心之鎮也。取挙棟梁者、此家長御心之林也。取置椽橑者、此家長御心之斉也。取置蘆萑者、此家長御心之平也。〈蘆萑、此云哀都利。萑音之潤反〉取結縄葛者、此家長御寿之堅也。取葺草葉者、此家長御富之余也。出雲者新墾、新墾之十握稲、於浅甕醸酒、美飲喫哉。〈美飲喫哉、此云于魔羅儞烏野羅甫屡柯倭〉吾子等。〈子者、男子之通称也〉脚日木此傍山、牡鹿之角〈牡鹿、此云左烏子加〉挙而吾儛者、旨酒餌香市不以直買、手掌憀亮〈手掌憀亮、此云陀那則挙謀耶羅羅儞〉拍上賜、吾常世等。

前半の室寿の部分と後半の宴の祝言とに分かれるが、その後半の「脚日木此傍山牡鹿之角〈牡鹿、此云左烏子加〉挙而吾儛者（あしひきのこの傍山の牡鹿〈さをしか〉の角挙げて吾が舞はば）」の、「脚日木」はおそらく山にかかる枕詞であり、もちろん枕詞を表語的に記したものではあるけれど、ここは借訓仮名ということになる。また、牡鹿を「さをしか」と訓ませるのは、枕詞「あしひきの」同様、歌ことばを保存しようとしたものと思われる。つまり、少なくとも後半部分に関しては、歌ことばを利用したことばが連ねられていることになり、それが歌謡とは異なるものととらえられているのであり、そこに通常の漢文とは一風かわった漢訳となってあらわれていると理解できる。これも、やはり節をつけてカタラれたものとおもわれ、その口吻が残されるかたちで書きしるされている。そこにカタリのことばをみたいのである。

## 二　地名起源と地名表記

記紀にみられる地名起源説話も、そのようなカタリのことばで伝えられたものだったのではないかということが、次に考えてみたいことである。ただし、実態はかならずしもそうとはいいがたいものがある。

地名起源の伝承は、地名の意味を契機としておこなわれる、ひとつのカタリ（物語・ストーリー）である。そこでは、地名の表記はことばの意味とともにある。

①故、従其国上行之時、経浪速之渡而、泊青雲之白肩津。此時、登美能那賀須泥毗古〈自登下九字以音〉興軍待向以戦。尓、取所入御船之楯而下立。故、号其地謂楯津。於今者至日下之蓼津也。於是、与登美毗古戦之時、五瀬命、於御手負登美毗古之痛矢串。故尓、詔、「吾者為日神之御子、向日而戦不良。故、負賤奴之痛手。自今者行廻而、背負日以撃」期而、自南方廻幸之時、到血沼海洗其御手之血。故、謂血沼海也。従其地廻幸、到紀国男之水門而詔、「負賤奴之手乎死」、為男建而崩。故、号其水門謂男水門也。陵即在紀国之竈山也。（記神武）

（参考）三月丁卯朔丙子、遡流而上、径至河内国草香邑青雲白肩之津。夏四月丙申朔甲辰、皇師勒兵、歩趣龍田。（中略）於是、令軍中曰、且停。勿須復進。乃引軍還。虜亦不敢逼。却至草香之津、植盾而為雄誥焉。〈雄誥、此云烏多鶏縻〉因改号其津曰盾津。今云蓼津訛也。初孔舎衛之戦、有人隠於大樹、而得免難。仍指其樹曰、恩如母。時人因号其地、曰母木邑。今云飫悶廼奇訛也。五月丙寅朔癸酉、軍至茅渟山城水門。〈亦名山井水門。茅渟、此云智怒〉時五瀬命矢瘡痛甚。乃撫劒而雄誥之曰、〈撫劒、此云都盧耆能多伽弥屠

> 利辞魔屡〉慨哉、大丈夫、〈慨哉、此云宇黎多棄伽夜〉被傷於虜手、将不報而死耶。時人因号其処、曰雄水門。進到于紀国竈山、而五瀬命薨于軍。因葬竈山。（神武紀）

神武天皇東征の条、浪速にいたるくだりである。浪速をへて「青雲之白肩津」にいたる。その時、登美能那賀須泥毗古が待ち受けて、戦をおこした。そこで、船に入れてあった楯を取って降り立った。そこでその地を「楯津」と名付けた。具体的な「楯」が「たてつ」の「たて」なのであり、文字通り漢字の表語性がみとめられる。それを、今は「日下之蓼津」という。日本書紀にも、やや詳しいが同様の記事がある。現在の地名「蓼津（たでつ）」に対して、その起源を「楯（たて）」に求めることはもはや問われないが、「たて」が起源だとすると「たてつ」でよいし、またその表記は「楯津」でよいはずである。だが、今の地名は「たでつ」と濁る。そこで、「たで」に相当する文字「蓼」が選ばれる（あるいは清濁の表記を区別しない意識から、「たて」に「蓼」字が選ばれたことも考えうる）。当時においてこの表記が固定していたかどうかは問わないとしても、「蓼」には仮名に相当する表音性がみとめられるのである。

これに対して、「ちぬ」の方はどうか。古事記では五瀬命が手の血を洗ったことから「血沼海」というという伝承をあげて「血沼」の表記をとる。やはり、そこに表語性がみとめられる。ところが、日本書紀は伝承をかかげず「茅渟」と表記する。訓注があることをみると、この表記は漢訳した可能性が高いが、古事記の伝承とはよほど遠いものとなっている。とすると、古事記の「血沼」は独自の地名起源説をうけたものであり、あるいは「ちぬ」を「血沼」と表記したことによる起源の解釈であるということも考えられてよい。「血」「沼」は、ともに身近な物の名を利用した、平易な借訓仮名である。

もうひとつの、「をのみなと」では、古事記「男水門」、日本書紀「雄水門」と訓字の異なりのみであり、語源解釈の「をたけび」は両者ともに反映されている。ここでは記紀での文字選択の意識の違い、古事記にくらべると、画数の多い（なんとなく漢文的な）文字の選択があらわれているとみられる。ただし、「ちぬ」にしても「を」にしても、一字一音節の表記であり、「蓼」が二音節であるのとは異なり、より仮名に近い面がある。

このような語源解釈にもかかわらず、意味を反映させた訓字ではなく、借音仮名で地名が書かれる場合もある。

②於是、到山代之和訶羅河時、其建波迩安王、興軍待遮、各中挟河而、對立相挑。故、号其地謂**伊杼美**。〈今謂**伊豆美也**〉尓、日子国夫玖命乞云、「其廂人、先忌矢可弾」。尓、其建波迩安王、雖射不得中。於是、国夫玖命弾矢者、即射建波迩安王而死。故、其軍悉破而逃散。尓、追迫其逃軍、到久須婆之度時、皆被迫窘而、屎出懸於褌。故、号其地謂**屎褌**。〈今者謂**久須婆**〉又遮其逃軍以斬者、如鵜浮於河。故、号其河謂鵜河也。亦斬波布理其軍士。故、号其地謂波布理曽能。〈自波下五字以音〉（記崇神）

（参考）復遣大彦与和珥臣遠祖彦国茸、向山背、撃埴安彦。爰以忌瓮、鎮坐於和珥武鐰坂上。則率精兵、進登那羅山而軍之。時官軍屯聚、而蹢跙草木。因以号其山、曰那羅山。〈蹢跙、此云布灡那羅須〉更避那羅山、而進到輪韓河、与埴安彦、挟河屯之、各相挑焉。故時人改号其河、曰挑河。今謂泉河訛也。埴安彦望之、問彦国茸曰、「何由矣、汝興師来耶」。対曰、「汝逆天無道。欲傾王室。故挙義兵、欲討汝逆。是天皇之命也」。於是、各争先射。武埴安彦、先射彦国茸、不得中。後彦国茸、射埴安彦。中胸而殺焉。其軍衆脅退。則追破於河北。而斬首過半。屍骨多溢。故号其処、曰羽振苑。亦其卒怖走、屎漏于褌。乃脱甲而逃之。知不得免、叩頭曰、我君。故時人号其脱甲処、曰伽和羅。褌屎処曰屎褌。今謂樟葉訛也。（崇神紀）

崇神天皇条、建波迩安王の反乱の場面では、軍が対峙した川を「伊杼美」とし、今は「伊豆美」というとするが、ここは両者、一字一音節の借音仮名で書かれる。同じく、褌に屎がかかったので「屎褌（くそばかま）」といい、今は「久須婆」というとして、前者は多音節の訓字であるが、後者は一字一音節の借音仮名で書く。ここのところ、書紀では、「故時人改号其河、曰挑河。今謂泉河訛也。」「褌屎処曰屎褌。今謂樟葉訛也。」とあり、「褌屎」のみ一致するが、「泉河」「樟葉」は多音節の訓字を交え、古事記とは異なる。「今謂」ところの表記も漢語訳に近い訓字表記ということになる。古事記において仮名で書かれる地名は、他に、

③於是、御子、令白于神云「於我給御食之魚」。故、亦称其御名、号御食津大神。故、於今謂気比大神也。亦其入鹿魚之鼻血臰。故、号其浦謂**血浦**。今謂**都奴賀**也。（記仲哀）

④故、登立其坂、三歎詔云「阿豆麻波夜〈自阿下五字以音也〉」。故、号其国謂**阿豆麻**也。（記景行）

がある。③は日本書紀に対応箇所がないが、④は「故登碓日嶺、而東南望之三歎曰、吾嬬者耶。〈嬬、此云菟摩〉故因号山東諸国、曰吾嬬国也。」（景行紀）とあり、②と同様、古事記は一字一音の借音仮名、日本書紀は二音節の訓字を交える。概して、古事記の仮名は地名においても、ことばのかたちをあらわすことが第一義であったということになる。つまり、地名起源においては、起源に即した意味をもった地名表記がとられるはずであるので、まずは訓字で地名があらわされ（②の「伊杼美」の場合は例外となるが、それは「挑」と「いどみ」の対応との兼ね合いで考える問題だと思われる）、さらに、今の呼び方を表音的に一字一音節の仮名で記すという方法をとっている。したがって、訓字で示される地名も、当時通用の表記というわけではない。これに対して、日本書紀では、当然のことながら、地名においても漢語が意識される。そこには、やはり「屎褌、吾嬬」など起源に即したものがあらわれるが、「茅渟、樟葉」など、好字に近い、後世にも使用されるような表記が選ばれているといえよう。古事記における地名の一字一音の仮名書きは、やはりコトバを書きあらわしたものと理解できる。伝承とともに伝わったカタリのコトバが、表音的に記されているのである。

## 三　古事記の地名の異表記

古事記内部で地名が二度以上あらわれるとき、異なる表記をとるものがある（（　）内は日本書紀・続日本紀ほかによる標準表記）。

a．一音節の借音仮名

伊予・伊余（伊予）　隠伎・淤岐（隠岐）　久須婆・玖須婆（樟葉）　新羅・新良（新羅）　多治比・多遅比・蝮（丹比・多治比）　多遅摩・多遅麻（但馬）

b．二音節の借音仮名

当岐麻・当麻・当摩（当麻・当摩）　旦波・丹波（丹波）　筑紫・竺紫（筑紫）　伯伎・伯岐（伯耆）

c．一方（あるいは両方）が借訓仮名

狭城・狭木（狭城）　木国・紀国（紀伊）　狭井河・佐韋河（狭井）　角鹿・都奴賀（角鹿）　美濃国・三野国（美濃）

d．二音節以上の借訓仮名

片岡・片崗（片岡）　河内・川内（河内）　河内恵賀之長江・河内之恵賀長枝（長野）

このうち、aの借音仮名は、すべて歌謡に用いられる仮名に重なり、特に、「淤・玖・摩」のいわゆる増画字は、古事記らしい仮名として注意される。「隠伎・淤岐（隠岐）」を除いて、一方は標準表記と重なるが、「隠伎」も木簡をはじめとして、その表記は他の資料にみとめられる、標準的なものとおもわれる（但馬は、古事記では一字一音の借音仮名表記のみであり、今の場合、例外となる）。bでは、「旦波・笠紫」を除いてやはり、標準的な表記とは異なるか、もしくは、古事記に通常用いられる仮名で表記されている。また、cの一音節借訓仮名は、万葉集の借訓仮名と重なり、仮名としては、当時、通用していたものとおもわれる。

今、古事記にみえる一音節の借訓仮名をあげると、固有名表記に用いられるものもふくめて、次のようなものがあり、万葉集のみならず、近年資料の量が増えつつある、歌が書かれた木簡に用いられる借訓仮名とも共通性の高いことがうかがわれる。

吾（あ）、足（あ）、五〈五十〉（い）、菟（う）、*鵜（う）、荏（え）、*髪（か）、鹿（か）、蚊（か）、*日（か）、**寸**（き甲）、杵（き甲）、木（き乙）、城（き乙）、*材（き乙）、来（く）、毛（け乙）、食（け乙）、子（こ甲）、◎児（こ甲）、木（こ乙）、狭（さ）、師（し）、下（し）、州（す）、巣（す）、簀（す）、瀬（せ）、十（そ甲）、衣（そ乙）、◎田（た）、◎手（た）、千（ち）、道（ち）、乳（ち）、血（ち）、◎**津**（つ）、◎**手**（て）、代（て）、門（と甲）、戸（と甲）、利（と甲）、*砥（と甲）、*聡（と甲）、十（と乙）、鳥（と乙）、**名**（な）、魚（な）、◎**丹**（に）、沼（ぬ）、根（ね）、野（の甲）、羽（は）、葉（は）、歯（は）、◎日（ひ甲）、檜（ひ甲）、氷（ひ甲）、火（ひ乙）、樋（ひ乙）、生（ふ）、辺（へ甲）、重（へ甲）、◎部（へ甲）、戸（へ乙）、百（ほ）〈五百（いほ）〉、穂（ほ）、火（ほ）、*大（ほ）、*太（ほ）、間（ま）、◎真（ま）、目（ま）、**見**（み甲）、◎三（み甲）、御（み甲）、水（み甲）、*産（む）、◎女（め甲）、◎**目**（め乙）、**裳**（も）、喪（も）、**八**（や）、屋（や）、◎矢（や）、**湯**（ゆ）、兄（え）、江（え）、枝（え）、世（よ乙）、井（ゐ）、猪（ゐ）、居（ゐ）、*坐（ゑ）、小（を）、男（を）、尾（を）、麻（を）、緒（を）

※清濁は無視した。◎は木簡の仮名書きにみえるもの。*は万葉集にみえないもの。太字は万葉集「真名書」歌巻で明らか

に多用されるもの。

このことは、多音節の借訓仮名についてもいえる。dの片崗や川内は、木簡にもみられる表記である。さきにもふれたが、舘野によって、古事記の地名表記については、好字二字による地名以前の古い要素が残されており、それは木簡の表記とも一致することが指摘されているが、だいたいにおいてはそれはみとめられるものの、借音仮名も含めて、さらに古事記固有の事情も考えうるということになろう。

## 四　古事記における訓字と借音仮名・借訓仮名

古事記において、借音仮名は訓字と対立的に用いられ、仮名は語形重視、訓字はことがら重視の機能をもつ。仮名は歌謡と訓注、そしてそれ以外には、本文中にあって語形重視の箇所にもちいられる。たとえば、会話部分に仮名が多用され(3)、あるいは前節にみたカタリのことばが前面にあらわれるような部分が仮名書きされるのである。地名表記においても、借音仮名はそのような機能をもつと考えられる。一字一音の借音仮名の地名表記は、おおむねそのようなカタリのことばのあらわれとみることができよう。特に古事記に特徴的な増画の仮名はそのような選択の結果とおもわれる。だとすると逆に、それ以外の表記のゆれは、原資料あるいは伝承されたものと考えられる。これは古事記の構造論でつねに問題とされてきたことである(4)。前節で問題とした「日高」の「高」は、「高志」の地名表記にもちいられるが、この表記は木簡では普通にみられ、おそらくは、当時の慣用にしたがったものであろう。

これに付け加えていうならば、借訓仮名の多様性は、万葉集のそれに一致する面が大きい。これはいわゆる当代性を感じさせる。表記の揺れに、原資料の時代差の反映をみとめるならば、当然、安万侶の選録時において書きあらわされたものがあるということになろう。標準的でない、古事記に固有の、訓字（借訓仮名）による地名表記も、そういったものとしてみることができる。カタリのことばを、一つには借音仮名で書きあらわすと同時に、一方では、当時に通用した借訓仮名によって地名を書くということがおこなわれたということになる。そこに、古事記の固有名表記の多様性の要因がある。

注

（1）北川和秀「郡郷里名二字表記化の時期について」『論集上代文学三十三冊』（二〇一一、笠間書院）
（2）舘野和己「木簡の表記と記紀」（国語と国文学七十八巻十一号、二〇〇一・一一）
（3）拙稿「古事記の文章と文体―音訓交用と会話引用形式をめぐって―」（国文学　四十七巻四号、二〇〇二・三）本章第一節参照。
（4）神田秀夫『古事記の構造』（一九五九、明治書院）

# 第四節　古事記の表記体と訓読

## はじめに

前著に取り上げたことだが、古事記の「文章」について、題材を同じくしながら二つの相反的な意見のあることをまず確認しておきたい。『古事記の世界　上』（古事記研究大系十一、一九九六、髙科書店）におさめられた、東野治之「古事記と長屋王木簡」と犬飼隆「文字言語としてみた古事記と木簡」との論である。両者の差異について、

両者は同じく長屋王家木簡を資料として古事記の文章を論じ、それが律令官人の日常文書にみられるいわゆる変体漢文の形式を基本とする点では一致しながらも、東野がその一致点を尊重し「古事記の文体や用語が特殊なものではなかった」面を強調するのに対して、犬飼は「精錬」という表現でもって「『古事記』の表記のシステムは、木簡と同じ基盤に立脚するが、決して日常・実用のものではない。」と、むしろその異同から、特殊性を強調する。（拙著『漢字による日本語書記の史的研究』（二〇〇三、塙書房）第三章第四節）

のようにまとめたが、このことについて、その後あまり議論されたようにはみえない。

文章の基盤を日用の行政文書と同じだとしても、古事記のような文章法、つまり仮名書や訓注・以音注を含んでヨミに気を配るような文章法は、他に類をみないのであり、その点で、「精錬」ということばで表現されるような特殊性があることはいなめない。その違いをどこに求めるかがその先の課題となろうが、それは書くべき

「ことがら」によると思われる。つまり、一方は日常業務における伝達内容であり、一方はカタリ伝えられたもの、あるいは記録されるべきことがらという違いである。書かれるべき「ことがら」に注目することは、当然、何を伝えるかということにかかわる。書くことの目的を考えることが、書かれた「ことば」を考える手立てとなるように思われるのである。

そこでまず、正倉院文書や長屋王家木簡といった、律令官人たちの日用の「文書法」について考えてみる。そこには、さまざまなバリエーションがあるものの、文書の枠組みの形式自体は、中国の文書法にのっとっている。ただし、語彙・語法は、日本語的なものとそうでないものとが入り交じっていることもたしかである。その混淆のあり方は、古事記とはくらべられないほど、自由闊達なものであるけれど、文書としての基盤が同じだとするとして、その混淆を「ことば」の面でとらえるとどうなるか。

たとえば、東野は「帳内」を「とねり」と訓むことで、律令官人の日用文書の用語（漢語「帳内」の使用）と、それが和語「とねり（舎人）」をあらわしていることを指摘し、そこに律令官人の日常の文字使用の実態を説明しようとする（東野治之『長屋王家木簡の研究』（一九九六、塙書房））。そこには「和語」がある。「漢語」で二様に表記された「文字」使用の背後に、ひとつの「和語」がみとめられるのである。

これを確認するために、まずは、古事記と基盤を同じくするという正倉院文書の用語についてみてみる。奈良女子大学21世紀ＣＯＥプログラムの一環としての正倉院文書の訓読と注釈の成果[1]は、特に当時の言語生活に焦点をあてて正倉院文書を訓読する試みとしてはまとまったものであり、そこから得られた知見には大きなものがある。同時に、変体漢文体文書を訓読して理解することの難しさや問題点も、あきらかになった感がある[2]。それは、変体漢文の本質にかかわる問題であると思量する。そこで、本節においては、奈良女子大学による報告書のうち、正倉院文書請暇不参解の注解である桑原祐子担当『請暇不参解編（一）』『請暇不参解編（二）』（以下、桑原『請暇解』と略称する）に取り上げられた文書に対象を限定して、語彙のレベルに視点をおいて、変体漢文体文書を訓読することの意味を考えてみたい。

## 一　請暇不参解の文章形式

漢語の問題に入る前に、文書の形式についてまず、確認しておきたい。桑原『請暇解』には内容によって請暇不参解と認定された二八三通の文書がおさめられてある。形式的には、大部分は解の形式であるが、そのほか牒とするものや、進上とする形式、あるいは書状の形式など、多様な形式のものを含む。また、冒頭が欠けていてどのような形式だったか不明のものもある。請暇解や不参解は、現在でいう欠勤届なので、基本的には定まった形式が用意されていれば、それにしたがえばよい。事実、大部分の解の形式は、おおよその規格にそったものとなっている。しかしながら、当時はまだそのような書式を、組織的に整えるまでにはいたっておらなかったようで、本人の学識によって多少の差が出るようである。その中でもっとも多い形式である解の冒頭形式には、次のような形式がある（番号は、桑原『請暇解』に付されたもの。以下同じ）。

美努人長謹解　申請暇日事（8）
巨勢村国謹解　申請暇事（13）
大原国持謹解　請暇日事（5）
秦家主解　申請暇日事（9）

韓国毛人解　申請暇事（16）
大坂広川解　請暇日事（156）
大坂広川解　請暇事（41）
謹解　申請暇日事（14）
謹解　申請暇事（4）

このほかにも、何日の暇を請うといったものや、解のかわりに啓をおくものなど、さらにバリエーションはある。また、末尾は、その直前にはさまざまな表現があるものの、閉じは、「以解」「謹解」がほとんどで、「以謹解」「謹以解」「以謹」「以謹白」「以謹申」「以申」など、若干のバリエーションがある。そこで、解の形式をとる請暇解には、次のような定型をみとめることができよう（□は一～二字程度の空白、（　）や／は可変部分）。

（某／謹）解□（申）請暇（日）事
　合何（箇）日
右、【内容】【文末表現】（以／謹）解／（謹／謹白／謹申／申）
　日付（署名）

まず、冒頭に差出人の名前をおくかおかないかは任意であり、さらに「謹」の字も任意である。どちらか一方でもよいし、両方選択することもできる。次に、空白をおいて事書きがおかれる。多くは「申」からはじめられるが、直接、「請暇」あるいは「不参」がくることもある。以上のような冒頭の形式に対して、末尾は、ほぼ「（以／謹）解」でしめられ、文末の直前におかれる「如件、申状」などの表現が多様なのにくらべるとバリエーションが少ない。問題は、これを訓読するときに、定型を頭に入れるか、文字に即してよむかである。桑原『請暇解』は、空白の前部で「〜解（げ）す。」と切ったうえで、文字通り、「申」があれば「暇を請ふ事を申す」と訓み、なければ「暇を請ふ事」と体言「こと」で止める。ただそれだと、冒頭の書き出しがすべて「事」でもっておわる形式でありながら、「申す」で止まるのと「こと」で止まるのと二類の異なる形式があることになり、そこには大きな差があるように思われる。定型の文書の書き出しを定型には訓まないということである。のちの文書では「解す、申す〜の事」「解す、〜の事」と訓まれるが、あるいは、通常の漢文訓読のように、「謹んで解（まう）す、〜の事を申す」のように、「解　申」の空白は書式上の問題だけと解してこれを一体として、事書きの前後を「まうす」で訓み、「申」がない場合には、「まうす」を訓みそえることも、それが定型であるがゆえに、できよう。「まうす、〜とまうす」のように発話動詞を内容の前後におくことは漢文訓読に際して通常の語法としてあったし、末尾が「解」のかわりに「まうす」にあたる文字との入れ替えが可能であったこともその可能性を示唆する。[3]もちろん、そう訓まないことによって、いまだ確たる言語形式が定まっていなかった、あるいは文字上（表記形式）だけの定型であったということもできる。ただ、ここで確認しておきたいことは、文書の定型ということが、それをものするときに、いずれかのことばの形式（言語形式）を要求したのかどうかということである。さらにいえば、その文書を読むときに、いずれかのことばの形式（言語形式）を要求しているのかどうかということである。

　ことばを書くということは、当然、脳裏にことばが浮かんでいなければならない。よむときも同様である。しかしながら、はたして、そのことばは日本語散文として首尾一貫してよみうるようなことば（つまり、あとから訓読してよめるようなことば）でなければならないのだろうか。あるいは、よむときにそれとしてよまなければならないのだろうか。文書形式のうちのさまざまな要素が継ぎ合わされて、それぞれ個性をもった一つの文書を構成している現実をみるに、そのような「つぎはぎ」は、ことばの上でもあってよいのではないか。語レベルでいうなら、用いられたことばが、たとえば、「解」を「げす」とよむか「まうす」とよむかといった音読み語か訓読み語かという問題とかかわる。

## 二　字音語の認定と訓読

桑原『請暇解』の訓読文では、漢語を字音でよむか和訓でよむかに非常に大きな注意がはらわれている。しかしながら、それでも確定しがたい語は多く存する。先にみた「解」のヨミもそうだが、注解のあちこちに音訓選択の理由が述べられる。ただ、音読をするということは、そこに漢語（音読みの外来語としての）を想定することなのか、訓み下すための処置としての音読・訓読なのか、文書に書かれたことばと文書をよむときのことばとの関係でははっきりしない部分がのこる。たとえば、「親母」に対して音読とする箇所がある。

訓読するならハハ・チチであろう。しかし、親母・親父はともに漢語としてもあるので、音読の可能性は充分にある。親をつけない母（68・71）、父（69）の例もあり、ここでは「母」とせず「親母」と表現したことを重くみて、音読とする。また、姑（10・30・302）の例もあるので、継母や姑と区別するための積極的表現とみて、音読が適当かと考える。（8注2親母）

「親母」を音読みするならば、日本語の語彙の中に「シンボ」という漢語をみとめることになる。つまり、和語「はは」は親族語彙として、ひろく文字通りの「母」をあらわすのに対して、特に腹違いの母や夫の母をいう場合には、「ままはは」や「しうとめ」が用意されている。そして、これに対する「実母」は当然「はは」なのであり、実母を意味する「親母」に対する和語としてはやはり「はは」あるいは、やや古語的だが「いろは」が想定できる。それに対して、「継母や姑と区別するための積極的表現」とみとめることはそのとおりだが、それは文字上の表現の問題であり、日本語の語彙として「シンボ」がありえたというのとは、また別問題である。のちに通行する漢語「実母（ジツボ）」を考えるとき、むしろ「継母」等の対概念として単なる漢語表現があり、そこにあらわそうとした日本語は「はは」であったと考えたいところである。(4) もちろん、当時の書き手や読み手のことばとは別に、漢字表現にそった訓読を考える場合に、「継母」ならぬ「親母」の語の使用を「積極的表現」と重視して、書き手の表現意図を訓み下しにあらわす工夫として、われわれが音読することを否定するものではない。ただ、表記上の問題なら、「親母（はは）」もありうるということである。

「辛苦」は、音読とする。69に同じ例がある。（28注6辛苦侍）

この「辛苦」については、「シンク」の漢語が現代においても考えうるところが前者と異なるが、それでも、42には「苦侍」の例もある。万葉集に「辛苦」を「くるし」に用いた例があるので、「辛苦」を「くるし」と訓みえなかったわけではない。ここでは二字漢語であること、「苦」一字の例もあるのにそうではないことを重くみて、音読みするのかと思われるが、実際には「親母」同様、「くるし」という和語で発想したことばを二字漢語で表現したものと思われる。「痛苦」(197)の例もある。(5) むしろ、「辛苦侍」と同様の表現として「苦侍」もあることは、いずれにも同じ和語を与えた可能性を考える余地があるように思われる。この28の文書には「身」に補入して「身体」とする箇所がみえ、これに注して、

初め「身腫疼」と書いていたのを、後から「體」を右横に追記して「身體」としている。従って「身體」は音読が適当かと思われる。何故「體」を追記したのか。前後が四字句なので、四字句にするために追記した

のか、「身（ミ）腫れ」と和語で表現するより「身體（シンタイ）腫れ」と音読の方が、役所に出す解文らしいと考えたのか。（28注4身體）

とする。頭に浮かんだ和語「み・からだ」に対して、漢語「身」を思い浮かべるか「身体」を思い浮かべるかということと、和語「み」を思い浮かべるか漢語「シンタイ」を思い浮かべるかということのあいだには、ことばを書くときの段階の差がある。万葉集のように「くるし」に「辛苦」を選択するか「苦」を選択するかという段階と、ことばを思い浮かべるときに、和語「くるし」を思い浮かべるか、漢語「辛苦（シンク）」を思い浮かべるかとの差である。そこでは、漢語「苦（ク・くるし）」も候補にあがってよい。そして、書くときには和語「くるし」に対して漢語「辛苦」を選ぶか漢語「苦」を選ぶかとの選択の可能性がある。また、よむ側が、和語「辛苦（くるし）」を音読みして「辛苦（シンク）」とよんでもかまわない。もしも、現在と同じように、和語「くるし」と漢語「辛苦（シンク）」とが、苦痛をあらわす語彙として共存していたならば、そのような二段階の選択が表現にはついてまわることだろう。ここには、文字表現と語彙との関係が、ひとつの文書における用語の問題として、浮かび上がってくる。もしも、変体漢文体文書を、（たとえば古事記のように）日本語を表現したものとしてとらえるなら、あることがらを表現しようとすることばにおいて、はたしてどれほどの日本語語彙が用意されていたのだろうかという問題である。

それは、桑原『請暇解』（一）の補注の「治」や「参向」についてもいえる。治療を意味する表現として、「治」「療」「治療」「療治」に対して「「ヲサム」と訓読してもよいし、「治す」「療す」と音読してもよい」（補注1、一五一頁）とされるのはまさにそのとおりなのである。ただ、そこで「作」を含む「作治・治作・作療」については「「治療する」という表現に対する多彩な表現形式を訓読に生かすため」に「一字ずつに分けて訓読する方法」を選択したのは、まさに、文字表現をいかすための一つの手段であったのだろう。しかし、そうすることで、古代の治療に関する語彙が、増大することになる。はたして、古代の語彙の様相はどのようなものであったのだろうか。

現代語においても、死ぬことをあらわす語には、「しぬ」と「死亡する」「死去する」がある。したがって、次のような読解はきわめて自然にうけとめられる。

単独例の「死」は、この一例のみである。「死去」「死亡」は、音読みで読むのがよいと考えるが、ここでは、「シニキ」と訓読みする。（125注4死）

ここでの「訓読み」とは、「しぬ」を和語とみて、漢語「死す」ではなく、「しぬ」とよむことであると思われる。和語「しぬ（死）」の語源については定かではないが、「死（シ）去（いぬ）」とする説がある。これに付随して「シす」「しにす」のバリエーションがある。サ変動詞がつきやすいのは、元来、「シ」が字音語であったことを物語るとみてよいであろう。「しぬ」はそれが和語化したものと考える。漢語に、異なる漢語のよみを与えるのは、万葉集に「僧（ホフシ）」の例がある。「ホフシ」がより和語に近い感覚の語であったものと思われる。だとすると、「死去」「死亡」に「しぬ」のよみを与えることは、それほど不自然なことではない。二字漢語が訓読みされるのは、桑原『請暇解』にも「疾病　二音節語。この二字で「ヤマヰ」と訓読する。請暇解では「疾病」の例はここのみ。」（56注2疾病）などがあり、めずらしいわけではない。むしろ、「死亡（シボウ）」や「死去（シキョ）」という音読み語が、ある日常のことがらを表現する日本語として定着していたのかどうかということである。漢語を日常使用するかれらにとっては、日常のことがらを表現する場合でも、当然そのような語彙が想起され、受け取る側もそのような語彙として受け止めて、音読してよまれたというのは自然なこととしてありうるということであろうか。現代のインテリがわざと日本語の中に外国語の単語をそのまま入れるように。

もちろんこれは、表記意図を問題とする本書の記述に対していっているのではない。さきに、変体漢文体文書について、発想することば（書かれるべきことば）、書こうとして書かれたことば、実際に書かれたことば（よまれるべきことば）、よむときのことばといったさまざまな段階を考えた。そして、書かれたことばを「ことばとして」理解することがどういう意味なのかを考えるとき、はたしてわれわれは変体漢文を、どのように理解すればよいのか途方に暮れてしまった[6]。文書を訓読しようとすれば、かならず、ひとつの「かたち」に還元しなければならない。そこでは、音読みか訓読みかの選択が必要なのかもしれない。さらに「特に、文書・帳簿をベースにして仕事を行う実用の世界では、文字列と音形式が常に一対一に対応するのは、実用の理に適っている。」（補注3、一五三頁）と考えるならなおさら、そこに、表現意図をくみとることも可能であろう。一例一例用例と文脈に基づいて、いちいちに音訓を定めるという態度でもって、詳細に検討された結果に対して、異論をさしはさむわけではないが、文字とことばとの関係を考えるとき、日常の使用語彙（生活のことば）と表現の上の漢語語彙という、また異なる観点からは、音読みか訓読みかは、訓読の問題だけにとどまらず、当時の日本語語彙の問題として考える必要が生じるのである。

## 三　二字漢語と一字語

桑原『請暇解』の中には、類義表現の例が詳しく述べられており、どれほどの類義語（類義の文字表現）が用いられているかがよくわかる。たとえば、補注1に示された病気の治療に関する語彙や補注3に示された「参向」にかかわる語彙などがある。そのうち、一字語と二字語とが考えられるものを、補注まで含めて、一部をあげると、以下のようなものがある（〈　〉は、付された読み方だけでなく私案も交えている）。

【よみが同じと思われるもの】

治、療、作―治療、療治、作治、治作、作療、造作治、救治（(一)の補注1）

病〈やまゐ〉2、3ほか―疾病〈やまゐ〉56

＊56の注2に「二音節語。この二字で「ヤマヰ」と訓読する。請暇解では「疾病」の例はここのみ。」とある。

破〈やぶる〉13―破壊〈やぶる〉7

今〈いま〉15、21ほか―今間〈いま〉47、67、161、232

＊161の注4に「「今」とだけ表現するのは、（3・21・39・45・46・48・104・107・113・181・194・205・207）の十三通である。大多数は「今注状」などの定型表現である。このような場合の「今」は積極的意味をもたない。それに対し、個別事情を表現する所に「今間」が表現される。位相の差とみるべきであろう。」とある。

罷〈まかる〉46、92、退〈しりぞく〉12、51ほか―罷退〈まかりしりぞく〉2

＊2の注4に「ここでの「罷退」が、同義の動詞「罷」「退」を連ねた「罷り退きぬ」の義で用いられていることは、文脈から動かしがたい。罷・退ともに「名義抄」に「マカル・シリゾク」の訓があるので、「罷退」の二字に対して、「まかる」もしくは「しりぞく」と訓読する可能性も考えられる。」とある。両者を同義とみて同じ訓を与えることも可能であるが、定訓との関係か、あるいは書き分けの意図をくんでか、別の訓を与え、したがって、二字語も同義の動詞結合と注したうえで、類義の動詞を重ねてよむ。

求〈もとむ〉217―求尋〈もとめたづぬ〉217、求認〈もとめたづぬ〉191、問求〈とひもとむ〉9

＊これは、訓みが同じというのには外れるところがあるが、「求〈もとむ〉（不求）」と「求尋〈もとめたづぬ〉」とが同一文書にでており、それと類義の「求認〈もとめたづぬ〉」「問求〈とひもとむ〉」を考えるとき、盗まれたものを探すときの一字語「求」に対する二字語の一群を考えることができよう。このほか、次項にあげる、よみが異なると思われるもののうち、「祭〈まつる〉32―祭祀〈まつる〉31」「息〈やすむ〉53―息安〈やすむ〉126」がある。

【よみが異なると思われるもの】

苦〈くるし〉―辛苦、痛苦（二に既掲）

参〈まゐる〉―参向、参上（桑原『請暇解』（一）の補注3）

衣〈ころも〉75、115、211―衣服5、35、159、167ほか

母〈はは〉68、71―親母8、16、19

父〈ちち〉69―親父12、22、50

進〈すすむ〉12、上〈たてまつる〉18、奉〈たてまつる〉23、501―進上29、返上24

留〈やむ〉25、止〈やむ〉55、息〈やむ〉46―休息45、止留133、止息222

暫〈しまし〉65―須臾45、222

＊45の注2に「奈良時代の和語にあてるとすれば「シマシノアイダ」であろう。請暇解の中に「須臾間」は二例ある（45、222）。ここでは音読を採用する。類例は65「暫之間」である。」とある。

差〈いゆ〉39、65、愈〈いゆ〉189、懈〈おこたる〉212―愈慰57、息愈92、息平92、差作〈いやす〉132

＊「差作」は他動詞なので「作」を付加したか。

祭〈まつる〉32、祀〈まつる〉113—祭祀〈まつる〉31、祭祀〈サイシ〉176、祠祀〈シシ〉114

＊祭祀〈まつる〉は前項に入る。31の注5「ここでは「マツル」と訓読する。」とあり、176の注4「漢語として例があるので、音読とした。」とある。ちなみに、「祠祀」には114の注2に「漢語として「祠祀」があるので音読とした。」とある。

息〈やすむ〉53—休息102、息休74、息安〈やすむ〉126

＊息安〈やすむ〉は前項に入る。126の注1では、「漢語「息安」は、現時点で検し得ない。」として、続日本紀宣命の「休息安」の例を引いて「ヤスム」と訓読する。

ほかにもまだこのような関係の語彙はあろうが、ここでは、一字語はできるだけ訓読みされ、二字語はいくつかの例外をのぞいて、音読みされる（読みを付していない二字語は、すべて音読み）傾向がみてとれる。これらをものした人々においては、当然、これらの漢字語を思いうかべるときには、漢語として音読みで思い浮かべたであろう。しかしながら、書こうとした内容は、病気であったり、身内の不幸であったり、あるいは私的な事情であったり、多くは日常のことば（生活のことば）で考えうるようなことがらである。そのいわば個別の事情であることがら、つまり日常のことば（生活のことば）によって発想されたことがらを書こうとしたときに、どう書くかの問題として、漢語表現の選択がおこなわれることになる。彼らの脳裏には、日常のことば（和語がある場合の和語）以上の漢語語彙が多様にあったことが、これらの類義表現からはうかがえるのであるが、日本語で発想されることばに多様性があるのではなく、和語をどのように文章として表現するかのところで、漢語表現まで含めた語彙の選択があったのではなかろうか。ここに訓読の問題がかかわってくる。つまり、彼らにとっては今あげたような二字語であっても、訓との結びつきがあっての語の選択ではなかったかということである。

## 四　訓読の可能性

正倉院文書にみられる、日常の表現形式である変体漢文は、漢文の訓読と密接に結びついた漢字表現であった。訓読あるいは和訓を媒介することによって成立する日本語の書記形式であったといってよい。本居宣長は、古事記の背後にある「古語（フルコト）」を追求することで、「漢文（カラブミ）のふり」を排して徹底的に「訓」をもとめた。「おほかた那良のころなどまでは、よろづの名称なども、字音ながら唱ふることは、をさ〳〵なかりき。漢籍をよむにも、よまるゝかぎりは、訓によみき。」（『古事記伝』「訓法（ヨミザマ）の事」）という発言は、現在においては検証するすべもないが、そして、そうとはいいきれないところもあるが、その態度は、漢文訓読が変体漢文の成立にかかわることを考えれば、ある程度の妥当性をもちえよう。東野治之が木簡の多様な表記を読解するにあたり、漢字文字列の背後にある和訓を想定するのも[7]、漢語の用法の拡大なのかどうかの問題をはらむにしても、通底するところがある。西河原森ノ内遺跡出土文書木簡が訓読されうるのをはじめ[8]、多くの文書木簡の出現によって、古代の変体漢文体資料の見直しがはじまったことを勘案しても、われわれがそれらに古代官人の言語生活の実態をとらえようとするときには、それらの漢語がどのように「訓読」されえたのかがまず、考えられてよい。どのような漢語が用いられようと、それが選ばれた背景には漢語と訓との結びつきがあったのではないかということである。逆にいうならば、音読みの漢語がそのまま変体漢文という日本語文に使用される場合には、それが日本語の語彙の中に字音語として定着している必要があるのではないか。たしかに彼らの脳裏には、音読される漢語があった。それはいわば漢文中での語彙か、あるいは訓で理解されることがらを書くために利用された書くための表現語彙かであろう。

変体漢文がものされる過程を考えるとき、想起されることばの段階、漢文のように書こうとして、書くべきことば（漢字、漢語）を選ぶ段階、書かれた文字列の段階、書かれたものをよむ段階が考えられよう。変体漢文という用語（ターム）について、文体ならぬ表記体を考えるべきであると指摘したのは、各段階におけることばは、語彙的な面でいうとさまざまの漢語表現があり、それはかならずしもヨミを一つに固定できないという点で、ことばとしての多様性がありうると考えたからである。つまり、そこにひとつの文章としてのことばを確定できないということであった。それがかめいたかしが「ヨメない」と断言したことの本質であると理解したのである。その立場からすると、文字表現された点を重視して、その書きわけの意識をヨミに反映させるのは、ひとつの方法としてありうるが、誤解を招きかねない方法であることは、指摘しておきたいということなのである。要は、書きわけることに彼らの言語生活の一面をとらえることはできようが、変体漢文を表記形式ならぬ文体ととらえてきた歴史にかんがみるかぎり、ここに示された、読みかた全体がひとつの日本語散文の文章として発想されたことば、あるいはそのようによまれるべきことばであると誤解されかねないのである。

漢語なので音読の可能性も高いが「立居」との関係を考慮して「タチヰ」と訓読する。（15注3起居）

字訓を利用して書かれたこれらの語のあることを考えるとき、和語ないしは日本語の中にすでに定着していた漢語で、まずは書かれるべきことがらが、思い描かれたのではなかろうか。

もちろん、このことは、書かれたことばが、字音による漢語であったと想定することをさまたげるものではないし、文書の読解のために、ことなる漢語あるいは漢字文字列に、ことなるヨミをあたえることをさまたげるものでもない。『請暇不参解』の読解が正倉院文書の解読にきわめて多大な功績があったことはだれしもみとめるところである。しかしそれが、はたして古代官人たちの書こうとした「ことば」だったのかといわれると、まだ、それを解明する手だてを、われわれはもちえていないというのが現状ではなかろうか。

## 五　日用文書の表記体の成立過程

以上のことをふまえて、文書作成の具体的な過程として、どのような過程が考えられるであろうか。「辛苦」を例にすると、つぎの二通りの過程がまずは考えられよう。

A案
①頭にことばを思い浮かべる。（和語「くるし」）
②和語「くるし」を書こうとして漢字を思い浮かべる。（「苦」「辛苦」）
「苦（ク・くるし）」は和訓との結びつきが強い漢語。
「辛苦（シンク）」という漢語も和語「くるし」をあらわしうる。
③意識的に「辛苦（くるし）」を選んで書く。（「苦」に対して有意な選択）

B案
①ある感情（「くるしい」こと）を表現しようとしてことばを選ぶ。
②和語「くるし」か漢語「辛苦（シンク）」かを思い浮かべる。

③和語「くるし」を選択して、それに対応する文字として「苦」ではなく漢語「辛苦」を採用し、「辛苦（くるし）」と書く。

A案は純粋に表記の問題である。この場合、定訓とおぼしい「苦」に対して「辛苦」を選んだとすると、そこには「苦」ではなくて漢語「辛苦」をあえて選ぶことによる、なんらかの表現意図が含まれることになる（言語外の表現意図）。読み取る側としては「苦」でなく「辛苦」であることの意味を読み取る必要があろうが、書き手の意図がそのまま伝わるかどうかはわからない。書き手と読み手とがどのような共通理解をもっていたかによる。

B案は純粋に「ことば」の問題である。この時、書き手には和語「くるし」のほかに、使用語彙としての漢語「辛苦（シンク）」がなければならない。と同時に、読み手にも漢語「辛苦（シンク）」が共有されている必要がある。つまり、日常に使用される日本語の語彙の中に、漢語「辛苦（シンク）」があることになる。

これらの文書をものした律令官人にとって、漢語「辛苦（シンク）」はそれほどむずかしい語ではなく、普通に和語表記として「辛苦（くるし）」も漢語「辛苦（シンク）」もありえたかと思われる。したがって、ABどちらのメカニズムによって「辛苦」が表記されたかは判断しがたい。万葉集によって、和語表記としての「辛苦（くるし）」は確認できるが、使用語彙としての漢語「辛苦（シンク）」が当時どのようであったかは、明らかにする手立てのないのが現状なのである。

また、これをよむ場合にも、次のような過程が考えられる。

④「辛苦」と書かれたものをみてよもうとする。

⑤漢語「辛苦（シンク）」がまず思い浮かぶ。

⑥文書は訓読するものだという意識が働く。「辛」に対して「つらし」、「苦」に対して「くるし」という逐字訳の選択肢もある。また、音読するか訓読するかの選択もありうる。

⑦漢語文字列「辛苦」に対して和語「くるし」を選択して「くるし」とよむ。

⑥の選択において、⑦には和語「くるし」以外に、和語「つらくるし」、漢語「シンク」が考えられる。どれが選択されるかは、書き手と読み手のそれぞれの語彙環境（教養あるいは位相）による。

日用文書は、時に応じて「ことば」が選択されて書きしるされる。だが、内容は、伝達事項であり、どのような「ことば」を選択するかは、だいたいかぎられており、むしろ書かれてあること（伝達内容）の方が重視されよう。それが、文書の性格なのだから。「ことば」よりも「ことがら」の伝達に重きがある。これに対して、古事記の場合、記録される内容は、ひとつには口承された伝承であろうし、ひとつには記録された「ことがら」であろう。記録されているかぎりにおいて、よむにはなんらかの「ことば」を必要とする。つまり、まず「ことば」があった。とすると、そこに書かれているのは、どちらかというと万葉集に近い「ことば」と考えられる。では、すでにあった古事記の「ことば」と万葉集の「ことば」とでは、何がどう異なるのか。次に、その「ことば」の質が問題となる。

## 六　古事記に書かれた「ことば」

古事記に書かれていた「ことば」は、どのようなものであったか。上代においても現代同様、さまざまの位相において「ことば」は異なっていたことが考えられるし、従来いわれてきたように、ウタにはウタのことばづかいがあったとみとめられる。これについては、次節に詳しく考えることとして、ひとまず古事記については、どのような位相が考えられるだろうか。ここでは、①日常生活のことば、②カタリのことば、③漢文訓読のことばの三点をまず、想定してみたい。

①日常生活のことば

「日常生活のことば」といっても、さまざまの場面が考えられ、場面によってことばも大きく異なるだろう。律令官人たちの職場でのことば（日常業務のことば）と女性を含む私的生活の場でのことば（生活のことば）とでは相当の差のあったことが考えられる。律令官人たちの日常業務のことばに、漢文訓読的なことばが多く用いられたことは想像にかたくない。これにくらべて、女性を含む私的生活の場では、もっぱらのちの和文的なことば、和語が優勢だったことが考えられよう。基本語彙でことたりる場であるから。のちに平仮名で書かれるのがウタと私的な手紙だということから考えると、ウタのことばと仮名で書かれるような私的な手紙のことばとは案外近かったのかもしれない。そしてそこに、生活のことばをみいだすことも可能かもしれない（後に掲げる（二六〇頁）奥村悦三の一連の研究では、そこに日常のことばと漢文訓読のことばとの差異をみいだしている）。しかしまた、古代においても歌ことばがあったことは指摘されており、生活のことばそのものではないこともたしかである。

　万葉集にみられるようなことばの多くが、当時の私的な場での「生活のことば」であったとしても、相当数の漢語があったことはまちがいない。万葉集では漢語の使用はきわめてかぎられているが、それでも「僧（ほふし）」のように訓に使われる漢語のあることは、日常生活の中に相当数の漢語があったことを想像させる。

だがそれは、残念ながら検証できない。現在においてもそうだが、通常、日常生活のことばを書きしるすことは、ほとんどないからである。わずかに律令官人たちの日用の文書の一部にそれがみとめられるとしても、そしてそこに書き手の語彙として漢語があったことはみとめられるとしても、現存の資料によるかぎり、それを日常的に使用したかどうかは判断できない表記体を使用しており、それを確認しがたい。みてきたように、正倉院文書における日用の文書には、それが漢語であったのか、和語に漢語をあてただけなのかを判断する方法を、今のところわれわれはもちえていないのである。

ただ、律令官人たちの日常では漢文訓読ということがおこなわれていたわけで、漢語語彙とそれに対する和語の訓読語彙とがつねに共存していたことはまちがいない。したがって、理解語彙として漢語語彙があったことは事実であり、日常生活において、使われたのが漢語なのか和語なのかは、一部をのぞき、仮名で書かれないかぎり、書かれたものからは判断しがたいというだけのことでしかない。逆にいえば、本居宣長は漢語で書かれたものの背後に、かならず和語があったことを想定して、そこに「古語（フルコト）」を求めたと理解されよう。

律令官人たちの「日常業務のことば」には、比較的、漢語や漢文訓読に特有のことばが多数まじっていただろうし、日々の生活において交わされる「生活のことば」には、それらはそれほど多くないというふうに、その程度には場面において差のあったことが考えられる。

②カタリのことば

古事記が多くの伝承から成り立っていることから、それを伝えるカタリのことばがあったこともまたまちがいない。仮名書きの部分にそれは残っているとみるべきであろう。たとえば、以前に取り上げた（本章第一節）冒頭

に近い部分、

次国稚如浮脂而、久羅下那州多陀用弊流之時〈流字以上十字以音〉、如葦牙因萌騰之物而成神名、宇摩志阿斯訶備比古遅神〈此神名以音〉。次天之常立神〈訓常云登許、訓立云多知〉。此二柱神亦、並独神成坐而、隠身也。（古事記、天地初発条）

では、「クラゲナスタダヨヘル」が仮名で記される。「クラゲナスタダヨヘル」の前には「如浮脂而」とあり、これを通行のヨミにしたがって「ウケルアブラノゴトクシテ」と訓むとすると（そして、そのように訓まれることを意図していたとすると）、「如」は「ゴトシ」ということばに対応することになる。だとすると、まず、「浮ける脂のゴトク」といい、次に「くらげナス」と、二つの比喩が「タダヨフ」にかかることになる。

この部分、似たような内容をもつ日本書紀の一書では、

一書曰、古国稚地稚之時、譬猶浮膏而漂蕩。（神代紀、初段、一書第二）

のように、漢訳されている。「譬猶浮膏而」の部分が古事記の「ウケルアブラノゴトクシテ」に対応すると考えられるが、「漂蕩」は、兼方本に「タダヨフ」とあるように、国の漂っている様が「浮かぶ油のように」という比喩でもって、表現されていることになる。この部分、兼方本は「タダヨフ」訓に加えて、「クラケナスタ、ヨヘリ江」と大江家の訓を併記する。古事記の「クラゲナスタダヨヘル」に対応させたと考えられるが、やはり、これでは「浮けるアブラのように、クラゲのように」となって、比喩表現が過剰になるという判断が、日本書紀にははたらいていたと思われるのである。対比的な表現、あるいは類似的な表現で、比喩が重ねられることは考えられるが、アブラとクラゲとでは、異質な比喩という感じがいなめない。

のちの時代に「ゴトシ」は漢文訓読語として、和文語「やうなり」と対立的にとらえられるが、「ヤウなり」が漢語由来だとすると、「ゴトシ」よりはむしろ後出すると考えられ、「ナス」が漢文訓読のことばと対立的にとらえられるのではなかろうか。万葉集にも「ごとし」は頻出するので、即、漢文訓読的なことばとは断定できないが、少なくとも異なる二つの比況の表現形式があったことはみとめられよう。「ごとし」は制限がありながらも、「ごとし、ごとき、ごとく、ごと」など、活用形の用法をもつに対して、「なす」は本来動詞性の語で活用のあったことが考えられるが、「なす」の形しか用例がみられず、用法が形式化していたようで、その「なす」の仮名書部分に、伝承されてきたカタリのことばをみとめたいのである。それが一方は漢文的に訓字で、一方は日本語としてよめるように仮名で示されているということになる。さらにいうならば、前者は書きことば的ないし漢文訓読的、後者が話しことば的な表現であって、後者になにがしかの口吻、カタリに用いられたことばを読み取ることができるのではなかろうか。

このような手続きでもって、訓字表記の中にもカタリのことばをみいだすことができるのかもしれない。しかし、それも残念ながら検証がむずかしい。仮名書きされた散文のことばがあまりにも少なく、万葉集か後代の仮名散文に頼らざるをえないからである。しかも、対比する資料として両者には、問題がある。

ひとつには、万葉集のことばはウタのことばであって、それがそのまま日常の話しことばであった保証はないということである。「ツル」と「タヅ」（鶴）、「カヘル」と「カハヅ」（蛙）、「サル」と「マシ・マシラ」（猿）といった対立が、ウタことばであったことがいわれている。散文資料としては正倉院仮名文書二通があげられるが、これについては変体漢文体文書を訓読したようなものという奥村悦三の指摘がある（「仮名文書の成立以前」『論集日本文学・日本語1上代』（一九七八、角川書店）、同「仮名文書の成立以前　続―正倉院仮名文書・乙種をめぐって―」（萬葉九十

九、一九七八・十二)。

また、古今集仮名序、土左日記、竹取物語など、平安時代初期仮名散文資料の中心となる仮名文学作品には、やはり、漢文訓読的要素の含まれることが指摘されており、(9) しかも、時代がさかのぼるにつれてその傾向は強い。それ以外ではわずかに、平安中期仮名消息が残るにすぎないが、その解読はそれほど進んでおらず、今後の課題となる。ただ、正倉院仮名文書に漢文訓読的な思考によることばづかいがあったとすると、むしろ、カタリのことばにも、漢文訓読的なことばと生活のことばとがまじりあっているとみるのが妥当なのかもしれない。今後、このような観点からの、仮名書部分の詳細な吟味が課題となろう。

③漢文訓読のことば

では、漢文訓読のことばは、上代の日本語の中でどのような位置を占めるのか。漢文訓読とは、ある意味、日本語による漢文の理解である。したがって、漢文訓読のことばといっても日本語であることはまちがいない。すくなくとも語彙(形態素・単語)レベルでは、すなおに通じる日本語でないと訓読する意味をなさない。ただ、漢文訓読が逐字訳を基本としたために、語法的には不自然な(日常では使わないような)ものがあり、それが、漢文をむねとする人々のことばづかいの中に定着していったものと思われる。したがって、①で述べたように、日常のことばには漢文訓読のことばが相当まじっていたことが考えられ、だとすると、②で述べたように、かれらがあらたになにかを語ろうとした場合には、おのずと漢文訓読的なことばが選ばれたことが予想される。さらに、口承されてきた内容(ことがら)であっても、書記を通じてそれを漢文訓読的なことばに言いかえることもありえたと思われる。

また、訓読語のように語彙レベルでも、和語に、漢語ないし漢文訓読により、あらたな意味が付与されたり、翻読語のような、あらたな複合語が成立したりもしたであろう。万葉集の中に翻読語が従来指摘されているし（たとえば、小島憲之『上代日本文学と中国文学』（一九六二〜一九六五、塙書房））、生活のことばにもそれは指摘されている（奥村悦三「和語、訓読語、翻読語」（萬葉百二十一、一九八五・三））。しかしそれらは、ウタの表現であったり、律令官人たちの日常のことばであったりで、カタリのことばの中心をなしたであろう「生活のことば」とはやはりかけ離れたものとしてあったと思われる。

## まとめ

古事記に書かれたことばの実態は、おそらく、カタリのことばと漢文訓読のことばとのまじったものであったろう。それが総体として（一つの作品として）どのようなことばであったのかはわからない。律令官人の日常のことばづかいとは、それほど離れたものではなかったものと思われる。しかしそれは、一気に訓み下すとなんとなく不自然に聞えるようなことばではなかったか。散文としての作品を構成する文体自体が未成熟であったと思われるからである。なぜかというと、正倉院文書などにみられるように、漢文的に書きさえすればよいという枠組みだけがあり、「ことば」を書きしるすための、ひとつの書記用文体を成立させてはいなかったからである。

古くからの口承伝承というものがあったとして、そしてそれが古事記に含まれているとして、そこに「カタリのことば」を想定したわけだが、口承伝承全体を書くという段階では、そのことばの「かたち」をそのままよめるようには書かなかった。つまり書くということは漢文的に書くということであり、仮名のみで書くことはなかった。一度、仮名書きでないかたちでことばが書きとめられたとするならば、おのずとそこに漢語ないし漢文的な要素が出現する。それは、当時の習慣にしたがって訓読されるべき書記としてある。それを訓読することばは、訓読のためのことばであり、この時点において、カタリのことばが保存される保証がなくなる。

日常のことばを書くという行為そのものは、ことばがそのままよめるかたちで、表記されるのではなかった。それは、正倉院文書の書き様が、総体として漢文的措辞と日本語的語法の入りまじったものであり、文体的な成熟からは程遠いものであることから考えられる。万葉集「真名書」歌巻の書き様もまたしかりである。さまざまの工夫は、漢字表現のためであって、よむためのものではない。これもまた、ことばがそのままよめるかたちで、表記されるものでないことをものがたる。そこに共通するのは、仮名書きでないかぎりにおいて、書かれたものは書かれたものとしてあるのであって、決してことばと直接的に結びつくのではないということである。書かれたものは、書かれたものとしてのみあり、それ以上でもそれ以下でもない。

古事記が「精錬」というタームで位置づけられるのも、書記（表記としてしかとらえることのできない文章）を前提としたいいであると思量する。精錬とは、文章の成熟でなく書記の成熟として理解したい。その点で、古事記の表記（文章法）がひとつの達成であったことは疑いない。

注

（1）現在までに、奈良女子大学21世紀ＣＯＥプログラム報告書として、桑原祐子担当『請暇不参解編（一）』『請暇不参解編（二）』、黒田洋子担当『啓・書状編（一）』が、科学研究費報告書として、桑原『造石山寺所解移牒符案（一）』、黒田『啓・書状編』、中川ゆかり『正倉院文書からたどる言葉の世界（一）』が編まれているが、本章において、『請暇不参解編（一）』『請暇不参解編（二）』に対象を限定したのは、はなしを単純にするためと、桑原他の労作に直接、検討を加えることによって、より問題点を明らかにしたいという意図に基づく措置である。

（2）拙稿「文字をめぐる思弁から—文章と文字との対応関係についての覚書—」（関西大学　国文学九十三、二〇〇九・三）、および本書第一章第一節

（3）桑原『請暇解』では、文末の「以申」は「もちてまうす」と訓読し、「解」にも「まうす」の義をみとめたうえで、「以解」についても「解（ゲ）ス」とよみ、「「申・啓・解」をすべてその義を重視して「マウス」と訓読すると原文を復原することができなくなるので、文字の相異を重くみて「啓・解」は音読を採用する。」（9注5以申）とする。

（4）万葉集にも、漢文である題詞には「親母」の例がみえ（巻九・一七九〇）、『日本国語大辞典』（第二版）は「しんぼ」を立項する。しかしもしも、日本語文を作るときのことばとして「親母（シンボ）」があったのなら、のちに漢語らしくない「実母（ジツボ）」がなぜ、生まれて定着したのかが問われなければならないだろう。

（5）これに対しては「漢語の「痛苦」と解し、音読する。」（桑原『請暇解』（一）五五頁、37痛苦）と注記する。

（6）注2拙稿

（7）東野治之『長屋王家木簡の研究』（一九九六、塙書房）

（8）犬飼隆『木簡による日本語書記史』（二〇〇五、笠間書院）

（9）築島裕『平安時代の漢文訓読語につきての研究』（一九六三、東京大学出版会）、奥村悦三「文を綴る、文を作る」（叙説二十九、二〇〇一・三）、同「貫之の綴りかた」（叙説三十三、二〇〇六・三）、阪倉篤義『文章と表現』（一九七五、角川書店）

# 第五節　古事記を構成する「ことば」

## 一　漢文と漢文訓読

古代、漢字専用時代に漢字によって日本語を書きしるそうとしたとき、まず第一にとられた方法は、漢文訳、つまり漢文で書くということだった。これを、当時の東アジアにおける公用語としての書きことばは中国古典語だった、という風に置き換えても、事実としてはほとんどかわりない。しかし、これを現代における公用語と生活語との関係とパラレルに考えられるかというと、そうでない部分がある。たとえば、現代において、インドや中国の少数民族語は、書くという習慣をもたない。したがって、書くときには公用語である英語や北京語で書く。生活のことばである民族語を、書くことはしないし、できないのである。ただ、彼らにとって英語や北京語は、話しことばでもある。身近な例として、方言と共通語との関係を考えればよい。あるいは、西洋における生活語とラテン語との関係を考えるのがよいのかもしれない。ラテン語はもはやネイティブをもたない死語であるが、共通の書きことばとして生き続けている。しかしやはり、それらは話すこともおこなわれる、あるいは声に出すことができるという点で、古代日本における漢文（中国古典文）と日本語との関係とは、様相を異にする。そこに、漢文訓読という方法が介在するからである[1]。

漢文訓読が七世紀にはすでにおこなわれていたことは、滋賀県北大津遺跡出土音義木簡によってしられる。

【北大津遺跡出土木簡】

鑠〈汙ツ〉鎧〈与里比〉／賛〈田須久〉慕〈尼我布〉誈〈阿佐ム加ム移母〉／偓カ〈参須羅不〉采〈取〉體〈ツ久羅布〉／穳〈久皮之〉披〈開〉費〈阿多比〉

ここでは、「誈〈阿佐ム加ム移母〉」のように、文脈にそった訓があたえられており、なんらかの典籍を訓読したことがうかがわれるのである。また、これらの和訓は、和訓が漢文訓読によって定着していくことをうかがわせる。(2)

漢文訓読は、逐字訳を基本とする。ここから、和訓が成立すると考えられる。自然な言語接触から和訓が成立することは、考えられなくもないし、また、一部、そういう場面もあったであろう。しかし、漢籍受容の過程において和訓が大量に成立したことは、後代の、類聚名義抄等の和訓の集成をみてもあきらかである。

また、七世紀に音読がおこなわれなかったわけではないことも、奈良県飛鳥池遺跡出土の音義木簡からうかがわれる。

【飛鳥池遺跡出土木簡】

・熊〈汙吾〉羆彼〈下〉匝〈ナ布〉戀〈累尓〉蔦〈上〉横〈詠〉営詠

・蜚〈皮伊〉尸之忤懼

ここでは「熊〈汙吾〉」「匝〈ナ布〉」「戀〈累尓〉」など、韻尾をもつ漢字音が、一字一音の漢字によって二音節に表記されている（「ナ」は「左」の省画）。これによって、和訓とともに和音も成立していたことが考えられる。とすると、音読と訓読とを併用する、のちの文選読みのような方法で、漢文が理解されていたということではなかったか。そのことが和訓と和音の成立にかかわったと考えられるのである。

字音（和音読み）と字訓（和語で読むこと）とが、七世紀段階である程度成立していたことから、漢字の「和化」も相当に進んでいたことが考えられる。

漢文訓読、つまり、漢文を日本語に逐字訳することで漢文の習得がおこなわれたとすると、漢文、つまり、公用語としての中国古典文が、中国語の「コエ」をともなう「ことば」としてではなく、「書くこと」としてものされたということも、後代の状況からは考えうる。だとすると、漢文という書きことばは、「書くためのことば」ではなく、ただことばを書くための方法あるいは「書かれたもの」としてのみあったということも、考えられてよい。つまり、日本語（のちに述べるように漢文訓読のための日本語）で発想されたものが、「漢文」として書かれ、読む側もそれを漢文訓読して「日本語」で読む。そこには「コエ」としての中国語を介さない、そんなシステムがおこなわれていたことが想定されるのである。このような現象は、古代においてそれを検証するすべをもたないが、少なくとも、江戸時代にあったことは、齋藤希史によって明らかにされている[3]。

## 二　表記体としての変体漢文

書きことばとしての「漢文」が、中国語としての「ことば」を介さないで成立しえたとすると、そこにおこなわれた「ことば」がどのようなものであったかということが問われなければならないが、その前に、やはり書きことばとしての「変体漢文」[4]（厳密には「書きことば」ではないが）を検討しておく必要がある。古事記やその基盤となった正倉院文書にみられる日用文書の表記をどのように呼ぶかは一応保留して、正格の漢文を意図しないそのような「漢字文」が、字訓あるいは漢文訓読のことばを背景として成立したことはみとめられてよい。そこに日本語を書きあらわそうとした強い意志があったなどとは、とうてい想像できないのだけれど、日本語に基づいて書記されたことだけはたしかである。「変体漢文」はたしかに日本語で考えられた思想を書きしるす書記の方法（表記法）としてあった。これが「変体漢文」という表記体の本質である。つまり、「変体漢文」は、律令官人たちの日常のことばのひとつの表出方法、つまり書きことば（そこに「ことば」があらわされているか、あらわれているか、どうかは別として）であったということになる。

かめいたかしが「古事記はよめるか」と問うたのは[5]、書かれたものが、「ことば」をことばとして再構しうる書きかたであったかどうかを問題としたのであり、古事記の表記が正倉院文書などの、律令官人たちの日用文書の形式である「変体漢文」の方法を基盤とするかぎりにおいて、「ヨメない」と結論付けたことは、重く受け止めなければならない。前節において、正倉院文書の訓読の方法に言及したのも[6]、それを重くみてのことである。そこでは、漢語の文字列である「辛苦」や「親母」を音読するか訓読するかは、日常の使用語彙として、日本語の中にそれらの漢語が定着していたかどうかという重要な問題としてあり、それは現時点では確定できないのだということを指摘した。まさに「ヨメない」書き方が変体漢文のありようなのであり、そこでは、「ことば」は情報としてのみ存在する。

## 三　変体漢文の語法と漢文訓読

このような書記用の文体ないし表記体に関連して、正倉院に残る仮名文書について、奥村悦三[7]がはやく、そこに「変体漢文」の文書を訓読したような語法が含まれることを指摘している。そこに用いられた語彙・語法は、のちに述べる「生活のことば」とは異なるものと理解される。つまり、変体漢文作成のためのことばは、漢文訓読のようなことばであったわけで、そのようなことばでなければ、文章として書くことができなかったと考えられたのである。

正倉院文書に代表される日用の表記体である変体漢文は、いわば文法のない表記をもつ、ひとつの和漢混淆文である。

（1）大原国持謹解　請暇日事
　合伍箇日
　右請穢衣服洗為暇日
　如前以解
　　天平宝字二年十月廿一日（続修20）

（2）美努人長謹解　申請暇日事
　合三箇日
　右為療親母之胸病
　請如件謹以解
　　天平宝字四年九月十六日美努人長（続修20）

（1）の文書では、原因理由をあらわす「為（ために）」が、日本語の語順にしたがって、理由のあとにきているが、（2）では漢文の語順にしたがっている。また、次の文書では、「暇日」を請う場合の「請」が、日数の前にくる場合（（4）請四箇日、（5）請三箇日暇）とあとにもくる場合（（3）三箇日暇日請）とがある（本書第一章第一節）。

（3）嶋浄浜解　申不参事
　右以去九月廿八日依病而三箇日
　暇日請罷退病弥重立居不便
　仍更五箇日暇請如件以解
　　天平宝字二年十月一日付使尾張日足　（続修19）

（4）謹解　申過限日事
　以今月十三日廬内卆有故屋破
　壊修理之間限日可過更請四箇日
　仍録事状謹解
〔廿二日参〕天平宝字四年九月十五日山部吾方麻呂（続修19）

（5）史戸赤麻呂謹解　申不参向事
　右以今月十七日姑死去仍請三箇日暇欲看
　治今録状謹解〔以廿一日夕参〕
　　天平宝字四年九月十八日　（続修19）

ここでも、字順つまり語法が、漢文的か日本語的かはこだわられていないことになる。つまり、情報さえ伝われば、漢文の語序にしたがおうが、日本語の語序にしたがおうが問題にはならないのである。

　もちろん、これを日本語に訓読すれば同じになるので、どちらも結局、日本語を書いたものであることにかわりないとして、日本語文であることを強調する査証とすることもできよう。しかしだとすると、漢文的に書く必要がどこから生じているかを考えねばならないだろう。「漢文的に書く」意識が強く残っているところに日本語を表記する方法としての「変体漢文」があるとするならば、やはりそれは、漢文の語を含む「変体漢文」という名がふさわしいということになる。それは書きあらわされる「ことば」の問題ではなく、単に書きあらわされたという表記の問題である。日本語の「ことば」は、そこでは文字の背後にのみ存するのである。

## 四　話しことばの階層性

では、当時の話しことばはどのようなものであったのだろうか。日常のコミュニケーションにおいて発せられるような、「生活のことば」はかならずあったはずである。それを日本語あるいは和語と呼ぶならば、それはほとんど書きしるす必要のないことばである。このことは、現代のわれわれの日常生活を思いえがけばよい。われわれにも、日常の生活において発せられることばを書きしるさなければならない状況は、ほとんどない。われわれに残されていることばは、記紀歌謡といった歌謡のことばと万葉集に収められた歌うた、それとわずかに残された散文中の仮名書の部分、つまり古事記の仮名書き部分、記紀の訓注などである。近年、木簡が大量にみつかっても、そこに日常生活におけることばが残されているものはほぼないし、それにともなって正倉院文書の見直しが進んでいるが、それでもこの状況が大きくかわったわけではない。したがって、従来から考えられてきたように、ウタのことばの中に生活のことばをみるしか、方法はないし、それが大きく現実と異なるとも思えない。ウタことばが含まれるなど、「生活のことば」そのままではなかろうが、生活に必要な基本的な語彙はほとんどそこには含まれており、男だけの公の世界とは異なり、女性も含めて人々の「生活」が、そこにはみとめられる。

奥村悦三が正倉院仮名文書のことばに、自然な日本語との乖離をみとめたのは、万葉集のことばとの対比によってであった。[8]

## 五　和語と漢語

しかしながら、万葉集や記紀歌謡には漢語がほとんど含まれないという特徴がある。日常のことばの中にどれくらいの漢語が含まれていたかは、やはり、明らかにしがたいが、万葉集に「僧」を「ほふし（法師）」と訓ませたり、「手師（てし）＝書の名人」という、いわゆる湯桶読みの語が想定されたりして、漢語の浸透はある程度進んでいたかと思われる。また、続日本紀に残された六十二通の宣命は、官人たちの前で宣読されたとするが、そこには相当量の漢語が使用されている。今、本居宣長『歴朝詔詞解』が音読する漢語をあげると、次のようなものがある。

【続日本紀宣命の音読漢語語彙】

〈官職等〉

陰陽寮・乾政官・職事・大（太）師・太政大臣禅師・大臣禅師・大保・大法師・大律師・鎮守副将軍・内相・法参議・法臣・法王

〈年号〉

慶雲・神亀・神護景雲・天平・天平神護・宝亀・和銅

〈仏教関係〉

講読・経・行・観世音菩薩・悔過・袈裟・護法・護法善神・最勝王経・三宝・師・四大天王・浄戒・舎利・勝楽・諸聖・諸天・世間・善悪・禅師・帝釈・智行・知識寺・弟子・読誦・如来・人天・不可思議・菩薩・菩提心・梵王・盧舎那・王法正論品・威神

〈仏典の引用〉

悪業王・業・現在・国人・国王・護持・正理・順・治擯・報・王位

〈典籍の引用〉

百行・百足・景雲・神亀・瑞書・大瑞・仁孝

〈律令関係〉

无位・力田

〈その他〉

魘魅・進退・大逆・禰宜・博士・辺戍・謀反

これ以外にも、官職名として「太政大臣、右大臣、大納言、参議」といった官職名がある。和名類聚抄には、

太政大臣　於保万豆利古止乃於保万（部欠か）豆岐美（おほまつりことのおほまへつきみ）、大臣　於保伊万宇智岐美（おほいまうちきみ）、大納言　於保伊毛乃万宇須豆加佐（おほいものまうすつかさ）、参議　於保万豆利古止比止（おほまつりことひと）

といった和訓がみとめられ、また、平安朝和文にも、右大臣を「みぎのおとど」などと和語で呼ぶ場面があらわれ、訓読された可能性は残るが、通常の場面で太政大臣を「おほまつりごとのおほまへつぎみ」などと、和語で唱えられたとは考えにくい。日本書紀の訓に、巻名を「まきのついでひとまきにあたるまき」といった数え方が

あったり、土左日記冒頭に日にちを「しはすのはつかあまりひとひのひ（十二月二十一日）」と数えるのがあったりするが、はたしてこれらのような言い方が通常なされたのだろうか。これらも訓読すればこのようになるという程度であって、それぞれに事情がありこのように表記されるが、通常は音読でことたりたと思われるのである。ここに、漢文訓読の習慣のもつ意味がある。

同じく『歴朝詔詞解』が、二字以上で熟合した漢語に一つの和訓あるいは熟合した和語を与えているものには次のような語がある。

【続日本紀宣命の二字以上一訓の漢語】

詿誤（あざむく）、明日（あす）、鴻業（あまつひつぎ）、宝位（あまつひつぎ）、国家（あめのした）、天雨（あめふる）、示顕（あらはす）、示現（あらはす）、発覚（あらはる）、顕見（あらはる）、示現（あらはる）、勢力（いきほひ）、引率（いざなふ）、抱蔵（いだく）、妄語（いつはりごと）、祈祷（いのる）、今時（いま）、令感動（うごかす）、慈哀（うつくしぶ）、伝駅（うまや）、子孫（うみのこ）、蝦夷（えみし）、自然（おのづから）、曽祖（おほおほぢ）、祖父（おほぢ）、大新嘗（おほにへ）、勅命（おほみこと）、詔命（おほみこと）、勅旨（おほみこと）、詔旨（おほみこと）、公民（おほみたから）、百姓（おほみたから）、人民（おほみたから）、身体（おほみみ）、御所（おほみもと）、先霊（おやのみたま）、如此（かく）、如是（かく）、愚頑（かたくな）、愚痴（かたくな）、昨日（きのふ）、黄金（くがね）、諸国（くにぐに）、今日（けふ）、今年（ことし）、頃者（このごろ）、比来（このごろ）、此遍（このたび）、此般（このたび）、今世（このよ）、承前（さき）、進退（しじまふ）、御宇（しらしめす）、天官御座（たかみくら）、輔佐（たすく）、献奉（たてまつる）、仮令（たとひ）、円満（たらふ）、先考（ちちみこ）、百官（つかさつかさ）、百官司（つかさつかさ）、使人（つかひ）、歳時（とし）、年実（とし）、定省（とぶらふ）、平善（なぐし）、作成（なる）、卒爾（にはか）、至誠（ねもころ）、親母（はは）、匍匐（はふ）、祝部（はふり）、兄弟（はらから）、養治（ひだす）、布施（ほどこす）、厭魅（まじわざ）、祭祀（まつり）、惑乱（まとはす）、朝廷（みかど）、国家（みかど）、宝位（みくらゐ）、京都（みやこ）、唐国（もろこし）、臣下（やつこ）、所由（ゆゑ）、豎子（わらは）

これらはむしろ、和語を漢語でどのように表記するかという問題としてとらえられよう。あるいはこのように言い換えてもよい。漢文的に発想された「ことば」を文章に書きあらわしたとき、このような漢語と和語の対応が考えられたのだと。

逆に、漢字表記に応じて逐字的に訓読することで「ことば」があらわれるようなものもあったであろう。

【続日本紀宣命の二字漢語と逐字訓】

a．老人（おいびと）、赤丹（あかに）、旦夕（あさゆふ）、朝夕（あしたゆふへ）、厚恩（あつきうつくしび）、天地（あめつち）、御宇（あめのしたしらしめす）、奇異（あやしくことに）、新造（あらたにつくれる）、顕出（あらはれいづ）、兵士（いくさびと）、軍丁（いくさよぼろ）、頂受（いただきうく）、戴持（いただきもつ）、詐奸（いつはりかだめる）、祈願（いのりねがふ）、出家（いへいで）、家門（いへかど）、集侍（うごなはりはべる）、討治（うちおさむ）、氏門（うぢかど）、罰滅（うちほろぼす）、麗色（うるはしきいろ）、負荷（おひもつ）、大瑞（おほきしるし）、大寺（おほてら）、大嘗（おほにへ）、官寺（おほやけでら）、同国（おやじくに）、書写（かきうつす）、固辞（かたくいなぶ）、姓名（かばねな）、君臣（きみおみ）、事立（ことだつ）、辞立（ことだつ）、事謀（ことはかる）、謀庭（ことはかるところ）、別宮（ことみや）、事行（ことわざ）、塩汁（しほしる）、白衣（しろきぬ）、進入（すすみいる）、扶拯（たすけすくふ）、輔導（たすけみちびく）、忠浄（ただしくきよし）、立双（たちならぶ）、遍多（たびまねし）、貴瑞（たふときしるし）、官人（つかさびと）、継隆（つぎひろむ）、常人（つねひと）、罪人（つみびと）、精兵（ときいくさ）、年月（としつき）、殿門（とのかど）、遠長（とほながし）、中今（なかいま）、流伝（ながしつたふ）、和銅（にきあかがね）、新城（にひき）、墾田（はりた）、日月（ひつき）、一心（ひとつこころ）、昼夜（ひるよる）、日夜（ひるよる）、諂欺（へつらひあざむく）、僧尼（ほふしあま）、罷出（まかりいづ）、罷退（まかりいます）、政事（まつりごと）、忠赤（まめにあかき）、忠明（まめにあかき）、導護（みちびきまもる）、本忌（もといみ）、諸人（もろひと）、山川（やまかは）、八方（やも）、夜昼（よるひる）、夜日（よるひる）、万世（よろづよ）、弱子（わくご）、教導（をしへみちびく）

b．天下（あめのした）、生子（うみのこ）、慈政（うつくしびのまつりごと）、鎮兵（おさへのいくさ）、風病（かぜのやまひ）、柵戸（きのへ）、地祇（くにつかみ）、国社（くにつやしろ）、国法（くにののり）、先帝（さきのみかど）、瑞雲（しるしのくも）、瑞宝（しるしのたから）、節刀（しるしのたち）、豊明（とよのあかり）、冬至（ふゆのきはみのひ）、皇位（みかどのくらゐ）、帝位（みかどのくらゐ）、年号（みよのな）、私兵（わたくしのいくさ）、後世（のちのよ）

c．毎レ事（ことごと）、随レ神（かむながら）、同レ心（こころをおなじくす）、終レ身（みのをはり）

aは熟合語に対して逐字的に和訓を与えたもの、bは「の」などの連体格助詞で和語をつないだもの、cは反読をともなうものである。ここまでくると、漢語語彙と和語とのかかわりは、文章作成の問題、つまり書記の問題なのか訓読の問題なのか、その境界がかなりあいまいになってくる。

以上のような漢語ないし漢語・漢文的表現が、あるいは字音語として、あるいは訓読語として用いられて、宣命のことばがある。律令とともにあった官人たちは、漢籍の知識も豊富であり、彼らの日常においては、漢語が外来語か借用語かは別として、相当に用いられていたことは想像にかたくない。とするならば、「生活のことば」とは位相を異にしたところに官人たちの「日常のことば」が想定される。現代にたとえるならば、「家庭でのことば」と「職場でのことば」との差が想定できよう。正倉院文書等の「変体漢文」の背後にあったことばは、そのようなものではなかったか。[9]

平安時代には、漢文訓読語と和文語との対立が鮮明であったことが、築島裕によって明らかにされている。[10]その違いが何に基づくかについては諸説あって一致しないが、漢文を理解するためのことばが、律令官人たちの日常にも頻繁に用いられたであろうことは、考えられてよかろう。とするならば、漢文訓読のことばは、その成立期においては、漢籍を伝授する、あるいは学習する人々が日常に使用していたことばに基づいていたことも考えられる。ある程度、読まれてわかることばでなければ漢文訓読の意味をなさないし、理解もされないだろう。それは、日常のことばでなければならないのである。

古事記の文章法が漢文訓読に基づくことは、研究史が明らかにしてきたところであり、前節においても言及したところである。[11]したがって、これを平安時代初期の訓法にしたがって訓みすすめることも、一応は首肯できる。しかしそれを、本居宣長『古事記伝』のようにすべて和語で訓読するとするならば、それは日常のことば使いでない面もおおいにみとめられることになろう。みたように漢語語彙が多くあらわれるのが、宣命にみえる官人たちの日常のことばであったはずだからである。宣長の訓み方には、むしろ「生活のことば」に近いものがあらわれていることになる。ただし、それはそれでひとつのヨミ方でもある。古事記には多くの伝承が含まれており、それらを語り継いできた「カタリのことば」を想定する必要があるからである。

## 六　カタリのことば

古事記の散文部分には、さまざまな要素の仮名書きがあるが、そのうち、比較的まとまった仮名書きには、

阿那迩夜志、愛袁登古袁

葦原中国者伊多久佐夜芸弖有那理

といった、会話文が仮名（漢字の表音用法）で書かれている部分がある。これらは、そのまま、当時の話しことばを反映したものであろうが、それは、当時の通行のものなのか、それともカタリとして伝承されてきたことばなのかという問題はのこる。古事記冒頭に近い部分、

次国稚如浮脂而、久羅下那州多陀用弊流之時〈流字以上十字以音〉、如葦牙因萌騰之物而成神名、宇摩志阿斯訶備比古遅神〈此神名以音〉。（古事記、天地初発条）

について、「クラゲナスタダヨヘル」の「ナス」が比況の表現だとすると、その前後にある「如浮脂」や「如葦牙」の「如」も比況の表現であり、「如」が「ゴトシ」で訓まれるとするならば、仮名書された「ナス」は「ゴトシ」とは異なる位相の比況をあらわす語であることになり、その「ことばのかたち」をそのまま書きあらわす必要があったということになる。すなわち、そこに訓読のことばでないカタリによって伝えられた伝承のことばをみることになる[12]（本章第二節）。

日本書紀の訓注も、基本的にはそのようなことばであると思われる。たとえば、イザナキとイザナミの掛け合いのことばに、「妍哉〈阿那而恵夜〉」とあるようなものは、古事記と引き合わせたとき、漢文化したのでは伝え

きれない、カタリのことばをそれとして示す必要があったからだと考えられる[13]。

ところで、古事記の地の文は基本的に、平安時代初期の漢文訓読の方法によって、過去回想の助動詞は「キ」によってよまれる。「キ」と「ケリ」の仮名書き例は、次のようである（引用は、西宮一民『古事記新訂版』（一九八六、桜楓社）による。（　）内はその頁数と行数）。

助動詞「キ」四例（地の文）

啼伊佐知伎也〈自伊下四字以音、下效此〉（40―4）

神夜良比夜良比岐（47―5）

立走伊須須岐伎〈此五字以音〉（97―13）

故、能見志米岐其老所在〈志米岐三字以音〉（209―6）

助動詞「ケリ」四例（会話文）

穢国而在祁理〈此二字以音〉（37―4）

我子者不死有祁理〈此二字以音。下效此〉（68―10）

我君者不死坐祁理云（68―10）

於大倭国、益吾二人而、建男者坐祁理（129―10）

「キ」は地の文に、「ケリ」は会話文にあらわれる。平安時代初期の漢訳仏典の漢文訓読においても、基本的に助動詞は「キ」によって統括されており、仏教説話においてもかわりない。これに準じて考えるならば、地の文は基本的に助動詞「キ」によって統括されると考えてよさそうに思われる。これに対して平安朝和文、特に物語文学においては、助動詞「ケリ」によって統括される文章が核となっていることが指摘されている[14]。となると、この違いはいったいどこに起因するのであろうか。平安時代にいたって急に、物語を助動詞「ケリ」によって統括する文体があらわれたということになるのであろうか。ウタである万葉集においては、詳細は省略するが、助動詞「キ」は単純に過去をあらわす表現として修飾句に多く、「ケリ」はむしろ現在の詠嘆に使用され（いわゆる気づきの「ケリ」）、述部に多く用いられる[15]。つまり、文章を統括するのには「ケリ」が用いられ、「キ」は直接体験をあらわすといわれるような用法として用いられるということになる。とするならば、平安時代和文の特徴は万葉集のウタに近い文体ということができるのではないか。カタリの文体がウタの文体に近かったということを考えるなら、古事記に反映されているのは、そのようなカタリのことばではなく、当時の漢文訓読のことばに近いものが、その基調となっており、地の文の仮名書部分にのみ、カタリのことばがそのままのかたちで残されているといったことが考えられる。つまり、古事記の文章は、漢文訓読のことば（日常のことば）と、生活のことば（会話のことばやカタリのことば）とが、モザイクのようにまだらに入り交じったような文章であるということになる。それは、当時の散文をつづるひとつの達成でもあり、限界でもあった。

## 七　書きことば文体の成立

いままでにみてきたように考えるならば、古事記はあらたな散文の形式を、まさに表記体という形式面においてのみ、創り上げたものと評価できるのである。そしてそれは、ことばとしての散文形式というには程遠いものであったに違いない。物語のようなまとまった散文形式の文章は、文字としての仮名の成立、平仮名の成立をまって、はじめて成立すると考えられる。それはカタリのことばを基本としながら、それを仮名というまさにことばの「かたち」をあらわす方法によって、はじめて文章化しえるものだったのである。

ただし、生活のことばそのものは、ウタにはなりえても散文としてなにかを表現できるようなものではない。物語を構想するには、漢文ないし漢文訓読的な思考が必要だったと思われるからである。書きしるすことばは、変体漢文で書かれるようなものでしかなかった。

仮名散文の嚆矢としてあげられるのは、古今集仮名序と土左日記、そして竹取物語であろう。仮名序はまさに漢文で指向されたことを読み下し文にしたようなもので、随所に漢文的な要素がちりばめられている。土左日記に関しては、築島裕、奥村悦三が漢文訓読的な語法から変体漢文的な要素を導きだしている(16)。これら漢文ないし変体漢文の文章を基盤として、仮名による散文形式が整えられて、やがて、物語いできはじめの祖である竹取物語が成立する。そこに文体基調が漢文訓読的なことばから生活のことば、カタリのことばへの転換があったとみとめるならば、初期仮名文に漢文訓読的な要素が多く含まれることも納得される。

日本語で散文をつづるという営みの中で、古事記が表記体としての散文の文章（変体漢文の完成形）を創り上げた和漢の混淆であったとするならば、竹取物語は文体としての和漢（この場合は、生活のことばという和と変体漢文ないしその訓読という漢）の混淆であったといえる。つまり、生活のことば（カタリのことば）の枠組みの中に、漢文訓読的な思考による文章（日常のことば）を組み入れたのが、物語の文体であったと考える。その先に女流文学作品にみられるような平安朝和文の書きことばとしての文体がある。

このように考えるならやはり、仮名の成立をまってはじめて、日本語の書きことばは、その文体を獲得したということになる。

注

（1）漢文訓読については、金文京『漢文と東アジア―訓読の文化圏』（二〇一〇、岩波新書）が、東アジア全体を視野に入れた考察をおこなっているが、孤立語である中国語と膠着語である朝鮮語や日本語の言語特徴が、訓読という方法の定着に関与したと思われ、また、日本語の単純な音節構造が訓点記入の方法に有利に働いた結果、日本において特に漢文訓読が発達、定着したものと思われる。

（2）北大津遺跡出土木簡、飛鳥池遺跡木簡の釈文については、奈良文化財研究所『木簡黎明―飛鳥に集ういにしへの文字たち』（二〇一〇、飛鳥資料館）を参考にし、私見を加えた。

（3）齋藤希史『漢文脈と近代日本―もう一つのことばの世界―』（二〇〇七、日本放送出版協会）

（4）変体漢文という用語については、「討論会　古事記の文章法と表記」（萬葉語文研究九、二〇一三・十）や毛利正守「「変体漢文」の研究史と「倭文体」」（日本語の研究第十巻一号、二〇一四・一）に、不適切であるという指摘があるが、表記体のいとしての「変体漢文」という語の使用は、橋本進吉の意図とは別に、以下に述べるように、それがあくまで日本語の表記法のひとつとして漢文的に書こうとする意図を反映するものとして「漢文」という語を含む方が、日本語表記であることを強調するよりもより現実に即していると考える。

（5）かめいたかし「古事記はよめるか」『古事記大成三言語文字篇』（一九五七、平凡社）のち『日本語のすがたとこころ（二）』（一九八五、吉川弘文館）所収

（6）拙稿「正倉院文書請暇解の訓読語と字音語」『国語語彙史の研究三十』（二〇一一、和泉書院）本章第四節参照。

（7）奥村悦三「仮名文書の成立以前」『論集日本文学・日本語1上代』（一九七八、角川書店）、同「仮名文書の成立以前　続―正倉院仮名文書・乙種をめぐって―」（萬葉九十九、一九七八・十二）

（8）奥村悦三注7前掲論文。なお、このことについては、注4前掲「討論会　古事記の文章法と表記」に言及がある。

（9）その点で、桑原祐子担当『請暇不参解編（一）』『請暇不参解編（二）』、黒田洋子担当『啓・書状編（一）』（奈良女子大学21世紀COEプログラム報告書）が、二字漢語を積極的に音読みする訓読方法をとっているのは、あながち否定できない面もあ

る。注6拙稿参照。
(10) 築島裕『平安時代の漢文訓読語につきての研究』（一九六三、東京大学出版会）
(11) 拙稿「古事記の文章法と表記」、内田賢徳ほか「討論会　古事記の文章法と表記」、（いずれも萬葉語文研究九、二〇一三・十）
(12) 拙稿「古事記の固有名表記をめぐって―神名、人名における「高」をめぐって―」（古代学四号、二〇一二・三）、本章第二節参照。
(13) 青木周平「『日本書紀』の訓注と〈訓読〉―巻一の場合―」（『古事記・日本書紀論究』（二〇〇二、おうふう））、同「『日本書紀』の訓注と〈訓読〉―巻二の場合―」（高岡市万葉歴史館紀要十二、二〇〇二・三）、毛利正守「日本書紀の漢語と訓注のあり方をめぐって」（萬葉語文研究一、二〇〇五・三）
(14) 阪倉篤義「竹取物語の構成と文章」（国語国文二十五巻十一号、一九五六・十一、のち『文章と表現』（一九七五、角川書店）所収）、日本古典文学大系『竹取物語　伊勢物語　大和物語』（一九五七、岩波書店）竹取物語解説
(15) 助動詞「キ」と「ケリ」についての研究史は、加藤浩司『キ・ケリの研究』（一九九八、和泉書院）にまとめられている。
(16) 築島裕注10前掲書および奥村悦三「文を綴る、文を作る」（叙説二十九、二〇〇一・三）、同「貫之の綴りかた」（叙説三十三、二〇〇六・三）

# 第四章　変体漢文体表記から和漢混淆文体へ

# 第一節　部分的宣命書きと和漢混淆文

## 一　日用書記体としての変体漢文

古代、日本語が漢字と出会い、漢字でもって日本語を書きしるそうとしたとき、考えうる方法はただひとつ、本来の漢字の機能そのままに中国語に翻訳すること、つまり漢文で書くことであったはずである。漢字で書くというのはとりもなおさず、中国語（漢文）を書くということだから。漢字の修得も、漢文の修得とともにあった。当時の世界事情から考えても、中国語は東アジアでもっとも有力な言語であった。国際的にも中国語、あるいは、共通の書きことばとしての漢文（中国古典文）の修得は必須であった。その中国の、律令制という社会制度を取り入れて国家体制を整えようとしたとき、わが国においても基本的には中国語（漢文）を必要としたであろう。しかし、すべての官人がそれをよくしたわけではない。むしろ、中国語（漢文）ができるのは、渡来人と呼ばれる、もともと日本語を母語としない人々やその一族と、一部有能な官吏、学者にかぎられていたと思われる。そんな中で、律令制におけるいわゆる文書主義は、中国語をよくしない律令官人にまで、書くということを要求した。かくして、日本語に即したかたちで律令社会の文書形式が定まってゆくことになる。変体漢文と呼ばれる、ひとつの書記の方法がそれである。

その背景には、中国語学習の過程で必要となる漢字と日本語との対応、広い意味での漢文訓読があった。漢字と訓（和訓）との対応があって、はじめて日本語的な漢文が成立する基盤ができる。「変体漢文」とは、単に間違った漢文（中国語文）とは異なる、日本語の書記様式のひとつである。そのかぎりにおいて、漢字と訓（和訓）との対応をぬきに、それを考えることはできない。ただし、それは日本語を書くことの要請によるものであったけれど、日本語として書くことを意識したわけではない。一方で中国語の形式を、やはり意識したものであった。だからこそ、日本語のかたちをほぼそのまま記しうる仮名だけで、文書をやりとりすることは、おこなわれにくかったのであろう。そこに、日本語文をその音列のままに記そうという要求（日本語を日本語として書くこと）は、入り込む余地がなかったのである。

正倉院に残る二通の仮名文書は、その意味で特殊である。あるいは、仮名だけしか知らないような層を考えねばならないのかもしれない。各地から出土する「なにはづ」木簡は、早い時期から仮名学習のあったことをうかがわせる。しかし、奥村悦三の指摘するように[1]、文章としては、そこに漢文ないし漢文訓読的な要素を見出すと き、やはり、日用文書のうちのある種特殊な形式であったとみなす方が今のところ妥当であろう[2]。

そもそも漢字でもって文章を書くということは、基本的に中国語文、つまり漢文を書くことである。そして、書き手のことばが日本語である場合、つねに漢文への翻訳ということが前提になる。いいかえれば、日本語文をそのままのかたちに書くということは、はなから念頭にない。つまり、書きことばと話しことばとのあいだには大きな溝があった。話しことばのままに日本語文を書くためには、さらに多くの年月を要したのである[3]。

ところで、古代の文体を漢文体（中国語文）と和文体（日本語文）とに大別することが、多くおこなわれているが、はたしてこれは妥当であろうか。古代の書記様式は、漢文（中国語文）作成をめざさないかぎりは、とりもなおさず律令社会の日用文書の様式としての変体漢文である。それ以外で、ことばを書きとめようとする要求は、それほど多くはなかったであろう。日用文書は、内容の伝達に重きがあるわけで、それを「日本語に」（日本語としてではなく）よめるかどうかはそれほど問題ではない。話しことばのような自然な日本語の音列への還元は意図されてはいない。正格の漢文でもなければ自然な日本語文でもない、漢文の形式を指向しながら日本語文を書きしるそうとした、形態は漢文に近いが、中国語文を意図したのではない日本語文、というのが日用文書の様式なのである。それは、漢文と日本語文との接触によって生じた日本的な漢文、つまり混成の書記様式（あるいは書記法）といえよう。中国語ではないが、日本語ともいえないような日本語の文章（あるいは書記法）、一種のクレオールのようなものが書記様式として存在したと考えればよい。それがとりもなおさず、変体漢文とよばれる表記体の実体なのである。

したがって、一方で漢文の形式を指向することにおいて、「漢文」の名で呼ぶことは、日本語文の一種であったとしてもそれほど問題はない。むしろ、これを日本語文の名で呼ぶことは、のちの仮名文を考えたとき、性格の一面を見失う面があるのではないか。実際には日本語文の内容を漢文の形式を真似たかたちで書こうとしたものなのであり、あえて名付けるならば「擬似漢文」あるいは「似非漢文」とでもいうべき性格のものとみるのが、もっとも穏やかなように思われる。その点で、従来の「変体漢文」の名は、一面ではその妥当性も残しているようにもみえるのである[4]。

そう考えるなら、一方の極に正格の漢文をおき、一方の極に仮名書きの文章をおいて、その中間に変体漢文をおくといった図式が、古代の文章を考えるうえで有効であると思われる[5]。

その背後には、書きあらわそうとすることばとしての日本語があってよい。それがあらたな日本語の文体へと発展してゆくこともまた自然な流れである。現代の日本語も多くの外国語との接触によって変化してきた面があるのと同断である。和漢の混淆がそこにある。

## 二　変体漢文と宣命書き

さて、律令社会における日用文書の書記体として、変体漢文を措定するとして、その内実は多様である。たとえば、正倉院文書に残されている写経所の請暇不参解（欠勤届のようなもの）の数々は、まさに日用の文書である。内容は欠勤の理由と日数だけの簡単なものである。しかし、ある種、形式にのっとりながらも、ひとつひとつには個性がみとめられ、一様ではない。

嶋浄浜解　申不参事
右以去九月廿八日依病而三箇日
暇日請罷退病弥重立居不便
仍更五箇日暇請如件以解
天平宝字二年十月一日付使尾張日足（続修19）

史戸赤麻呂謹解　申不参向事
右以今月十七日姑死去仍請三箇日暇欲看
治今録状謹解〔以廿一日夕参〕
天平宝字四年九月十八日

〔判　史生下道朝臣福麻呂　領賀茂朝臣馬甘〕（続修19）

形式としては、ここに示したように「（誰それ）解　申不参事」ではじまり、「以解」「謹解」でくるが、字句には「申不参事」のほか「申不参向事」「申不参送事」など、いくつかの違いがみられ、文末も「如件以解」「今録状謹解」のほかに「如前以解」「仍録事状謹解」「申送謹解」など小さな異なりがいくつもみられる。つまり、定まった書式にのっとったものではなく、それぞれが、基本はありながらも各自の表現にしたがったものとなっているのである。

そんな中で、この二通においては、「暇（暇日）を請」の「請」の位置が異なる。前者においては、「三箇日の暇日を請ひ」「五箇日の暇を請ふ」と日本語の語順にしたがっており、後者の漢文の語序にしたがった「請㆓三箇日暇㆒」とは異なる。両者は同一の位相に属し、いずれも不参状という合目的的に、同じくものされたものであり、その中で「請」の漢文的語序と日本語文的語序とは、日用文書の形式の範囲内でのゆれ、いわば個人差ということになろう。この場合、漢文的語序と日本語文的語序とは、文章の性質、漢文か非漢文かを区別する指標にはなりえない（本書第三章第五節）。

これに、部分的宣命書きを含む次の文書を加えても、同じことがいえる（〈　〉内は宣命書き）。

桑内真公解　申不参事
右真公頭出瘡弥大施痛苦此令見
於人虫瘡〈止云〉仍請薬師比来之間
治作雖然未能寮因録怠状以解送
謹申

宝亀三年三月廿三日　（続修19）

この場合、宣命書きは、仮名小書きによる日本語要素のはさみこみであるが、漢文的語序を基本とする点において、基底にあるのは変体漢文である。正倉院文書に残された部分的宣命書きの資料や、平安遺文所収の宣命書き資料のうちの部分的宣命書き資料は、いずれも、このように変体漢文を基底とする。[6] しかして、基底となる漢文には、先にみたような多様性がみとめられるのである。

平安遺文所収の宣命書き資料を眺めてみると、時代をへるにしたがってその例数は増加する。[7] これはそもそも資料の残存量による面もあるが、やはり宣命書きを含む文書が増えていることを意味しよう。

次にあげるのは日記と呼ばれる形式の文書である。注7の拙稿で取り上げたように、この形式の文書は、宣命書きを多く含み、日本語の語序にしたがった構文が特徴的にみられる一群の資料であるが、その中で、会話引用の形式に注目したい。

東寺御領大国庄政所応徳二年六月六日立日記

右事発、庄領字川合庄田三岡前里十三坪一町内五段、為令播殖、田汁〈を〉作置之間、稲木大夫延能神主従類卅余人俄到来、件田五反非道押殖。因之、庄遣使者令制止云「本寺御下文并祭主御外題已了、経沙汰之後、依一定可播殖」者。其時〈ニ〉延能神主従類云「何〈乃〉本寺使〈者〉可在」〈と〉申〈天〉放奇。「雖本寺使頭打破」〈と〉申〈天〉、以杖木打破礫〈志／天〉不知是非致乱行計。仍為後日沙汰、注在状、以解。

日記申御庄専当高橋成任

太神宮御領平田御薗検校藤原

大中臣（花押）

件日記被注稲大小大夫従類所為、殆似乱行企、不待使沙汰、件田競殖之上、為沙汰雖加制止、不承引旨実正
也、仍加進署名之、

在地岡前村刀禰御薗預県用吉

（東寺領伊勢国大国荘政所日記、東寺百合文書せ、平安遺文一二三八）

この文書においては、会話引用の形式が三箇所みられる。はじめは、「～云「―」者」という漢文の格にのっとった方法になっているが、二番目から三番目は、「～云「―」〈と〉申〈天〉、「―」〈と〉申〈天〉」という形式で、宣命書きを交えて日本語の格にのっとったものとなっている。このような形式は、宣命書きを交えないような通常の変体漢文体文書にあっても、次のようにみられ、

卌五下古家田五段二百歩下
右坪、田刀依知大富愁云、「此田唯有名少実、无由進地子、雖前前使愁申、而都不弁、強迫无実地子、於少力民大愁」者、仍今勘推之、前前寺所預三段二百歩、被奪公田二段也、披陳其由、口分戸主依知真象申云、「己不知寺田給口分、今承賢者教、更不預作」申、避已畢、即進地子

（近江国依智荘検田帳、百巻本東大寺文書四十七、平安遺文一一二八）

やはり、「～云「―」者」の形式と「～申云「―」申」の形式とが、併用されている。

会話引用形式については、別に述べたことがあるが[8]、いわゆる文体を特徴付けるひとつの指針となる。変体漢文の中にすでに日本語の語序にしたがった構文がみとめられることは、宣命書きを多く含むことが、そのまま日本語の語序にしたがった構文が多くなることを意味するわけではないことをものがたる。つまり、日本語文の語序にしたがった、和文の特徴とされるような会話引用形式においても、変体漢文の中にすでにその構文がみとめ

られ、これを、文書全体に宣命書きを含む日本語的な文章をあいだにおいて、いわゆる仮名文と連続させるならば、書記様式（表記体）が変体漢文、漢字仮名交じり、平仮名主体と異なっても、通底する文章の形式（この場合は、会話引用の構文）には、共通するところがあることになる。

日用文書の世界において宣命書きが多用されて、書記様式の面からは、通常の形態である漢文から、宣命書きを含んで漢字仮名交じりの文章が徐々に形成されていく姿をみることができる（後述）。しかしながら、その基盤にある「ことば」は、それほど異なるものではない。つねに、漢文的語序と日本語文的語序とが混在するかたちで展開している。たしかに、宣命書きを多く含む文書には、日本語的な傾向は強いけれども、ここでは一応、類似点の方を強調しておく。

## 三　和漢の混淆ということ

みてきたように、変体漢文における日本語的な構文は、宣命書きを契機とするものではないが、宣命書きの部分が日本語部分の埋め込みを目的としていることも、また事実である。「変体漢文と日本語要素の埋め込み」という観点から、もう少し会話部分の引用についてみてみたい。そこから、和漢の混淆というものをさぐる手がかりをえたいと考えるからである。

さまざまの資料において会話あるいは会話引用形式の部分に宣命書きや仮名書きがみられるのは、日本語としてのかたちも伝えようとする意識がそこにあったからだと、一応は考えられよう。変体漢文の中に会話の部分を引用するのには、大きく二つの方法があった。ひとつは、会話部分全体を仮名書きする方法であり、ひとつは会話部分を表示する方法である。

前者は、漢文中の外国語形の仮名書きを淵源とする。古く七世紀後半の木簡に、

詔大命乎伊奈止申者（藤原宮木簡）

世牟止言而（飛鳥池遺跡木簡）

のようなものがみられる。これらは、本行に対して仮名書き部分全体が漢語に準ずる地位をもっており、仮名書き部分が本行と同じ大きさで書きあらわされている。これに対して後者は、宣命書きによって会話部分が示されるようなものであり、

已訖仍推問宣被命問〈志加婆〉頗新田買頗未進申〈支〉（正倉院文書、道守徳太理啓、続修46）

此者稲税盡入〈弖〉申〈支云〉（同、生江息嶋解、正集6）

小治田人公申云〈久〉（同、写書所充装潢帳、正集44）

など、その形式はさまざまであるが、正倉院文書にみられる部分的宣命書きにおいては、ひとつの特徴的な一群である。(9)

古事記においても、これらに対応するような仮名書き（音訓交用）が、会話部分にも多くみとめられる。やはり、ことばのかたちを重視したものとおぼしい。国生みの場面で伊耶那岐命が「阿那迩夜志、愛袁登賣袁」と詔るのは前者の例であり、宣命書きと同様の仮名の用法が会話部分に多くあらわれるのもこれに準じる。(10)

古事記においては、どちらの方法にせよ、たしかに、口頭に発せられるべきことばのかたちをそのまま残そうとしたものと思われ、その点で、変体漢文による日用文書とは、文章の質が異なる。変体漢文においては主に会話の部分がどこであるかを示すのであり、ことばのかたちを残そうとしたものではない。宣命書きを多用するこ

とで、ことばのかたちもあらわすことにつながるが、本来的な目的意識において差がある。そこには会話部分のあらわされるべきことばの文体差が鮮明にみとめられるのであり、宣命書き部分と変体漢文部分とは、画然と区別されるものである。

そもそも宣命書きは、変体漢文と仮名書き（つまり漢文化と日本語文）とのはざまにあって、両者の均衡の上に成り立つものであった。以前に取り上げた問注文書の変体漢文部分と宣命書き部分との差異[11]を考えれば、それは首肯できよう。問注文書においては、その形式が整えられていくと、問いには変体漢文、答えは宣命書きと、その形体を区別して、問いには「問云「―如何」」と漢文的な方法を、答えには「申云「―」〈と〉申（〈　〉は宣命書き）」と日本語的な方法をとる。

問友成云、請被殊任道理、裁下給古作田子細状、在向野郷内字巫田内弐段并字大木垣壱所者、右件田畠、以去庚和年之比、牛男丸与末貞令相訴申之処、被召問図師永尋之間、依陳申末貞道理、可領掌末貞之由、御判給了、何彼相論之時、有可友成領知者、彼時出来、可訴申之処、友成母依為放出子也、今父弘永死去之後処分之由愁申、令作之旨、所難堪也、於田畠所領道者、致無公験者、以手次領作之理、所令所領也、何友成年来父放出子能為男子、不知田畠令領掌之条、無其謂者、依実子細弁申如何、
友成申云、末貞訴申巫田二反畠小城垣一反事、年来相訴之間、御定云、末貞・友成相共可蒙神判之由者、神判祭文進之処、末貞方〈ニ〉出来証利、一〈ハ〉舅安冨死、一〈ハ〉竊盗〈ニ〉合〈天〉悉損取、一〈ハ〉乗馬斃、一〈ハ〉兄時光〈か〉子死、一〈ハ〉甥貞時〈か〉子死者、以去年三月十六日注進之処〈ニ〉、御判云、件田畠任神判証験〈天〉友成可領掌之由者、而背御判旨、所訴申無謂〈と〉申、（花押）
（宇佐宮公文所問注日記、平安遺文二一一五八）

答えの部分は、問いにくらべることばのかたちを問題としていることになる。文書の目的が特に答えの部分の書記にあるのを勘案するならば、変体漢文においても、古事記と同様な要請が生じていると思われる。このあたりには、変体漢文の漢文的語序、宣命書きの日本語的語序という区別をみとめることもできる。先にみたように変体漢文においても日本語的語序はみとめられるけれど、ここでは変体漢文の部分と宣命書きの部分とがはっきりと区別されているといってよかろう。ここに、ひとつの和漢の混淆をみることができる。しかし、ここで実際におこなわれた問答において、問いのことばと答えのことばとに、文体差といえるような差異があったなどというようなことが考えられるであろうか。ここにあるのは、単に表記体の異なりにすぎない。

## 四　文体と表記体

古代漢字文に文体をとらえようとするとき、「文体」という用語（ターム）に、もう一度目を向けておく必要がありそうである。それは「表記体」あるいは「書記体」という用語との関係が問題になるからである。

古代、漢字専用の時代にあって、書記体は漢字文にかぎられる。したがって使用される文字の種類については問題ない。文字の用法面からは、仮名書きの部分が問題となる。つまり、漢字の正用もしくは訓字の用法（義対応、表意的）か、仮名の用法（音対応、表音的）かがもっとも大きな分類の基準となる。しかしながら、これは文章全体のことばのスタイル（文体）とは関係がない。仮名交じりは万葉集のような歌の文章であっても、正倉院文書に残る日用文書のようなものであっても、あるいは木簡のそれであってもあらわれるし、訓字だけの文章も同様である。すくなくとも、八世紀中ごろの律令社会では、比較的自由な書記（どのように書くか選択の幅が広い）が可能であって、そこには、書くべきことばと書記法とのあいだに、いくばくかの選択の余地があったと思われる。万葉集のような歌集内部の多様性を思い浮かべてもよいし、各風土記の国ごとの差異を思い浮かべてもよい。あるいは古事記と日本書紀の差も、書くことの目的やそれによる規制はさておいて、いずれの方法も可能であった時代の選択とみてとれる。

そのような時代にあっては、書かれるべきことばと、選ばれる書記様式とは、かならずしも対応するものではなかったと思われる。もちろん、日本書紀が漢文体を選択するのは、それなりの必然性があり、かならずしも自由な選択の結果とは言い切れないし、万葉集の書き様をみても、そこにはそのように書かれるべき必然性があったことは事実であろう。仮名で書かれることと訓字で書かれることとのあいだには、位相や場といった、それなりの必然性がある。しかしながら、歌が仮名書きされるか、訓字主体の書き様を選択するかは、場に左右されることはあるにはあっても、同じ文章が異なる書き様となるのであって、書記様式が文体を定めているわけではない。また、おそらく、日本書紀と古事記においても、本来語られることばにはそれほどの差はなかったはずである。文章の形態の選択がそこにはある。歌の場合には、同じことばのかたちに還元されるし、記紀の場合にはそうでない。ことばと文章、さらに表記体と、その関係は多様なのである。したがって、表記体によって、文体を規定することは、もう一度考え直されてよい。

みてきたように、会話部分引用の形式やその内部との関係においては、そこにある種表記差がみとめられる。もとより変体漢文内において会話引用形式は、中国語文に傾くものと日本語文に傾くものと、両種の様式が並存していた。ここにひとつの和漢の混淆がみられる。しかして、変体漢文が宣命書きを多く含むようになり、そこに日本語要素の部分が多くを占めるようになると、変体漢文と宣命書きによる異なる意味での和漢の混淆があらわれてくる。これがいわゆる和漢混淆文の源泉となるのではないか。峰岸明がつとに指摘したように[12]、記録体と和漢混淆文との関係は、変体漢文と和漢混淆文との関係というふうに置き換えてよい。峰岸の記録体として取り上げたものも当然ここでいう変体漢文に含まれるものだからである[13]。

さらに、和漢混淆文という用語にも検討が必要である。「和文と漢文（訓読）との混用の文」（『国語学大辞典』）、「漢文訓読文に和文脈の加わったもの、和文脈と漢文訓読文脈との混合した文章、あるいは和漢雅俗の混淆」（『国語学研究辞典』）といった定義によって、軍記物特に平家物語の文章を典型とするのが一般の見方である。ただし、広義に和と漢との混淆による文体ととれば、変体漢文の中に宣命書きを含めそれが多用されることにより、いわゆる漢字仮名交じりを現出させるようなものも、みてきたように和漢の混淆がそこにはみとめられ、一種、和漢混淆のあり方を考えさせる。『東大寺諷誦文稿』に和漢混淆文の萌芽をみる築島裕の見解はそのかぎりにおいて首肯される[14]。『東大寺諷誦文稿』と宣命書きとの関係については先にみたとおりであるが[15]、これを記録体との関係も含めて、日用の文書様式としての変体漢文とそれに仮名を含める様式、つまり「変体漢文と宣命書きによる日本語要素の埋め込み」を、和漢混淆を受け入れる一つの素地と考えるならば、このような文章の様式こそが、和漢混淆文の基底にあるといえよう。むしろ、平家物語などは、その極度に洗練された文体とみるほうが、現代の漢字仮名交じり文への道筋を考えやすいのではなかろうか[16]。ちょうど、古代の変体漢文の典型とみなされてきた古事記の文章が、当時の日用文書との関係でとらえられるようになったことと同じような関係がそこにはみとめられる[17]。

このように、「変体漢文と宣命書きによる日本語要素の埋め込み」は、直接、文体を生み出すものではないけれども、変体漢文がいわゆる和漢混淆文を生み出す基礎にあると考えるならば、変体漢文中の宣命書きが漢字仮名交じりへの契機となったことは、十分に考えられることであると思量する。

注

（1）奥村悦三「仮名文書の成立以前」『論集日本文学・日本語1上代』（一九七八、角川書店）、同「仮名文書の成立以前　続―正倉院仮名文書・乙種をめぐって―」（萬葉九十九、一九七八・十二）

（2）ではなぜこのようなものがものされたのか。その背景については、言及をみない。変体漢文の文書も読まれて伝えられることがあり、そのような文章は理解できるが、それを読むことはできず、ただ、仮名だけが読める、そんな人物にあてたものを、想像するしかないのだろうか。あるいは、変体漢文の文書を書くための下敷きになるようなことばが仮名によって残された稀有な例としてとらえることもできようか。形式の定まった文書ならば、比較的簡単にものすことも可能であっただろうけれど、臨時の内容の書簡文となると、まず伝えるべき内容の日本語文（通常は頭の中だけにあらわれる）がなければならないからである。

（3）歌という日本語語形をそのまま書き写すことを要求する場において、日本語を書きあらわすための文字としての仮名（特に平仮名）が成立したことは、日用での仮名の使用とあいまって、話しことばに近いかたちで日本語の文章を書きしるすことを可能にしたのかもしれない。一方で、片仮名は、つねに部分的にではあるが（つまり文章を書きしるすのではなく）、日本語語形を記すために用いられてきた。

（4）本節のもととなった拙稿「部分的宣命書きと和漢混淆文」（女子大文学国文篇五十四号、二〇〇三・三）では、変体漢文にかわる用語として、擬似漢文を提唱し、論文中にこれを使用したが、同義の新語を提唱することを否として、本書では、すべて、変体漢文に統一した。

（5）もちろん、区別することがより学問的な厳密性であるとする立場からは、一説にもならないのかもしれないが。また、仮名文も奥村の指摘のように漢文の影響から無縁でないとすると、仮名文を変体漢文に含めるような考え方になるのかもしれない。そうすると、やはりそれは日本語文ということになり、漢文か非漢文かの分類として落ち着くということになる。その点では、従来から、変体漢文が日本語文の下位分類に位置づけられてきたことは、本論の趣旨とは若干異なるが、ある意味妥当な分類であったと思われる。ただし、そうしたとき、正格の漢文と変体漢文とのあいだに、誤用や白話的な漢文を中国語文の中におく必要がある。しかしてそれは、日本語（あるいは朝鮮語）の干渉を受けた変体漢文との区別をどこに設けるかという問題が生じる。要は中国語文をめざすかそうでないかの違いとなるが、それは実際の資料からは判断ができない。語彙レベルでは当然のことながら、語法レベルにおいても、まず不可能である（次節参照）。

（6）拙稿「古事記の書き様と部分的宣命書き」『上代語と表記』（二〇〇〇・十、おうふう）、のち『漢字による日本語書記の史的研究』（二〇〇三、塙書房）所収（第三章第四節）

（7）拙稿「『平安遺文』の宣命書き資料」（女子大文学国文篇五十三号、二〇〇二・三）

（8）拙稿「古事記の文章と文体―音訓交用と会話引用形式をめぐって」（国文学　四十七巻四号、二〇〇二・三）、本書第三章第一節参照。

（9）拙稿「部分的宣命書きの機能」『国語語彙史の研究十九』（二〇〇〇、和泉書院）、のち『漢字による日本語書記の史的研究』（二〇〇三、塙書房）所収（第三章第二節）

（10）注6拙稿

（11）注7拙稿

（12）峰岸明『平安時代古記録の国語学的研究』（一九八六、東京大学出版会）

（13）記録体のいわゆる公家日記にはさまざまの形式がみとめられ、スタイルとしては一様でない。それはちょうど、日用文書における個性と揆を一にするものと思われるが、ここに詳述する用意はない。これについては稿を改めることにする。

（14）築島裕「「東大寺諷誦文稿」小考」（国語国文二十一巻五号、一九五二・六）

（15）拙稿「部分的宣命書きからみた『東大寺諷誦文稿』」（女子大文学国文篇五十二号、二〇〇一・三）、のち『漢字による日本語書記の史的研究』（二〇〇三、塙書房）所収（第三章第五節）

（16）平家物語の文章については、平成十四年度大阪女子大学公開講座「『平家物語』の世界」において、平家物語がその変遷を通じて、洗練された和漢混淆文を獲得してゆく過程について考えた。本章第三節参照。
（17）和漢混淆文については、本節のもととなった拙稿以後、拙稿「「和漢混淆文」と和漢の混淆」（国語と国文学九十三巻七号、二〇一六・七）において考察を加えている。

# 第二節　変体漢文の漢文的指向

## はじめに

以前に取り上げたことだが、[1] 正倉院文書の中に、次の二通の文書がある。

装潢小治田人公申云〈久〉六万張之内〈紙〉打廿三部
此之粮未充仍後之二万張内紙十八部
治田石万呂之所割寄已訖此者久米
家足之所継者小治田人君
　天平感宝元年七月三日常世馬人　（正集44）

＊〈久〉は宣命書き、〈紙〉は補入

装潢小治田人公申云〈久〉六万張之内紙打廿三部
此之粮不充仍後之〔紙矣割依〈而〉在〈此者久米／家足之所継〉〕
二万張内紙十八部治田石万呂〈之〉所□
割寄已訖〔〈此者久米家足／之所継〕也〉此者久米家足之

所継者　（続々修27－4）

＊〈久〉は宣命書き、〈而〉〈之〉は補入、〔紙矣割依〈而〉在〈此者久米／家足之所継〉〕〔〈此者久米家足／之所継〕は抹消された部分、〈此者久米／家足之所継〉〈此者久米家足／之所継〉也〉は割り書きされた部分

前者は、四行目の「小治田人君」と末尾の「常世馬人」の書名が別筆であり、実際に受け渡しされた文書とおぼしい。後者は訂正のあとから考えて、その草稿のようなものと考えられる。両者をくらべると、草稿の方には、推敲され書き継がれた跡がうかがえる。おそらく書き直しながらことばが続けられていったものであろう。「此者久米家足之所継」などは、最初の位置に割り書きしようとして、一度消して、次のところに書き、また消して最終的には大きく書かれている。したがって、一度に最後まで書かれてから書き直されたものではなく、考えながら書いたそのものであるといえる。その過程で、「未充」と「不充」、「割寄」と「割依」といった用字の違いもみとめられるが、なによりも注意されるのは、草稿の方の二行目の「紙矣割依〈而〉在」である。「紙を割き依せてあり（依せたり）」とでもよむかと思われるが、とすると、「矣（を）」や「在（あり、あるいは而在（たり））」の部分はきわめて日本語文的な、万葉集人麻呂歌集略体歌に通じるものであり、それが、文章を整える過程において捨象されていると考えうる。一行目の「申云〈久〉」の宣命書きはそのまま残されており、日本語的な部分がすべて改められるわけではないけれども、助詞助動詞を表記する後者にくらべると、前者は、通常の文書形式に近いかたちをとる。

もちろん、通常の文書形式といったところで、その幅は大きく、微細にみればひとつの形式としてくくれないような違いが、個々の文書にはある。本書第一章第一節および前節において、正倉院文書請暇不参解をとりあげ、

変体漢文と一括される表記体の日用文書には、漢文的要素と日本語的要素とが、相当の幅をもってあらわれることを指摘した。そんな中で、小治田人君文書においては、日本語的な部分が訂せられて削除されて、漢文的に整えられている。そのことの意味を、変体漢文の生成にかかわらせて考えてみたい。

具体的には、平安時代の御堂関白記を取り上げる。本資料にも小治田人君文書同様に、日本語的な部分が訂正されるようすがうかがえるからである。その資料性が、変体漢文というものにひとつの示唆を与えると考えられるのであるが、同時に、これによって、日用の文書形式としての変体漢文が、時代を通じてつながりをもち、日本語の語順どおりに表音的に書く仮名書きが可能であり、実際、仮名書状も多くしたためられた時代においても、「漢文に似せて書く」ことが、意味をもっていたことを確認したいからである。

## 一　御堂関白記の仮名書き

藤原道長の日記である御堂関白記には、自筆本が十四巻現存する。当時の政治の第一人者の自筆の日記が残されていることは、歴史資料としてきわめて貴重であるが、また、国語資料としても貴重である。公家日記あるいは古記録と呼ばれる一群の資料は、記録体と称される変体漢文によって記されているが、自筆本には書き誤りや訂正が随所にみられ、それがものされた生の状態がうかがえるのである。また、御堂関白記には、いくつかの有力な古写本類が残されており[2]、自筆本の欠を補うことができる。同時に、両者を対照させることによって、古記録がいかに受け継がれていったかがうかがえる[3]。古写本類の中には訂正された箇所がいくつかあるが、それを自筆本と対照させると、自筆本を古写本類において訂正している箇所が指摘できる。このような作業が何に基づくのか、これを考えることによって、当時のかような表記体に対する、とある意識を垣間みることができるように思われる。

そこで、本節では、御堂関白記の自筆本と古写本類との書写態度から、これを変体漢文生成のひとつの場合として、ささやかな考察を加えてみたい。

自筆本は、現存十四巻、具注歴に書き込まれたもので、記録体といわれる、おそらくは当時の日用文書の一般形式によって記されるが、その書記法は、『大日本古記録』の解説に、

自筆本の記法は、後見を予期しないかに見える自由さで、他の同時の記録によらなければ到底読解出来ないものもあり、宛字・省略・転倒や通用の記録語以外の本書独特の用語が見られ、文体の構成も主語・動詞・客語の位置が区々で、主語が最後に位置することもあり、而もそれを重ね書・塗抹・傍書等を以て正さうと試みた跡がある。従つて、古写本はそれを推し進めて文体の改変を試み、或は先づ自筆本通り写して後、塗抹・傍書・転倒符を以てし、或は直ちに改変して写してゐる。この改変は必ずしも当らざるものがあり、原形を推定して読解すべき場合も少くない。

と、指摘されるごとく、記録体との常として、語順ひとつとってもばらつきがみられ、さきに正倉院文書にみたような類型と個性とを、一資料中に含んだかたちのものとなっている。

また、他の記録と同じく、変体漢文中に日本語要素としての仮名もまま含まれる。変体漢文中に日本語要素を埋め込む方法としての仮名書きが含まれることについては、すでに一連の論考に述べてきたとおりである(4)。本資料においては、変体漢文中に含まれる仮名書きが、古写本類において捨象される傾向にある。その意味でも、変体漢文と仮名書きとの関係を考えるうえで興味深い資料であると思われるのである。そこで、仮名書き部分に注

目することにする。

## 二　和歌の仮名書き

御堂関白記には、和歌が四箇所八首（自筆本は二箇所が残る）みられるが、これらはすべて仮名書きされる。仮名書きは、和歌だけでなくその前後に及ぶこともある。

六日、雪深、朝早レ左衛門督許かくいひやる、わかなつむかすかのはらにゆき（のを訂正）ふれはこゝろつかひをけふさへそやる、かへり、みをつみておほつ（めはを訂正）（か欠カ）なきはゆきやまぬかすかのはらのわな（か脱）ゝりけり

従華山院賜仰以女房〈われすらにおもひこそやれかすかのゝ雪のき（をちのゆ）／まをいかてわくらん〉

御返、みかさ山雪やつむらんとおもふまにそらにこ（よ脱）ゝろのかひけるかな

（寛弘元年二月六日裏書）

此夜御悩甚重興（起を訂正）居給、宮（中）御々几（依）帳下給被仰、つゆのみのくさのやとりにきみをおきてちりをいてぬることをこそおもへ、とおほせられて、臥給後不覚御座奉見人々流泣如雨

（寛弘八年六月二十一日）

前者の最後の歌、仮名の中に「山・雪」の漢字が含まれるが、古写本ではこれらは仮名にかわっている。後者の例、古写本では「とおほせられて」の部分、歌と「と」のあいだに符合があり右に「被仰」と書き入れられている。つまり、地の文の部分が、古写本では漢文的になるよう指示されていることになる。

自筆本が残らずに、古写本によってのみ伝わる和歌部分は、次の二箇所である。

あひおもひのまつをいと丶もいのるかなちとせのかけにかくるへけれは
我
おいぬともしるひとなくはいたつらにたにの（ま）つとそとしをつま丶し
（長和四年十月二十五日）
人々有和歌有興、侍従中納言取盃、題桜花、余かく云、このもとにわれはきにけりさくらはなはるのこ丶ろ
そいと丶ひらくる
（寛仁元年三月四日）

先の例の自筆本の「かくいひやる・かへり」にくらべると、「余かく云・我」など、地の文の仮名書きが少ないという印象を受ける。古写本地の文での唯一の仮名書き「かく」は、指示語として、変体漢文中にあっても比較的仮名書きされやすい語である。続日本紀宣命以来、仮名書きがみられ、本資料においても、前者の「かくいひやる」のほか、「か丶る事」（長和元年正月二十七日裏書）、「さそ思」（寛仁元年四月二十九日）などがある。

漢文あるいは変体漢文中に歌が記される場合、たとえば、記紀歌謡や後の続日本紀、続日本後紀、また将門記や日本霊異記などのように仮名書きされることは常であるが、平仮名成立以降、それが平仮名でものされる点に注意しなければならない。以後の公家日記においても、たとえば明月記には仮名の歌が含まれるなど、類例はいくつか指摘できる。ただし、同時期の権記[5]には、

瀧音能絶弖久成奴礼東名社流弖猶聞計礼（長保元年九月十二日）

栽置〈之〉昔〈乃〉人〈乃〉詞〈に毛〉君〈か〉為〈とや〉花〈に〉告兼（長保二年二月三日）

のように、新撰万葉集を髣髴させる書き様や宣命書きの書き様が採用されており、仮名書きがかならずしも、変

体漢文中の歌のあり方として固定されていたわけではない。

## 三　自筆本と古写本

次に、和歌以外に仮名書きされる部分についてみていこう。これについては、変体漢文中への日本語埋め込みとしての仮名が中心となるが、その中には、次のように、変体漢文というよりは、仮名交じり文に近い部分もみられる（〈 〉は宣命書き、／は割書き改行箇所、以下同じ）。

①又仰云、彼宮申〈せ〉申〈と〉思給〈つ／る〉間、早立給〈つ／れ〉は不聞也、敦康親王に給別封并年官爵等、若有申事、可有御用意者、即参啓此由、御返事云、暫も可候侍りつるを承御心地非例由〈て〉久候〈せ む／に〉有憚〈て〉早罷〈つる／なり〉、有仰親王事は無仰とも可奉仕事、恐申由可奏者（寛弘八年六月二日裏書）

これは裏書に記された部分であるので、具注暦に書き込まれている部分とは異なって、比較的自由なスペースに書かれており、また、天皇のことばとかかわっているからであろうか、宣命書きが随所に採用されている。この部分、古写本では次のように、書き入れが随所にみられ、それが訂正の記号であると考えられる（注記の都合上、宣命書き部分の表示は省略する）。

又仰云、彼宮申せ（「申せ」に抹消符）申と思給つる（「つる」に抹消符、「之」を挿入）間、早立給つれは（「更以」を挿入）不聞也、（「可賜」を挿入）敦康親王に給（「に給」に抹消符）別封并年官爵等、若有中事（「由」を挿入）、可有御用意者、即参啓此由、御返事云、（「有」を挿入）暫も（「も」に抹消符）可（「令」

を挿入）候侍りつるを（「侍りつるを」に抹消符、「之処」を挿入）、承御心地非例由て（「て」に抹消符）、久（「不」を挿入）候（「者」を挿入して抹消）せむに（「せむに」に抹消符）有憚て（「て」に抹消符）早罷つるなり（「つるなり」に抹消符、「出也」を挿入、また「留」を挿入して抹消）、有仰親王事は（「は」に抹消符、「者」を挿入）、無仰とも（「とも」に抹消符、「以前」を挿入）可奉仕事、恐申由（「申」に転倒符）可（「令」を挿入）奏者

この書き入れにしたがって、本文を再建してみると、次のようになるものと思われる。

又仰云、彼宮申と思給之間、早立給つれは更以不聞也、可賜敦康親王別封并年官爵等、若有申事由、可有御用意者、即参啓此由、御返事云、有暫可令候之処、承御心地非例由、久不候有憚早罷出也、有仰親王事者、無仰以前可奉仕事、申恐由可令奏者

若干、仮名が残ったり、訂正記号が不十分で、語法的に不審な点もあるが[6]、ほぼ、漢字専用の変体漢文（いわゆる記録体）に近いかたちになることがみて取れよう。つまり、この部分古写本は、自筆本の本文を踏襲しながらも、仮名交じり文を変体漢文に整えようとして、訂正の記号や書き入れを加えているのである。

②命云、有本意所為にこそあらめ、今無云益、早返上、可然事等おきて、可置給者也、左衛門督なと登山、人々多来問、（長和元年正月十六日）

これに該当する古写本の部分は、次のようになっており、訂正記号はなく本文が大幅に書き換えられている。

命云、有本意所為、今云無益、早帰上、可然事等、可定置給者也、左衛門督等登山、人々多来問、

ここでは、自筆本の本文をそのまま写すのではなく、仮名をすべて省き、所々、文字を入れ替えて、変体漢文の形式を整えるかたちで書き換えられている。①の例において、訂正後の本文を再建してみたが、まさにその結

果のようなものとみとめられるのである。また、次のように、該当する部分が記載されない場合もある。

③仍三日無着馬場思侍りしかと源大納言なとの尚可着由相示侍りしか着侍り云々
（寛仁二年三月二十四日裏書・古―裏書部分ナシ）

もちろん、自筆本の仮名書きを忠実に残す場合もみられ、

④使者にくるを捕留給禄云々（寛弘六年七月七日裏書）

の場合は、古写本においても同様になっている。以上、①から④までのような四つの場合が、自筆本と古写本類との関係としてみとめられるが、特に①と②の場合、自筆本から古写本類へ変更がある場合は、原則的に変体漢文としての形式を整える方向への改変であるといえる。

## 四　自筆本の仮名書き

自筆本において、以上のような、和歌や漢字仮名交じりといった、文章全体の表記にかかわる、まとまった箇所でなくとも、部分的に仮名が交じることは少なからずみとめられる（例の下に古写本類との異同をあげる。なお、自（自筆本）、古（古写本）、平（平松家本）の略称を用いる。以下同じ）。

寛弘元年　助詞「と」（三月九日）　自―本行　古―宣命書き
寛弘二年　助詞「と」（五月二日）　平―抹消符
寛弘四年　助詞「と」（八月二日）　平同
寛弘七年　助詞「と」（正月三日）　古同

「まいる」（正月十五日）　古―「供」
「こほせり」（正月十五日裏書）　古―一字分欠字
寛弘八年　「ひか事」（正月六日）　古―抹消符
「思〈せ／る〉」（六月十四日）　古―「思〈せる〉」に抹消符、「欣」補入
「たは事を」（六月十五日）　古―「太波事を」「を」に抹消符
長和元年　「かかる事」（正月二十七日裏書）　古―「如是事」
「はやる馬」（二月三日）　古―「〈有〉由馬」
「侍りけり」（三月二十四日）　古―「侍」
助詞「も」（三月二十五日）　古ナシ
「内のおとゝの」（四月二十一日）　古―「内大臣」
寛仁二年　助詞「も」、助動詞「め」（四月二十二日裏書）　古―裏書部分ナシ
助動詞＋助詞「つるを」（五月十三日）　自―「思つるを」　古―「欲」

やはり、裏書に比較的まとまった仮名書きがみられる。このうち、自立語は、「まいる（参）・こほせり（溢）・ひが（僻）事・たは事（戯言）・かかる（此）事・はやる（逸）馬・侍り・内のおとゝ（内大臣）」であり、付属語は、助詞「と・に・を・も・の」、助動詞「り・けり」となっている。自立語のうちのいくつか（「まいる」や「内のおとゝ」など）は本資料内でも漢字表記されることが通常であり疑問が残るが、比較的、すぐには漢字表記が思い浮かびにくいものと、やはり助辞の使用がむずかしい（「は（者）」や「て（而）」が含まれない

という意味で）付属語とである。『平安遺文』の変体漢文体文書にみられる仮名書きにくらべて大きくかわるところはない[7]。その点で、このような公家日記に用いられた記録体と日常の実用文書の文章とは、基本的に同質であるということができる。

また、これらの仮名書きが古写本類では、抹消されるか漢文的に書き換えられている。このことは、次に取り上げる、古写本類の書き入れに自筆本の訂正を意図したものが含まれることを意味しよう。少なくとも、仮名書きの部分が訂正されているのは、自筆本に仮名書きであったところを、漢文的に訂正する、あるいは仮名を削除する、そういう方向に意図されたものと思われるのである。したがって、古写本類にみられる仮名書きの部分は、自筆本に存在したものと考えてよい。古写本類には、訂正のかたちでなく、書き改められたかたちの部分もあることから、古写本類しか残らない部分に、仮名が含まれていた可能性があるが、古写本類にみられる仮名書きの部分は、すくなくとも自筆本にもあった仮名書きであり、残された仮名の部分が、自筆本における仮名書きの傾向を知る資料となりうると、判断できるのである。

## 五　古写本類の仮名書き

自筆本の残らない部分の仮名書きには、次のようなものがみられる。

寛弘元年「御覧せり」（七月十一日）

助詞「の・に・に」（十一月八日）

寛弘三年「みつら」（四月二十三日）

助詞「と」（七月十三日）
助詞「と」「と思へり」（七月十四日）「と仰」に抹消符・「と思へり」に抹消符、「以為」を補入
助詞「をは」（七月十五日）「をは」に抹消符
寛弘八年
助詞「に・て・も」（九月五日）「に頼て」に抹消符、「寄」を補入、「も」に抹消符
助詞「と・て」（十一月二十九日）「火有と云」の「と云」に抹消符、「火有」の右に「申」あとに
「之由」補入、「火あるの由申す」とよむようにする。
長和元年
「乗〈れ〉」「下〈り〉」「取〈れ〉」「乗〈れ〉」（十一月十七日）
「多米都物」「多賀須伎等物」「加之八手給〈へ〉」（十一月二十三日）
助詞「〈も〉」（正月十七日）古―ナシ
長和二年(8)
助詞「に」（二月六日）古―ナシ
助詞「〈と〉」（三月四日）平―「数〈と〉書」古―「数〈と〉書〈る〉」
助詞「〈も〉」（三月二十九日）古―ナシ
「人有しけるものをと云々」「し（ゑカ）らはら（こゝカ）に侍物も返や奉出（むカ）云々」「皆
御書あり」（四月十四日）古―ナシ
助動詞＋助詞「むと」助詞「と・〈と〉」（六月二十三日）古―ナシ
長和四年
「侍りしとは」助詞「は」（七月八日）
「火たき屋」（九月五日）「火たき」に抹消符、「炬」を補入
助詞「に」（十月二十八日）

　　　「おはしぬ」（十一月十三日）

長和五年　助詞「〈だに〉」（三月二日）

　　　助詞「と」（三月四日）「免と称」の「と称」に抹消符、「と」にかわって「之由」を補入、「免」の右上に「称」を補入

　　　「のたま（ふ欠カ）」（三月十五日）　右に「被仰也」を補入

　　　助詞「に」（三月二十一日）「に」に抹消符

　　　助詞「かな」（三月二十三日）「かな」に抹消符、「歟」を補入

　　　助詞「と・と」（三月二十四日）「と・と」に抹消符

　　　助詞「も」（六月十一日）

寛仁元年　助詞「ては」（一月七日）

　　　助動詞「けり」（三月十一日）

　　　助詞「を・に」「あらん」（四月十四日）「を・に」に抹消符、「あらん」の右に「有乎」を補入

　　　助詞「を」（四月二十六日）「を」に抹消符

　　　「我もさそ思」（四月二十九日）

　　　「取〈れ〉」（十二月五日）

寛仁二年　「召〈せ〉」（十月十六日）

下に注記を加えた部分は、ほとんどが、あるいは仮名を抹消し、あるいは漢文的な表現に書き改めた部分であ

る。たとえば、寛弘元年十一月八日の条は、道長が捨て子を養わせたという記事であるが、その中に次のような部分がある。

小女童乃有に百日許に也

「小女童のあるに百日ばかりにや」とでもよむように書かれていたものと思われるが、このうち仮名の「に」を抹消し、「の」は「乃（すなはち）」、「や」は「也（なり）」とそれぞれ、そのまま漢語の助辞として残し、「小女童」を「小女子」にかえて、位置も「有」に後置するかたちに指示して、「乃有小女子、百日許也（すなはち小女子あり、百日ばかりなり）」としたものと思われる。ここも、仮名交じり文を変体漢文に改めた部分といえよう。

全体にみて、残された部分も多い。ひとつには、「乗〈れ〉」「下〈り〉」「取〈れ〉」「乗〈れ〉」（長和元年十一月十七日）、「取〈れ〉」（寛仁元年十二月五日）、「召〈せ〉」（寛仁二年十月十六日）など、命令形の活用語尾を宣命書きする部分であり、そのほとんどはそのままである。長和元年十一月の記事は、大嘗祭の記事が占めており、これはたとえば延喜式や儀式書に、臨時の行為を記した部分があり、それに通じる。命令形は、比較的漢文化しにくい部分でもある。また、「多米都物」「多賀須伎等物」「加之八手給〈へ〉」（長和元年十一月二十三日）などの真名書きに近い部分も、儀式書に近い書き方になっている。真名書きに近い部分としては、自筆本・古写本の「たは事」（寛弘八年六月十五日）、古写本の「さそ思」（寛仁元年四月二十九日）も比較的真名に近くなっており、古写本においてもそのまま残されたものとみられる。これらも、比較的漢文化しにくいものである。また、平松家本に仮名書状を引用したと思われる、「人有しけるものをと云々」「し（ゐカ）らはら（こゝカ）に侍物も返や奉出（むカ）云々」「皆御書あり」（長和二年四月十四日）の部分が、古写本には削られている。平松家本と自筆本が対照される部分では、古写本と同じく、自筆本を訂正する部分が多くみとめられたのであるが、ここでは、平松家本が自筆本の姿をとどめているものと判断できよう。

御堂関白記における仮名書きは、以上のような状況であるが、古写本類における訂正箇所は、仮名書き部分だけでなく、全体的に、動詞の語順を入れ替えて、日本語的な部分が漢文的に変更されたり、同訓字がより適切な字に改められたりと、やはり日本語的な部分が漢文的に改められる傾向にある。

## まとめ

以上、御堂関白記にみられる自筆本と古写本類との関係は、はじめにで指摘した、奈良時代の正倉院文書における様相と酷似しているといえる。つまり、記録体と呼ばれる文章（変体漢文）の表記体は、漢文的語法の含まれる度合いの程度差として、ある程度幅をもった文章の総体なのであるが、それはまた、反省され整理されていく段階において、漢文的な方向に展開していくものであったのである。

それらは、正格の漢文を指向しないかぎりにおいて、日本語文である。しかしながら、日本語文の書記法のひとつとして確立していた仮名書きの方法、つまり、日本語の語順どおりに表音的に書く方法をとらないかぎりにおいては、ある意味、漢文をめざした書記方法でもある。御堂関白記の場合、仮名で書かれた和歌をその内部に取り込みながらも、表記体の基調としての変体漢文の方法を採用するのは、まさに、日用文体として、漢文を指向する文章の書き様をめざしているとしなければならないだろう。したがって、たしかに日本語文であるこの種の文章に対して、「変体漢文」といった「漢文」の名を含めることは、ある程度そこの部分を明らかにした命名であると思量する。

注

（1）拙稿「宣命書きの成立をめぐって」『大阪市立大学文学部創立五十周年記念　国語国文学論集』（一九九九、和泉書院）のち拙著『漢字による日本語書記の史的研究』（二〇〇三、塙書房）所収（第三章第一節）

（2）『大日本古記録』（全三巻、岩波書店）は、自筆本を欠く部分を陽明文庫蔵の古写本と京都大学蔵の平松家本とで補っている。本節では、両者をあわせて古写本類と呼ぶことにする。自筆本および古写本は、陽明叢書『御堂関白記』により、平松家本は未見のため、『大日本古記録』による。なお、仮名書きがみられて対象とした本文は、次のような状況である（上は一～六月、下は七～十二月）。

自筆本と古写本

寛弘元年（上）、寛弘六年（下）、寛弘七年（上）、寛弘八年（上）、長和元年（上）、寛仁二年（上）

自筆本と平松家本

寛弘二年（上）、寛弘四年（下）

平松家本と古写本

長和二年（上）

古写本のみ

寛弘元年（下）、寛弘八年（下）、長和元年（下）、長和二年（下）、長和四年（下）、長和五年（上）、寛仁元年（上下）、寛仁二年（下）

平松家本のみ

寛弘三年（上下）

（3）京都大学総合博物館『日記が開く歴史の扉』（二〇〇三年企画展図録）に、日記原本がのちの利用のために、どのように整理されたかが、『大記』を例に解説されている。古写本も、具注暦に記された原本を整理するという態度で書写されたものとおぼしい。

（4）拙著『漢字による日本語書記の史的研究』（二〇〇三、塙書房）および『日本語表記の史的展開における宣命書きの機能とその位置付けの研究』（平成十二～十四年度日本学術振興会科学研究費基盤研究（C）（2）研究成果報告、二〇〇三・三）

（5）権記は、古写本に恵まれないので不確定な部分が多いが、今『増補史料大成』（臨川書店）による。

（6）たとえば、「更以」の右の朱線は挿入符のようにみえるが、あるいは仮名部分の抹消符と考えることもできよう。また、「不」の挿入は、逆の意味になってしまい不審。

（7）注4科学研究費前掲報告参照。

（8）この長和二年上巻（一～六月）のみ、『大日本古記録』によって、平松家本を底本として古写本を対照させる。

# 第三節　変体漢文から和漢混淆文へ

## 一　表記体と文体

表記体という術語が提起されて久しい。文体を議論しようとするとき、まずは表記体と文体との関係を考えねばならないのだが、実はその不即不離の関係ゆえ、その区別は容易ではない。しかし、次のようなことはまず前提となろう。

万葉集において、同じ歌とおぼしきものが、巻によって異なって表記される。

相見者　千歳八去流　否乎鴨　我哉然念　待公難尓（巻十一・二五三九）

安比見弖波　千等世夜伊奴流　伊奈乎加母　安礼也思加毛布　伎美末知我弖尓〈柿本朝臣人麻呂歌集出也〉（巻十四・三四七〇）

天離　夷之長道従　戀来者　自明門　倭嶋所見〈一本云　家門當見由〉（巻三・二五五）

安麻射可流　比奈乃奈我道乎　孤悲久礼婆　安可思能門欲里　伊敝乃安多里見由

柿本朝臣人麻呂歌曰　夜麻等思麻見由（巻十五・三六〇八）

さらにこれらは、万葉集諸本においては、平仮名にも片仮名にも表記される。同じ歌、つまり日本語としては同じことばが、漢字で書かれる場合に、表語的に書かれるか表音的に書かれるかだけでなく、平仮名や片仮名で書かれたりもするのである。ことばを書きしるすのに漢字を用いるか仮名を用いるかが、表記体の問題としてとらえられるのと同様、万葉集中にあっても、巻による書き様の違いは漢字の用法の違いであり、表記体の問題としてとらえられる。

古代の漢字専用時代にあって、表記体を問題にするときは、漢字の用法、つまり表語的な用法か表音的な用法かが、まず第一の分類基準となる。古く、顕昭『万葉集時代難事』が、万葉歌の書き様に真名書きと仮名書きの二類があることを指摘していたように[1]、現在でも、万葉集の巻々は、「真名書」（表語的）の巻か「仮名書」（表音的）の巻かによって、分けられるのが常である。その観点からすれば、散文も含めて、古代、漢字専用時代に日本語が記された文章に対して、なんらかの分類を施そうとするとき、漢字の用法をまず第一の基準と定めることが考えられてよい。

①漢字の表語用法を文章表記の基本とする

②漢字の表音用法を文章表記の基本とする

正格の漢文も、漢字の表語用法が基本であることに違いはなく（当然、固有名詞表記に表音用法を含む）、漢字の並べ方が、すべて中国語の用法に一致するとみとめるだけで足りる。変体漢文は、基本的には漢字の表語用法で記されたものであり、語法や用語に正格の漢文の用法から外れるものを含むと理解されよう。

それに対立するのは、漢字の表音用法を基本とするものであり、「仮名書」歌と、正倉院に残された仮名文書とがこれに相当する（仮名文書にも「田」「日」のように表語用法と思われるものが含まれる）。漢文訓読がいつごろからはじまったかは今はおくとして、もしも、変体漢文や正格の漢文が訓読されて、訓読されたことばを漢字の表音用法に置き換えたなら、漢文訓読文なるものが仮名で記されることになる。正倉院仮名文書に変体漢文的な要素が見出され、そこに、変体漢文的な思考の痕跡が日本語散文の成立とかかわるのではないかという指摘がなされている。[2] だとすれば、「ことば」としては同じ日本語で思考された文章が、普段は表語的に変体漢文として書きしるされるが、ある時にはそれが、表音的に記されることもあったという場合も考えられよう。そこには、まさに表記体の相違だけがある。

古代の表記体の分類として、沖森卓也の分類がある。[3] 沖森はまず古代の文章を、漢文の枠組みで表記する漢文体と、漢文の枠組みを逸脱した和文体とに分けたうえで、和文体を、略体和文・非略体和文（漢字万葉仮名交じり文・宣命体）・万葉仮名文とに分ける。これは漢字の用法を、表語と表音に分けて、略体和文＝表語用法、万葉仮名文＝表音用法、非略体和文＝表語表音交用と理解されよう。非略体和文の二類は、仮名の大きさによると理解すれば、古代の表記体として考えうる、必要十分な分類であると思われる。

ただし、ここで沖森は「変体漢文」の用語を排除し「和文」の語を使用するが、従来から変体漢文の位置づけにおいて問題にされてきたように、具体的にひとつひとつの資料について、漢文か和文かと区別することには、むずかしい面がある。白話的な漢文と和習の漢文を接点として、正格の漢文と比較的漢文に近い変体漢文（和文）とは連続的にとらえるしかない。

また、和文体の下位分類についても、先の基準が漢文体か和文体かという文章の質の問題であるのに対して、ここで逆に文章の質が問題とされない点において、実情をうまく説明しきっているかどうかが問題となる。たとえば『南京遺文』に収められた東大寺東南院文書「越前国足羽郡司解」（東南院文書3―15、いわゆる「鷹山伏弁状」）は、沖森のいう変体和文の長大な文書中に一箇所だけ仮名の「乎」が宣命書きされている。これを宣命体とか非略体和文として略体和文と区別することは、適当な処置とは思えない。むしろ略体和文の特殊な場合とする方が実情にあっている。また、正倉院文書の中の、宣命書きを含む文書も、仮名の大きさから宣命体に位置づけられようが、やはり略体和文と非略体和文との中間的な場合とする方が、文体をも含めて実際の文章の実情にはあっているのではなかろうか。すくなくとも、続日本紀宣命や祝詞にみられる宣命体とは、異なる部分が多く、その違いが明確にはあらわれない。古代の資料こそないが、仮名文においても、表語用法の含み具合によって、仮名交じりとの中間的なものを想定することができる。[4] 従来から、文体と表記体とを明確に区別せず文章の分類がおこなわれてきた背景がここにある。文章の質、いわゆる文体が問題とされる必要がある。

ただし、表記体の分類だけでは古代の文章を説明しえないにしても、文体と表記体とを混同すれば、最初に述べたような問題を解決できない。結局、残るところは、すべての表記体を、①と②とを両極としてそのあいだの中間的なものと位置づけ、①に傾くか、②に傾くかの傾き具合によって、類別するしか方法はないのではないかと思われる。本書において、「変体漢文」という語を使用するのは、まさに完全な日本語文の表音表記でないかぎり、漢字の表語用法は漢文への指向のあらわれであり、それが正格の漢文でないかぎりにおいて、本来は正格の漢文を指向すべきものと考えられるからである。

## 二　変体漢文と仮名書き

そもそも日本語の表記体を考える際に、漢文（中国語文）と和文（日本語文）とを第一の分類基準にする必要があるのだろうか。日本語の思考が文章化されるとき、その最終的にあらわれた「かたち」が中国語の「かたち」であり、日本語の「かたち」であり、あるいはそのどちらともつかない中間的な「かたち」であったりする。

中国語としてよめるもの、あるいはそれを指向するもののみを特化することが、書記するための定まった散文文体をもたなかった日本語において、有効なのだろうか。かめいたかしが「古事記はよめるか」と言挙げしたとき、もしヨメたならそれは、仮名でもって書きしるすことも可能な文章である。現に可能であってもそれはとらないと、安万侶はそれを言挙げしているのである。正倉院仮名文書の日本語の散文文体が、奥村の指摘するように（注2参照）、漢文ないし変体漢文的要素を多分に含むものであるならなおさら、漢文への傾きは多かれ少なかれみとめられる。そのかぎりにおいて、古代の書きことばは、中国語的な要素と日本語的な要素との混淆として理解すべきであると考える。(5)

そこで、完全な仮名書きをめざさないかぎりにおいて、また、それが正格の漢文でないかぎりにおいて、中間的な表記体を「変体漢文」として一括する。定義するならば、

　日本語の発想に基づいた漢文的な書記法（表記体）。漢字の表語用法と中国語的字序に支えられて漢文と連続し、日本語的字序と仮名を含むことができることによって日本語文であることを指向し、仮名書きに連続する。

とでもなろうか。それは、あくまでも日本語での伝達という意識に基づいてものされたものであり、漢文的である（あるいは漢文的であることを意識する）が漢文をめざさないと同時に、一方で日本語の語形への完全な還元ももとめないところに、その特徴がある。正倉院に残された多くの日用文書をその典型とする。「変体」とは漢文ではないことを意味する。しかし、返読部分、つまり漢文的字序は、文字の配列が言語列に並行するという理解の上に立つならまさに漢文的要素であり、漢字の表語用法のみで書きしるすのは、仮名書きが可能であるのに仮名書きでないという意味で、漢文的であるということになる。また、文脈理解のため日本語要素を仮名で埋め

込むことがある。この場合、表記体という観点からは、漢字仮名交じりに分類されることになるが、やはり以前に述べたように[6]、正倉院文書の中では、他の仮名を含まない変体漢文とのあいだに、大きな差異を求めることはむずかしい。

以上のことを念頭において、古代の表記体を整理すれば次のようになる。

①正格漢文（日本語の音列に還元する必要はないが、訓読により復元することもありうる）

日本語の中国語訳（中国の白話文体と日本語の干渉による和習とは区別しがたい部分がある）

①´比較的漢文に近い文章（日本語の文体としては、音列に還元不能、訓読により復元することもありうる）

ことがらをあらわすことに重点がある　漢文への指向が大

変体漢文（訓読を頼りに一部日本語の音列に還元可能）

訓読し還元された音列がひとつの日本語文体とみとめうる（みとめる必要もない）

②´漢字仮名交じり（日本語の文体としては、訓読と仮名とにより音列に還元可能性が大）

ことばをもあらわす　漢文への指向が小

②仮名文（日本語の音列に還元可能）

ことばのかたちをあらわす

文体としては「ウタ」というスタイルや仮名文書の「散文の文体」（したがって文体の問題ではない）

個々の文章は、漢文的要素と仮名書きとのあいだで中間的なものとしてみとめうる。そして漢文の方に傾くもの（①´）と、仮名書き（日本語文）に傾くもの（②´）とは、程度の差であってすべては連続的にとらえるしかない。沖森のいう和文の下位分類も、仮名の交じりかたの相違（日本語文への傾斜の差）と考える方が、正倉院文書の、部分的に宣命書きを含む文書と全体に宣命書きを施した宣命のようなものとの違い（類似性と差異と）を、説明しやすいように思われる。また、後世の公家日記のような書き様と日用文書の書き様との違いも同断である。したがって、それぞれをさらに下位分類しようとすれば、用途や内容、あるいは文章の基本的な骨格にどのようなスタイル（文体）を使用するかといった文体論的な観点などが考えられるが、今はそこまでの準備はない。今後の課題とする。

## 三　日用文としての変体漢文

変体漢文が律令体制下において、日用文書の書記法として採用される。それは、律令体制では文書主義という、日常政務が文書でもっておこなわれる必要があったからであり、そのために文書の形式が整えられなければならなかった。しかし、ある程度の形式は定まっていたものの、その実態は、定まった形式（規範）というようなものではなく、特に日用に供される非公式な文書においては、以前に触れたように[7]、漢文の字序に傾くもの、日本語の字序に傾くもの、仮名を含むもの、などさまざまであった。いいかえれば、それらの総体として変体漢文がある。

たとえば、古事記の表記体は、その特殊なひとつの到達点であって日用文書の形式を基盤としながら、割注その他によって文章成立の裏側（訓みへの注意）が文章中に含まれるというスタイルをとる。日本書紀の割注も同様であり、中国における注の形式を応用したものであって、ひとつの表記特徴である。よみ方を注記するような形式で、古事記のような体裁をとるのは安万侶のひとつの試みであり、方法としてそれを一部採用するものは、後世にもあるように思われるが、文章全体を統一するものとしては受け継がれなかったといってよかろう。つまり、日用文書としての変体漢文が日本語の文章のスタイルとして整備されたひとつの到達点を示していると考える。風土記の文章も、それぞれの国で固有の成立事情があって、文章のスタイルも一様ではないが、それぞれに変体漢文としての漢文への傾きと仮名文（日本語文）への傾きとの度合いの相違、整備のされ方の違いとして説明できよう。これは日本語を書きあらわすための文字としての仮名が成立しても、事情はかわらない。日用文書形式としての変体漢文は、日用文書だけでなく公家日記や儀式書などでも採用され、それぞれに類型と個性とがある。[8]

変体漢文には往々にして仮名（漢字の表音用法）が含まれる。そこに漢字仮名交じりへと展開するひとつの契機がある。文字としての仮名（平仮名・片仮名）成立以後にも同様に、変体漢文中に仮名を含むことはおこなわれ、時代とともに仮名を含む文書の量は増大する傾向にある。[9] ここにもやはり、漢字仮名交じりへのひとつの契機があると考えられる。漢字専用時代の漢字仮名交じりがそのまま仮名成立以降の漢字仮名交じりへと展開するのではなく、いくつかの流れの総合として、現在にみる漢字仮名交じりが成立したと考えるが、それぞれの時代、用途、場面といった位相に即したかたちで、漢字仮名交じりがあったと思われる。古代の宣命書きと後代の片仮名宣命書きとの関係は、そう考えることによって、理解されるのである。[10]

変体漢文中に仮名を交じえる様相は、資料によって一様ではない。それぞれの資料についての詳細な検討が必要である。たとえば、御堂関白記は公家日記というジャンルの変体漢文のひとつとして位置づけられるが、自筆本に含まれる仮名は、歌とその前後の平仮名表記、ある種漢字をあてにくい自立語の平仮名書き、助詞の平仮名宣命書き、儀式関係の真名仮名といった具合に、多様である。注意されるのは、平仮名宣命書きの助詞表記は、いわば日本語文に傾く文章のスタイルといえるが、それが古写本類には漢文に傾いたかたちに改められる傾向にあることである。[11] 変体漢文に含まれる仮名書きは、一方で漢文的に整えられる方向を含む。すでに何度か述べたように、この方向があるかぎりにおいて、このような表記体の総称に「漢文」の名を含めることは、このような表記体のもつ性格の一面をあらわしているのである。

## 四　平家物語における表記体の変換

ここまでを前置きとして述べたうえで、変体漢文がどのように展開して、どのような姿としてあらわれるのかという、具体的な展相を提示することになる。変体漢文が日用文書を典型とすると述べたが、個々の作品は日用文書の方法からのひとつの展相として理解される。先にふれた御堂関白記でいうと、自筆本では日本語文に傾くかたちでものされたのを、古写本類では漢文に傾くかたちで整えられたと理解できる。古事記や風土記もそのようにして整えられた一つの展相として理解しようというわけである。御堂関白記のように漢文に傾くかたちの展相とは逆に、日本語文に傾くかたちの展相があれば、それこそが漢字仮名交じりへの展相のひとつの姿となろう。その具体的な姿を、ここでは平家物語諸本に求めてみたい。

平家物語は和漢混淆文の典型とされるが、「和漢混淆文」という用語自体の定義が区々であり、その点に問題が残る。その研究史のまとめは別稿にゆずるとして、[12] 今、表記体という観点から平家物語諸本を眺めてみる。

影印本や複製本でみることのできる範囲で平家物語の主な伝本を表記体によって分類すると、次のように整理できる。

・真名本
　四部合戦状本・源平闘諍録・平松家本・熱田本
・漢字片仮名交じり
　延慶本・屋代本・竹柏園本・南都本・鎌倉本・百二十句本（斯道文庫本）・文禄本・源平盛衰記（古活字本）・流布本（古活字本）
・漢字平仮名交じり
　長門本（伊藤家本・岡大本・内閣文庫本）・源平盛衰記（蓬左文庫本）・百二十句本（内閣文庫本）・龍谷大学本・高野本・流布本（古活字中院本・絵入板本）
・ローマ字
　天草本

ただし、真名本といっても、片仮名による訓みが付されており、厳密には漢字片仮名交じりであるといえる。全体的に漢字が本行を占め、片仮名があくまでも訓読用の補読に用いられるのか、本行に片仮名自立語や付属語表記があらわれるのかが、両者を分ける基準となるが、真名本の中にもまま片仮名がそれ相応の位置を占める箇所があらわれるし、漢字片仮名交じりの諸本においても、漢文的な返読箇所や訓読用の補読はままみられる。たとえば、平松家本では片仮名の補読の箇所が本行にくることもままあり、逆に竹柏園本では冒頭の部分などむしろ真名本と呼ぶにふさわしい書き様となっている部分がある。それでも、全体的にみて以上のように分けてみた次第である。

試みに、冒頭の部分を取り上げて、漢字と片仮名とのあり様をみてみることにする。古体を残すといわれている延慶本の冒頭は、次のようになっている。

祇園精舎ノ鐘ノ聲諸行無常ノ響アリ沙羅双樹ノ花色盛者必衰ノ理ヲ顕ス驕レル人モ不久一ラ春夜夢尚ヲ長シ猛キ者モ終ニ滅ヌ偏ヘニ風ノ前ノ塵ト不留一ラ遠ク訪ニ異朝一ヲ者秦ノ趙高漢ノ王莽梁ノ周異唐ノ禄山是等ハ皆舊主先皇ノ務ニモ不レ従カハ民間ノ愁世乱ヲ不知一ラシカハ不レ久シテ滅ニキ近尋ニ我朝一ヲ者承平ノ将門天慶ニ純友康和義親平治ニ信頼驕ル心モ猛キ事モ取々ニコソ有ケレトモ遂ニ滅ニキ縦ヒ人事ハ詐ト云トモ天道詐リカタキ者哉王麗ナル猶如此況人臣従者争カ慎マサルヘキ間近ク太政大臣平清盛入道法名浄海ト申シケル人ノ有様傳承コソ心モ詞モ及ハレネ

片仮名は単行の宣命書きが主体であるが、「不知一ラシカハ・不レ久一ラシテ・有ケレトモ・詐リカタキ・慎マサルヘキ・及ハレネ」の部分は、片仮名が本行にきている。また、片仮名宣命書きか、漢字間に補入されているか、区別のつきがたいものも多い。返読する部分は、「不久一ラ・不留一ラ・訪ニ異朝一ヲ者・不レ従一カハ・不知一ラ・不レ久一ラ・尋レ二我朝一ヲ者・如此」であり、「不〜」や「如此」は、他の漢字片仮名交じり文においても、基本的には返読するように書かれるのが常であるが、それ以外にも、「訪・尋」の返読は漢文的に傾いた表現となっている。

屋代本は比較的これに近いが、延慶本にくらべると端正に書かれている分、片仮名は単行の宣命書きが基本であり、本行にくるのは「驕／レル・傳承ルコソ・心詞モヲヨハレネ」（／は改行部分）の三箇所となっている。返読箇所は、「不レ久・如ニ春ノ夜ノ夢一ノ・同ニ風ノ前ノ塵一ニ・訪ニ異朝一ヲ・不レ随・究レ楽ヲ・不レ思ニ入諫一ヲモ・不レ悟・不レ知・不レ久・伺ニ本朝一ヲ」と、漢文的語序がやや多くなっている。

竹柏園本は、次に示すように、さらに真名本に近く、片仮名が本行にくるのは「シカバ・及レネ」の二箇所であり、返読箇所は、ほぼ全体にわたっている。これは真名本の四部合戦状本に近い形態であり、かえって真名本でも平松家本のようなものよりは、漢文的な傾きが強いといえよう。

祇薗精舎ノ鐘ノ聲有リ二諸行無常ノ響（ヒヽキ）一沙羅（シヤラ）双樹（サウシユ）ノ花ノ色顕（アラハ）ス二盛者必衰（ヒッスイ）ノ理（コトハリ）ヲ一侈（ヲゴ）レル人モ不レ久唯（タヽ）如二春夜ノ夢ノ一武（タケ）キ者モ終ニハ亡（ホロヒ）ヌ偏（ヒトヘ）ニ同シ二風前ノ灯（トモシビ）ニ一遠ク訪異（イ）朝ヲ二秦（シン）ノ趙（テウ）高漢ノ王莽（キ）梁（リヤウ）ノ周（シウ）異唐ノ禄（ロク）山此等皆不レ随二舊主先王ノ政ニモ一極メレ楽（タノシミ）ヲ諫（イサメ）ヲモ不二思ヒ入レ一不レ覚二天下ノ乱（ミタレン）事ヲ一不レ知リ二民間（カン）ノ愁（ウレフ）ル處ヲ一シカバ不メレ久カラ滅（ホロヒ）シ者共也近ク窺（ウカヾ）フニ二本朝ヲ一承平ノ将（マサ）門天慶ノ純友（スミトモ）康和ノ義親（チカ）平治ノ信頼奢（ヲゴ）レル心モ武キ事モ取々ニ社有シカ共間近（マク）ハ六波羅入道前ノ太政大臣平朝臣清盛公ト申セシ人ノ有様ヲ傳ヘ承ニ社心モ詞モ及レネ（竹柏園本）

祇園精舎鐘聲諸行無常響有沙羅双樹之花色盛者必衰之理顕奢レル人モ不久只春夜如夢猛者終亡ヌ偏風之前塵同遠異朝訪秦趙高漢王莽梁周異唐禄山此等皆舊主先王政不随楽極諫不思入天下之乱事不悟民間之愁所知士歟者不久亡者共也近窺本朝承平将門天慶純友康和之義親平治之信頼奢心猛事取々社有士歟共親六波羅之入道前太政大臣平朝臣清盛公申人之消息傳承社心詞言及（平松家本）

これらに対して、南都本以下は片仮名が本行にくる漢字片仮名交じり文であり、[13] 返読箇所も南都本に「不レ久メ」一箇所、鎌倉本に「如夢・不随・不思入」の三箇所をみるのみで、百二十句本（斯道文庫本）、文禄本には返読箇所はない。これらになると、漢字平仮名交じり文とそれほど差はなくなる。漢字平仮名交じり文には返読箇所はなく、漢字と仮名との交じり様は伝本によって多少の出入りはあるが、冒頭部分に関するかぎり、漢字の多いことは漢字片仮名交じりに近いといえる。ただし、岡山大学本などは、冒頭部分において漢字を交えるのは「人・久・春・思・事・久・てん慶・心・六はら・申し人・心」のみでほぼ平仮名文に傾いており、一方流の諸本においても、部分によっては平仮名主体となっている。

以上、多少の本文の異同はあるものの、ほぼ同一の文章が、表記体を異にしてつづられていることになる。同じ日本語文が、変体漢文から平仮名文まで幅をもってあらわれているのである。平家物語の文体を和漢混淆文ととらえるとき、和文体の要素と漢文訓読体の要素との混淆としてとらえるわけであるが、その文体的な和漢の混淆とは別に、諸本を総合してみれば、表記体においてもまさに和と漢との混淆が具現されているといえよう。

もちろん、具体的には本文に異同があり、冒頭部分だけをみても、延慶本において「滅ニキ」と助動詞「キ」で結ぶところや、対句のあり方が少しずつ異なる点は、あるいは文体と表記体との関係を考えなければならないかもしれない。また、平家物語中には、変体漢文の牒状や消息、祭文などが含まれる部分がある。これらはもともとが変体漢文であったと思われ、文体として異質な部分であるが、平仮名交じり文においても、変体漢文さながらに返読を交えて書きしるされるものがある。したがって、文章全体からみれば、表記体においても一様でない部分がある。それでも、一方流諸本などは、変体漢文の部分も漢字仮名交じりに訓み下したかたちで載せ、他の部分との差がみとめられず、表記体としての統一をたもっており、やはり、伝本により表記体が異なるのが平家物語の特徴であるといえよう(14)。

## 五　和漢の混淆

今触れた、文体的に異質な文章の混在と表記体との関係をどのように考えるべきであろうか。そのことを、次に延慶本の巻一末「西行讃岐院墓所に詣る事」の部分を取り上げて考えてみよう。

仁安三年ノ冬比西行法師後ニハ大法房円位上人ト申ケルカ諸国修行シケルカ此君崩御ノ事ヲ聞テ四国ヘ渡リサヌキノ松山ト云所ニテ是ハ新院ノ渡ラセ給シ所ツカシト思出奉リテ参リタリケレトモ其御跡モミヘス松葉ニ雪フリツ、道ヲ埋テ人通タルアトモナシ直島ヨリ支度ト云所ニ遷ラセ給テ三年久ナリニケレハ理リナリ

吉サラハ道ヲハ埋メ積ル雪サナクハ人ノ通フヘキカハ

松山ノ波ニ流レテコシ船ノヤカテ空クナリニケル哉

ト打詠シテ白峰ノ御墓ヘ尋参リタリケルニアヤシノ国人ノ墓ナムトノ様ニテ草深クシケレリ是ヲ見奉ルニ涙モ更ニ押ヘカタシ昔ハ一天四海ノ君トシテ南殿ニ政ヲ納給シニ八元八愷ノ賢臣左ニ候シ右ニ随奉リキ王公卿相雲ノ如ク霞ノ如クシテ万邦ノ随ヒ奉ル事草ノ風ニ靡カ如クナリキサレハ二六金殿之間ニハ朝夕玉楼ヲ瑩キ長生仙洞之中ニハ綾羅錦繍ニノミマツハサレテコソ明シ晩シ給シニ今ハ八重ノムクラノ下ニ臥給ケム事悲トモ尽也一旦ノ災忽ニ起ツ、九重ノ花洛ヲ出テ千里ノ外ニ移サレテ終ヲ遠境ニ告給ヘリ先世ノ御宿業ト云ナカラ哀ナリシ事ソカシ御墓堂トオホシクテ方間ノ構ヘ有トモ修理修造モナケレハユカミ傾テ槁葛ハイカ、リ況ヤ法花三昧勤ル禅侶モナケレハ貝鐘ノ音モセス事問参ル人モナケレハ道フミツケタル方モナシ昔ハ十善万乗之王耀シ錦帳於九重之月ニ一今ハ懐土望郷之魂ヒ混ス玉体於白峰之苔ニ一朝露ニ尋跡ヲ一秋ノ草泣テ添涙ヲ一向嵐ニ問ヘハ君ヲ一老桧悲テ傷ム心ヲ一仙儀モ不見ヘ一只見ル朝ノ雲モ夕ノ月ヲノミ一法音モ不聞ヘ一又聞ク松ノ響キ鳥ノ語ヲノミ一軒傾テ暁ノ風猶ヲ危ク甍ヲ破レテ暮ノ雨メ難防キ一宮モ藁屋モハテシナケレハカクテモ有ヌヘキ世中カナトツク〱昔今ノ御有様トカク思ツ、クルニ不覚ノ涙ソ押ヘカタキカクソ思ツ、ケ、ル

ヨシヤキミ昔ノ玉ノ床トテモカ、ラム後ハナニ、カハセム

サテ松ノ枝ニテ庵結テ七日不断念仏申テ罷出ケルカ庵ノ前ナル松ニカクソ書付ケル

ヒサニヘテ我後ノ世ヲ問ヘヨ松跡忍フヘキ人シナケレハ

この部分は、もともと漢文である文章を引用したようなものではない。しかしながら、二箇所に「昔ハ」ではじまるくだりがあり、ともに対句表現を主として漢文調の文章となっているが、前者は漢文訓読調で宣命書きが中心の片仮名交じりとなっており、後者は返読を含め漢文調の書き方に仮名を補入するかたちで交える書き様と

なっており、明らかな違いがみとめられる。保元物語（金毘羅本）では前者は西行のことば、後者は西行が書き付けたものとして描かれており、ことばと書かれたものとの違いがこのような差を生ぜしめているかとも思われるが、延慶本においては前者は地の文、後者は西行の心話文となっており、これらの書き様が内容によって書き分けられたものとはいいがたい。ことに心話文の文末「…甍ヲ破レテ暮ノ雨メ難防キ、宮モ藁屋モハテシナケレハカクテモ有ヌヘキ世中カナ、ト」の文は、漢詩文から引き歌表現へと連続、融合した文となっており、一文中に漢文的な書き様と仮名交じりの書き様とが融合したかたちとなっているとみえる。延慶本においてはこのような漢文的な書き様と仮名交じりの書き様とが混然として一体化している箇所が目立つ。延慶本が特に当時の資料をそのまま取り込むかたちで文章を成立させていることがいわれているが、ここにみとめられるのは、和と漢とが混淆、融合した文章の素朴な姿であるように思われる。そんな文章の融合が、表記体としても、やはり混淆、融合した形であらわれているのである。

　前段でみたように、延慶本の片仮名使用は、片仮名宣命書きを主体として、漢字片仮名交じりの諸本の中でも、真名本と漢字仮名交じりとの中間的な性格をもつが、部分部分においてもそれは漢文的に傾く部分と仮名交じりに傾く部分とさまざまな混淆、融合のあり方を示しているのである。これがある程度、平家物語の出発に近いかたちであったとすると、それは基盤に変体漢文と仮名との混淆を含んだものであり、そこから変体漢文への方向（真名本）や漢字仮名交じりへの方向への展開があり、その間に、和漢混淆文の典型としての文体を獲得してゆくといった展相があるということなのではあるまいか。その展開のあり方が、諸伝本の表記体のあり方に反映しているとみる。

　もちろん、熱田本のように、漢字仮名交じりの伝本に基づいて真名書きされたものと、四部合戦状本のように、それとしてものされたとおぼしい真名本との違い[15]や、片仮名と平仮名との文字の転換といった個別の問題が、個々の伝本間にはあり、さらに厳密な態度でそれぞれの問題に対処しなければならないが、ひとつの問題提起として、平家物語諸本の多様な表記体のあり方が、和漢混淆文成立の過程と重なるのではないだろうかと考えてみた。今後、個別の問題に対して、ひとつひとつの論考を積み上げる必要があるが、その方向性のみを示した次第である。

注

(1) 顕昭『万葉集時代難事』には、「二者、和歌書様不同。或巻、仮名書也。(例略巻十七・三九八三) 或巻、真名書也。(例略巻十・一八四三) 其中又有挙義教訓、隠易顕難」とあり、引用例からみても、巻による違いとみていたと思われる。拙著『漢字による日本語書記の史的研究』(二〇〇三、塙書房) 第二章参照。

(2) 奥村悦三「仮名文書の成立以前」『論集日本文学・日本語1上代』(一九七八、角川書店)、同「仮名文書の成立以前　続」(萬葉九十九、一九七八・十二)

(3) 沖森卓也『日本古代の表記と文体』(二〇〇〇、吉川弘文館) 第二章

(4) 拙稿「仮名書き歌巻成立のある場合」『論集上代文学二十六冊』(二〇〇四、笠間書院)、本書第二章第五節参照。

(5) 注1拙著第一章および拙稿「書くことの位相—宣命書き資料の再検討として—」(国文学　四十四巻十一号、一九九九・九)、同「部分的宣命書きと和漢混淆文」(女子大文学国文篇五十四号、二〇〇三・三)、本章第一節参照。

(6) 注1拙著第三章および注5拙稿

(7) 注5拙稿および同「擬似漢文生成の一方向—『御堂関白記』の書き換えをめぐって—」(文学史研究四十四号、二〇〇四・三)、本章第二節参照。

(8) 注7に同じ。

(9) 拙稿『日本語表記の史的展開における宣命書きの機能とその位置付けの研究』(平成十二～十四年度日本学術振興会科学研

究費基盤研究（C）（2）研究成果報告、二〇〇三・三）

（10）拙稿「部分的宣命書きからみた『東大寺諷誦文稿』」（女子大文学国文篇五十二号、二〇〇一・三）のち『漢字による日本語書記の史的研究』（二〇〇三、塙書房）所収（第三章第五節）。

（11）注7拙稿

（12）拙稿「「和漢混淆文」と和漢の混淆」（国語と国文学九十三巻七号、二〇一六・七）

（13）南都本には、「理ヲアラハス、楽ヲキハメイサメヲモ用ス」のように、助詞と次にくる自立語とのあいだに、若干の位置のずれがみとめられる、なんらかの区切りを示していると思われる箇所がある。

（14）もちろん伝本によって表記体が異なることは平家物語にかぎるわけではないし、それぞれの作品によって個別の事情が考えられる。三宝絵の三様の伝本の意味するところや、伊勢物語のように仮名文から真名本や片仮名本への表記体の変換など、考えなければならない課題は多い。

（15）真名本については池上禎造「真名本の背後」（国語国文十七巻四号、一九四八・七）のち『漢語研究の構想』（一九八四、岩波書店）所収、山田俊雄「真名本の意義」（国語と国文学三十四巻十号、一九五七・一〇）がある。また、熱田本については、同「真字熱田本平家物語の文字史的研究の序」（成城文芸七、一九五六・四）をはじめとする一連の論考が参照される。

# 第四節　三宝絵と和漢混淆文

## はじめに

源為憲撰『三宝絵』（三巻・永観二（九八四）年成立）には、平仮名本、漢字片仮名交じり本、真名本の三種の異なる表記体をもつ伝本がしられている。三本しか現存しない一つの作品が、三種の異なる表記体をとることは、文字とことばとの関係を考えるとき、きわめて興味深いものがある。従来、文字（表記体）が文体と密接に関係することがいわれてきたが、また一方で、ある作品が表記体を異にする場合のあることにも注意が必要であることも指摘されている。[1] 三宝絵の三伝本には、少なからず本文に異同があり、それぞれの異同のよってくるところが、伝来によるものなのか、それとも、文体あるいは表記体によるものなのかを吟味する必要が生じるのである。

これについては増成冨久子、宮沢俊雅に諸本の対照研究があり、[2] 本論はそれを受けるものである。また、表記体の変換が和漢の混淆と深く関連することについては、前節で、平家物語の諸伝本の表記体をとりあげ、特に原初的形態に近いと考えられる延慶本の中に和漢混淆文成立の図式をみることを考えた。[3] そこで本節では、三宝絵の三本の対照から、あらためて和漢混淆文ということについて考えてみたい。

## 一　三宝絵の三伝本

まず、三宝絵の三伝本について確認しておく。

平仮名本（厳密には平仮名漢字交じり）は、保安元（一一二〇）年の記年をもつ関戸本（現名古屋市博物館蔵）と、そこから切り出されて各家に所蔵される東大寺切とよばれる古筆の一群であり、三宝絵が尊子内親王に献上されたことを考えると、この表記体によるのが、献上本というのがあったとして、それに近い形態であったとおもわれる。ただし、該本は厚手の唐紙に書かれているものの、補入や訂正、校合の書き入れなどがあり献上本そのものの形態でないことはあきらかである。以前は、山田孝雄『三宝絵略注』によってのみしられていたが、近年、関戸家から名古屋市博物館に寄託されたことによって、全貌があきらかになった。また、小松茂美『古筆学大成』に多くの東大寺切が収められており、さらに、安田尚道によって、断簡の収集がすすめられている[4]。

漢字片仮名交じり本は、文永十（一二七三）年写の奥書をもつ観智院本（現東京国立博物館蔵）であるが、漢字片仮名交じりといっても、上巻が片仮名を小字二行に書く片仮名宣命書きであるのに対して、中下巻は、片仮名が本行に書かれる（助詞などは右寄りに小さく書かれる）漢字片仮名交じりと、表記体が異なっている。これについては書写原本が取り合わせ本であった可能性もあるが、全巻一筆と思われ、あるいは、書写態度の違いにすぎないと考えることもできる。また、まま平仮名字体の箇所がみられ、もとに平仮名本のあったことが想定される。

真名本である前田本は、正徳五（一七一五）年の覆模本であるが、原本が寛喜二（一二三〇）年写であることがしられ、虫食いの箇所まで模写されているところから、ほぼその時代の資料としてみることができる。該本の真名書きは、全体的には、池上禎造「真名本の背後」（国語国文十七巻四号、一九四八・七）が乙類に分類する真名本伊勢物語や熱田本平家物語のように、仮名本文を真名に改めたものとみてよいが、その成立について、『新日本古典文学大系　三宝絵・注好撰』（一九九七、岩波書店）馬淵和夫解説（以下、新大系解説と略称する）には、

これはただ漢字を並べただけで、おそらく一定の読みは期待できないものであろう。したがってこれが中世、ある『三宝絵』の一本から漢字のみ集めてできたであろうことは容易に想像される。（五〇九頁）

として、観智院本のような漢字仮名交じり文から「漢字のみ」を集めてできたということが想定されている。ただし、近年、田中雅和・劉慧が、単に漢字をあてただけではなく、随所に漢文的に書こうとした意識のうかがえることを指摘している。(5) これを真名本とみるかぎり、単に原本の漢字を集めただけではなく、真名本としての表記体をとることの表現意識を考える必要があろう。

この三本の関係については、新大系解説には、「草稿本（漢文乃至変体漢文）……下書き本（平仮名文）」のもとから、奉献本、名博本（関戸本）・東大寺切、漢字片仮名交じり文（複数）が生じ、漢字片仮名交じりの本から、東博本（観智院本）、御記本（名博本・東大寺切校合本の祖本）などとともに真名本が生じたという系統図が示され（五一二頁）、最初に位置する漢文乃至変体漢文の草稿本について、

為憲の草稿本があったらしいことは『叡岳要記』（群書類従巻第四百三十九）に、「源為憲撰三宝絵草案中在之」とあることより知られるが（山田孝雄『三宝絵略注』）、尊子内親王に奉献した本の草稿本が奉献本以外に流布したものかと思われる。それは漢学者為憲らしく漢文もしくは漢文を書き下したものであったろうと想像されるところであるが、どうも序文（各巻の序も含めて）だけは漢文が下地にあったとは思われない。（五一一頁）

のようにとかれている。草稿本として、漢文乃至変体漢文の三宝絵があったかどうかは、今はさして問題ではな

いが、叡岳要記の表記が即草稿本の表記と考えるのには、三本の表記体がすべて異なることからすると、そう簡単にはいえない。それぞれにとる表記体の選択を、一応、考慮にいれる必要がある。すくなくとも、献上本は平仮名本であっただろうし、現存の関戸本はその姿、あるいはその前の段階の姿を髣髴させるものであろう。

一方、中巻の説話は、多く日本霊異記（以下、霊異記と略称する）によっていることが明らかにされている。漢文乃至変体漢文の霊異記がもとにあることは注意される。霊異記ははやくから訓読して享受されていたことが、訓釈からうかがわれるし、当代一流の学者源為憲も、それを訓読するには十分な素養があった。とすると、三宝絵のもととなったのは、そのような霊異記の訓読であった可能性も考えられるのではなかろうか。むしろ、漢文の本文を別の漢文乃至変体漢文に書き改めるようなことは、考えにくいのではなかろうか。たしかに、霊異記の原文によったところもみとめられるし、また、「〜の間」「〜こと限りなし」といった記録体特有の変体漢文的要素もみとめられるが、それしも、訓読によったことと相容れないものではない。新大系解説が指摘するように、現存三伝本がすべて平仮名本に基づくことを考えると、表記体の変換という観点からは、次のような流れが想定されるにすぎない。

霊異記（漢文）→（訓読）→（三宝絵草稿）→平仮名本〈関戸本、献上本も〉

表記体の変換→　←

漢字片仮名交じり本〈観智院本〉　真名本〈前田本〉

この図式については、最後にもう一度、確認するとして、次に、中巻の説話を取り上げて、三伝本を対照し、さらに霊異記とも対照させながら、具体的に三本の異同について考えてみることにする。

## 二　中巻第四「肥後国ししむら尼」の三本対照

三宝絵中巻全体の三本対照は別途明らかにするとして、(6)本節では、第四「肥後国ししむら尼」について、検討を加える。これは、霊異記下巻十九縁によるものである。これと三伝本を対照してみると、次のような違いを指摘できる（問題箇所を二重傍線でしめし、その他の三伝本の異同のうち、おもに関戸本と観智院本とのあいだで、異なる箇所に波線、一方がないものに傍線を付し、漢語にかかわるところを□で囲んで示す。（　）は補入、［　］は訂正、【　】はミセケチ。伝本名は、それぞれ関戸本（関）、観智院本（観）、前田本（前）、霊異記（霊）の略称による）。

【文の切れ続き】

①ゆきてみれはかひこのことくにひらけて、女子あり（関）／ユキテミレハカヒコノコトクニシテヒラケタリ。アヤシキ女子アリ（観）／経七日往見如卵開　有女子（前）／逕七日而往見之肉団殻開　生女子焉（霊）

②なにするあまかみたりかはしくましりてゐるへきといふ。あまこたへていはく（関）／ナニスル尼ソミタリカハシク衆中ニマシリヰルトイヘハ、尼答テ云ク（観）／何尼優可交居尼云（前）／何尼濫交尼答之言（霊）

③ひしりのあとをたれたるなりけりとさためて、なつけてさり菩薩といふ（関）／聖ノ跡ヲタレ給ヘルナリケリトサタメツ。名ヲハ舎利菩薩ト申（観）／聖垂跡也定名曰舎利弗（前）／号舎利菩薩（霊）

④百の童子あり。一時にすけして（関）／百人ノ童子アリテ、一時ニ出家シテ（観）／百童子有一時出家（前）／有百童子一時出家而（霊）

～文の切れ続きをみると、①③では観智院本が、②④では関戸本が二文になっており、両者において文の長さに対する指向はみとめられないといえる。ここからは、どちらが、和文的だとか、漢文訓読的だとはいえないということになる。

【助詞・助動詞の異同】

①みなそのをしへにしたかふ（関）／皆ソノ教ニ随キ（観）

ひとつのしゝむらをうめり（関）／一ノ肉園［団］ヲウメリシ（観）

～ここでは、観智院本に助動詞「キ」の使用の傾向がみとめられる。

②わかみかとにむまれたるしゝむらもいにしへになすらふへし（関）／我朝ニモ生タリケル肉園ヲ古ニナスラヘツヘシト。（観）／吾朝之肉可准古也（前）／我聖朝所弾壓之土　有是善類（霊）

かうせしむるに（関）／講スルニ（観）／令講（前）（霊）

～一例目では、観智院本に、訓読ではあまりあらわれない助動詞「ケリ」と同じく助詞「モ」の使用がみられるが、「も／ヲ」の異同や助動詞「ツ」の使用、文末の「ト」には漢文訓読的な傾向がみとめられる。二例目では、関戸本が漢文を訓読したかたちになっていることが注意される。

③よき事にあらすと思て／おのつからさとりあり／十枚をとこ十人になりて／仏よにいませしときに（関）

コレヨキ事ニハアラシト思テ／ヲノツカラニサトリアリ／十枚ハ男子十人ト成テ／仏在世ノ時（観）

～ここでは観智院本に助詞を多く入れる傾向がみとめられる。また三例目の「に／ト」の相異は訓読方法の違いに起因しており、関戸本に和文的要素がみとめられる。四例目の時の表現につく「に」は、観智院本では冒頭部分では「宝亀二年辛亥十一月十五日寅時ニ」と「ニ」があらわれている（ただし、関戸本「十五日のとらのときに」と「十五日」のあとに「の」がある）。

【語句の出入り】

①そもそもうたかひある（ことなんある）。とひまうさむとて（関）／有疑事問申云（前）／抑説給経ノ文ニツイテスコフルウタカヒアリ。スヘカラク、アナカチオホツカナサヲアキラメムト云テ（観）／因挙偈問之講師不得偈通（霊）

〜この箇所、新大系が指摘するように、観智院本の独自本文は、わざと漢文訓読語を連ねることによって、尼の仏教的な才智を表現しているかとも思われるが、概して観智院本の独自異文には、漢文訓読的要素が多い。これに対して、関戸本の補入書き入れ部分に、訓読ではほとんど用いられない「なん」の係り結びのあることも注意される。

②あま一丶にこたふる事た【つ】へなり。ひしりのあとをたれたるなりけりとさためて、（関）／尼ヨク一々ニ是ヲコタヘテハ、カルコトナシ。其時ニ衆中ニウヤマヒタウトヒテ聖ノ跡ヲタレ給ヘルナリケリトサタメツ。（観）／尼能一々答此妙也。聖垂跡也定（前）／一向問識　尼終不屈（霊）

③すけ(出)せむ事をねかひてかみをそりてあまとなりぬ（関）／楽出家剃髪成尼（前）／出家ノ心フカクシテカミヲソリノリノ衣ヲキテ尼ト成ヌ（観）／終楽出家剃除頭髪著袈裟（霊）

〜②でも、観智院本には「衆中ニウヤマヒタウトヒテ」といった仏教的な要素に敬意をあらわす語句がみとめられると同時に「給ヘル」という敬語の異同がみられる。③も観智院本が「ノリノ衣ヲキテ」と仏教的な語句を加えるが、ここでは霊異記にもよく似た「著袈裟」のあることが注意される。

④よき事にあらすと思て（関）／コレヨキ事ニハアラシト思テ（観）

かひこのことくにひらけて（関）／カヒコノコトクニシテヒラケタリ（観）

これをわらひて　さるひしりといふ（関）／コレヲワラヒテナツケテ猿聖とイフ（観）

こたふることあたはす（関）／ヨクコタフルニタラス（観）

八月をへて（関）／八月ヲフルアヒタニ（観）

～一例目の「コレ」、二例目の「シテ」、三例目「ナツケテ」、四例目「ヨク」は、いずれも観智院本に漢文訓読的要素を感じさせるが、四例目、関戸本の「こたふることあたはす」も、決して和文的とはいえない。五例目「アヒタニ」は、変体漢文的要素とみなしうるか。

⑤なむちは外道なりといひてわらひなやますときに（関）／汝是外道也咲謗悩時（前）／汝ハコレ外道ナリトイヒテワラヒソシリナヤマシレウスル時ニ（観）／汝是外道嘲呰嬲之（霊）

～ここでは、「コレ」が前項の③と同様に考えられ、「ソシリ」「レウスル」は本項①②に関連しての出入りと考えられるが、前田本が関戸本と観智院本の中間的な本文をもつことは注意される。

⑥そのかたち　あきらかなる月のことし（関）／ソノカタチヲミレハ明月ノコトシ（観）／其形　如明月（前）

女子あり（関）／アヤシキ女子アリ（観）／有女子（前）

ちゝはゝとりてかへりて（関）／父母ヨロコヒテトリカヘシテ（観）／父母取帰（前）

かくれたるところ（関）／其身女ナリトイヘトモカクレタル所（観）／隠所（前）

蘇蔓かうめりしかひこ（関）／蘇曼トイヒシカ生リシ卵子（観）／勝漫生卵（前）
百人ともに（関）／百人ナカラトモニ（観）／百人共（前）
⑦そのこゑたふとくかなしくして（関）／ソノコヱ甚タウトクシテ（観）／悲（前）
たゝわつかにゆはりのみちのみあり（関）／ワツカニ尿ノミチノミアリ（観）／但纔有尿道（前）
～以上、⑥は観智院本のみ語句が多い場合であり、⑦は観智院本のみ語句が少ない場合である（⑦の一例目の「甚」（観）は⑥に入るべき例）。概して、観智院本に語句が多い場合には、漢文訓読的要素が強い。

【漢語と和語と訓読語】

①そのかたちあきらかなる月のことし（関）／ソノカタチヲミレハ明月ノコトシ（観）／其形如明月（前）／其姿如卵（霊）
なひきうやまふ（関）／ナヒキ帰依恭敬ス（観）／靡不敬（前）／帰敬（霊）
すしうかへ【て】つ（関）／ソラニヨム（観）／暗誦浮（前）／黙然不逕（霊）
～一例目では、「あきらかなる月」（関）と「明月」（観）とで、和語と漢語との違いがある。この場合、霊異記が「如卵」となっているので、三宝絵のテキストとして、和語を一方で漢字表現したものか、漢語を訓読したものかはあきらかではない。二例目も、霊異記と三宝絵とで異なっており、直接、霊異記を訓読したものではないことは明らかである。三例目も霊異記とは本文が異なっているが、注意すべきは、関戸本が漢語「誦す」を用い、観智院本が「ソラニヨム」、前田本がその中間の形態になっていることである。

②をとこもおんなも（関）／夫妻（観）（前）（霊）

よひて（関）／請シテ（観）／請（前）（霊）
正教を流布したまふ（関）／聖教ヲヒロメ給（観）／流布聖教（前）／流布正教（霊）
よにいませしときに（関）／在世ノ時（観）／在世之時（前）／在世時（霊）
きく（関）／聴聞ヲス（観）／聞（前）／聴（霊）
〜この場合は、一例目から四例目までは、霊異記と三宝絵とで漢語が一致するので、漢語を訓読したかたちで関戸本（三例目は観智院本）のすがたがあると思われるが、五例目はむしろ観智院本が漢語を採用したとおぼしい。

【音形の異同】
うめり（関）／ムメリ（観）／産（前）（霊）
ちをくゝめて（関）／乳ヲフクメテ（観）／孚乳（前）／哺乳（霊）
なむた（関）／ナミタ（観）／涙（前）
もちて（関）／モテ（観）／以（前）（霊）
〜一例目は仮名遣い、二例目は語形、三例目四例目は音便の差である。音便では、関戸本と観智院本とで、一例ずつ音便形がみえる。

【語句・表現の異同】
をけにいれて山のいしのなかにかくしすてつ（関）／桶ニ入テ山ノイハノ中ニカクシヲキツ（観）／納桶隠捨石山中（前）／入笥以蔵置也山石中（霊）
〜ここでは、「石」の訓読にかかわって「いし／イハ」があること、「すてつ・捨／ヲキツ・置」の関係が注意される。次も、「たけ」と「タカサ」とは「身長」の訓読の違いか。
身のたけ三尺五寸（関）／身ノタカサ三尺五寸（観）／身三尺五寸（前）／身長三尺五寸（霊）
いくはくもなくして（関）／僧イクハクナラスシテ（観）／々〈僧〉无幾（前）
そのかたち人にことにして（関）／其形人ニスクレテ（観）／其形異人（前）／其體異人（霊）
仏は平等大悲にいますゆへに（関）／佛ハ大悲ノ心深ク教ハ平等ノ法也（観）／仏者平等大悲御坐故（前）／仏平等大悲故（霊）

〜この四例にも観智院本の独自性がみとめられる。

以上、異同を網羅して掲出したわけではないが、だいたいどのような異同があるかが知られたとおもう。異同のない部分にも、実は漢文訓読的な要素が随所にわたってみとめられる。同時に和文的な要素が、漢字片仮名交じりの観智院本の異文にもみられることは、漢文訓読的要素と和文的要素とが、現在の表記体をこえて共通祖本である平仮名本において混淆していたことが考えられるのである。

## 三　和漢混淆文ということ

ところで、「和漢混淆文」という用語について、現行の国語学辞典類には次のように説明され、従来、今昔物語集や平家物語の文章などがその典型とされてきた。

「和文と漢文（訓読）との混用の文」（『国語学大辞典』）
「漢文訓読文に和文脈の加わったもの、和文脈と漢文訓読文脈との混合した文章、あるいは和漢雅俗の混淆」

（『国語学研究辞典』）

いちはやく、春日政治は、和漢の混淆について種々の場合のあることを指摘し[7]、『国語文体発達史序説』（春日政治著作集2）では、

一、其の語彙に漢語・仏語を多く含むこと。二、其の文脈（「言回し」ともいふべき広義の語法）に漢文風のものを有すること。三、而してそれら漢語彙・漢文脈のよく国語文のそれと調和すること。（二四三頁）

さてこの和漢混淆文は無論鎌倉時代に一朝にして成つたものではなく起源は相当に古い。国語文に漢語彙や漢文脈が侵入することは、畢竟我が邦人が漢文を読んで得たそれらが、年月と共に邦人に馴らされて、国語文をものする際に不知不識に混入して行つたことである。（二四四頁）

のように、その特徴と成立とについて述べている。また、築島裕は、

文体論的な見地からすると、平安時代に於て、一方の極点に存在するのが訓読語であり、他方の極点に存在するのが和文―日記物語等の平仮名で記されたもの―であると考へられる。そして、その両者の中間に介在するのが、和漢混淆文であり、又、和文から少し外れて、和文に近い位置に存在するのが和歌であると考へられる。（七七一頁、原文漢字旧字体）

として、「訓読語」と「和文」との中間に「和漢混淆文」を位置づけている[8]。

平安時代に、訓読語と和文とが対立的にとらえられることは、同書によってあきらかにされているが、その典型としての訓読語なり和文なりは、どのような性格のことばだったのだろうか。

そもそも日本列島において用いられていた生活のことばが、漢文と出会って、体制を維持するための制度として書くことを要請すると、そこに書記形式としての和漢の混淆が生じたものと考えられる。変体漢文はその典型

であり、それは日本列島のみならず、朝鮮半島やあるいはベトナムにおいても同様であっただろう[9]。そこには、書記における（つまり表記体としての）和漢の混淆がある。

変体漢文が、日本語の文体としてたしかなものであったかどうかについては疑問である。そこにどのようなことばがあったのか、見定めることはむずかしいからである。われわれはことばへの還元について、確たる資料と方法とを、いまだ持ち合わせていないとおもう。書記のうえでの現象としてしか、われわれの目の前にはあらわれてはおらず、そこにどのような「ことば」（音のかたちとしての）があったのかを、厳密な意味で知ることは容易ではない。ただ、正倉院に残された二通の仮名文書と、近年発見された二条大路出土文書木簡によって、ことばのかたちをわずかながらみることができるのみである。奈良時代の官人たちの生活のことばの中に、漢文ないし漢文訓読的要素が多く混在していたことは、奥村悦三がつとに指摘するところであるが[10]、だとするともとより、日本語散文のなかには漢文的要素が不即不離のものとして、「不知不識に」交じっていたという春日の言及が首肯されるのである。

古代から和漢の混淆ということが、時と場合に応じてつねにおこなわれてきたとするならば、むしろ、和漢の混淆でない日本語（和語）をどこに求めればよいのかが問われてくることになる。和文がどのようなものであるかが、もう一度、問い直される必要があるのである。漢文訓読的な要素が強い官人たちの日常の書きことばの上に、のちに和文の特徴とされる要素（実態はわからないが、語りのことば、生活のことばに近いものか）が混淆するかたちで和文が成立したということも考えられてよい。

## まとめ

冒頭にあげた図式を増補、詳述して、まとめにかえる。

日本霊異記（漢文）
　←↑漢文訓読
（漢文訓読文）
　←↑潤色（三宝絵の独自本文、変体漢文的要素を多く含む）
三宝絵草稿本（平仮名文）↓〈関戸本〉
　←↑表記体の変換
漢字片仮名交じり文〈観智院本〉　真名本〈前田本〉

霊異記と三宝絵とのあいだに、霊異記の訓読ではすまされない大きな違いがあることは、例示した三伝本の異同でもあきらかである。したがって、霊異記が訓読されたとしても、その訓読に対して三宝絵としての潤色がなされたことはまちがいない。それが「漢文乃至変体漢文」によってなされえたのかどうかは、漢文訓読文がそれとして書きあらわされたかどうかによる。この場合、漢文訓読的要素の混入がかならずしも、「漢文乃至変体漢文」の草稿本を意味しないことは、古代からの和漢混淆のありかたからしていえよう。むしろ、もとより平仮名文として献上することを意識してものされたとするならば、草稿は平仮名文であってよい。それがすぐに関戸本のような唐紙に書かれたとも思えないが、書き入れや訂正は草稿本のすがたを髣髴させるものではある。漢文訓

読文が平仮名で書かれることによって、和文的要素を多く含むようになったと考える。(11)

さらに、平仮名本をもとにして観智院本のような漢字片仮名交じり本がものされるが、独自異文の中には、仏教的な要素が強く感じられ、そのような場で、平仮名本から漢字片仮名交じりへと表記体が変換されたものとおぼしい。観智院本に、より漢文訓読的要素が強いのは、そのためと考えられる。また、時代の趨勢の中で真名本も平仮名本をもとにものされたのであろう。このような異文を可能にしたのも表記体がその場（位相）に応じて変換可能であったからにほかならない。表記体の変換が、和漢の混淆にさまざまの相をもたらしたといえよう。

注

（1）池上禎造「真名本の背後」（国語国文十七巻四号、一九四八・七）のち『漢語研究の構想』（一九八四、岩波書店）所収、山田俊雄「真名本の意義」（国語と国文学三十四巻十号、一九五七・一〇）

（2）増成冨久子「『霊異記』『三宝絵』『今昔物語』―『三宝絵』のプロトタイプを求めて―」『松村明教授古稀記念　国語研究論集』（一九八六、明治書院）、宮沢俊雅「三宝絵諸本の親疎関係」（史料と研究二十六、一九九七・三）

（3）初出は、拙稿「擬似漢文の展相」『国語文字史の研究八』（二〇〇五、和泉書院）

（4）安田尚道「『三宝絵詞』東大寺切とその本文（一）〜（五）」（青山語文一一、一二、一六、二五、四三、一九八一・三、一九八二・三、一九八六・三、一九九五・三、二〇一三・三）

（5）田中雅和・劉慧「前田本『三宝絵』における待遇の補助動詞について」（言語表現研究二十五、二〇〇九・三）

（6）拙稿『表記体と文体からみた変体漢文と和漢混淆文との連続性の研究』（平成二十四〜二十六年度日本学術振興会科学研究費補助金基盤研究（C）研究成果報告書）

（7）春日政治「和漢の混淆」（国語国文六巻十号、一九三六・一〇）のち『古訓点の研究』（一九五六、風間書房）所収

（8）築島裕『平安時代の漢文訓読語につきての研究』（一九六三、東京大学出版会）
（9）金文京『漢文と東アジア—訓読の文化圏』（二〇一〇、岩波新書）
（10）奥村悦三「暮しのことば、手紙のことば」『日本の古代14ことばと文字』（一九八八、中央公論社）
（11）ここで和文的要素とはどのような性格の「ことば」なのかが問題となるが、その内実については、「けり」で統括される「語りのことば」との関係で、さらなる吟味が必要であり、今後の課題となる。拙稿「「和漢混淆文」と和漢の混淆」（国語と国文学九十三巻七号、二〇一六・七）参照。

# 第五節　表記体の変換と和漢混淆文

## はじめに

文字資料をもとにことばの歴史を考えるものにとって、文字とことばとの関係は、自明のようであって、決して一様ではない。それぞれの対象に対して、さまざまの規定があってよい。しかし、ただひとついえることは、その規定が、ある時代、ある位相においてのみあてはまるようなものであってはならないということである。漢字専用時代における書記に対する意識は、当然、仮名成立以降のそれと異なることが予想されるが、その違いさえも包みこむかたちで資料が語られなければ、ことばの歴史は語れない。

文体と表記体とを区別する考え方は、たとえ、漢字専用時代において文体と表記体とが、不即不離の関係にあるとしても、それは有効な、あるいは必要な、規定であることは言をまたない。たとえば、ことばとしては同じウタとみとめられる文章が、仮名書で書くことと変体漢文で書くこととのあいだに、表記体の選択があったと考えられるが、それは文体ならぬ表記体の問題としてあつかうべきである。これを異なる文体であるととらえることは、書記の歴史を通史としてとらえる立場からは無理がある。

このことに関して、本書冒頭に、古代漢字専用時代における文字とことばとのさまざまの関係を、漢文訓読をあいだにおいてとらえ、そこに文体ならぬ表記体という考え方が、漢字専用時代にも有効なことを確認した。

本書を締めくくるにあたって、表記体が場や位相に規定されることなく、選択の問題としてありうるようになること、つまり、表記体の変換が可能である、あるいは、可能となること、がもたらす意味をとりあげ、そのことが日本語書記の歴史、ことばと文字の歴史を考えるうえにどのように有効であるかを、考えてみたい。

## 一　文字が書きしるすもの

表記体の変換について考える前に、ことばと文字との関係について確認しておく。本書において述べきたったように、文字は、ことばを書きしるしていることで文字としてある。しかし、そこにあらわされていることばは、ことばそのものではない。ことばのある部分は書きしるされず、また、ことばとは直接関係しないものが、そこに書きあらわされていることがある。たとえ、表音文字によって、ことばがつづられていても、そのことはかわらないが、それが表語文字によって記されていると、書きしるされた文字列とことばとのあいだの隔絶は、きわめて大きなものとなる。かめいたかしが「古事記は　よめるか」と問いかけたこと[1]に対して、われわれは、その隔絶を隔絶として把握することの必要性をよみとるべきであろう。

それは、書くという行為と読むという行為とのあいだにある隔絶でもある。音声による言語行為と異なり、時間の共有、場面の共有を必要としない、文字を媒介とする言語行為は、時間、空間といったことばの外にある要素だけでなく、ことばそのものをさえ、捨象してしまうことがある。書かれたことばが、そのまま、読むという行為によって再現しえないだけでなく、異なることばに置きかえられることまでもおこりうるのである。

漢文訓読という方法は、まさに、中国語で書かれた文字列を日本語の音列あるいは文字列に置きかえてしまうことを可能にした、画期的な発明であった。それは、単なる翻訳、外国語の理解の方法だけでなく、同一の文字列において、中国語を日本語へと変換する方法、装置でもあったのである。中国語で書かれた文字列は、その文字列のまま日本語で読まれることになる。書くという行為と読むという行為とのあいだの隔絶が、そこにはある。

この装置はまた、変体漢文体という日本語に特有の散文の表記体を生み出す原動力でもあった。変体漢文は、漢文を訓読することによって成り立つことばで発想されたことがらを、漢文のように書きとめた表記体であり、書記用の規範的な文法をもたない、また、それによって読まれることばを規定しない、そのような書記のひとつの方法であった。それは、書かれることばと読まれることばとの乖離がもたらした、ひとつの達成でもあった。変体漢文において、読まれるべきことばは、漢文をいかように訓ずるかということと同じように、読み手にゆだねられる部分がおおきい。したがって、定まったヨミを企図する、たとえば古事記のような書記にあっては、以音注や訓注など、ヨミに対する配慮が含まれることになるし、文字使いにおいてもさまざまの工夫がなされることになるのである。万葉集におけるさまざまな書き様の中に、戯れのようなものが文字表現として含まれるのも、それが書き手の主体的、意図的な文字表現であったとしても、読む側を多分に意識した、読み手の側になぞ解きをゆだねるような、そのような書くことの工夫だったのではなかったか。書かれたことば以外の要素も、読み手にゆだねられるのが、万葉集の工夫であったといえよう。書き手と読み手との隔絶は、なにも漢字による書記だけにかぎらず、表音文字体系の文字による書記においても少なからずみとめられる、文字とことばとの宿命のようなものであるが、ことに表語文字体系、しかも、他言語のための文字を借用した古代日本語においては、それがきわめて顕著にあらわれているのであり、そこに文字とことばの変化との関係を考えることの意味が生じてくると思われるのである。

それまで記紀万葉という文献資料が主な考察対象だった、古代の言語生活が、近年の木簡資料群の増大にともなって、その景観を大きくかえようとしている。その重要なことがらのひとつが、仮名（漢字の表音用法）で書かれたウタのかずかずによる仮名使用の実態である。

## 二　木簡におけるウタの仮名書き

ウタが書かれたとおぼしき木簡のほとんどが、一字一音を基本とする仮名で書かれていることから、古代、律令官人たちの日常の場において、ウタはまず、仮名で書きしるされたことが明らかになった。これによって、人麻呂歌集略体歌、人麻呂歌集非略体歌、仮名書きの順にウタの書記が展開したというような考え方は、基本的に否定されなければならない。また、万葉集にのるウタと同じ歌句をもつウタが木簡にはあらわれず、万葉集のウタと木簡のウタとでは、質的に異なることが考えられていたのだが、これについては、二〇〇八年に万葉集に載るウタと同じとおぼしき歌句を記した木簡が三件報告されたことによって、木簡に書かれるようなウタと万葉集にのるようなウタとのあいだに、質的な差異はないことが明らかになった。だとすると、両者のあいだにあるのは、書かれるウタ自体の差異ではなく、ウタが書かれる場面の差異であると考えなければならない。万葉集のような歌集が編纂される場合と、日常でウタを書きとめる場合とで、書き様が異なるということなのだろう。万葉集の多くのウタのように、変体漢文（略体であろうと非略体であろうと）で記されるのは、それが歌集として編まれるのを前提とした、特殊な位相における漢字表現であり、また、万葉集「仮名書」歌巻と木簡のウタの仮名書きとで使用字母が異なるのは、やはり、歌集としての万葉集の特殊性によるものであると思われる。木簡のウタと万葉集のウタとでは、いわば、日常的な書記と歌集編纂というよそいきの書記とで、書き様（表記体や文字の選択）が異なるととらえるのが、今のところ、もっとも穏やかな考え方であろう。そしてそれは、表記体の選択の可能性を示すものでもある。[2]

相見者　千歳八去流　否乎鴨　我哉然念　待公難尓（巻十一・二五三九）

安比見弖波　千等世夜伊奴流　伊奈乎加母　安礼也思加毛布　伎美末知我弖尓〈柿本朝臣人麻呂歌集出也〉（巻十四・三四七〇）

のように、同じとおぼしい人麻呂歌集歌が、巻によって、仮名でも変体漢文でも書きあらわされているのは、巻による表記体の選択にしたがったからにほかならない。ここでの選択の可能性を考えることで、木簡にみつかった万葉集のウタと同じ歌句をもつ三首のウタについて、同じウタが、万葉集という歌集と木簡とで異なる表記体によって書きしるされたであろうことが考えうる。つまり、同じ文章の異なる表記なのであり、文体差ではなく表記体の差であると理解すべきなのである（本書第二章参照）。

八世紀中葉、記紀万葉が成立した古代漢字専用時代は、日本語の書記の歴史の中で、漢字のさまざまな用法による日本語表記が達成され、比較的自由にことばを書きしるすことが可能な時代であった。漢字の表音用法による仮名書きと、漢文訓読に立脚した変体漢文とが可能であるということは、これまでにみてきたように、表記体として、書くべきことばのいかんにかかわらず、いかようにも書きあらわすことができたということである。

正格の漢文で書く場合と仮名で書く場合とを両端におき、その中間のありようとして、変体漢文を考えるならば、変体漢文には、漢文的な語序をとるか日本語の語序をとるか、ひとつの文章の中でも差異があり、全体としても、漢文に近いものから、単に表語用法の漢字を日本語の語順にしたがってならべただけのようなものまで幅がある。また、仮名を交えるか交えないかで、いくつかの分類も可能である。仮名の交じえ方についても、宣命書きのように仮名を小字で書く方法もあり、また、万葉集のような方法もあり、やはり、相当の幅をもって漢字仮名交じりがおこなわれていた。つまり、変体漢文とは、ひとつの確たる表記体をさすのではなく、漢文と仮名書きとのあいだで、現在考えうる、漢字でもってことばを書きしるす方法のすべての方法が含まれるのであって、漢文から仮名書きまで含め、八世紀にはすでに多様な書記が選択可能であったといえるのである。[3]

ただ、可能だったからといって、自由にそれが選べるということではなかっただろう。どんな内容を書くか、どんな目的で書くか、どんな場面において書くか、によって表記体はある程度定まっていたにちがいない。また、ことばによって、それとしか書けない場合もあっただろう。しかしながらそれは、現在においても、それほどかわらない。書かれることば、ことがらによって、どのように書くかも、おのずと定まってくる。もちろん、文字の多様性になれきって、なんの不思議も感じない現代と、漢字だけで書かなくてはならなかった古代漢字専用時代とでは、書記の工夫の仕方に、質的に大きな差異のあったことは、当然、考えられるのではあるけれど。いいたいのは、漢字専用時代を、仮名成立以降と区別して、漢字専用時代の論理だけでとらえていたのでは、かえって漢字専用時代の重要な部分を見落としてしまいかねないということである。

古代漢字専用時代にあって、書くことの選択は、漢字の用法の選択であった。対立するのは、漢字の表語用法と表音用法、漢字の音と訓とである。漢字の表語用法と表音用法の対立は、文字としての仮名の成立以降、漢字と仮名との対立へと移行する。漢字の用法としてあった対立が、漢字は表語用法、仮名は表音用法、と文字の種別による対立へとかわるのである。その結果、漢字の音訓は語彙のみの対立へと限定される。たとえば、「父母」を音で読むか訓で読むかは語の異なりになる。また、登山と山登りも、要は語の異なりとして理解される。丹波が音であり、山城は訓だというようなことは、意識にのぼらない。それに対して、万葉集「仮名書」歌巻や記紀歌謡の漢字の表音用法が、音読みにかぎられ、借訓仮名は通常用いないというのは、表音用法において、音訓が意識されたということのあらわれである。ただ、木簡のような日用の書記においては、記紀万葉にみられるような、音訓の対立はみとめられず、仮名における音訓の対立もみとめられない。つまり、仮名成立以降と同じく、語彙の問題としてのみ音訓の対立はあったのだろう。だとすると、漢字専用時代と仮名成立以降とでは、文字の機能としての対立が文字の種別による対立に移行しただけであり、書くことにおける文字とことばとの関係にはさして大きな変化はないと考えられるのである。木簡の仮名書きは、現代と同じ様な、仮名でことばを考えることが、すでに漢字専用時代にもありえたことの発見として、漢字専用時代と仮名成立以降とをつなぐ、重要な知見をわれわれにもたらしたのである。(4)

## 三　漢字専用時代の表記体の変換

古代漢字専用時代にあって、ウタが表記体の変換可能な事例としてまず考えられた。ウタの場合、歌詞が定まっている、つまり、書かれるべきことばのかたちが定まっているところに、散文と違って純粋に表記の問題として、表記体の変換を考えることができる。ところが、散文の場合は、事情が異なる。書かれるべきことば自体の問題が生じるのである。

正倉院に残された二通の仮名文書には、変体漢文で書かれるような文書のことばが背後にあったことが指摘されており、(5)また、近年報告された平城京二条大路出土の文書木簡にみられる仮名書きの別書きにも、日用文書との関連が指摘される。[6]平城京二条大路木簡には、「まうす〜とまうす」という会話文引用の双括形式がみとめられる。

・進上　以子五十束　伊知比古一□〈和岐弖麻宇須多加牟奈波阿□（都）／止毛々多□（无）比止奈□（志）止麻宇須〉

右の「和岐弖麻宇須」は「別申」「別辞」などと書かれるような、追伸の文書形式であり、筝を請われたところが手に入らなかったことを、付け加えている。その内容を「まうす〜とまうす」という、発話動詞「申す」を内容の前後にもちいる形式で述べるのである。この内容の前後に同じ発話動詞をおく形式は、漢文訓読によって生じたものであり、変体漢文体文書では、「申〜」が基本であるが、中には「申」を前後におく形式もわずかながらみとめられる。この形式が土左日記や竹取物語といった平安時代の和文資料にもみられることは、漢文訓読による語法が平安時代和文資料に伝わったことをものがたるが、それは同時に日本語散文における新たな語法の獲得でもあった。[7]

漢文訓読は、従来の日本語、口頭で話されるだけの日本語にはなかった、新たな語法を生み出すのであるが、それがヨム段階にあるかぎりはヨムための語法でしかない。しかしそれが文字化されるときに、仮名書きであろうが、あるいは変体漢文体文書であろうが、「まうす〜とまうす」「申〜〈と〉申」と、あとの「申（まう）す」が表記されることで、ことばのそれとしてあらわれるのである。むしろ、のちの平安時代和文の状況を考えると、仮名書きにおいてこそ、あとの「もうす」は必要であったと考えられる。散文の正倉院仮名文書、二条大路木簡の仮名書き部分は、そのようなことばの創出でもあり、平安時代和文に通じる、そのような文章であったといえる。そしてこの場合、変体漢文の日用文書と仮名書き文書とは、ある意味、本来あるべき表記体とは異なる表記体の選択、つまり、表記体の変換がもたらした結果であると、とらえることも可能なのである。

もちろん、書かれるべき内容によって表記体もしくは文体が選択されるということはあったはずである。宣命書きで書かれる宣命は、独特の文体をもち、文体としても表記体としても、この時代の漢字仮名交じりのひとつの達成である。そこには、独特のことばづかいがみとめられるのではあるが、一方で、宣命書きでなく、漢文で書きあらわされる詔勅もあった[8]。続日本紀には、歴代天皇の即位における、宣命書きされた即位宣命あるいは即位改元宣命が収められているが、元正天皇の条だけは、宣命書きされた即位改元宣命ではなく、次のような漢文詔があるのみである。

九月庚辰、受禅即位于大極殿詔曰「朕欽承禅命、不敢推譲、履祚登極、欲保社稷。粤得左京職所貢瑞亀、臨位之初、天表嘉瑞、天地貺施、不可不酬。其改和銅八年為霊亀元年。大辟罪已下、罪無軽重、已発覚未発覚、已結正未結正、繋囚見徒、咸従赦除。但謀殺々訖、私鋳銭、強竊二盗、及常赦所不原者、並不在赦限。親王已下及百官人、并京畿諸寺僧尼、天下諸社祝部等、賜物各有差。高年鰥寡孤独疾疹之徒、不能自存者、量加賑恤、孝子順孫、義夫節婦、表其門閭、終身勿事。免天下今年之租。又五位已上子孫、年廿已上者、宜授蔭位。獲瑞人、大初位下高田首久比麻呂、賜従六位上、并絁廿疋、綿卌屯、布八十端、稲二千束。」（霊亀元年九月）

ここでは、元明の譲位によって即位する旨が、四字句四句でのべられ、次に祥瑞によって改元することが、やはり四字句を重ねることによって示される。そして、大赦、賜物、免租が例によってのべられ、最後に祥瑞をもたらしたものへの加位、賜物が明らかにされる。これらの内容は、他の宣命書きによる即位宣命、即位改元宣命と異なるものではない。しかし、ここには、律令に規定された宣命の冒頭表現、たとえば、元明天皇即位宣命（第三詔）の、

現神八洲御宇倭根子天皇詔旨勅命親王諸王諸臣百官人等天下公民衆聞宣。

のような、宣命の常套表現はなく、また、元明、聖武、孝謙即位宣命に共通してみられる、天智天皇が定めた「不改常典」にしたがってという記述もない。宣命書きによって記される宣命とは、まったく趣を異にするのである。しかし一方で、たとえば、改元の記述「其改和銅八年為霊亀元年」は、宣命書きの宣命にあっても、

故改慶雲五年而和銅元年為而御世年号〈止〉定賜。（第四詔、和同改元）

改養老八年為神亀元年而（第五詔、聖武即位、神亀改元）

是以改神亀六年為天平元年而（第六詔、天平改元）

是以改天平神護三年為神護景雲元年〈止〉詔〈布〉（第四十二詔、神護景雲改元）

是以改神護景雲四年為宝亀元年。（第四十八詔、光仁即位、宝亀改元）

のように（〈　〉内は宣命書きの部分。以下同じ）、漢文的措辞によって記される。[9] また、それに続く大赦、賜物についても、元明即位宣命（第三詔）、聖武即位宣命（第五詔）においては、元正即位詔と同じような内容の部分が、同じく漢文で記される。

是以先〈豆〉天下公民之上〈乎〉慈賜〈久〉、大赦天下、自慶雲四年七月十七日昧爽以前大辟罪以下、罪無軽重、已発覚未発覚、咸赦除之。其八虐之内、已殺訖、及強盗竊盗常赦不免者、並不在赦例。前後流人非反逆縁坐及移郷者、並宜放還。亡命山沢、挾蔵軍器、百日不首、復罪如初。給侍、高年百歳以上、賜籾二斛。九十以上一斛五斗、八十以上一斛。八位以上級別加布一端以上。五位以上不在此例。僧尼准八位以上各施籾布。賑恤鰥寡惸独不能自存者、人別賜籾一斛。京師畿内及大宰所部諸国今年調、天下諸国今年田租復賜〈久止〉詔天皇大命〈乎〉衆聞宣。（第三詔、元明即位宣命）

是以先天下〈乎〉慈賜治賜〈久〉大赦天下、内外文武職事、及五位已上、為父後者、授勲一級。賜高年百

歳已上穀一石五斗。九十已上一石。八十已上并惸独不能自存者五斗。孝子順孫義夫節婦、咸表門閭、終身勿事。天下兵士減今年調半京畿悉免之。又官々仕奉韓人部一二人〈尓〉其負而可仕奉姓名賜。又百官々人及京下僧尼大御手物取賜治賜〈久止〉詔天皇御命衆聞食宣。（第五詔、聖武即位、神亀改元）

これらの、ほぼ同様の内容が漢文の措辞にしたがって記されるということは、あるいは、書きしるす内容（ことがら）が、表記を選ぶと考えられるのかもしれない。ただ、「大赦天下」でなく、罪をゆるす表現なら「罪人赦賜〈夫〉」（第十三詔、出金詔書）のような宣命書きが可能であったし、加位や賜物についても、

辞別宣〈久〉仕奉人等中〈尓〉自何仕奉状随〈氐〉一二人等冠位上賜〈比〉治賜〈夫〉。百官職事已上及太神宮〈乎〉始〈氐〉諸社祢宜祝〈尓〉大御物賜夫。僧綱始〈氐〉諸寺師位僧尼等〈尓〉物布施賜〈夫〉。（第二十四詔、淳仁即位）

のような書き様が可能であった。とするならば、やはり、ひとつの選択の結果として、元正即位の漢文詔と元明、聖武即位の宣命書き宣命とがあったと考えねばならないだろう。あるいは、実際に宣ぜられた資料が失われていたということなのかもしれないが、日常文書の変体漢文か仮名書かという選択と同様、漢文と宣命書きとのあいだにも、表記体の変換が考えられてよい。

ただしこの場合、宣命特有の冒頭表現などの特異な表現を含まない漢文詔は、ことばとしては、宣命書きで記された宣命のことばと基本的に異なるといわなければならない。漢文という文体ないし表記体に制約された表現をとったものといえよう。宣命書きの文章においては、宣命書きの文章としての定まった表現があり、漢文の文章には漢文としての定まった表現があり、そこでは、それに即した表現、「ことば」が選ばれたということになる。つまり、ことばが表記体を規定したのではなく、表記体がことばを規定したともいえるのである。そこには、

従来からいわれてきたような、表記体と文体との密接な関係をみて取ることができる。しかしここでは、表記体の選択が文体を規定する、表記体の変換が書かれるべきことばにも影響を与えることがある、ということをみておきたいのである。

## 四　仮名の成立と表記体の変換

以上、漢文ないし変体漢文的な発想、あるいは漢文訓読的な発想によって、仮名文書がつづられたことをみ、また、あることがらが、宣命書きのような漢字仮名交じりにも、漢文にも表現されることがあり、そこに記されることばが、表記体によって異なる場合があることをみてきた。

九世紀、文字としての仮名が成立すると、漢字の用法としての表語と表音の対立は、文字の種別による対立に移行する。表記体の変換は、みた目にも大きな変換としてうつることになるが、それ以上に、文字の種別による対立は、われわれにさまざまな問題を投げかける。

先にみた、変体漢文体文書と仮名書き文書との関係は、漢文ないし変体漢文と平仮名文との対立に対応する。そうみることで、土左日記や竹取物語といった平安時代の初期仮名文学作品に漢文訓読的要素が多く含まれることの意味が理解される。[10]しかしこれは、逆に考えると、漢文訓読したことばを平仮名でもって書こうとすると、のちの和文的な要素が主とならざるをえないということでもある。おそらくは、書かれることがら、あるいはそのことがらをあらわすための基礎となることば（漢文訓読的発想のことばか和文的発想のことばか）がそのバランスを左右するのであろう。一方で、漢文を訓読する場面で片仮名が発達し、漢字片仮名交じりが発生したことを考えるならば、漢字片仮名交じりは、漢文訓読したことば（漢文を訓読するときの日本語のかたちそのもの）をそのまま書きしるす方法であったと考えられる。だとすると、平仮名文と漢字片仮名交じり文という表記体の対立は、和文と漢文訓読文あるいは和漢混淆文という文体の対立をそのまま具現したものではなく、表記体の選択（あるいは変換）の問題としてあって、平仮名文はもとより内部に漢文訓読的要素を内包するものであったのだから、平仮名文の側の書きしるされることばの問題として、文体の対立をとらえなおす必要があろう。表記体の変換の可能性を考えれば、むしろ、平仮名文の個々の資料において、和文的要素と漢文訓読的要素の検討が必要となる。[11]

ここに取り上げる三宝絵（関戸本・東大寺切）も平仮名文の表記体をとる。ただし、伝本としては、この他に漢字片仮名交じり文の観智院本と真名本（変体漢文）の前田本があるのみで、伝本すべてが異なる表記体をとる。本文（そこからよみとれることば）については、三伝本はそれほど離れたものではなく、表記体と書かれたことばとの関係を考えるには、三本しかないという制約のもとではあるが、絶好の資料といえよう。

三宝絵は、源為憲が永観二（九八四）年に落飾した尊子内親王のために編集したものであり、献上したものは、状況からすれば平仮名で書かれていた可能性が高く、三伝本のうち、平仮名本（関戸本・東大寺切、保安元（一一二〇）年写）が古いことと矛盾しない。三本の祖本に漢文ないし変体漢文の伝本を考える向きもあるが、[12]少なくとも献上されたかたちは平仮名本のようなものと考えるのが自然である。[13]もちろん、収録された説話が依拠した仏典や日本霊異記など、先行資料が漢文体であり、それに基づいて、ある種の漢文的思考が文章の基礎にあったことは考えられるし、たとえば、中巻第四話にみえる「山のいしのなかに」（関戸本）、「山ノイハノ中ニ」（観智院本）、「石山中」（前田本）の異同は、あるいは漢字本文（日本霊異記「山石中」）が先行したものとも思われる。しかしながら、漢字片仮名交じりである観智院本にまま平仮名字体がまじることや、前田本においても、仮名書きの自立語がみとめられることからは、すくなくとも現存三伝本のもとに平仮名本のあったことを想定することは可能のようである。[14]

祖本として漢文ないし変体漢文の漢字本文があったかなかったかは、当面、それほど大きな問題ではない。先行する漢文資料があったわけで、訓読的発想のことばが当然、主となることが予想されるからである。中巻の場合、多くが日本霊異記に依拠したことがわかっており、その漢字本文が三宝絵ではどうなっているのか、中巻における三伝本の異同を含めてみることで、表記体とことばとの関係を考えてみたい。ここでは中巻第五話「衣縫伴造義通」を例として取り上げて、三伝本をくらべてみる。[15]全体の詳しい比較考察については後日を期すこととして、本節ではその結果に基づいて、第五話だけの言及にとどまる（伝本の略号は前節に同じ）。

関　小墾田宮あめのしたをさめ給みかとの御よに衣縫伴造義通といふものあり

観　昔小墾田宮ニ雨ノシタヲサメ給シ帝ノ御代ニ【衣】継伴造義通ト云モノアリキ

前　小治田宮治天下御世衣縫伴臣義道云者

関　たちまちにおもきやまひをえてふたつのみゝともにしひ　あしきかさ　身にあまねしとしをへていえす

観　忽ニヲモキ病ヲウケ【エ】テ　二ノ耳トモニシヒ　悪瘡　身ニイテ、　トシヲヘテイヘス

前　忽受重病　二耳共聾　悪瘡　普　経年不差

関　みつからおもはくこれむかしのつみのまねくところなりこのよの事にはあらすと

観　コヽニミツカラオモハク是ハ昔ノムクヒニヨリテ所招病也　コノヨノ事ニハアラシト思テ

前　自思　是昔罪之所招也　非此世所為

関 なかくいきて 人に、くまれむよりは　しかしくとくをつくりてとくしなむにはと思て
観 ナカイキシテ 人ニニクマレムヨリハ　シカシ功徳ヲツクリテ　ハヤクシナムニハト思テ
前 自 長生 被猒人者　不如行功徳　早死

関 にはをはきたうをかさりて天義禅師をさうして　かうすいをあみて身をきよめて
観 寺ニマウテ、庭ヲハラヒ堂ヲカサリテ義禅師ヲ請シテ　経ヲヨマセテイノリテ香水ヲノミ　身ヲキヨメテ
前 払庭荘堂　請義禅師　浴香水　浄身

関 信心 をいたして　方広経をよましむ　こ、にせしに申していはくいまわか【〻】た【み〻】(め)に
観 ツ、シミノ心 ヲイタシテ方等経ヲヨマシム　爰ニ義通禅師ニ申テ云　今我片耳ニ
前 致 信心　令読方広経　爰義禅師白言　今我行耳

関 ひとりの菩薩の御【なきこゆ】　た、しねかはくは大徳 のちのよ を みちひかむ とおもへといふ
観 一人ノ丼ノ御名キコユ　タ、願ハ　大徳 後世 ヲ 引導シ 給ヘト云
前 一丼名聞　唯願　大徳 後代 導 思云

関　せしこれをきゝていよ〳〵ねむころに　【ヲカム　コノカタミゝコゝロヨクキコユ
観　此ヲ聞テ　弥ネムコロニ此経ノ仏井ノ御名ヲゝカミタテマツレハ　片耳　心ヨクキコユル
前　此　弥苦　礼　此片耳　快聞

関　義通オホキニヨロコヒテ】（よろこひて）せしを　かさねてをかむに　ふたつのみゝともに
あきぬ
観　義通大ニ悦テ　禅師ヲマス〳〵　カサネテヲカミタテマツルニ二ノ耳トモニアキヌ
前　義通大悦　禅師　又礼　二耳共開

関　とをきもちかきもおとろきあやしますといふことなし
観　遠近聞者　ヲトロキタウトカルコトカキリナシ
前　遠近聞者　莫不驚恠

関　人のこゝろ（に）まこと【に】ふかけれはのりのちからもむなしからぬ事をしりぬ霊異記にみえたり
観　人信心フカケレハ　法力ムナシカラス　霊異記ニ見タリ
前　人心信深　法力不虚事知　見霊異記也

＊【　】は補入。（　）はミセケチ。傍線は他本にない部分。波線や□囲みは注意すべき異文。

この話においても他と異ならず漢文訓読的な要素は随所にみられる。たとえば、三行目の「みつからおもはくこれむかしのつみのまねくところなり」や四行目の「しかじ～しなむには」などはその典型であり、三本とも大きくかわるところはない。注目したいのは、典型的な漢文訓読語と和文語の対立である、四行目の「とく」(関)、「ハヤク」(観)、「早」(前)の異同である。このほか、二行目「身にあまねし」(関)と「身ニイテ、」(観)、五行目「にはをはき」(関)と「庭ヲハラヒ」(観)、十行目「といふことなし」(関)と「コトカキリナシ」(観)の異同も対立的である。また、第四話の関戸本には補入のかたちではあるが、「なむ」係り結びがみられるのも、関戸本の和文的な要素としてみとめられよう。

また、漢語をそのまま使うのと訓読するのとの違いもみとめられる。関戸本が訓読するのを観智院本では漢語をそのまま使う箇所が□でくくったうちの二行目「悪瘡」、七行目「後世」、「引導」、十一行目「信心」であり、また四行目「ながくいきて」(関)と「ナガイキシテ」(観)、「長生」(前)もそれに準じて考えることができる。しかし一方、六行目では関戸本「信心」に対して観智院本は「ツ、シミノ心」となっており、逆転している。中巻全体でも、観智院本が漢語を多用する中にあって、このような逆転の現象は随所にみとめられ、この一例だけが特殊なのではない。つまり、全体的な傾向として、関戸本は漢文訓読的傾向が強い中で和文的な要素がままみとめられるのであるが、観智院本にあっても程度の差こそあれ、同じような傾向はみとめられるのである。つまり、両者に共通の祖本自体に、漢文訓読的な要素の中に和文的な要素が交じる傾向があり、観智院本にあっては、より漢文訓読的な要素が強くあらわれているということなのである。第四話の観智院本の独自異文に「スヘカラクアナカチオホツカナサヲアキラメムトイヒテ」とあるのはその典型といえよう。

前田本は、関戸本に近い本文としてヨミうるが、それでも、二行目の「受」は観智院本の本行の「ウケテ」によむべきであり、十行目の「遠近聞者」も観智院本とおなじである。また、一行目の述語（関戸本「あり」、観智院本「アリキ」）を欠く形式や、引用の動詞後項の「思テ」（観智院本三行目、四行目、関戸本四行目）を欠くのは漢文的な書き様であるが、七行目の後項動詞「云」があらわれるのは、和文的な要素とみとめられる。やはり、前田本にあっても、漢文的な部分と和文的な部分とが同居し、程度の問題であることは、他の二本とかわるところがない。[16]

漢文ないし変体漢文を訓読するというかたちであらわれた漢文訓読的なことばが、平仮名文という表記体の枠の中におさめられようとしたときに、そこに三宝絵のような文章が出現する。可能な範囲で和文的なことばが用いられることによって、ひとつの和漢混淆が出現する。さらにそれが、観智院本のように漢字片仮名交じりの表記体に変換されるときには、より漢文訓読調の強い文章が生成される。あるいは変体漢文（真名本）として表記体が変換されるとき、それはより漢文的なことばをそこにもたらすことになる。そのようにして、和漢混淆文のひとつとしての三宝絵の三伝本があると理解されるのである。ここにも、やはり表記体によってことばが選ばれ、あらたな本文、あらたなことばを作っていく姿がみてとれる。

## ま と め

漢文ないし漢文訓読的発想によって文章がつづられるとき、基本的に表記体は漢文ないし変体漢文によって記される。それが表記体を選ぶことの基本である。正倉院にのこされた一群の、律令官人による日用文書はそのようなものとしてある。そこに、たまたま日本語要素を組み入れようとするとき、それは部分的宣命書き文書のように、仮名による宣命書きや傍書書き入れが含まれる形式をとることになる。[17]

それらの、変体漢文体文書は、ひとつの和漢混淆によってうまれた日本語文だと位置づけることができよう。漢文訓読という日本語の発想（和）と漢文のように書くという意識（漢）とが融合したところに、変体漢文があるのであり、表記体としてはまさしく漢文の名を含むにふさわしい混淆の姿がある。しかしながら、それゆえにそれだけでは日本語文としての文体を形成することはできなかった。変体漢文は、日本語のかたちに還元することを前提としない表記体なのであり、ことがらが書きとめられればよかったからである。多様な表記法をふくみ、よまれるべきことばが定まらない点において、それをひとつの表記体としてくるには、あまりにもおおきなくくりとしかいいようがない。ただ、記録体がそうであるように、そのような表記体は後世にまでひきつがれ、あくまで漢文的な姿をたもちつづけることになる。

一方で、仮名の成立をまって、日本語散文としての仮名書き文体が形成されることになる。それが仮名で書かれていることによって、つまり、ことばのかたちが還元できることによって、その文章のスタイル、文体がそれとしてヨメるのである。正倉院仮名文書や木簡の仮名文書は、そのような和文の原初的な姿であると同時に、もとより和漢の混淆によって獲得された日本語の散文文体のはやい例として位置づけることが可能であろう[18]。

仮名成立以降、ひとつのありかたとして、漢文ないし変体漢文の中に、仮名で日本語要素を書き入れた、東大寺諷誦文稿のような漢字片仮名交じり文が成立する。その成立が、続日本紀宣命のような文章から生じたのではなく、訓点の書き入れから生じたとする春日政治の卓見[19]はたしかにそのとおりであるが、日本語要素の仮名による組み入れという点では、正倉院文書の部分的宣命書きと同じ線上に位置づけることができる。ここにも、ひとつの和漢の混淆があった[20]。

これに対して、平仮名文の三宝絵は、漢文訓読のことばを平仮名で書きしるそうとすることによって必然的に和文的要素を含み、そこにひとつの和漢混淆を具現したものである。表記体がことばを選んだ結果、平仮名で書きしるされるべきことばとしての一つの文体が成立したものと考える。ここにも、ひとつの和漢の混淆があった。そしてもし、このような文章が今昔物語集のような漢字片仮名交じりの文章へとつながるならば、和漢混淆文の成立に、表記体の変換が大きな意味をもっていたと思われるのである。表記体は、ことばを選ぶという確固とした枠組みをもつと同時に、その選択がゆるされて変換が可能であるという自由度をもつ。この相反するような二面性において、表記体の変換は、和漢の混淆を生ぜしめ、ひとつの文体を形成する装置としてあった。そしてそれは、文字としての仮名の成立によって、その機能をおおいに発揮しえたのである。仮名の成立をもって、日本語散文は、その文体を獲得した。

注

（1）かめいたかし「古事記は　よめるか」『古事記大成3言語文字篇』（一九五七、平凡社）、のち『日本語のすがたとこころ（二）』（一九八五、吉川弘文館）所収

（2）拙稿「日本語書記史と人麻呂歌集略体歌の「書き様」」（萬葉百七十五、二〇〇〇・一一）

（3）拙稿「擬似漢文の展相」『国語文字史の研究八』（二〇〇五、和泉書院）、本章第三節参照。

（4）木簡による日本語史研究については、犬飼隆『木簡による日本語書記史』（二〇〇五、笠間書院）が現在までの水準を示しており、参照されたい。

（5）奥村悦三「仮名文書の成立以前」『論集日本文学・日本語1上代』（一九七八、角川書店）、同「仮名文書の成立以前　続」（萬葉九十九、一九七八・一二）

（6）犬飼隆注4前掲書、奥村悦三『奈良女子大学21世紀ＣＯＥプログラム「古代日本形成の特質解明の研究教育拠点」シンポジ

ウム報告書』（二〇〇七）

（7）山田孝雄『漢文の訓読によりて伝へられたる語法』（一九三五、法文館）、春日政治『西大寺本金光明最勝王経古点の国語学的研究　研究篇』（斯道文庫紀要一号（一九四二）、一九四九、丁子屋書店）のち『春日政治著作集　別巻』（勉誠社、一九八五）所収、奥村悦三注5前掲書。春日はここで漢文訓読からのみならず、和文の側にその語法を形成する要素があったことを指摘している。

（8）宣命書き詔と漢文詔とでは用途によって使い分けられたとする説もあるが（大平聡「奈良時代の詔書と宣命」『土田直鎮先生還暦記念　奈良平安時代史論集下』（一九八四、吉川弘文館））、今の場合は、おなじ即位改元宣命という用途であり、表記体の差と一応はみておく。また、元正にのみ宣命書き詔がないのは、即位に特別な事情があったとする説もあるが（岩波『新日本古典文学大系　続日本紀』）、いずれにせよ、同じ内容のことがらが異なる表記体をとることにかわりない。なお、宣命の問題点については、仁藤敦史「宣命」『文字と古代日本1支配と文字』（二〇〇四、吉川弘文館）に的確な整理がなされている。

（9）このような定型的な漢文的措辞が、宣命書きに交ることについて、以前に取り上げた正倉院文書の中の「他田日奉部直神護」の解文（正集44）における「始養老二年至神亀五年」「始天平元年至今」といった表現が思い合わされる。これについては、「続日本紀宣命などの読み方も、散文としては成立していたとするならば、「（年月）を始めて」の言い方は宣命には確例がなく「（年月および今）に至るまで」は確例があるので、「～より～に至るまで」とするのが今のところ適当ではないかと考えている。」と述べたことがある。そこに、漢文と漢文訓読とによってえられた、続日本紀宣命のことばのかたちと和文的なことばのかたちとを考えることができる。拙著『漢字による日本語書記の史的研究』（二〇〇三、塙書房）第三章第三節参照。なお、奥村悦三注5前掲書も参照。

（10）阪倉篤義『日本古典文学大系9竹取物語・伊勢物語・大和物語』解説（一九五七、岩波書店）、築島裕『平安時代の漢文訓読語につきての研究』（一九六三、東京大学出版会）、奥村悦三「かなで書くまで―かなとかな文の成立以前―」（萬葉百三十五、一九九〇・三）、同「話すことと書くことの間」（国語と国文学六十八巻五号、一九九一・五）、同「書くものと書かれるものと」（情況一九九六別冊、一九九六・五）など。

(11) 平仮名は日本語を表現するための文字であり、片仮名は日本語を表記するための文字であることは、奥村悦三「ことばを書く、声を記す」『国語文字史の研究十一』(二〇〇九、和泉書院) に「文字は、『土左日記』においては、声を記すためのものであるというよりは、ことばを書くためのものであった、と思われるのである。」との言及があり、本章第三節にも触れるところがある。

(12) 馬淵和夫『新日本古典文学大系　三宝絵　注好選』解説 (一九九七、岩波書店)

(13) 増成富久子「三宝絵詞・三伝本成立事情の推定」『築島裕博士還暦記念　国語学論集』(一九八六、明治書院)

(14) 馬淵和夫注12前掲書

(15) 増成富久子「『霊異記』『三宝絵』『今昔物語』—『三宝絵』のプロトタイプを求めて—」『松村明教授古稀記念　国語研究論集』(一九八六、明治書院)、宮沢俊雅「三宝絵諸本の親疎関係」(史料と研究二十六号、一九九七・三) に諸本の対照研究があり、本章もその方法に基づくものである。

(16) 前田本については、田中雅和・劉慧「前田本『三宝絵』における待遇の補助動詞について」(『言語表現研究』二十五号、二〇〇九・三) が、仮名文に漢字をあてただけのものでなく、漢文的措辞を多く含むことを指摘している。

(17) 注9拙著第三章第一節、第二節

(18) 拙稿「部分的宣命書きと和漢混淆文」(女子大文学国文篇五十四号、二〇〇三・三)、本章第一節参照

(19) 春日政治『古訓点の研究』(一九五六、風間書房、初出は一九三二・三)、および注7前掲書

(20) 築島裕「『東大寺諷誦文稿』小考」(国語国文二十一巻五号、一九五二・六)、および注9拙著第三章第五節

# あとがき

本書は副題を「表記体から文体へ」とした。「ことば」の研究をこととする人にとっては、異様にうつるとおもう。著者自身、そうおもう。前著においてはまだ、「ことば」と「文字」との関係に、なにかしらの希望をもっていたにちがいない。それは、書きしるされた文字の背後に、「文体」を語ることのできる、統一的な「ことば」の表現（文章）があり、テキストの的確な分析により、万葉集がおおむねそうであるように、「ことば」を読解することで、古代の言語表現に迫ることができると、信じていたからである。その立場からすると、「表記体」と「文体」とは、まったく異なる概念であるので、「表記体から文体へ」というのは、ある種、矛盾表現に近い。しかし、ここ数年の思索から、漢字で書かれたものを訓むことによって、あらたに「ことば」が生み出され、「ことば」が整えられてゆくということがあると考えざるをえなくなった。そこで、「長谷の舞台から飛び降りる気持ち（母がよく口にしていたことば）」で、かく、副題をつけることにした。もちろん、本書の真意はここにある。「表記体」という概念は、古代漢字専用時代の資料を考えるうえで、きわめて重要な概念である。ソシュールが、

言語と書とは二つの分明な記号体系である；後者の唯一の存在理由は前者を表記することだ；言語学の対象は，書かれた語と話された語との結合である，とは定義されない；後者のみで対象となすのである．

（小林英夫訳『一般言語学講義』（一九四〇、岩波書店、初訳一九二八、岡書院）引用は改版第一刷、一九七二、四〇頁）

といったときの「言語と書（ラングとエクリチュール）」とは、たしかに「二つの分明な」体系なのである。本書に

おける「ことば」は、ラングとパロールの両側面をとらえた音（音韻）による言語表現のいいである。表記あるいは書記は「書くことと書かれたもの」との総合として考えている。具体的に残された文字資料の総体である。そこには、「ことば」があらわれている場合もあれば、あらわれない場合もある。あらわれない場合のテキストに「ことば」を求めることは、現状ではできない。できないことをできないこととしてとらえ、できることを考えるしかない。表記体を考えることの重要性がそこにある。本書のあちこちに「表記体の変換」ということを書いた。「ことば」を中心におけば、表記体の変換は重要な視点である。しかし、異なる表記体によってあらわされたテキストは、おなじ「ことば」でも表記体の異なりを考えねばならない。万葉集の多様な文字表現は、表記体の差異をも研究対象とする。その意味では、厳密には表記体は変換しえないのである。異なる表記体は、異なる表現行為であると考えねばならない。とするならば、万葉集の歌うたは、「ことば」の問題だけでは律しきれない。万葉集は原文でよむ必要性がある。というよりも原文でしか、よめないのである。

古代の漢字文献を考えるときには、漢文訓読ということが重要な視点となる。漢文訓読という装置は、ひとつの文字列に複数の「ことば」を可能にする装置であるからである。だからこそ、変体漢文は「ヨメない」のである。ここでも、表記体の問題として、資料をとらえる視点が重要となる。そこから、さまざまの言語情報の可能性を、われわれは得ることができる。その先に、「ことば」を考えることができるのである。第四章で考えたように、日本語書記用文体の完成形として「和漢混淆文」をとらえるとき、漢文訓読が果たした役割は、非常に大きなものがある。和漢の混淆を推し進める装置として漢文訓読があったと考えた次第である。このあたりのことは、本書編集以降に執筆した、以下の論考を参照願いたい。

「「和漢混淆文」と和漢の混淆」（国語と国文学九十三巻七号、二〇一六・七）

「借用語の歴史と外来語研究—「漢語」と「翻訳語」をめぐって—」（日本語学三十五巻七号、二〇一六・七）
「漢文訓読という言語接触」『ＩＣＩＳシンポジウム　文化交渉学のパースペクティブ　報告書』（二〇一六・八、関西大学東西学術研究所）

本書は、既発表論文を骨子としているが、一書の論とすべく、それらをあるいは解体、改編し、あるいは大幅に書きかえ、また、新たに書き加えた部分もある。特に、この間の考え方の変化に応じて、用語を大幅に書きかえた。たとえば、第四章のもとになったいくつかの論文では、「変体漢文」にかえて「擬似漢文」という用語を提唱したが、今回、これを撤回し、すべて「変体漢文」に統一した。また、万葉集の書き様においてさまざまのゆれがあったのを、顕昭の用語としての「仮名書」「真名書」を対立的な術語としてもちいた、などである。既発表論文との関係は、以下のとおりである。

第一章　文字と「ことば」
　第一節　文字と「ことば」の対応関係
「文字をめぐる思弁から—文章と文字との対応関係についての覚書—」（関西大学　国文学九十三号、二〇〇九・三）
　第二節　古代日本語の書記システム
「古代語における文字とことばの一断章」『国語文字史の研究十二』（二〇一一、和泉書院）
第二章　ウタの仮名書と万葉集

あとがき

第一節　漢文中のウタ表記の展開
「古代ウタ表記の一展開─漢文中のウタの記載方法をめぐって─」（言語文化学研究　日本語日本文学編（大阪府立大学）第一号、二〇〇六・三）
第二節　歌木簡の仮名使用
「難波津木簡再検討」（国文学（学燈社）五十四巻六号、二〇〇九・三）
「仮名の位相差─宮町遺跡出土木簡をめぐって─」『万葉集の今を考える』（二〇〇九、新典社）
「歌表記と仮名使用─木簡の仮名書歌と万葉集の仮名書歌─」（木簡研究三十一号、二〇〇九・十一）
「「歌木簡」の射程」（文学・語学一九六、二〇一〇・三）
第三節　仮名の成立と万葉集「仮名書」歌巻
「「仮借」から「仮名」へ─日本語と中国語とのひとつの交渉史─」『日中対照言語学研究論文集　中国語からみた日本語の特徴　日本語からみた中国語の特徴』（二〇〇七、和泉書院）
「仮名の位相と万葉集仮名書歌巻」『萬葉集研究　二十九集』（二〇〇七、塙書房）
第四節　万葉集「仮名書」歌巻論
「万葉集仮名書き歌巻論序説」（女子大文学国文篇五十六号、二〇〇五・三）
第五節　巻十九のウタ表記と仮名書
「仮名書き歌巻成立のある場合─万葉集巻十九の書き様をめぐって─」『論集上代文学二十六冊』（二〇〇四、笠間書院）
第六節　巻十八の補修説と仮名使用

「万葉集巻十八補修説の行方」（高岡市万葉歴史館紀要十四号、二〇〇四・三）

第七節　万葉集「仮名書」歌巻の位置

「万葉集仮名書歌巻の位置」（萬葉二百十八号、二〇一四・十二）

第三章　古事記の表記体と「ことば」

第一節　古事記の音訓交用と会話引用形式

「古事記の文章と文体─音訓交用と会話引用形式をめぐって─」（国文学（学燈社）四十七巻四号、二〇〇二・三）

第二節　古事記の固有名表記（1）神名・人名

「古事記の固有名表記をめぐって─神名、人名における「高」をめぐって─」（古代学4号（奈良女子大学古代学学術研究センター）、二〇一二・三）

第三節　古事記の固有名表記（2）地名

「古事記の固有名表記─地名の場合─」『国語文字史の研究十三』（二〇一二、和泉書院）

第四節　古事記の表記体と訓読

「古事記の文章法と表記」（萬葉語文研究九集、二〇一三・一〇）

「正倉院文書請暇解の訓読語と字音語」『国語語彙史の研究三十』（二〇一一、和泉書院）

第五節　古事記を構成する「ことば」

「古代における書きことばと話しことば」『話し言葉と書き言葉の接点』（二〇一四、ひつじ書房）

第四章　変体漢文体表記から和漢混淆文体へ

第一節　部分的宣命書きと和漢混淆文

あとがき

「部分的宣命書きと和漢混淆文」（女子大文学国文篇五十四号、二〇〇三・三）
第二節　変体漢文の漢文的指向
「擬似漢文生成の一方向—『御堂関白記』の書き換えをめぐって—」（文学史研究四十四号、二〇〇四・三）
第三節　変体漢文から和漢混淆文へ
「擬似漢文の展相」『国語文字史の研究八』（二〇〇五、和泉書院）
第四節　三宝絵と和漢混淆文
「『三宝絵』の三伝本と和漢混淆文」『言語変化の分析と理論』（二〇一一、おうふう）
第五節　表記体の変換と和漢混淆文
「表記体の変換と和漢混淆文」『古典語研究の焦点』（二〇一〇、武蔵野書院）

前著『漢字による日本語書記の史的研究』（二〇〇三、塙書房）からえとで一回り以上が経過した。短いといえば、あっという間だったし、長いといえば、実にさまざまなできごとがあった。多くの人との出会いと別れ、研究環境の変化など、数えればきりがない。その間に、考古学的に多くの発見がもたらされ、それによって研究が大きく変化してきた。特に、滋賀県宮町遺跡出土の、「なにはづ」の歌と「あさかやま」の歌とが両面に書かれた木簡の調査・検討に加えていただいたことは、その後のものの見方に大きな影響があったと自覚している。おさそいいただいた栄原永遠男先生に厚く感謝申し上げたい。栄原先生には、韓国での学会発表にもさそっていただき、貴重な体験をさせていただいた。

前任校では、府立三大学の統合という大きなできごとがあった。そこではさまざまな考え方のちがいを実感した。

あとがき

あらたに発足した大阪府立大学では、文部科学省の現代的教育ニーズ取組支援プログラム（現代ＧＰ）に採択された「地域学による地域活性化と高度人材養成」の取り組みの中で、さまざまな分野の人との出会いがあった。そして、二〇〇八年度からは、現在の勤務校である関西大学に移り、また、今までとは異なる出会いがあって今にいたっている。関西大学では、東西学術研究所、アジア文化研究センターの研究員に加えていただき、大きな刺激を受けている。いちいちのお名前は省略させていただくが、ご一緒する機会をえたすべての方に感謝申し上げる。

この間、さまざまの出会いと別れによって、自分自身のものの見方や考え方が大きく変化した。本書は、その大きく変化する途上の論文をもととしているので、古いものと新しいものとのあいだには、多くの矛盾も生じていた。それらを、現在の考え方に基づいて大きく書きかえて一書としたのが本書である。はたして一書というに足りる統一性がとれたかどうかは、こころもとない。しかし、考え方が変化しても、通底するところのかわらぬ方法の部分では、長年、交誼に浴している学会や研究会での出会いと交流とがある。身辺の変化によって、大幅に仕事が遅れたときも、連絡に支障をきたしたときも、寛容な態度で接していただいたみなさんに、やはり感謝申し上げねばならない。とにかく、多くの人との出会いと悲しい別れと、そしてかわらぬ交情とによって本書は誕生した。「表記体から文体」へという奇抜な副題も、そこから生まれたといって過言ではない。

最後になったが、前著に引き続きお世話になった塙書房白石タイ社長と、編集にご尽力いただいた寺島正行氏に厚く御礼申し上げる。また、校正には関西大学大学院の山際彰君に協力いただいた。

なお、本書は平成二十七年度関西大学国内研究員研究費による成果の一部である。

二〇一七年二月一日

乾　善彦

# 索　　引

## 凡　　例

・本索引は、事項・人名・書名の索引である。
・事項は、おもに用語と論述した内容とからなる。ただし、本書のタイトルにある「日本語書記用文体」「文体」「表記体」、あるいは、本書での重要な用語である「漢文訓読」「漢語」「和語」などの頻出語はとっていない。本書全体から、おくみとりいただきたい。
・書名は、引用した資料を掲出し、研究書や研究雑誌、論文集、あるいは資料の伝本名などは省略した。本書では、書名に『　』を付すのをほぼ省略してあるが、他の事項と区別するために『　』を付した。
・人名は、ほぼすべて、名字だけの場合も、フルネームで示した。
・用例は、前著ではほぼすべてを検索できるようにしたが、本書ではその方針はとらなかった。

索　　引

【あ行】



【か行】

【さ行】

【た行】



【な行】



【は行】

【ま行】



【や行】



【ら行】



【わ行】

乾　善彦（いぬい　よしひこ）

略　歴
1956年　奈良県北葛城郡当麻町（現葛城市當麻）に生まれる
1987年　大阪市立大学大学院文学研究科　後期博士課程単位取得退学
帝塚山学院大学講師、同助教授、大阪女子大学学芸学部教授、大阪女子大学人文社会学部教授、大阪府立大学人間社会学部教授をへて
現在　関西大学文学部教授

編著書
『世話早学文　影印と翻刻』（2000、和泉書院）
『大阪女子大学蔵　洋学資料総目録』（2000、大阪女子大学、南出康世、前田広幸、櫻井豪人と共編）
『漢字による日本語書記の史的研究』（2003、塙書房）

日本語書記用文体の成立基盤

2017年3月15日　第1版第1刷

著　者　乾　善彦
発行者　白石タイ
発行所　株式会社　塙書房
〒113-0033　東京都文京区本郷6丁目8-16
電話　03(3812)5821
FAX　03(3811)0617
振替　00100-6-8782

亜細亜印刷・弘伸製本

定価はケースに表示してあります。落丁本・乱丁本はお取替えいたします。
 ISBN978-4-8273-0126-7　C3091